바보민담의 웃음 시학

바보
이야기와 웃음

바보민담의 웃음 시학

바보 이야기와 웃음

김복순 지음

한국학술정보㈜

  민담과 웃음에 대한 관심이 머릿속에 자리 잡기 시작한 무렵, 어린 딸아이의 손을 이끌고 집에서 가까운 야산에 자주 올랐다. 가파른 산길을 오를 때마다 아이의 힘겨움을 조금이나마 잊게 하려고 늘 아이에게 옛날이야기 한 토막씩을 해 주었다. 그런데 어느 날부턴가는 오히려 아이가 엄마에게 옛날이야기를 해 주겠다며 조잘거리기 시작했다. 아이는 문화센터 장구 선생님에게서 들은 바보이야기를 매번 제멋대로 각색(?)하여 떠벌리다 저 스스로 우스워 죽겠다는 듯이 깔깔거렸고, 그런 천진스러운 아이의 모습에 나도 즐거워 따라 웃곤 하였다. 그때부터 필자는 바보민담이 지닌 의미와 가치가 무엇인지 궁구하기 시작했다.

  이 책은 필자의 박사학위논문 「한국 바보민담 연구」를 수정·보완하여 엮은 것이다. 바보민담에는 바보와 웃음과 이야기가 있다. 이 세 가지를 어떻게 조합할까 고민하다 결국은 '바보이야기와 웃음'이라는 제목으로 풀어 놓기로 하였다. 바보민담 속 '바보'는 자신의 희생으로 끊임없이 이야기와 웃음을 만들어 내고, '웃음'은 바보와 이야기가 전승되도록 생명력을 제공하며, '이야기'는 바보와 웃음이 머물도록 안식처를 제공한다. 이 셋은 서로를 매개로 끊임없이 소통하고 있는 것이다.

이 책에서 필자는 바보와 웃음, 그리고 이야기가 어떻게 상호 작용하는지, 그리고 그 결과가 빚어낸 의미는 무엇인지를 분석해 보고자 하였다. 웃음의 성격과, 웃음의 발원지인 바보와 이야기로서의 웃음과의 상관성을 밝히고자 하는 것이다. 그리고 민담을 이루고 있는 각각의 구성요소와 이들의 상호 유기적 관계를 살핌으로써 바보민담의 서사 유형과 그 성격을 살피고자 하였다. 바보민담의 웃음 유발 기법들은 흥미와 재미를 만들어 내고 청중에게 쾌락을 제공하는 수단이면서 바보민담의 의미와도 밀접하게 관련된다. 이 같은 웃음 유발 기법들에 대한 검토는 바보민담뿐 아니라 한국문학 전반에 나타나는 웃음 기법들과도 연결될 수 있으리라 여긴다.

인간의 삶은 사회체계에 지배되는 환경과 개인 간의 상호 작용으로 나타낼 수 있다. 바보민담 속 인물들 간의 대립 또는 인물들 간 갈등의 의미나, 갈등의 정도, 웃음의 공격성 여부는 그 인물들이 살았던 세계와의 관련하에서 보다 확실하게 드러날 것이다. 민담의 배경이 된 사회적 제도나 관습이 바보인물과 어떤 관련이 있는지 그리고 그 관습이나 제도에 대한 민담 향유자들의 의식은 어떠했는지 등을 규명하는 것은 바보민담에 나타난 웃음의 의미와 특징을 밝히는 주요한 작업이라 볼 수 있다.

바보민담에 나타나는 웃음의 의미와 그 기능적 가치는 두 가지로 나누어 검토하였다. 하나는 텍스트 자체가 함축하고 있는 웃음으로 민담의 생산자가 수용자에게 전달하려는 웃음이다. 다른 하나는 민담의 수용자가 텍스트가 지닌 희극성에 대해 응답하는 웃음으로, 이는 이 책의 궁극적인 연구 대상이기도 하다.

설화가 서사문학의 바탕이 되었음은 주지의 사실이지만 이 책의 연구대상인 바보민담 또한 서사문학사에서 이미 충분히 연구할 가치와 의미를 지닌다고 하겠다. 한국 문학사에서 바보민담이 구현하는 웃음의 가치와 의미를 통해 우리 문학, 나아가 우리의 웃음문화 창조에 어떠한 기능을 하는가를 밝힐 수 있다면 바보민담의 문학사적 의의는 그것만으로도 충분히 가치 있는 작업이라고 판단한다.

이 책이 나오기까지 많은 분들이 도움을 주셨다. 우선 이제까지 부족한 제자에게 학문적 가르침과 깨달음을 주신 지도교수 최웅 선생님께 그동안 하지 못했던 감사의 인사를 드리고 싶다. 또한 학문적으로 이끌어주시고 논문을 직접 지도해 주신 학과 선생님들과 먼 길 마다치 않고 오셔서 논문 지도를 해 주신 두 분 선생님께도 감사를 드린다. 그리고 미흡한 논문의 출판을 제안하고 맡아 준 한국학술정보 측에도 고마운 마음을 전한다. 마지막으로 논문 쓰는 내내 함께 고민해 주고 문장까지 꼼꼼히 교정해 준 나의 남편, 그리고 엄마 논문 쓰는 동안 자신의 모든 일을 혼자서 하느라 부쩍 성장한 나의 딸 하린이, 오랜 세월 병으로 고생하시는 생각만 해도 가슴 아픈 아버지, 어머니, 내 가족들 모두에게 사랑과 고마움을 전한다.

2009. 4.
춘천에서 필자

목 차

1. 들어가며

바보민담을 특징짓는 대표적 요인은 웃음이다. 그러므로 이 책에서는 바보민담을 고찰함에 있어 특히 그 웃음에 주목하였다. 바보민담이 구현하는 웃음[1]의 특성과 의미, 그리고 그 기능이 무엇인지 고찰해봄으로써 바보민담의 의미와 가치, 나아가 바보민담의 문학사적 의의를 구명해 보고자 하였다.

웃음은 쾌적한 정신활동에 수반된 감정반응이다. 하지만 웃음은 단지 신체적 반응에만 그치지 않고 말을 대체하는[2] 독특한 의사표현의 한 수단으로, 말로 표현하기 힘든 것을 보다 효과적으로 전달[3]하는 일종의 구체적 언어이기도 하다. 특히 문학에 있어서의 '웃음'은 세계를 인식하는 하나의 독특한 관점으로 취급되어 '진지함'에 못지않게 다방면에 걸쳐 문학 작품 속에 수용되고 있다. 작가는 세계를 향한 자신의 메시지를 효과적으로 전달하기 위한 일종의 소통 전략의 일환으로 이 '웃음'이라는 미적 감정을 선택하는가 하면, 독자들은 웃음이 주는 즐거움으로 인하여 텍스트에 보다

----

1) '희극적인 것'과 '웃음'의 관계는 '웃음'과 '희극적인 것'의 개념이 상호 결합되어 있음을 알 수 있다. 즉 웃음의 현상과 원인, 나아가 웃음의 심리적인 반응이 희극적인 것과 동일함을 의미한다. 앙리 베르그송 역시 웃음과 희극적인 것을 동일시하고 있다. 웃음의 원인이 희극적인 것이고 희극적인 것의 결과로 웃음이 유발한다면, 원인 없는 웃음이나 결과 없는 희극적인 것을 설명한다는 것은 있을 수 없다. 헬무트 플레스너는 "본연의 의미에서 웃게 하는 것이 희극적인 것이며", "그것(희극적인 것)에 대답하는 것이 웃음이다."라고 양자 간의 관계를 분명하게 밝히고 있다. "모든 희극적인 것이 웃음을 일으키게 한다."는 말은 "모든 희극적인 것은 우리의 내면에서 하나의 감정을 유발하고, 이 감정은 적어도 웃게 하려는 경향을 그 자체 내에 갖고 있다." 따라서 이러한 '웃음의 감정'도 '웃음' 개념에 포함시킨다. 류종영, 『웃음의 미학』, 유로서적, 2005, pp.17~18. 참조.
　　이 책에서의 웃음은 바보민담에서 청중의 웃음을 유발하고자 하는 '희극적인 요소'와 그것을 보고 반응하는 '청중의 웃음', 그리고 '웃음의 감정'을 모두 포괄하는 개념으로 쓰고자 한다.

2) Gary Saul Morson & Caryl Emerson, *Mikhail Bakhtin Creation of a Prosaics*, Califonia, StanFord University Press, p.441.

3) 앙리 베르그송, 『웃음-희극성의 의미에 관한 시론』, 정연복 옮김, 세계사, 1992, pp.6~7.

더 깊이 빠져들기도 한다. 웃음이 주는 '쾌감'은 독자들에게 책읽기의 재미와 이야기에 대한 관심을 붙들어 두기에 충분하며, 독자들의 관심을 붙들어 두기 위한 방편으로 웃음을 활용하는 것 역시 작가들의 텍스트 소통 전략으로 효과적인 방법이 아닐 수 없다. 이처럼 문학에 있어서 '웃음'은 독자의 관심을 끌면서도 작가의 메시지를 효과적으로 전달할 수 있는 의사소통 전략의 한 방법으로 유용하게 활용되고 있는 것이다. 이렇게 볼 때, 우리 문학사에서 주로 은둔과 한(恨)으로 정형화되는 미적 특질로서의 '비장함' 못지않게 '골계적' 자질인 웃음 또한 아주 풍부하게 나타나 해학과 풍자의 문학이라는 하나의 큰 흐름을 형성해 오고 있는 사실은 그다지 새삼스러울 것도 없다.[4]

그럼에도 불구하고 웃음과 관련하여 일반적으로 널리 사용되는 표현들인 '가벼운', '경솔한', '갑작스러운', '왜소한', '공허한', '일회적', '오락적', '유희적' 등과 같은 상투적 수식구들 때문인지 그간 우리 문학의 웃음에 대한 이론화 작업은 뚜렷한 성과를 내놓지 못하고 있으며, 웃음의 미적 특성 혹은 본질적 가치에 대한 논의 역시 문학연구의 주된 범주에서 밀려난 채 가벼이 취급되고 있는 실정이다. 이와 같은 '웃음에 대한 가벼움의 인식'은 소화(笑話)에서 특히 심하게 나타난다. 문학 연구자들조차도 소화(笑話)란 재미삼아 한번 흘려듣고 마는 이야기쯤으로 치부하고 있는 것이 일반적인 인식 태도인 것이다.[5] 가치 있는 것이 부정되는 데 대한 내

----

4) 골계(희극미)는 일반적으로 비장(비극미)의 대립개념이라고 생각되고 있지만, 숭고의 대립 개념으로 여겨지는 경우도 있다. 또 골계라는 것은 갑작스럽게 나타나는 의외로 왜소한 것이며, 그것에 의해서 부여되는 쾌감은 우리들의 내적 행위의 성취방식에 근거하는 감정이자 논리적 가치에 관계하는 것이기 때문에 미적 쾌감은 아니라고 보는 견해도 있다. 다께우찌 도시오, 『미학·예술학 사전』, 안영길 외 역, 미진사, 1990, p.278. 참조.

면적인 일종의 반항 감정이 일어나 인간 가치의 진정함을 보다 깊이 체험할 수 있는 '비장'의 '중압·존경·공포'의 감정에 대립하는 미적 가치로서, '웃음' 역시 예기치 못했던 돌연함 때문에 항상 일종의 놀라움이 수반되며 가치 요구의 공허함이 매우 명확하게 체험되는 '골계'의 감정으로 '마음의 경쾌함(Erlei- chterung), 중압으로부터의 해방(Entlastung), 정신의 자유' 등과 같은 인간적 의의를 분명히 포함하고 있다.[6] 즉 비장의 무거움만큼이나 웃음의 가벼움 역시 인간의 본질을 규명하는 가치로서 그 의의를 지니며, 마찬가지로 한국 문학 연구에 있어서의 웃음 역시 그 상대적 가치를 도외시할 수 없는 일이다.

여타의 장르에서도 그러하지만 웃음은 특히 민중 의식의 발로라 할 수 있는 민담에 더 잘 드러난다. 그중에서도 바보민담[7]은 특히 웃음을 아주 풍부하게 보여주는 대표적인 이야기라 할 수 있다. '소화(笑話)', 즉 '웃기는 이야기'의 일종인 바보민담이 웃음을 근간으로 하는 이야기임은 분명한 사실이다. 그렇다고 소화가 단순히 웃음을 자아내는 이야기이기만 한 것으로 볼 수는 없다. 웃음의 추구 그 자체가 곧 소화의 의미나 목적이 될 수 없기 때문이다. 사실 소화의 궁극적 목표는 '웃음'이라는 언어를 통하여 화자가 의도하는 담론을 청자에게 보다 효과적으로 전달하고자 하는 데 있

....

5) 웃음이라고 하는 것을 더 이상의 설명을 필요로 하지 않는 자명한 것으로 간주하면서 오직 그것만을 목적으로 하는 소화는 긴장이완을 위한 여흥거리나 오락거리 이상의 의미나 가치를 지니기 어렵다고 간단히 단정하는 오류에로 이끌어 간다. 김영준, 「笑話의 개념 재고 및 유형분류 시론」, 『논문집』, 13, 기전여자대학, 1993, p.3. 참조.

6) 다께우찌 도시오, 위의 책, p.279.

7) 소화(笑話)의 하위갈래에 치우담이 포함되는데(소재영, 『한국설화문학연구』, 숭실대학교 출판부, 1984, 65쪽; 조희웅, '민담', 『우리민속문학의 이해』, 개문사, 1993, p.113; 장덕순 외 3인, 『구비문학개설』, 일조각, 1971, pp.55~67. 참조.), 이 책에서 바보민담은 이 치우담을 지칭하는 용어로 쓴다.

는 것이다. 즉 화용론의 입장에서 보아 모든 발화에 그 담론적 의도가 실재하듯이 소화에서의 웃음 역시 특별한 관점과 의도를 품은 의사표현의 한 방법으로 활용되고 있다고 보아야 마땅할 것이다. 그러나 대부분의 소화들이 단지 웃음 추구, 그 자체만을 목적으로 하는 단순 오락물로 치부되어 그동안 문학연구자들의 연구 대상에서 소외된 채 외면당해 왔던 경향이 있었다. 하지만 소화들 중에는 '진지함'을 바탕으로 하는 여타 텍스트들 못지않게 중요한 문학적 가치를 지닌 작품들이 의외로 많은 것 또한 사실이다.

　사실 작가로부터 출발한 문학 텍스트의 궁극적인 종착지는 독자라고 보아야 할 것이다. 따라서 어떤 문학 텍스트가 얼마나 유용하고, 가치 있는가 하는 것은 결국 작가와 독자가 어떻게 소통하고, 어떠한 상호 작용을 유지해 나가는가와 관련된다.[8] 때문에 문학 텍스트 생산자로서의 작가는 늘 독자를 염두에 두고 자신의 메시지를 전달하고, 독자로 하여금 그 메시지의 해석과 수용의 과정을 지속시키기 위한 여러 가지 적절한 기법이나 수단을 강구하지 않을 수 없다.[9] 이때 웃음은 일종의 효과적인 문학적 장치로서 작가에게 있어서 메시지 전달을 위한 은밀하면서도 함축적인 책략의

----

8) 패트릭 오닐은 텍스트를 텍스트로 만드는 것은 작가 측면에서의 텍스트 구성 과정과 독자 측면의 텍스트 구성 과정이 상호 작용을 통해 이루어진다고 말한다. Patrick O'Neill, *Fictions of Discourse: Reading Narrative Theory*, University of Toronto Press, 1994, p.121.
　즉 서사란 의사소통이며, 서사 텍스트는 각각의 경우 수신자를 전제하지 않을 수 없다는 것이다. 이야기란, 결국 쌍방향의 문제이고, 서사 텍스트는 항상 누군가에게 전달되게 마련이며, 이 때문에 항상 특정한 추진력과 호소력을 갖고 특정 효과를 노리며 특정 반응을 요구하게 마련이다.

9) 독자로 하여금 텍스트를 이해하게 하려면 요소들 상호 간의 통합이 요구되는데, 이것은 여러 가지의 잘 알려진 일관성의 모형에 의존하게 하는 것이다. 즉 어떤 담화의 유형 또는 어떤 의미에 있어서 이미 자연스럽고 명료한 모형과 결합시켜야 하는 것이다. Culler, Jonathan D, *Structuralist Poetics: structuralism, linguistics, and the study of literature*, Ithaca, N. Y.: Cornell University Press, 1976, p.138.

일환으로 사용되고 있다. 텍스트는 보통 '독자가 익숙해져 있는 모형을 기반으로 하는 독서 과정의 형성을 위해 일련의 틀을 사용'[10]하는데, 소화에서 화자의 의도를 전달하기 위한 효과적인 기법이며 수단이 바로 '웃음'인 것은 자명한 사실이다. 바보민담과 같은 소화의 생산자[11]는 표현하고자 하는 대상을 희화적으로 형상화함으로써, 메시지가 지닌 실질적인 이데올로기나 민담 생산자의 의도를 대상이 지닌 희극적 자질 뒤에 감춘 채 '웃음' 자체만을 표방하는 것처럼 보이도록 한다. 그런데 '웃음'은 여느 감정과는 달리 대상에 대한 자기감정이 솔직하고도 직접적이며, 그 반응이 즉각적이고 돌연한 것이어서 좀체 숨기기가 어렵다. 우스꽝스러운 대상을 접한 독자로서는 대상에 대해 급작스럽게 생성된 자신의 감정을 숨기지 못하고 웃음이라는 직접적인 반응으로 나타내게 되는 것이다. 이때 텍스트를 해석하는 독자가 그 대상이 지닌 독성이나 신랄한 공격성을 인지했다고 할지라도 기꺼이 유쾌한 웃음을 짓게 되며 웃음의 이면에 감춰진 의외의 불쾌감은 독자의 유희적 태도에 의해서 극복되어 웃음에 묻은 독성과 공격성을 기꺼이 용서하

---

10) Perry, Menakhem, "*Literary dynamics: How the order of a text creats its meaning*", *Poetics Today*, Vol.1, No.1, 1979, p.36.

11) 구비문학이 수용되기 위해서는 생산자와 수용자 사이에 작품을 전달하고 전승하는 매개 행위와 매개자가 있어야 한다. 구비문학이 연행으로 존재한다는 것은 연행으로 생산되고 연행으로 매개되며 연행으로 수용된다는 말이다. 이때 매개는 전달과 전승을 함께 포함한다. 임재해, 「구비문학의 연행론, 그 문학적 생산과 수용의 역동성」, 한국구비문학회 편, 『구비문학의 연행자와 연행양상』, 박이정, 1999, pp.4~5, 참조.
　　민담의 구연자는 매개자이지만 때로는 생산자이기도 하기 때문에 이 둘을 엄밀하게 구분할 수 없다. 또 구연자와 생산자에 대립되는 청중과 수용자 역시 마찬가지다. 이 책에서는 민담의 향유자, 구연자, 청중, 그리고 생산자, 수용자라는 용어를 두루 사용하였다. 민담이 연행되는 상황을 중심으로 논의를 전개할 때는 구연자와 청중이라는 용어를 사용하고, 민담 텍스트 창작자와 매개자의 의미를 동시에 지니는 경우는 생산자라는 용어를, 그리고 생산자에 대립되는 용어로 수용자라는 용어를 사용하였다. 또한 향유자는 구연자와 청중, 생산자와 수용자를 두루 포괄하는 개념으로 사용하였다.

게 되는 것이다. 이처럼 상대를 웃게 만들어야 하는 소화는 그 속성상 짧은 분량의 이야기 속에 계산된 화자의 의도나 이데올로기가 치밀하게 구조화된 텍스트라고 볼 수 있다.[12)]

특히 웃음은 오직 인간에게만 있는 인간성의 표현[13)]으로서, 자신이 소속된 사회에 대한 동질감을 형성하고 인간으로서의 '자신'을 발견[14)]하게 하는 정신작용으로, 그 집단의 사회적 관습 또는 관념과 상호관계[15)]가 있다. 민담처럼 오랜 세월 전승되면서 민중적 의식을 기반으로 형성된 웃음 텍스트인 경우엔 더더욱 그 집단의 사회적 관습이나 관념과 무관할 수 없다. 민담과 같은 대중적인 문학에서는 사회적 관습과 관련된 아주 보편적이면서도 일상적인 것들을 웃음의 대상으로 삼기 마련이기 때문이다. 따라서 바보민담과 같은 소화에 수용된 '웃음'은 민담을 형상화한 화자의 의도뿐 아니라 민담을 향유하였던 당대인들의 세계 인식을 살피는 아주 유용한 수단이 될 수 있다. 민담의 향유자들이 웃음의 대상으로 삼고 싶어 하는 것이 무엇인지, 민담의 화자가 그 대상을 어떻게 형상화하고 있는지를 밝힘으로써 '웃음' 뒤에 감춰진 대상에 대한 그들의 실질적인 의식과 감정을 읽어낼 수 있는 것이다.

이 책에서는 소화 중에서도 바보민담을 연구의 대상으로 삼아 각각의 바보민담에 나타나는 웃음의 특성과 의미를 찾아 이를 바탕으로 한국문학의 바탕이 되는 웃음의 특성은 무엇인지 구명해 보고자

----

12) 실생활에서의 웃음은 진부한 말에 대한 반응으로 발생하는 것이 80%에 달하고 구조화된 유머의 시도에 대한 반응은 20% 정도라고 한다. 김봉정, 『버나드쇼의 웃음』, 브레인하우수, 2003, p.3. 참조.

13) 위의 책, p.98.

14) 테드코언, 『농담 따먹기에 대한 철학적 고찰』, 강현석 옮김, 이소출판사, 2001, p.74.

15) 앙리 베르그송, 앞의 책, pp.6∼7.

하였다. 민담은 오랜 세월 동안 전승되는 과정에서 민중 의식을 바탕으로 형성되었기에 가장 전통적이고 가장 보편적인 웃음을 보여준다. 특히 바보민담은 '웃음'을 소통방식임과 동시에 이야기 구성의 기본 원리로 사용하고 있다. 따라서 한국적 웃음의 특성을 밝히는 데 있어서 바보민담은 다른 무엇보다도 시급하게 연구되어야 할 분야라고 할 수 있다. 또한 민담은 고전문학뿐 아니라 현대문학에서도 그 창작의 바탕이 되었기에 바보민담에 나타난 웃음에 대한 연구는 한국 서사문학이 구현하는 웃음의 특성뿐 아니라 한국문학 전반에 나타나는 웃음의 기틀을 밝히는 단초가 될 수 있다는 면에서도 의미 있는 작업이라 생각한다.

한 민족의 전통성과 민중성은 그리 쉽게 변하지 않는다. 따라서 민담에 구현된 민중적이고 전통적인 웃음은 현대사회에서도 보편적이고 대중적인 웃음이 될 수 있다. 그리고 민담을 토대로 밝혀낸 웃음유발의 원리와 기법들은 우리 시대에 맞는 새로운 웃음문화 텍스트를 창조하는 데에도 이론적 바탕이 되어 웃음문화의 맥을 잇는 토대를 보다 풍부하게 만들어 줄 수 있을 것이다.

이제까지 바보민담에 대한 연구는 그리 심도 깊은 논의가 이루어지지 못한 실정이다. 바보민담에 대한 대표적인 연구자로는 김교붕,[16] 이재선,[17] 김석배,[18] 한만수,[19] 이강엽[20] 등을 들 수 있다.

---

16) 김교붕, 「바보 사위 설화의 희극미와 그 의미」, 『한민 최정여 박사 송수기념 민속어문논총』, 1983.
17) 이재선, 「바보문학론」, 『한국문학주제론』, 서강대출판부, 1989.
18) 김석배, 「바보 망신담의 골계미와 의미」, 『국어교육연구』, 16, 국어교육학회, 1984.
19) 한만수, 「한국서사문학의 바보인물 연구」, 동국대 박사논문, 1991.
20) 이강엽, 「바보 이야기의 유형과 그 의미」, 김태곤 외 21명, 『민속문학과 전통문화』, 박이정, 1997.
_____ 『바보 이야기 그 웃음의 참뜻』, 평민사, 1998.
_____ 「바보양반담의 풍자양상과 그 의미」, 『연민학지』, 제7집, 1999.

김교봉은 바보사위설화를 대상으로 그 구조적 유형을 살피면서 바보사위설화의 희극미에 대해 논의하였고, 이재선은 한국의 바보문학에 대한 연구의 일환으로 바보민담에 등장하는 바보인물의 성격에 대해 언급하였다. 김석배는 바보민담의 유형 중 바보 망신담에 대한 성격 구분을 통해 웃음의 법칙과 미적 특성에 대해 고찰한 바 있다. 그리고 한만수는 한국서사문학에 등장하는 바보인물에 대한 연구의 일환으로 바보인물들의 성격과 그들이 유발하는 웃음의 성격, 그리고 바보민담의 의의에 대해 고찰하였다. 특히 이강엽은 바보민담에 대한 여러 편의 연구 성과물들을 발표하였는데, 바보민담의 유형 분류와, 각 유형에 대한 의미해석을 시도한 바 있다.

이들 연구자들의 대표적 논의 내용을 분류하여, 바보민담에 대한 기존 논의의 문제점을 정리하면 다음과 같이 요약할 수 있다.

첫 번째, 기존 연구의 공통점은 주로 민담을 유형화하는 작업에 기초하고 있는데, 김교봉, 김석배, 한만수, 이강엽의 연구가 이에 해당된다. 김교봉은 바보사위설화를 대상으로 하여 그 구조적 특성에 따라 네 가지로 분류하였는데,[21] '성혼 – 문제 – 해결 – 망신'을 기본적인 'Ⅰ유형'으로 삼고 '문제 – 해결'의 반복 양상에 따라 Ⅱ, Ⅲ, Ⅳ 유형으로 나누고 있다. 바보민담을 바보 망신담, 바보 성공담, 바보 행운담으로 구분한 김석배는, 특히 그중에서도 바보 망신담을 대상으로 다시 우둔형, 유추형, 대입형, 모방형, 요청형으로

_____ 「바보음담의 사회문화적 해석」, 『한국민속학』, 33, 민속학회, 2001.
_____ 「바보설화의 전통과 현대적 변모양상」, 『열상고전연구』, 15집, 열상고전연구회, 2002.
21) Ⅰ유형: 성혼 – 문제 – 비정상적 해결 – 망신. Ⅱ유형: 성혼 – 문제 – 정상적 해결 제시 – 망각 – 비정상적 해결 – 망신. Ⅲ유형: 성혼 – 문제 – 비정상적 해결 – 정상적 해결1 제시 – 문제2 – 정상적 해결1 – 망신. Ⅳ유형: 성혼 – 문제1 – 정상적 해결1 제시 – 정상적 해결 – 문제2 – 정상적 해결1 – 망신. 김교봉, 앞의 논문, p.643. 참조.

구분한 후, 이 중 우둔형이 바보 망신담의 기본형이고 그 밖의 유형은 변이형에 속한다고 주장하였다.[22]

그런데 이러한 방식의 유형 분류는 인물의 바보행위나, 바보행위의 결과 중 어느 한 가지에만 치중하고 있다는 것을 그 한계로 지적할 수 있다. 비록 다른 서사 양식들과는 달리 유독 짧은 길이를 지닌 텍스트라고는 하나, 실제 사회 집단 속에서 연행이라는 과정을 통해 끝없이 반복·재생산되는 바보민담의 의미나 성격을 단지 바보인물이 행하는 바보행위나, 바보행위에 따른 결과 중 어느 한 가지만을 기준삼아 유형화하는 데는 무리가 있다고 판단된다. 하나의 바보민담 텍스트라 할지라도 바보인물이 바보짓을 저지르게 되는 배경, 바보인물의 우스꽝스러운 행위로서의 바보짓, 바보인물이 저지른 어리석음에 수반되는 결과 중 어느 것 하나만을 기준으로 삼는다면, 그 기준을 무엇으로 삼느냐에 따라 바보민담의 특성은 당연히 달라질 수밖에 없다. 따라서 바보민담의 유형화를 위해서는 바보인물의 행위뿐만 아니라, 바보짓의 배경과 결과 등 바보민담의 구성요소들을 모두 함께 아우를 수 있는 기준을 마련함이 타당할 것이다. 바보사위설화를 그 구조적인 측면에서 유형화한 김교봉의 연구라 할지라도, 그 대상이 바보사위라는 단일 인물형에 한정되고, 각 유형 간의 변별 자질이 인물의 문제해결 방식인 바보행위에만 치중해 있으며, 분석된 유형들의 특징이 구체적 명칭으로 드러나지 않았다는 점을 아쉬움으로 지적하지 않을 수 없다.

다음으로 한만수는 바보민담을 우스개 바보민담과 문제적 바보민담으로 구분하였다. 우스개 바보민담하위 유형은 바보 패배담과

22) 김석배, 앞의 논문, pp.101~111.

우행 변호담으로, 문제적 바보민담하위 유형은 바보 원님담, 바보 색시담, 바보 승리담으로 구분하고 있다.[23] 이강엽도 한만수와 비슷하게 바보민담을 진짜 바보 이야기와 가짜 바보 이야기로 양분한 후, 진짜 바보민담은 다시 바보의 성공담과 바보의 실패담으로 나누어 바보의 성공담으로는 바보 행운담을, 바보의 실패담으로는 바보 우행담과 바보 사위담을 들었다. 그리고 가짜 바보이야기는 상황에 적응하지 못하는 바보에 대한 이야기인 바보 양반담과 일시적 제약으로 바보가 된 이야기인 바보 음담으로 나누고 있다. 이강엽은 결과적으로 바보민담을 바보 행운담, 바보 우행담, 바보 사위담, 바보 양반담, 바보 음담과 같이 다섯 가지로 유형화하고 있는 것이다.[24]

그러나 이들 두 연구자가 시도한 바보민담의 유형 분류에서는 통일된 분류 기준을 적용하지 못하고 있다는 문제점을 지적할 수 있다. 이들은 분류의 동일 계층 선상에서조차도 바보인물의 신분, 바보인물의 성격, 승패의 결과 등 서로 상이한 분류 기준을 적용함으로써 체계화된 결과를 얻지 못하고 있는 것이다. 바보 원님담, 바보 색시담, 바보 사위담, 바보 양반담 등은 인물의 신분을 기준으로 구분할 때 나올 수 있는 유형의 결과들이고, 바보 패배담, 바보 승리담, 바보 행운담 등은 바보인물이 행한 행위의 결과를 기준으로 삼을 때 나올 수 있는 유형들이며, 우행 변호담이나 바보 음담은 바보민담의 내용에 따른 유형들이다. 게다가 바보민담 자체가 '바보인물의 바보스러운 행위'를 내용으로 하기 때문에 이강엽이 제시한 '바보 우행담'은 '바보민담'의 또 다른 명칭은 될 수 있

---

23) 한만수, 앞의 논문, pp.22~26.

24) 이강엽, 「바보 이야기의 유형과 그 의미」, 김태곤 외 21명, 『민속문학과 전통문화』, 박이정, 1997, p.600.

어도, 바보민담의 하위 유형을 일컫는 명칭으로 사용하기에는 무리가 있다. 또한 바보 사위나, 바보 색시, 바보 원님, 바보 양반 등은 특정 계층이나 신분 등에 따른 명칭으로 이들 민담은 바보인물들의 성패에 따라 바보 패배담이나 바보 승리담이 될 수도 있고, 바보 행운담이나 우행 변호담도 될 수 있으며, 바보 음담이나 바보 우행담도 될 수 있다. 예를 들어 바보 사위가 상대인물과의 대결에서 패배하면 패배담, 승리하면 승리담이 되고, 성적인 측면에서 무지를 보이면 그것은 바보 음담이 되며, 단순한 바보의 실수나 바보짓을 통해 가볍게 지나가는 이야기면 바보 우행담[25]이라 할 수 있다. 따라서 이들 유형 분류는 하위 장르의 설정을 위한 '질서의 원리principle of order'[26]를 고려하지 않은 분류라고 할 수 있다.

물론 지금까지의 유형 분류 결과 바보민담이 지닌 구조적 성격이나 하위 유형들의 특성을 어느 정도 규명한 것은 그 성과로 인정하지만, 민담의 유형을 구분하는 방법은 민담의 구조를 이루는 "개별 요소들의 분리를 통해서 이루어지는 것이 아니라 개개 요소의 상호 관계를 살피고, 구조 전체에 대한 개개 요소들의 관련성을 살펴봄으로써"[27] 이루어져야만 한다는 것이다.

바보민담에 대한 대표적 논의의 두 번째는 바보인물의 성격과 기능에 대한 것을 들 수 있다. 먼저 이재선은 바보인물의 기능과 역할에 대해서 여섯 가지로 정리해 제시하고 있다.

---

25) 위의 논문, p.605.
26) 르네 웰렉과 오스틴 워렌은 문학의 장르는 "문학과 문학사를 시간 혹은 장소(시대 혹은 민족 언어)에 의해 분류하는 게 아니라, 문학의 조직 혹은 구조의 유형들에 의해 분류한다."고 하며, 문학의 종류는 단순한 명칭이 아니라, 하나의 작품이 참여하는 미학적 관습이 그것의 성격을 형성한다고 주장하였다. 르네 웰렉·오스틴 워렌, 『문학의 이론』, 이경수 역, 문예출판사, 1990, pp.335~336, 참조.
27) 김용구, 『한국소설의 유형학적 연구』, 국학자료원, 1955, p.15.

첫째로, 그들은 우리에게 웃음을 선사한다. 둘째는, 인간의 어리석음과 약점에 대한 해학적인 인식과 자기 반사의 아이러니 기능을 한다. 셋째로, 바보에게는 생산적인 잠재력의 인자 및 전환의 진화론적 가치가 내재되어 있다. 넷째로, 바보의 바보스런 행동의 연출은 우리의 경우, 주로 결혼과 관련되며, 장소는 흔히 제집이 아닌 처갓집 등으로, 한국의 바보들은 주로 혼사를 중심으로 한 가족 관계의 바보들이요, 사랑과 규방술의 바보들이다. 다섯째, 바보는 단순 바보이든 또는 현명한 바보이든 그 천성에 있어서 순진하기 때문에 악인이 없다. 여섯째, 바보들의 희극은 심리적으로 즐거움 속에서 좌절·공격 및 잠재의식이 해방을 위한 배출구의 역할을 하며, 생물학적으로는 억압된 에너지를 풀어 주어서 순진성으로 돌아가게 한다. 또 사회적으로는 사회적 통제를 풀어주고, 철학적으로는 합리성을 희화화시키기도 하는 것이다.[28]

그는 특히 민담에 나타나는 바보들이 '지극히 단순하고 천진난만한, 모자라는 인물들'로 '악이나 간교함을 전혀 모르는 지극히 순수한 사람들'이라고 그 성격을 규정하고, '인간의 인간적인 약점에 대한 기밀 누설자의 역할'[29]을 하는 인물들로 파악하고 있다. 한편 한만수는 우스개 바보민담의 바보인물을 민담의 창작 - 수용자인 '피지배 민중 그 자신'[30]으로, 문제적 바보 민담에서의 바보인물을 '바보의 탈을 쓴 비판자'[31]로 각각 다르게 파악하였다.

세 번째로는 바보민담의 미적 특성과 웃음의 성격에 대한 연구를 들 수 있다. 김교봉은 기대하는 것과 도래하는 것의 차이에서 바보민담의 웃음이 발생하고, 그 웃음은 공격성이 없는 희극미를 구현한다고 하였다. 반면 김석배는 김교봉의 웃음 발생 견해에 대해 문제를

28) 이재선, 앞의 책, pp.356~357.
29) 위의 논문, p.356.
30) 한만수, 앞의 논문, p.25.
31) 위의 논문, p.26.

제기하면서 바보망신담에서는 조건표상(表象)이 왜소하고 결과표상과 기대표상 또한 왜소하여 골계는 기대표상과 결과표상의 상반에 의해 나타나는 것이 아니라 오히려 융합에서 표출된다고 하였다.[32] 그는 웃음의 성격을 표면적으로는 해학적 골계를 형성하고, 이면적으로는 풍자적 골계를 형성한다고 하여[33] 바보민담의 웃음이 해학과 풍자의 양면적 성격을 다 지니고 있는 것으로 파악하였다.

그러나 이 같은 논의들은 바보민담 속 인물의 기능이나 미적 특질을 밝힘에 있어서 구체적인 작품 분석을 토대로 하지 않은 채 연역적 일반화의 시도에 주로 치중함에 따라, 바보민담의 각 개별 텍스트 간에 발생할 수 있는 바보인물들의 상이한 기능적 특질을 밝혀내지 못하는 단점을 지니고 있다. '웃음'은 아주 다양한 상황에서 다양한 양상으로 발생한다. 이 복잡한 웃음을 단지 공격성의 유무만으로 해학이냐 풍자냐 하는 이분법적 잣대로만 잴 수는 없다. 게다가 해학과 풍자를 가르는 엄밀한 경계선조차 뚜렷이 존재한다고 보기도 어렵다. 우리가 '해학'이라 부르는 웃음들 간에도 각각의 차이들이 분명히 존재한다. 어떤 웃음은 좀 더 다정하고, 어떤 웃음은 좀 더 날카롭다. 이는 '풍자'에서도 마찬가지다. 그리고 그 각각의 웃음이 형성하는 세밀한 의미 층위들의 경계는 아주 모호하여 분명치 않다. 이처럼 명확하지 않은 웃음의 세밀한 층위들 사이 어느 한 지점에 해학과 풍자를 가르는 선을 긋는 것은 불가능할 뿐 아니라 무의미한 일이기도 하다. 그럼에도 불구하고 웃음에 대한 기존 연구 대부분이 이 두 미적 범주의 잣대를 통한 경계선 긋기에 치중해 왔다는 혐의에서 벗어나기는 어려울 것이다.

----

32) 김석배, 앞의 논문, pp.115~116.
33) 위의 논문, pp.115~116.

그보다는 각각의 문학텍스트들이 구현하는 다양한 웃음의 성격과 의미들에 대한 세밀하고 구체적인 연구가 필요하다. 각각의 텍스트들이 구현하는 웃음의 성격들이 속속들이 밝혀지고 그 각각의 결과들이 모였을 때 한국적인 웃음의 진정한 특성과 의미가 규명될 수 있을 것이라 여겨진다.

마지막으로 바보민담의 형성 배경과 의미에 대한 연구로서 문학 사회학적 논의를 들 수 있다.[34] 연구자들은 바보민담 중 바보사위(신랑)담[35]의 형성배경은 조혼풍속에서, 그리고 바보원님담은 조선 후기 세도정치와 같은 정치적 문란에서 찾고 있다. 바보 신랑이나 사위는 조혼풍속 때문에 미처 성숙하지 못한 상태로 결혼한 어린 신랑으로 보았으며, 바보사위담은 아직 성인으로 독립할 수 없는 자를 강제로 독립하게 한 조혼풍속과 같은 사회적 부조리를 풍자하고 있는 것이라 하였다. 그리고 바보사위(신랑)담이 조혼제도의 부조리함에 대해 불만을 가진 여성들의 인식을 반영한 것으로 주로 여성 집단에 의해 전승되었다고 보고 있다.[36]

바보사위담 전체의 배경을 조혼풍속으로 규정하거나 여성 구연자가 더 많다는 이유로 여성 집단에 의해 전승되었다는 관점에는 다

....

34) 문학과 사회 사이의 상호 관련성에 대한 연구는 크게 文學의 社會學(Soziologie der Literatur)과 文學社會學(Literatur Soziologie)으로 대별된다. 이때 문학의 사회학은 작가사회학, 작품사회학, 사회에 끼친 문학의 영향 등을 연구하는 것으로, 이는 문예학자보다는 사회학자에 주어진 연구 대상이라 할 수 있다. 이에 비하여 문학사회학은 작품의 구조를 중시하며, 문학 안에 연관된 요소로서 나타나는 사회에 관심을 갖는다. M. Maren-Griesebach, Methoden der Literatur Wissenschaft, Franke Verlag, München, 1970, pp.81~83. 김용구, 앞의 책, p.14. 재인용.

35) 바보민담에 가장 많은 양을 차지하는 바보사위담은 『한국구전설화』에서는 주로 '愚郎'이라는 제목으로 수록되어 있다. 이 민담들은 갓 결혼한 신랑이 주로 처가에서 벌이는 실수를 내용으로 하기 때문에 대개 바보사위담과 바보신랑담은 동일한 종류의 민담이라 할 수 있다.

36) 김석배, 앞의 논문, p.117.

소 문제가 따른다. 바보사위담 중에서는 조혼 풍속과는 상관없는 이야기도 많이 있다. 민담의 주 구연자층인 노인 인구가 남성보다 여성이 더 많고 더구나 연령이 높을수록 여성이 많다는 점을 고려하면 남성 구연자보다 여성 구연자가 많은 것은 당연한 일이다. 무엇보다도 여성들이 구연했다고 해서 바보민담이 여성들의 의식을 반영했다고 보기는 어렵다. 민담의 구연자인 여성들이 오랜 세월 동안 가부장적 이데올로기에 철저하게 침윤당한 채로 살아온 사람들이었다는 사실을 간과하지 않는다면, 그들의 의식이 진정한 의미에서 여성적 의식인가 하는 점에 대해서 의문을 제기하지 않을 수 없기 때문이다.37) 그리고 민담이란 전승되는 과정에서 다양한 민중의식을 반영하기 마련인데도 불구하고 어느 한 계층 또는 한 계급만의 소유물로 취급하는 것은 다소 성급한 일반화라고 판단된다. 문학형식의 사회학은 문학사회학의 한 갈래이다.38) 따라서 새로운 문학 양식의 발생에 대한 고찰은 당대의 역사·사회적인 현실에서 유래된 모든 문화적인 요소가 고려되어야 함은 물론이요, 바보민담 양식이 지닌 구조적 특질이 도외시된 채 그 의미를 논할 수는 없는 것이다.

이상의 사실만을 놓고 보더라도 다른 서사 양식들에 비해 바보민담에 대한 연구는 양질의 측면 모두에서 충분한 연구가 이루어졌다고는 할 수 없다. 특히 이제까지의 연구가 바보민담의 개별 텍스트들에 대한 구체적 분석이 미흡했다는 점은 문제점으로 지적

---

37) 오히려 여성들은 가부장적 질서에 순치되고 세뇌되어 이를 억압이나 차별로 인식하지 못하고 아주 자연스러운 상황으로 받아들이려는 경향 때문에 상대적으로 여성주의 담론에 인색할 수도 있다. 임재해, 「설화에 나타난 여성주의다운 상상력 읽기와 민중의 여성인식」, 『구비문학연구』, 12, 한국구비문학회, 2001. 6, p.357. 참조.

38) 김용구, 앞의 책, pp.14∼15.

하지 않을 수 없다. 특히 바보민담과 같이 웃음을 기반으로 형성된 텍스트에서는 웃음이 텍스트의 의미를 밝히는 실마리임에도 불구하고 기존 연구에서는 그에 대한 논의가 충분히 이루어지지 못하고 있다.

바보민담에 대한 논의를 보다 구체적으로 진전시키기 위해서는 제재, 구연방식, 인물의 성격, 이야기 전개 방법 등 여러 기준을 통한 각 개별 요소의 상호 관계를 바탕으로 개별 텍스트들의 구조적인 특징을 밝히는 구체적 텍스트 분석이 뒷받침되어야 한다. 특히 인물들의 상호 관계에 대한 논의에 있어 기존 연구물들은 웃는 자를 텍스트 외적 층위에 놓인 민담의 청자로만 한정할 뿐 텍스트 내적 층위에서 웃는 자에 대해서는 전혀 고려하지 않고 있는 문제점이 드러나고 있다. 텍스트 내적 인물층위에서 웃는 자[39]는 바보인물의 우행에 관계되는 자로서 바보인물의 행위를 직접 목격하고 웃음의 대상인 바보를 우스꽝스럽다고 여기는 자이기에 1차적으로 웃는 자이다. 그리고 민담 속 이야기 세계와는 거리를 두고 있는 실제 청자들은 이야기 세계 속에서 웃고 있는 그의 눈을 통하여 민담의 내용을 판단하기도 한다. 따라서 바보민담의 웃음을 보다 정확하게 파악하기 위해서는 민담 향유자들의 웃음뿐 아니라, 민담 속 인물들의 웃음도 분석의 대상으로 삼아야 하는 것이다. 바보민담의 미적 특질이나 웃음의 의미는 바보인물들이 살고 있는 민담

---

39) 이러한 인물은 서사세계의 내부에 위치하면서 지각 인식하는 사람인 초점화자(focalizer)로서의 등장인물인 초점적 인물(forcal character)에 해당되며, 이야기하거나 말하는 사람인 구연자로서의 목소리와는 구별되어야 한다. 제럴드 프린스, 『서사론 사전』, 이기우 역, 민지사, 1992, pp.94~96. 참조.
　초점화자의 지각, 사고, 느낌, 감각 등은 초점화자의 직접적인 목소리로 표현되는 것이 아니라, 다중 초점 혹은 자유간접화법 등의 서사적 장치를 통해 걸러져서 나타난다. Susan Sniader Lanser, *The Narrative Act:Point of View in Prose Fiction*, Princeton University Press, 1981, p.142.

속 세계의 질서와 웃음이 벌어지는 구체적인 상황에 대한 인식과 함께, 웃기고 웃는 인물들 간의 상호 작용에 대한 고찰이 선행될 때 구체화될 수 있을 것이기 때문이다.

또한 바보민담에서 웃음의 성격은 바보인물과 세계와의 대결 양상과 그 결과의 처리에 따라 좌우될 수 있다. 인물이 살아가는 조건인 사회 환경은 인물을 사회체계 내부로 끌어들이려는 구조로 되어 있고, 그런 사회 환경 속에서 바보인물이 경험하는 바보짓은 사회체계 내부에 갇히거나, 반대로 세계 외부로 이탈하는 것일 수도 있다.[40] 똑같은 바보짓을 저지른 바보라 할지라도 그 바보짓의 대가를 바보에게 미치게 하느냐, 바보와 대립된 세계 혹은 상대 인물에게 미치게 하느냐에 따라 텍스트가 내포한 웃음의 성격이나 의미는 달리 규정되게 되는 것이다. 또 동일하게 바보인물에게 그 대가를 지운다고 하더라도 그 대가의 경중에 따라 웃음이 지닌 공격성의 강도 또한 달라질 수 있는 것이다. 따라서 바보민담 텍스트 분석을 구체화하기 위해서는 사건의 주체인 바보인물뿐만 아니라, 언어의 주체인 화자가 공동체 내의 무엇과 논쟁하고 있는가에 대한 고찰 역시 충분히 논의될 필요가 있다.

이 책에서는 바보민담을 생성하는 근간이자 해석의 중요한 실마리인 웃음에 대한 몇몇 이론을 바탕으로, 바보민담 웃음의 특성과 의미를 고찰하기 위해 크게 바보민담의 구조적인 측면과, 기법적인 측면으로 나누어 살핀 후, 바보민담에 나타난 웃음의 의미와 기능 분석을 통해 그 문학사적 가치를 확인하고자 하였다.

웃음은 본질적으로 주관적인 성격[41]이 강하다. 때문에 동일한

---

40) 나병철, 『소설과 서사문학』, 소명출판, 2006, p.52 참조.
41) 웃음의 주관성은 연령별 차이, 지적 능력별 차이, 감성의 섬세함의 차이 등에 의해 생긴다. 류종영, 앞의 책, p.33. 참조.

장소에서 동일한 대상을 접했다고 해서 모든 사람이 다 웃음을 터뜨리지는 않으며, 그들이 웃는 웃음의 가치나 의미 또한 모두 제 각각일 수 있다. 이처럼 주관적인 웃음을 대상으로, 그들이 무엇을 보고 왜 웃는지, 그리고 그 웃음이 개개인의 심리나 행동에 어떻게 작용하는가를 밝히는 것은 난감한 일이 아닐 수 없다. 따라서 웃음을 연구대상으로 삼는 것은 애초부터 일정한 한계점을 안고 출발하는 작업일 수도 있다. 하지만 비록 웃음이 주관적 성격을 지닌 것은 틀림없는 사실이라 할지라도, 웃음에도 역시 '상대적인 객관성'은 존재한다.

> 첫째, 코믹에 대한 우리의 판단력의 상대성, 즉 판단력의 차이가 그렇게 크지 않다는 것, 둘째, 웃음이 의사소통적인 행위의 한 부분 이라는 것, 셋째, 웃음의 '객관적' 성격에 대한 연구는 문화인류학적 보편성뿐만 아니라, 기호학적, 언어학적, 역사적, 미학적인 보편성도 수용하고 있으므로, 웃음의 객관성은 사회적 관련, 상황적 관련, 주제 적인 관련에서 찾을 수 있다는 것이다.[42]

특히 웃음이 사회적 측면에서 구성원 상호 간의 관계 유지를 위한 단순한 감정 표현이기보다는 더욱 복잡한 사회문화적 이데올로기 요인과 관련되어 있는 것[43]이라고 본다면, 웃음 해석의 타당성을 확보하는 데 바탕이 될 객관적이고 합리적인 이론이 정립될 가능성은 충분하다. 또한 실제로 고대 이래 수많은 철학자들이 웃음

이 같은 웃음의 주관성은 오히려 민담의 웃음을 다양한 각도에서 조명할 수 있는 계기가 될 수도 있어 민담에 내재된 다양한 의미를 확장하는 데 기여될 수 있을 것이라 생각한다. 따라서 웃음의 주관적 성격이라는 일정한 한계가 있다고 해서 더 이상 문학연구에서 제외시킬 것이 아니라 보다 합리적인 방법을 통해서 이러한 문제를 최소화하는 방향으로 나아가는 것이 바람직할 것이다.
42) 위의 책. passim. 33~34.
43) 김봉정, 앞의 책. p.3.

에 대해 다양한 견해를 제시하고 있고, 이들 중 몇몇 이론은 문학 연구의 바탕으로 삼기에도 매우 유용한 것이라 판단된다.

웃음을 유발하는 요인은 개인적이거나 집단적인 결함[44]이라 할 수 있는데, 홉즈에 의하면 웃음은 타인의 결함을 접하게 된 사람이 심리적 우월감을 형성할 때 느끼는 '갑작스런 영광'의 표현이라고 하였고, 아리스토텔레스는 웃음을 인간의 약점 중 '남에게 상처나 고통을 주지는 않는 것'으로 한정하였다. 따라서 인간적 결함을 지닌 바보인물을 통하여 그 웃음의 의미를 확인하는 일은 민담향유자들이 인식했던 인간의 약점이 무엇이었는가를 확인하는 작업이 될 것이고, 그들이 '인간의 약점'이라고 판단했던 것이 무엇이었는가는 당대의 문화와, 그 문화에 대한 민담향유자들의 인식이 어떠하였는지를 확인할 수 있는 단서가 될 것이다.

이 책의 연구대상인 바보민담은 바보인물을 민담의 주요 인물[45]로 삼아 그의 우행을 보여주는 이야기로 소화(笑話)의 범주에 포함된다. 소화는 향유하는 계층이나 집단의 성격에 따라 문헌소화(文獻笑話)와 구전소화(口傳笑話)로 나누기도 한다.[46] 그리고 그 내용에 따라 과장담, 모방담, 치우담, 사기담, 경쟁담으로 나누기도 하고[47] 치우담, 지략담, 음담이나[48] 바보, 지혜, 간사로 구분하기도[49]

....

44) 앙리 베르그송, 앞의 책, p.78.

45) 바보민담에서 바보인물은 민담의 주인공으로 나타나기도 하고 주인공과 대립하는 인물로 나타나기도 한다. 주인공과 대립하는 인물로 나타나는 경우는 원래는 바보로 인식되지 않던 인물이 주인공에 의해서 바보화되는 인물이다.

46) 서대석은 문헌설화를 문인소화로, 구전설화를 민간소화라고 하였다. 문인소화는 문인들 사이에서 형성되어 기록으로 남겨진 소화들로서 한국에서 한문으로 기록되어 전하는 문헌에 수록된 소화는 대부분 문인소화라고 할 수 있다. 반면 민간소화는 말로 전해지는 자료를 채록하여 정리한 소화로서 소화만 따로 정리한 자료집은 많지 않으나 구비 설화 자료집에 두루 수록되어 있는 이야기들이다. 서대석, 『한·중소화의 비교』, 서울대학교 출판부, 2007, p.6. 참조.

47) 장덕순 외 3인, 앞의 책, pp.55~67.

하는 등 다소 차이를 보이지만, 이들 중 바보민담은 '치우담'이나 '바보담'에 해당하는 민담이다. 바보민담에 포함될 수 있는 민담은 저능아, 바보 사위, 어리석은 시어머니, 무식한 사람, 실언하는 사람 등의 이야기를 포함한다.[50)

바보민담은 『태평한화골계전』, 『어우야담』, 『용재총화』, 『명엽지해』 등의 문헌소화집에 다수 기록되어 전하기도 하고, 구전되어 오던 바보민담들은 『한국구전설화』,[51)] 『한국구비문학대계』[52)] 등을 비롯하여 최근에 채록된 『강원설화총람』[53)]이나 『강원의 설화』[54)]에까지 상당수 전해 오고 있다.

이강엽에 의하면 『한국구비문학대계』에 수록된 바보민담은 175편이라고 한다.[55)] 물론 민담을 분류하는 기준이나 보는 시각에 따라 바보민담의 범위는 다소 차이가 있을 수 있으나, 바보민담과 다른 민담과의 경계에 있는 민담들은 바보민담의 전체 모습을 파악하는 데 크게 영향을 끼치지는 않을 것으로 보인다.

이 책에서 주 연구 자료로 삼고 있는 『한국구전설화』에서 바보민담의 범주에 해당된다고 판단되는 민담은 330여 편 정도로 다른 설화집에 비해 월등하게 많이 수록되어 있다. 여기에는 이강엽이 바보

48) 장덕순, 한국설화문학연구, 『성산 장덕순 선생 저작집』, 3, 박이정, 1995, p.38.
49) 최인학, 『구전설화연구』, 새문사, 1994, p.22.
50) 치우담은 '바보'들의 이야기다. 低能兒, 바보 사위, 어리석은 시어머니와 같은 類들이 모두 포함되고, 그 밖에 무식한 사람, 失言하는 사람, 病身들의 이야기도 포괄된다. 장덕순 외 3인, 앞의 책, p.57. 참조.
51) 임석재, 『韓國口傳說話』, 평민사, 1983~1993.
52) 정신문화연구원 편, 『韓國口碑文學大系』, 한국정신문화연구원, 1980~1989.
53) 최웅・김용구・함복희, 『강원설화총람』, Ⅰ-Ⅵ, 북스힐, 2005.
54) 최웅 외, 『강원의 설화』, Ⅰ・Ⅱ・Ⅲ, 강원도청, 2006.
55) 이강엽, 「바보 이야기의 유형과 그 의미」, 김태곤 외 21명, 『민속문학과 전통문화』, 박이정, 1997, pp.593~595.

민담의 범주에 포함한 바보음담 중 그 성적 표현이 노골화되어 있거나 음담패설의 성격이 짙은 것은 포함시키지 않았다. 음담의 성격이 짙은 민담은 비록 바보가 민담의 주요 인물로 등장하였다 하더라도 화제의 초점이나 의도가 단순한 성적 희롱에 머물고 있는 경우가 대부분이기 때문이다. 즉 성적인 내용을 이야기하기 위해 바보를 빌미로 삼은 것[56]일뿐, 바보민담이 지니는 웃음의 미적·사회적 의미나 기능은 지니고 있지 않기 때문에 그 성격을 달리 규정하여야 할 것이다. 따라서 이 책에서는 성적 내용을 담고 있더라도 바보민담의 특성과 웃음의 미적 자질을 갖추었다고 판단되는 이야기들만을 바보민담의 범주에 포함시키기로 한다.

한편, 동일한 민담이라도 구연자나 구연상황에 따라 그 성격이 달라질 수 있기 때문에 연구 자료 선정 시 자료의 형태를 고려하지 않을 수 없다. 구연 시 구연자가 상황에 따라 덧붙이는 부연설명까지 그대로 수록하고 있어, 구체적 구연 현장이 비교적 잘 드러나는 자료로는 『한국구비문학대계』를 꼽을 수 있으나, 기억에만 의존하여 구연되는 민담을 직접 채록하였기에 서사의 핵심이 되는 내용이 생략되거나 변형되어 줄거리 연결이 잘 되지 않는 민담까지도 상당수 포함하고 있다. 반면 민담의 핵심이 되는 서사 내용이 잘 드러나는 것은 기록으로 전해지는 문헌설화들이다. 상황에 따라 즉흥적으로 구연되는 구전민담에 비해 시간적·공간적 구애를 받지 않고 기록된 문헌설화가 구전민담에 비해 상대적으로 짜임새 있는 서사적 구조를 갖추고 있음은 당연하다. 그렇다 하더라도 문헌설화들이 구전되는 민담을 바탕으로 한 것인지 아니면 특정 기록자에 의한 창작물인지 구분하기는 쉽지 않다. 비록 문헌설

---

56) 위의 책, p.616.

화가 구전되는 것을 바탕으로 재기술되었다고 하더라도 기록 과정에서 특정 기록자의 계층 의식이나 가치관이 투영될 수밖에 없기 때문에 자료 선택의 조건이 구전설화와는 다르다는 점을 간과하여서는 안 될 것이다.

이 책에서 연구의 주요 자료로 삼고자 하는 『한국구전설화』는 『한국구비문학대계』에 비해 비교적 서사적 구조를 잘 갖추고 있어 민담의 기본 골격이 되는 줄거리를 파악하기에 용이한 이점을 지니고 있다. 이는 『한국구전설화』가 『한국구비문학대계』에 비해 비교적 앞선 시기에 채록되었음이 주된 이유로 보인다.[57] 또한 이 책의 연구 초점이 구연 상황보다는 바보민담의 서사 구조에 있기에 『한국구전설화』가 『한국구비문학대계』보다 적절한 연구 자료가 될 수 있다고 판단한다. 게다가 『한국구비문학대계』에 비해 『한국구전설화』가 수록하고 있는 바보민담의 자료수도 월등하게 많기 때문에 자료의 다양성 확보라는 측면에서도 유리하다는 판단이다. 따라서 이 책에서는 『한국구전설화』를 기본 자료로 삼고 『한국구비문학대계』와 최근에 채록된 『강원설화총람』, 『강원의 설화』 및 여타의 구전설화집에 전하는 자료를 참고 자료로 활용하고자 한다.[58]

---

57) 이는 예전과 달리 민담을 구연할 기회를 자주 갖지 못하기 때문에 기억에만 의존해야 하는 구연의 특성상 구연자들이 민담의 내용을 잘 기억하지 못했을 수도 있고, 또 그 구연 능력을 많이 상실했기 때문으로 보인다. 이러한 사실을 보면 『한국구비문학대계』보다 『한국구전설화』의 서사구조가 더 짜임새 있는 것은 당연하다고 하겠다.

58) 구전되는 민담의 특성상 비슷한 유형의 작품들이 여러 설화집에 수록된 경우가 많으므로 참고로 활용하는 자료는 『한국구전설화』에 수록된 자료들과 색다른 경향을 보이는 작품이나 보충 자료가 필요한 경우에 한해서 인용하고자 한다.

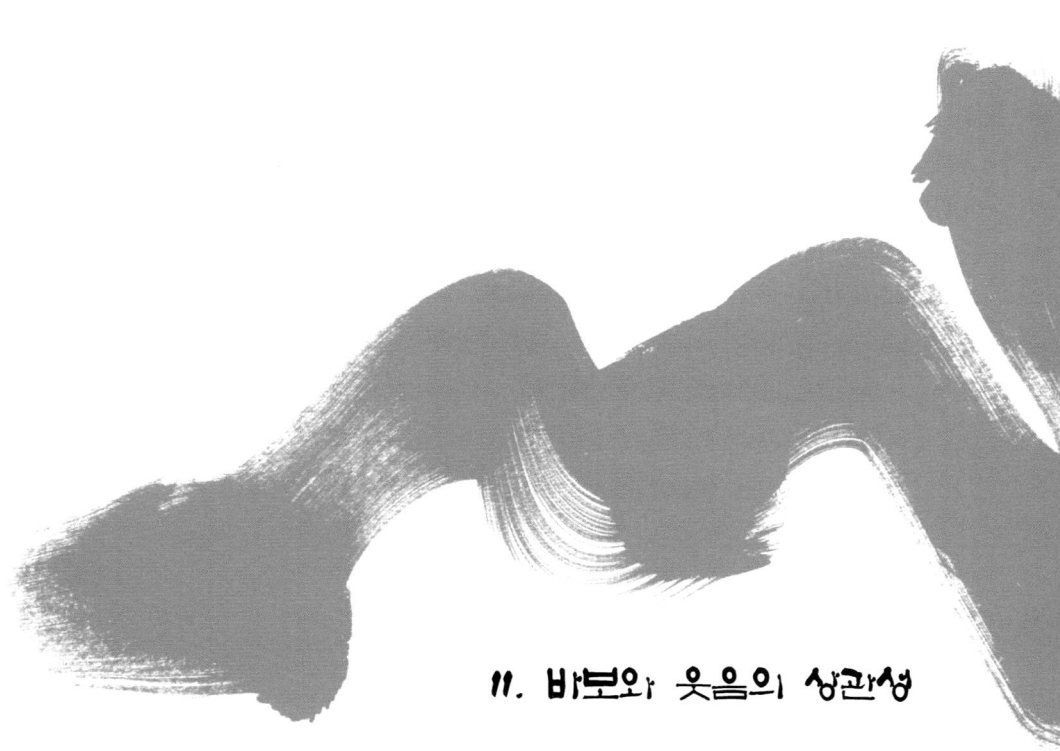

11. 바보와 웃음의 상관성

1. 웃음의 시학

웃음이 다양한 상황에서 각각 다른 의미를 띠고 발생하는 것처럼 웃음과 관련된 철학자들의 견해 또한 매우 다양하다. 하지만 웃음에 대한 수많은 견해들 중 어느 것도 모든 웃음을 다 해명해 내지는 못한다. 다음에 제시하는 뒤가(L. Dugas)의 말은 이러한 상황을 잘 보여준다.

> 웃음만큼 평범하고, 웃음만큼 광범위하게 연구됐던 행위도 없으며 그것만큼 보통 사람들이나 철학자들의 호기심을 자극했던 것도 없다. 웃음만큼이나 그에 대해 많은 관찰된 사실들이 수집되고 많은 이론들이 세워진 것도 없다. 그러나 동시에 그것만큼 설명되지 않은 채로 남아 있는 것도 없다.[59]

뒤가의 말에 기대지 않는다 하더라도 어느 한두 사람의 견해를 바탕으로 문학 텍스트의 웃음을 규명하는 것은 어려운 일임에 틀림없다. 따라서 이 절에서는 지금까지의 웃음에 대한 견해들을 정리하고, 이 중 바보민담의 웃음을 이해하는 데 도움이 될 만한 몇몇 이론의 적용 가능성을 검토하기로 한다.

먼저 웃음의 대상에 대한 견해들이다. 아리스토텔레스는 희극을 인간에게 있는 약점의 표현[60]으로 인식하였다. 이후 많은 웃음 연구자들은 이 견해를 수용하여 웃음을 일으키는 주요한 요소로 인간의 약점을 들고 있다. 20세기 이후 웃음이론으로 주목받고 있는

---

59) 프로이트, 『농담과 무의식의 관계』, 임인주 옮김, 프로이트 전집 6, 열린책들, 1997, p.186. 재인용.
60) 하르트만, 『미학』, 을유문화사 1983, p.442.

베르그송 또한 희극성은 개인적이거나 집단적인 결함을 나타내는 것[61]으로 파악하여 인간이 지닌 결함은 그 결함을 발견하는 자를 웃게 만든다고 하였다. 홉스는 타인의 결함을 접하게 된 사람이 심리적 우월감을 형성하게 되고, 자신에게서 우월성을 발견했을 때 느끼는 '갑작스런 영광'의 표현[62]이 웃음이라고 하였다. 하지만 인간이 지닌 결함이 모두 우스운 것으로 규정되지는 않는다. 아리스토텔레스는 웃음의 악의적 요소에 특히 주목하면서 우스운 것이란 '남에게 상처나 고통을 주지는 않지만 추한 것'이라 하였다. 아리스토텔레스의 이 말은 인간이 지닌 약점들이 다른 사람을 웃게 하지만 그 약점이 누군가에게 상처나 고통을 줄 정도로 심각한 것일 때는 우스운 것이 되지 못한다는 것이다. 즉 누군가의 결함이 어떤 심각한 문제를 야기한다면 그것은 비극으로서의 슬픔이나 분노의 감정이지 희극으로서의 유쾌한 웃음이 될 수 없는 것이다.

칸트는 감명 깊은 생생한 웃음을 환기하는 모든 것에는 우리의 지성이 만족할 수 없는 부조리한 그 무엇이 있는데, 웃음이라는 것은 긴장한 기대가 갑자기 허무로 돌아갈 때 느껴지는 일종의 감정이라고 하였다. 아리스토텔레스가 '약점'이라고 표현한 희극적 계기를 칸트는 '부조리'로 이해하면서, 희극적인 것의 범주를 도덕적 영역에 국한하지 않고 보다 넓게 확장한 견해라 하겠다. 또 칸트의 견해를 수용한 하르트만은 희극적인 것의 계기가 되는 네 가지 조건을 들고,[63] 인간의 생활 현상 중 그 조건을 충족시키는 부

61) 앙리 베르그송, 앞의 책, p.78.
62) 데카르트 역시 '자기와 비교하여 타인의 단점과 불완전성을 보고 자신의 우월성을 느끼는 것이 웃음을 유발한다.'고 한다. 이상근, 『해학 형성의 이론』, 경인문화사, 2002, p.111. 참조.
63) 존립하여야 될 부조리한 것(약점)과 중요한 것 같으면서 아닌 것, 그리고 가상의 자기 해소와 기대하지 않았던 것 등이다. 이 네 가지 계기들은 언제나 엄연하게 분리되어

류를 다음과 같이 세 가지로 분류하였다.

　　첫째 그룹은 호언장담하기를 좋아하며 따라서 아무리 숨기려고 애써도 결국 폭로되고 마는 도덕적 박약과 졸렬의 그룹이다. 이 종류의 그룹 중에는 불철저, 무절조, 태만, 고루, 부패, 인색, 탐욕 등……
　　둘째 그룹은 그보다 현저한 지적 결함의 요소를 가지며, 부조리한 것 중의 비논리적인 계기와 근사한 것이다. 그러나 여기서도 중요한 것은 자기의 과오에 대한 무지나 자기의 과오를 숨겨두려고 하는 경향이다. 이 그룹 중에는 부주의에서 나오는 비논리, 우둔, 무사려, 천치, 편협, 아는 체하는 것, 고집, 망상…… 끝으로 융통성 없이 세습적인 것을 고집하여 그와 동시에 객관적으로 살아남은 모든 풍속을 고집하는 것 내지 부자연스럽게 유지되고 있는 허식과 모든 종류의 도덕적 불순 등이 있다.
　　셋째 그룹은 가장 무해한 것이다. 이 그룹에서는 결함이 지성에 있는 것도 아니고, 그렇다고 또 도덕에 있는 것도 아니라 일종의 중성적인 不知나 혹은 인간의 무능에 있다. 여기서는 모든 종류의 미숙련, 단순한 좌절과 눌언…… 그 외에 행동의 외면적인 부정, 사회적 형식에서의 이탈, 그 다음에 지나친 수치와 사양, 비겁 등……[64]

　하르트만이 제시한 희극적인 것에는 인간들이 지닌 결함들이 거의 모두 포함된다고 하겠다.
　바보는 인간적 약점을 지닌 인물이기에 늘 다른 사람들로 하여금 우월감을 갖게 한다. 바보민담에서 '바보'는 이야기를 형성하는 근간이 되는 요소이므로 이것만으로도 바보 민담은 충분히 청중의 웃음을 자아낼 수 있다. 바보는 어리석기 때문에 자신에게 닥친 문제나 상황에 슬기롭게 대처하지 못한다. 비록 바보가 선천적으로 지

있는 것이 아니라 상호침투하고 있는 것이어서 오직 이것들을 희극에까지 몰고 가는 예술적으로 원숙한 기지에서만 순수하게 드러나는 것이다. 그러나 바로 그렇기 때문에 서투른 사람이 뭉개버릴 수도 있는 위험성도 가지고 있다. 위의 책, p.444. 참조.
64) 하르트만, 앞의 책, passim. 445~448.

능이 모자라게 태어난 사람이 아니라고 해도 특정 상황에서 사람들이 기대하는 일반적인 기대치에 못 미치게 행동했을 때 그는 웃음의 대상이 될 수 있다. 사람들은 기대에 못 미치는 일이 일어났을 때뿐만 아니라 기대에 불일치한, 예기치 못한 일이 일어났을 때도 웃음을 일으키게 된다. 선천적인 바보는 물론 특정 상황에서 바보화된 인물도 대개 그가 속한 주변 사람들과 다르게 행동함으로써 그들의 기대치에 어긋나게 되고 이 때문에 사람들의 웃음을 유발하기도 한다. 만약 그 행동이 시·공간적으로 다른 위치에 처한 사람이 보았을 때에는 결코 어리석다고 판단할 수 없더라도 그 집단 내에서는 웃음거리가 될 수 있는데, 웃음이 그것을 유발시키는 사회 내에서만 온전히 이해될 수 있는 것은 바로 이러한 웃음의 속성 때문이다.[65]

다음은 웃음의 발생 조건에 대한 이론들이다. 베르그송은 웃음을 일으키는 것을 사회생활의 표층에서 드러나는 가벼운 반항들[66]이라고 하였다. 즉 웃음은 집단적 규칙에서 벗어난 대상이라고 할 수 있겠다. 웃음을 일으키는 인간의 약점 또한 집단의 규범에서 일탈된 것들이다. 즉 웃음은 집단적 규칙과 규칙 위반 사이의 갈등에서 비롯된다는 것을 뜻하는 것이다. 또 윙어는 모든 희극적인 것의 토대가 '갈등'이며, 이 갈등이 여러 가지 조건들을 충족시켜야 희극적인 것이 된다고 하였다.

> "모든 희극적인 것은 갈등에서 나온다."…… "동일하지 않은 힘들
> 이 가시화되는 불균형이 희극적 갈등의 조건들 중에 하나다."……

---

65) 졸고, 「웃음을 통해 본 바보사위담의 의미」, 『강원인문논총』, 제17집, 강원대학교 인문과학연구소, 2007, p.6.
66) 앙리 베르그송, 앞의 책, p.160.

"힘이 열등한 자가 싸움을 시작해야만 하고, 공격의 출발점이 되어야만 한다."······ "이 도발자가 실제적으로 힘이 우세한 적을 만나서, 그에게 달려들어, 격퇴당하는 것이 이 갈등의 전제다."······ "힘이 열등한 사람이 싸움을 시작해야 할 뿐만 아니라, 그의 도발은 부적절해야 한다. 그리고 이 도발은 그 자체 내에 모순이 있다는 것을 이해해야 한다." 이 모순은 이 싸움을 아주 진지하지 않은 싸움으로 만들고, 즉시 진지하지 않게 파악하도록 인식시킨다.······ 이 모순은 갈등의 진지함을 제거하고, 그 현실을 처음부터 파기함으로써, 이 진지함을 희극적으로 만들기 때문이다.[67]

위에 인용한 윙어의 주장에 의하면 희극적인 것은 서로 월등한 힘의 차이를 보이는 두 대상이 갈등을 일으킬 때 발생하는데, 그 갈등은 두 대상 중 열등한 자가 시작해야 하고, 열등한 자의 도발이 부적절하고 모순될 때 희극적인 것이 된다는 것이다.

이 같은 윙어의 주장은 바보민담에서 웃음을 유발하는 원리를 이해하는 데 도움이 될 수 있을 것으로 보인다. 바보민담에 등장하는 바보는 인간적 약점을 두드러지게 지닌 자로 정상인에 비해 아주 열등한 자들이다. 열등한 바보는 늘 사회적 규칙을 어김으로써 자신보다 우세한 사회적 규칙과의 갈등을 야기한다. 하지만 바보의 이러한 위반행위는 사회적 질서 유지에 아무런 위협이 되지 못할 뿐 아니라, 그를 바라보는 집단의 구성원들은 사회적 규칙에는 어울리지 않는 부적절한 행위로 인식하여 그를 웃음거리로 삼게 될 뿐이다. 이처럼 사회적 규칙과 바보인물의 규칙 위반 행위 사이의 갈등이 바로 바보민담의 웃음을 형성하는 기본 바탕이 될 수 있을 것이다.

바보민담에서는 바보들의 행위를 실제보다도 더 과장하여 보여줌으로써 청중의 웃음을 증폭시킨다. 우리는 바보들이 웃음을 일으

---

67) 류종영, 앞의 책, passim. 380~383. 재인용.

키는 행위를 통하여 민담의 향유자들이 인간의 결함으로 인식하고 웃음거리로 삼았던 것이 무엇이었는지를 파악할 수 있다. 그런데 인간적 결함은 집단에 따라 그 대상이 다를 수 있다. 어떤 집단에서는 우스꽝스럽게 여겨지는 것이 다른 집단에서는 전혀 웃음거리가 되지 않는 것이다. 가령 남자가 치마를 입는 것은 우리 사회에서는 아주 엉뚱하고 우스꽝스러운 것으로 여겨지지만 스코틀랜드의 킬트와 같은 스커트는 군복으로서 당당한 남성의 상징이며 축제나 예식에 참여하기 위해서는 반드시 갖추어야 할 지극히 정상적인 남성 복장으로 인식되고 있다. 이처럼 우스운 것은 그 집단의 관습이나 관념과 밀접한 관계가 있는데, 특히 웃음의 사회적 기능에 주목한 베르그송은 웃음과 사회집단과의 관계에 대해 다음과 같이 역설하였다.

> 우리의 웃음은 언제나 한 집단의 웃음이라고 할 수 있다. ……사실 웃음은 실제적으로 존재하든 혹은 상상적으로든 다른 사람들과의 합의, 즉 일종의 공범 의식 같은 것을 숨기고 있는 것이다. ……희극적 효과들이 한 언어에서 다른 언어로 옮겨질 수 없으며, 따라서 한 독특한 사회의 관습이나 관념과 상관관계가 있다는 사실도 빈번하게 지적되지 않았던가? ……웃음을 이해하기 위해서는 그것을 사회라고 하는 본래의 위치에 다시 놓아야 한다.[68]

베르그송의 견해에 의하면 웃음은 집단적 공감대가 형성되어야 발생할 수 있으므로, 어떤 웃음을 이해하기 위해서는 그 집단적 조건들에 대한 검토가 전제되어야 한다는 것이다. 베르그송이 언급한 이 같은 웃음의 '집단성'을 프로이트는 '현재성'[69]으로 파악하였다.

---

68) 앙리 베르그송, 앞의 책, passim. 15∼16.
69) 프로이트, 앞의 책, p.159.

그는 웃음의 담화 중 특히 농담과 관련하여 웃음의 심리적 특성들을 제시하고 있다. 그가 말하는 '현재성'은 농담도 생명을 지닌 것이기 때문에 농담이 발생한 시점에서는 웃음을 유발하지만, 그 시기가 지나면 더 이상 농담으로서의 기능이 약해지거나 상실되는 것을 뜻한다. 이는 농담이 그 당시 사람들의 관심을 끌거나 긴장시켰던 인물이나 상황에 대한 암시를 포함하기 때문이다. 암시가 특별히 효과적인 쾌락의 원천이기는 하지만 그 시기가 지나면 농담의 암시 효과를 상당부분 상실하게 된다는 것이다.[70] 테드코언 역시 우스개가 조건적임을 주장하였다. 그는 우스개가 주로 특정한 부류의 집단 속에서 형성되기 때문에 그 부류에 소속되지 않은 사람의 경우는 웃을 수 없다는 것이다.[71]

이들의 의견은 모두 웃음이 집단적 조건을 바탕으로 형성된다는 것을 지적한 것이다. 베르그송은 웃음이 발생하는 지역적 조건에 초점을 두었고, 프로이트는 그 시대적 조건을, 그리고 테드코언은 그 사회적 조건을 웃음의 발생 조건으로 제시하고 있는 것이다. 그러나 어떤 웃음의 발생 조건을 이해하기 위해서는 이들이 제시한 조건 중 어느 하나만으로는 충분해 보이지 않는다. 웃음을 형성시킨 역사적, 지역적, 사회적 배경들이 종합적으로 검토될 때 그 웃음은 제대로 이해될 수 있을 것이다. 특히 바보민담처럼 집단적인 성격을 지니는 웃음 담화에서는 이러한 조건에 대한 검토 없이 그 웃음을 온전히 이해하기는 어려울 것이다.

다음으로 웃음을 발생시키는 담화들의 형식적인 특성들에 대한 이론들이다. 웃음을 일으키는 담화들은 대개 짧고 간단한 형식으로

---

70) 물론 농담 중에는 현재성이라는 조건으로부터 전적으로 자유로운 농담들도 있다. 위의 책, p.159. 참조.

71) 테드코언, 앞의 책, pp.37~76.

짜인다. 테드코언은 '매우 짧은 길이의 지어낸 이야기'인 우스개의 형식적 특질을 두 가지로 제시하였는데 "사람들과 그들이 처한 상황, 그리고 그들의 행동에 대한 설명으로 시작, 그리고 '펀치라인'[72] 이라는 짤막한 결론으로 마무리"되는 것과 '정형화'된 형태라는 것이 그것이다. 이처럼 웃음을 일으키는 형식이 짧고 간단해야 하는 이유는 다음에 제시된 하르트만의 견해를 통해서 잘 이해된다.

> 희극적인 것의 본질은 길게 늘여서 다루어지기를 싫어하며 따라서 제 자신을 시간적으로 단축시키려고 하는 경향을 가지고 있다. 그 이유는 희극적인 것의 구조 속에 있는데, 희극적인 것에 있어서는 모든 것이 하나의 초점으로 밀집하는 것이며, 이 초점을 임의로 변경시키면 그것을 맞히기가 어려워지기 때문이다. 그리고 이 초점이 틀려지면 희극이 맥 빠져서 오래두고 사람들의 흥미를 끌지 못한다.[73]

하르트만은 형식이 길어질 경우 청중의 관심을 지속적으로 붙들어 희극적인 것에 집중시키기가 쉽지 않다는 것이다. 프로이트가 간결성을 농담의 영혼이라고 했을[74] 정도로 간결한 형태를 강조한 것도 사실은 이와 같은 이유라고 할 수 있겠다. 프로이트는 농담은 제삼자(청자)가 사회적 금기나 억제로부터 해방되도록 하는데, 이때 청중은 금기나 억제에 사용되었던 정신적 에너지가 농담으로 인해 절약된다고 하였다. 그리하여 청중의 절약된 정신적 에너지가 방출되면서 웃음이 발생하는 것이라 하였다. 농담으로 절약된 에너지가 다른 곳에 사용되는 것을 막고 청중의 웃음을 터뜨리기 위해서는 농담이 가능

---

72) '펀치라인'은 청중의 웃음이 터지게 하는 결정적인 부분인데, 보통 한 문장 정도로 이루어진다. 위의 책, p.16. 참조.
73) 하르트만, 『미학』, p.458.
74) 프로이트, 앞의 책, p.17.

한 짧은 표현과 쉽게 이해될 수 있어야 한다는 조건을 준수해야 한다는 것이다.[75] 웃음을 지향하는 바보민담의 경우에도 간결한 형식이 청중의 웃음을 유발하기에 적절하다 하겠다.

웃음의 구성 자질에 대한 대표적 이론으로는 프로이트의 견해를 들 수 있다. 프로이트는 농담이 형성되기 위해서는 농담하는 자, 농담의 대상, 그리고 농담을 듣고 웃을 제삼자를 필요로 한다고 하였다. 여기서 농담하는 자는 웃음 유발자, 농담의 대상은 웃음의 대상, 그리고 제삼자는 대상의 우스꽝스러움을 파악하고 웃는 자라 할 수 있다.[76] 특히 프로이트가 말하는 제삼자는 농담을 듣는 청자로, 농담의 성공 여부를 웃음으로 확인해 주는 자이다. 제삼자는 웃음으로 농담에 응답함으로써 그 농담을 완성시킨다는 것이다. 그리고 웃는 자는 그 웃음의 대상에 대해서 객관적 거리감을 확보해야 한다고 하였다. 프로이트는 농담을 듣고 제삼자(청중)가 웃음을 터뜨리기 위한 조건에 대해서 다음과 같이 언급하고 있다.

> 뛰어난 외설적인 농담이라도 그 농담이 제삼자가 아주 존경하는 친지를 발가벗기는 것이라면 웃을 마음이 생겨나지 않는다. ……청중들 속에 내 적대자의 친한 친구들이 섞여 있을 경우에는 적에 대한 비방이 제아무리 재미있어도 그것은 농담이 아닌 혐담으로 받아들여져 쾌락이 아닌 분노를 일으킬 것이다. 제삼자가 농담 - 과정의 완성을 위해 함께 작용하기 위한 불가결한 조건은 일정 정도의 우호나 무관심이다. 즉 농담의 의도에 대한 강력한 적대적 감정을 불러일으킬 수 있는 어떠한 요소도 없어야 한다는 것이다.[77]

....

75) 위의 책, pp.174~193.

76) 류종영은 웃음의 조건을 첫째 웃는 대상이 있어야 하며, 둘째 웃음거리가 된 사람이 아닌 다른 사람이 우스꽝스러움을 파악할 때 생기며, 셋째 웃음은 현실적인 원인이 있어야 한다고 한다. 류종영, 앞의 책, p.397. 참조.

77) 프로이트, 앞의 책, p.185.

이것은 웃는 자와 웃음의 대상 사이에 심리적으로 객관적 거리가 형성되어야 함을 지적한 것이다. 이는 비단 농담뿐 아니라 웃는 자가 웃음의 대상에 적대감을 가진 모든 웃음 담화에서 동일하게 적용되는 조건이라고 하겠다. 베르그송이 웃음의 대상에 대해 연민이나 감동을 일으켜서는 웃을 수 없다[78]고 한 것 또한 이와 같은 맥락이라고 하겠다.

반면 웃음 유발자와 웃는 자 사이에는 서로 공감대가 형성되어야 한다.

> 제삼자 역시 우리의 적에 대해 적대감을 느끼게끔 하는 것을 목표로 한다. 우리는 적을 하찮고 저열하며 경멸스럽고 우스꽝스러운 인물로 만듦으로써 적을 이겼다는 것을 우회적으로 즐기게 되며 아무런 수고도 하지 않은 제삼자는 웃음으로 그 즐거움을 입증해 준다. ……더 나아가 농담은 쾌락의 획득을 미끼로 청취자가 엄격한 검토 없이 우리 편을 들도록 매수한다. ……이에 대해서는 '웃는 사람을 자기편으로 끌어들인다.'는 아주 딱 들어맞는 표현이 있다.[79]

프로이트의 이 같은 주장은 농담하는 자(화자)와 제삼자(청자)가 서로 동질감을 가지면서 그 웃음의 대상에 대해서는 적대감을 가져야 한다는 것을 말한다. 그리고 화자는 쾌락을 미끼로 웃는 자(청자)를 자신의 편으로 만들고 함께 웃음의 대상에 대해 적대감을 형성하도록 하는 것이다. 베르그송이 웃음은 사회의 관습이나 관념과 상관관계가 있다고 한 것 역시 웃는 자와 사회 사이의 공감대를 지적한 것이라 하겠다.

---

78) 베르그송, 앞의 책, pp.13~14.
79) 프로이트, 앞의 책, p.133.

사람들은 웃음이 솔직한 것이라고 생각하지만, 사실 웃음은 실제적
으로 존재하든 혹은 상상적으로이든 다른 사람들과의 합의, 즉 일종
의 공범 의식 같은 것을 숨기고 있는 것이다.[80]

그런데 베르그송은 웃음 유발자와 웃음의 대상을 따로 구분하지
않고 있다.[81] 그는 기본적으로 웃음의 사회적 기능에 초점을 두고
논의를 진행하였기 때문에 웃음을 집단적인 것으로만 간주하였던
것이다.[82]

반면 웃음이 형성되기 위해 웃는 자의 적극적인 역할이 필요하
다는 사실에 주목하여 웃음 유발자와 웃는 자를 구분한 사람은 테
드코언이다. 프로이트는 아무런 수고도 하지 않고 농담이 주는 쾌
락을 선사받은 청자(제삼자)는 웃음으로 응답하여 확인해 줄 뿐 결
국 농담 작업의 완성은 화자에 의해서 완성되는 것으로 보고 있는
반면, 테드코언은 우스개의 의미를 형성하는 데에는 보다 적극적인
수용자(청자)의 역할이 필요하다고 주장하였다. 우스개를 하는 자
는 화자이지만 그 성공 여부는 청자에 따라 다르다는 것이다.

조건적인 우스개는 수용자의 역할을 필요로 하는 우스개이므로,
수용자에게서 그러한 역할을 이끌어내는 것은 우스개의 효과를 좌우
하는 핵심이라고 할 수 있다.[83]

....

80) 앙리 베르그송, 앞의 책, p.15.
81) 일반적으로 실제 담화에서도 누군가를 의도적으로 웃음거리로 삼지 않는다면 웃음 유
　　발자와 웃는 자가 정확히 구분되지 않는 경우가 많다.
82) 우리의 웃음은 언제나 한 집단의 웃음이라고 할 수 있다. 앙리 베르그송, 앞의 책,
　　p.15. 참조.
83) 테드코언, 앞의 책, p.65.
　　테드코언은 우스개를 순수한 우스개와 조건적인 우스개 두 가지로 구분하였는데, 순수
　　한 우스개는 누구나 웃을 수 있는 우스개라고 하고 조건적인 우스개는 특정한 조건을
　　갖춘 사람들 사이에서만 성립할 수 있는 우스개를 말한다. 하지만 그는 최소한 언어적
　　조건이라도 필요하기 때문에 순수한 우스개는 사실상 존재하지 않는다고 하였다.

이런 견해는 수용자의 적극적 역할과 함께 우스개의 효과도 수용자에 따라 달라질 수 있음을 주장한 것으로, 우스개를 성공적으로 이끌기 위해 수용자가 갖추어야 할 요건을 강조하고 있는 것이다. 우스개가 성공적이기 위해 수용자는 우스개에서 '말을 하지 않아도 전해지는 그 무엇',[84) 즉 배경적 지식을 갖추어야 할 뿐만 아니라 화자와 공통된 세계관이나 느낌을 가진 사람으로서 무엇보다 화자와 서로 친밀감이 형성되어야 한다는 것이다.

> 우스개는 두 사람이 같은 배경을 공유하고 있다는 암묵적인 합의에서 출발하는 것이기 때문이다. 즉 두 사람이 함께 우스개 속에 들어와 있다는 의식이 배경에 깔려 있을 때, 우스개는 시작되는 것이다. 이것이 바로 우스개의 기반이 되는 친교이다. ……공동체의 친교는 두 가지 요소를 가진다. 첫 번째 요소는 신념, 성향, 선입견, 기호 등으로 이루어진 공통분모─공통의 세계관 혹은 그것의 일부─이고, 두 번째 요소는 공통의 느낌─어떤 일에 대한 공통된 반응─이다.[85)

우스개를 형성하는 데 요구되는 인물과 그 역할은 농담이나 우스개뿐 아니라 바보민담에서도 마찬가지다. 바보민담 또한 웃음을 지향하는 담화이므로 농담이나 다른 우스개처럼 화자(구연자)와 청자(청중)를 필요로 한다. 그리고 구연자, 청중, 바보인물은 각각 웃음 유발자, 웃는 자, 웃음의 대상이 되므로 그들 각각의 역할과 기능이 무엇인지에 대해 우리는 이 웃음에 대한 이론을 적용시켜 파악할 수 있을 것이다.

마지막으로 웃음의 기능에 대한 언급으로, 프로이트와 베르그송의 견해를 주목할 필요가 있다. 프로이트는 농담을 중심으로 웃음

----

84) 위의 책, p.62.
85) 위의 책, p.68.

의 심리적 기능에 대해 강조하였다. 그는 농담을 '악의 없는 농담'과 '경향적 농담'으로 구분하였는데, 둘 다 쾌락을 목표로 하지만 전자는 그 자체가 목적이어서 특별한 의도를 띠지 않는 농담이라고 하였다. 하지만 후자는 특정한 의도를 지닌 농담으로 이는 악의 없는 농담이 갖지 못하는 쾌락의 원천에 의지해 사회적 금기로 인한 심리적 억제를 극복하고 사회적 금기나 억제에 저항하는 기능을 하는 것으로 보았다.[86]

> 농담은 우리가 반대되는 장애물 때문에 큰 소리로 떠들거나 의식적으로 말해서는 안 되는 적의 우스꽝스러움을 이용할 수 있도록 한다. 말하자면 그것은 '제약들을 피하면서, 닫혔던 쾌락의 원천들을 개방하게' 되는 것이다.[87]

한편, 베르그송은 웃음이 개인적이거나 집단적인 결함을 교정하는 것으로 보아 웃음의 사회적 기능에 대해 주목하였다.

> 희극성이란 즉각적인 교정을 요하는 개인적이거나 집단적인 결함을 나타내는 것이며 웃음이 바로 이것을 교정하는 것이다. 웃음은 어떤 사람들이나 사건들에게서 드러나는 특정한 방심 상태를 두드러지게 하고 응징하는 사회적인 의사 표시인 셈이다.[88]

그리고 베르그송은 사회적 풍습이나 관념에서 벗어난 교정해야 할 결함들은 그 부도덕성 때문보다는 비사회성 때문에 우리를 웃

---

86) 두 가지 농담을 구분하는 기준은 농담이 가진 공격성(경향성)이다. '악의 없는 harmios' 농담은 공격적 의도를 수반하지 않은 농담이고, '경향성을 띠는 tendenziös' 농담은 공격적 의도를 강하게 내포한 농담이라고 한다. 또 프로이트는 농담을 농담의 기술에 따라 언어농담과 사고농담으로 구분하기도 하였다. 프로이트, 앞의 책, pp.75~122. 참조.

87) 위의 책, p.133.

88) 앙리 베르그송, 앞의 책, p.78.

게 한다고 하였다.[89] 그리고 웃음은 비사회적인 행위를 하는 인물에게 모욕감을 줌으로써 그것을 교정하고자 한다고 하였다.

> 웃음은 무엇보다도 교정하려는 의도를 담고 있다. 모욕감을 주기 위해 만들어진 웃음은 그 웃음의 대상에게 고통스러운 느낌을 불러 일으켜야 한다. 사회를 상대로 하여 사람들이 누리고 있었던 자유에 대해 웃음으로써 복수하는 것이다.[90]

프로이드와 베르그송이 제시한 웃음의 기능에 대한 의견은 정반대인 것으로 보인다. 프로이트가 사회·문화적 금기에 대항하고 그것을 극복하는 것이 웃음이라고 보았다면, 베르그송은 사회적 질서유지를 위해 질서에서 벗어나는 것들을 교정하고자 하는 것이 웃음이라고 주장하고 있는 것이다. 하지만 실제로 이들이 주장하는 웃음의 기능은 동일한 것으로 여겨진다. 프로이트가 웃음의 대상으로 삼은 것은 인간의 본성을 억압하는 사회적 금기이고 베르그송이 웃음의 대상으로 삼은 것은 그 금기로부터 벗어난 인간의 행위를 말하고 있는 것이다. 프로이트와 베르그송은 서로 다른 입장에서 서로 대립되는 것을 웃음의 대상으로 삼고 있을 뿐이다. 즉, 프로이트는 웃음의 심리적 기능에 주목하여 규범이나 관습으로부터 억압받는 인간의 입장에서, 베르그송은 웃음의 사회적 기능에 주목하여 인간의 자유분방한 욕망을 저지하고 질서를 유지하려는 사회적 규범의 입장에서 웃음을 바라보았던 것이다. 비록 이들이 웃음의 대상으로 삼은 것은 서로 다르다 할지라도, 웃음이 그 대상에 대해 공격적으로 기능한다는 점에는 의견이 서로 일치한다 하겠다.

---

89) 위의 책, p.115.
90) 위의 책, p.158.

실제로 우리는 상황이나 입장에 따라 다른 대상을 웃음의 대상으로 삼을 수 있다. 프로이트와 베르그송의 웃음에 대한 견해는 웃음이 각자의 상황이나 입장에 따라 그 대상이 달라질 수 있음과, 그 대상에 대해서 공격적인 기능을 한다는 점에서 일맥상통하고 있는 것이다.

웃음의 기능에 대해 주목한 또 다른 연구자는 테드코언이다.

> 여러분보다 힘 있는 자들 혹은 여러분들의 삶을 지배하는 자들을 우스갯거리로 삼는다면 그것은 그들에 대한 반발이거나 그들과는 다른 방식으로 그들을 지배하려는 욕구의 표현일 것이다.[91]

> 우스개를 보고 웃는 우리 모두는 결국 같은 것을 보고 웃는다는 사실이다. 그것은 완전히 이해되지 않는 것으로, 우리가 웃는다는 것은 곧 그것의 불가해한 면을 받아들인다는 의미다. 그것은 이 세계, 다시 말해 끝없이 불가해하고, 언제나 혼란스러우며 우리를 넘어선 것이면서 우리가 발 딛고 살고 있는 세계에 대한 수용인 것이다.[92]

첫 번째 인용문에서는 자신보다 힘 있거나 자신들을 지배하는 대상을 웃음거리로 삼는 것은 그들에 대한 반발이나 그들을 지배하고자 하는 욕구의 표현이라고 보아 웃음이 대상에 대한 공격적 의도를 가지고 있는 것으로 보고 있다. 그는 우스개를 불가항력적인 것에 대응하는 수단으로 보았는데, '죽음은 우리를 지배할 만한 힘을 가진 것 가운데 하나로 인간의 삶에서 최후의 압제자라고 하였으며, 그것을 우스갯거리로 삼는 것은 본질적으로 길들일 수 없는 야수를 길들이는 것과 같다.'[93]고 하여 죽음에 대한 우스개를

---

91) 테드코언, 앞의 책, p.105.
92) 위의 책, p.139.
93) 위의 책, pp.105~106.

예로 들었다. 그러면서도 테드코언은 웃음의 궁극적인 기능을 상대에 대한 수용으로 보고 있다. 두 번째 인용문에서 보여주는 것처럼, 그는 불가해한 것을 보고 웃는 것이 그것을 받아들인다는 의미이고 그것에 대한 수용이라고 말함으로써 웃음은 결과적으로 상대에 대한 수용을 뜻하는 것으로 보고 있다. 그 예로 자신의 자녀들이 벌여 놓은 얼토당토않은 일을 보면서 웃는 하느님의 웃음과도 일맥상통한다고 하였다.[94]

웃음의 기능에 대한 테드코언의 긍정적 견해가 앞에서 제시한 프로이트나 베르그송의 부정적 견해와는 상반되는 것처럼 보이기는 하나 실은 웃음이 갖는 부정적 기능과 대상의 수용이라는 긍정적 기능을 모두 포괄하는 견해라 볼 수 있다. 앞의 첫 번째 인용문에서는 웃음이 가지고 있는 공격적이고 부정적인 기능을 인정하면서도, 두 번째 인용문에서 그것을 수용한다는 것은 그 불가해함에 대해서 긍정하고 있는 것이다. 비록 이해할 수는 없는 것이라 할지라도 웃음은 그 대상을 이해할 수 없는 채로 수용하게 한다는 것이다.

이러한 주장은 웃음이 동시에 여러 가지 기능을 하고 다양한 의미를 함축할 수 있는 것으로 본 바흐친의 다음 견해와 일치한다.

> 웃음은 양면적 가치를 지닌다. 유쾌하기도 하고 환호작약하기도 하며 동시에 조소적이기도 하고 비웃기도 하는데, 부정(否定)하기도 하고 동시에 긍정하기도 하며, 매장되기도 하며 부활하기도 한다. 그러한 것들이 바로 카니발적(민중적)인 웃음인 것이다.[95]

이처럼 웃음은 다양한 사회적 기능과 의미를 함축한, 복합적인

---

94) 위의 책, p.139.

95) 미하일 바흐친, 『프랑수아 라블레의 작품과 중세 및 르네상스의 민중문화』, 대우학술 총서 507, 아카넷, 2001, pp.35~36.

성격을 가진 것이므로 그 특성을 어느 한 가지 측면으로만 한정하기는 어려운 것이다. 웃음은 그 웃음이 발생하는 집단의 성격, 웃음을 유발하는 사람, 웃음의 대상, 웃는 사람, 발생 상황 등과 같은 여러 요인들에 따라서 그 성격이 달리 규정될 수 있는 것이므로 그러한 요인들에 대한 검토 없이 섣부르게 그 성격이나 의미를 결정할 수는 없을 것이다.

2. 바보와 웃음

'바보'라는 말은 아주 다양한 경우에 사용된다. '바보'의 사전적 정의는 대개 '못나고 어리석은 사람'을 뜻하지만, 이 말이 단지 사전적인 정의에 국한되어서만 쓰이는 것은 아니다. 국문학 연구에서 '바보'에 대해 구체적인 정의 매김을 시도한 연구자는 이재선이다. 그는 '바보'를 '단순 바보'와 '현명한 바보'로 구분하고,[96] '바보'에 대해 다음과 같이 정의 내리고 있다.

> 어떤 유형의 바보든, 바보는 비정상의 결함자이며 인간으로서의 약점을 현저하게 지닌 사람으로서, 모자람과 과오 등 어리석음의 인간적인 특성을 파악하게 하며, 때로는 그런 바보스러움이 오히려 우위성을 갖게 함으로써 현우(賢愚)의 역설과 인간의 자기 아이러니(反語)를 맛보게 하는 인물들인 것이다.[97]

....

96) 단순 바보는 처음부터 끝까지 우둔한 면모를 일관되게 보여주는 모자라는 바보이고, 현명한 바보는 한편으로는 무지하고 똑똑하지 못한 면모를 가지고 있는 것처럼 보이면서도 다른 한편으로는 남다른 지혜와 의외의 재치와 슬기로움을 지니고 있는 자기 방어적 성격을 지닌 양면성의 바보를 의미한다고 한다. 이재선, 앞의 책, p.349. 참조.
97) 위의 책, p.349. 한만수는 한국문학에서의 바보형 인물은 '작품 속의 상황, 사건 전개

바보의 정의를 내리기에 앞서, 우선 '바보'와 '정상인'을 구분하는 기준은 무엇인가. 이재선은 '인간으로서의 약점을 현저하게 지닌 사람'이라고 했는데, 여기서 인간으로서의 약점은 어떤 점들을 말하는 것인가? 그리고 '현저하게'라는 것은 또 어느 정도를 두고 이르는 말인가? '바보스러움이 오히려 우위성을 갖게' 하는 것이란 말은 우리가 '인간의 약점'을 지닌 사람인 바보에게 내리는 판단이란 것이 절대적인 가치 기준에 근거하는 것이 아니라 주관적이며 상대적인 가치일 수 있음을 의미하는 것이다. 결국 바보란 보는 시각이나 관점에 따라 달라질 수 있는 것이라서 동일한 인물이라도 상황에 따라 바보가 될 수도 있고 그렇지 않을 수도 있는 것이다. '현우의 역설'이라는 말처럼 어쩌면 바보의 시각으로 보면 정상인이 바보로 보일지 모른다. 결국 바보란 어떤 실체로서 존재하는 것이 아니라 사람들의 주관적 판단이나 상황에 의한 상대적 기준에 따라 얼마든지 달라질 수 있는 것이다.

바보는 인간으로서의 어떤 결점을 지닌 인물임에는 틀림없다. 그 결점은 신체적 능력이 될 수도 있고, 경제적 능력, 인식적 능력, 상황적 대처 능력 등등 인간이 자신의 위치에서 마땅히 갖추어야 할 자질들의 부족이나 부재를 의미한다. 그렇다고 바보인지 아닌지

에 대해 독자나 다른 작중 인물들보다 현격하게 열등한 해석을 내리고 그에 따라 행동하는 인물'이라고 했는데, 현실을 바탕으로 이루어지는 문학이 현실적 공간에서의 '바보'의 의미와 문학에서의 의미가 달라질 수 있는가 하는 의문이 든다. 한만수, 앞의 논문. p.10 참조.

그리고 김형민은 욕망의 구조에 따라 바보형 인물을 '인식적 바보와 상황적 바보로 분류한 다음, 전자는 인식 능력에 있어서 남보다 현저히 뒤져 있기 때문에 욕망 달성에 실패하는 인물이고, 후자는 인식 능력과는 무관한 주변의 상황, 즉 주변사람들에 의해 조성되는 정보 부족 때문에 자신의 욕망 달성에 실패하는 인물'이라고 했다. '바보'라는 말의 다양한 쓰임새를 생각했을 때, 단지 욕망 달성에 실패한 인물에 한해서만 정의할 수는 없다고 생각한다. 김형민, 「김유정소설의 서술상황론적 연구」, 홍익대 박사논문. 1992. p.10. 참조.

의 여부를 가늠하는 기준이 전적으로 요구 자질의 결핍 유무로만 판가름되지는 않는다. 그 결핍의 정도는 인식하는 사람에 따라 상대적일 수 있기 때문이다. 일반적으로 정상인으로 인식되더라도 그보다 더 월등한 능력의 소유자의 관점에서 보았을 때에는 그도 필요 자질이 부족한 바보로 보일 수 있기 때문이다. 이처럼 바보를 판단하는 기준은 개인에 따라 달라질 수 있다.

또 특정 부류가 어떤 인물을 바보라고 단정했다고 해서 모든 사람이 그 판단에 동조하는 것은 아니다. 최소한 그 집단 구성원들 대다수가 해당 인물이 지닌 결점에 대해 바보라고 인정할 만큼 두드러지거나 치명적인 것으로 인식할 때라야만 그를 집단 내에서 '바보'로 만들 수가 있는 것이다.

일례로 국문학사상 최고(最古)의 바보로 묘사되고 있는 '온달'을 바보라고 판단한 당대인의 근거를 현대의 시각에서 보면 사실상 납득하기 어렵다.

> 얼굴이 파리(龍鐘)하여 우습게 생기었지만 맘씨(中心)는 명랑하였다. 집이 매우 가난하여 항상 밥을 빌어다 어머니를 봉양하였는데, 떨어진 옷과 해어진 신으로 市井 間에 왕래하니, 그때 사람들이 지목하기를 바보 溫達이라 하였다.[98](밑줄 필자)

인용문에서 보듯 온달의 심성은 매우 밝고 착했지만, '얼굴이 우습게 생긴 것'과 '가난하여 밥을 빌어먹고 남루한 차림새'를 하고 다닌다는 이유 때문에 당대인들에게 바보의 대명사로 지목되고 있다. 그러나 현대적 시각으로 보면 가난과 생김새는 바보 여부를 판단할 결정적 단서가 되지 못하므로 온달을 바보로 여길 하등의 이

---

98) 이병도 역주, 『삼국사기 하』, 전원배 역, 을유문화사, 1983, p.342.

유가 없는 것이다. 이처럼 어떤 인물이 지닌 속성들이 인간적 결점인지 아닌지를 판단하는 것은 결국 그 집단적 의식에 달려 있기에 바보는 시대나 집단의 성격 변화에 따라 얼마든지 달라질 수 있다. 즉, 바보는 그가 속한 집단적 인식에 따라 달리 결정되는 것이다.

요컨대 바보는 실재하는 구체적 실체로서의 어떤 특정 인물이 아니라 '한 집단의 공동체적 의식이 인간적 결점이라 판단하는 요소를 두드러지게 지닌 인물'[99]을 판단하는 집단적 관념의 표상을 의미한다고 할 수 있다.

바보가 지닌 인간적 결점은 그 집단 내에서 웃음을 일으킬 수 있는 가장 대표적인 요인이다. 인간적 결함을 두드러지게 지닌 바보는 웃음과 불가분의 관계에 있다고 할 수 있다. 그러므로 바보인물의 우행을 중심으로 하는 이야기인 바보민담 또한 웃음과 밀접한 관계에 있다고 하겠다. 웃음은 바보민담을 형성하는 근간이자 바보민담 해석의 실마리이므로 이 웃음을 형성하는 중심에 있는 바보인물이 어떠한 기능을 하는가는 바보민담에서 우선적으로 고찰되어야 할 사항이다.

웃음이 형성되기 위해서는 일반적으로 웃음 유발자, 웃음의 대상, 웃는 자를 필요로 한다. Axel Olrik이 설화의 서사법칙(Epic Laws of Folk Narrative) 중 하나로 '한 장면에 둘의 법칙'[100]을 들고 있는 것처럼, 바보민담에서 역시 한 장면에 둘 이상의 인물이 등장하는

---

99) 중국에서 '愚'는 처음부터 개인의 차원이 아니라 집단의 문제로 출발하였음을 알 수 있다. 권석환, 「중국인의 바보 관념과 중국산문에 나타난 우인형상」, 『중국문학연구』, 제21집, 한국중문학회, 2000. p.205. 참조.

100) Axel Olrik, 앞의 논문, p.135.
　　Axel Olrik이 제시하는 설화의 서사법칙에는 시작과 종말의 법칙, 반복의 법칙, 숫자 3의 법칙, 이물과 고물의 법칙, 한 장면에 둘의 법칙, 대조의 법칙, 쌍둥이 법칙, 단선화, 형식화, 플롯의 일관성 등이 포함된다.

경우는 드물다. 간혹 둘 이상의 인물이 등장하는 경우라 하더라도 인물들은 서로 대립되는 두 편으로 갈리기 때문에 기능적 측면에서는 인물의 두 가지 자질만 나타나게 되는 것이다. 따라서 바보민담에서 웃음을 형성하는 근본적인 세 자질인 웃음 유발자, 웃는 자, 웃음의 대상이 모두 한 장면에 등장하는 경우는 거의 없다. 바보민담에서 바보인물은 웃음 유발자가 되기도 하고 웃음의 대상이 되기도 한다. 그리고 바보인물과 대립적 관계에 있는 인물이 웃음 유발자 또는 웃음의 대상이 되기도 한다. 웃는 자 역시 바보인물이 될 수도 있고 대립적 인물이 될 수도 있다. 웃는 자는 상대 인물의 바보짓에 직접적으로 관여해서 웃음 유발자가 되기도 하지만, 때로는 아무것도 하지 않고 그 바보짓을 목격하기만 하는 웃는 자가 되기도 하다. 요컨대 바보민담에 나타나는 인물들은 서로 대립적 성격을 지니는 두 가지 인물로 구분되지만 이들은 특정한 역할이 정해진 것이 아니라 이야기에 따라 역할이 서로 바뀌기도 하고 동시에 두 가지 역할을 하기도 한다는 것이다. 이는 프로이트가 희극적 과정에 있어서는 '나와 상대인물' 두 사람이면 충분하다고 한 것과 같다.[101]

텍스트 외에서 웃는 자는 텍스트 내적 상황을 파악하고 그것이 우스꽝스럽다고 생각하는 청중이고 웃음의 대상은 바보인물이다. 농담에서는 농담을 만드는 화자가 웃음 유발자이지만 바보민담에서 구연자는 창작자이기보다는 전달자의 기능이 강하기 때문에 실질적으로 웃음 유발자라고 보기는 어렵다. 바보민담에서 실제로 청중의 웃음을 유발하는 자는 웃음의 대상인 바보인물인 것이다.[102]

101) 프로이트, 앞의 책, p.184.
　　희극적 과정은 나와 상대 인물, 이 두 사람으로 충분하다. 제삼자가 첨가될 수 있긴 하되, 필수적인 것은 아니다.

바보민담이 일반적인 농담과 차이를 보이는 점은 바로 이렇게 웃음 유발자와 웃음의 대상이 일치한다는 점이다. 그리고 농담과의 이 같은 차이가 바로 바보민담이 지닌 웃음의 특성을 결정하는 주요한 요인이기도 하다. 따라서 웃음의 유발자임과 동시에 웃음의 대상으로 나타나기도 하는 바보와 바보민담에 나타나는 웃음과의 상관관계를 알아보기로 한다.

앞에서 고찰한 것처럼 웃음을 유발하기 위해서는 웃는 자와 웃음의 대상 사이에는 심리적 거리가 형성되어야 하며, 웃는 자와 웃음 유발자 사이에는 심리적 공감대가 형성되어야 한다. 이는 비단 농담뿐 아니라 웃음을 지향하는 바보민담에서도 마찬가지 조건이라고 하겠다. 즉, 바보민담에서는 웃음 유발자임과 동시에 웃음의 대상이 되는 바보와 그를 보고 웃는 청중 사이에는 공감과 거리감이라는 서로 모순되는 감정을 동시에 가져야 한다는 것이다.

흔히 바보의 속성으로 천진함을 지적할 수 있다. '천진스럽다'는 것은 마음에 꾸밈이나 거짓이 없이 자연 그대로 깨끗하고 순진함을 뜻하여, 주로 속물적 삶에 때 묻지 않은 어린아이들에게나 사용하는 말이지만, 비록 어른인 경우라도 세상 물정에 어둡고 어수룩한 사람을 가리킬 때 사용하기도 한다. 이런 천진스런 바보들은 너무 순진하기 때문에 오히려 예상하지 못한 어처구니없는 일을 저질러 사람들을 웃게 한다. 프로이트는 희극적인 것의 종류 중에서 농담과 가장 가까운 것을 '천진난만함'이라 하였다.

> 천진난만함은 어떤 사람에게 억압이 없어서 그가 억압을 전면적으로 무시할 때, 다시 말하자면 그가 힘들이지 않고 억압을 극복한 것

---

102) 물론 바보민담에서 바보는 다른 사람을 웃음의 대상으로 만들기도 하지만 그럴 경우에도 일차적으로는 자신이 웃음의 대상이 되는 경우가 대부분이다.

처럼 보일 때 발생한다. 천진난만함이 효과를 발휘하기 위한 조건은 그에게 이런 억압이 없음을 우리가 알고 있어야 한다는 것이다. 그렇지 않으면 우리는 그를 천진난만하다고 하지 않고 당돌하다고 하며, 그 때문에 웃는 것이 아니라 분개하게 된다.[103]

천진난만한 사람은 사회적 규범이나 관습에 대한 억압이 없으므로 규범이나 관습을 무시하고 행동한다. 하지만 사람들은 천진난만한 이에게는 그 규범이나 관습에 대한 속물적 계산, 즉 심리적 억압이 없다는 것을 알기 때문에 그들을 비난하거나 그들의 행위에 분개하지 않는다. 다만 그들을 향하여 어이없는 웃음을 지을 뿐이다. 어이없는 일을 저지른 바보를 보고 사람들이 질책하기보다 웃음을 터뜨리게 되는 것은 바보가 의도적으로 그 같은 일을 벌인 것이라고는 믿지 않기 때문에 순박한 그들의 심성에 오히려 한 발짝 다가서기까지 하는 것이다. 비록 어처구니없는 일을 저질렀다 하더라도 사람들은 오히려 바보의 천진스러운 행위에 대해 즐거움을 갖게 되고, 그 쾌감에 이끌려 바보의 편이 되기도 한다.[104] 이것이 바보민담에서 바보가 웃음 유발자임과 동시에 웃음의 대상이면서도 웃는 자의 적대감을 불러일으키지 않는 이유이다. 따라서 바보민담의 화자는 표면에 바보인물을 내세움으로써 청중이나 사회로부터의 공격은 피하면서도 마음껏 사회나 상대방을 조롱하고 공격할 수 있는 것이다.

한편, 웃음은 '이빨 달린 기쁨'[105]이라고 하는 말이 보여주듯 쾌감뿐만 아니라 본질적으로 공격성이라는 이중적인 면을 동시에 지

---

103) 프로이트, 앞의 책, pp.228~229.
104) 앞서 살펴본 것처럼 웃음은 쾌락을 미끼로 상대방을 자신의 편으로 만들기 때문이다.
105) 김종엽, 「웃음의 해석학, 화용론적 수사학, 행복의 정치학」, 『사회과학정책연구』, 13권 1호, 서울대학교 사회과학연구소, 1991.

닌다. 현실 공간이든 텍스트 공간이든 언제나 바보가 웃음(공격)의 대상이 되는 것은 웃음이 지닌 이 같은 본질적 공격성에 기인한다. 즉, 순진한 바보를 웃음거리로 삼고 조롱의 대상으로 삼는 것은 웃는 자가 비윤리적이기 때문이라기보다는 웃음은 인간의 지성이 만족할 수 없는 우월감에서 발생하는 것이므로 공격성을 기본적으로 가지기 때문이라고 보아야 하는 것이다.

　이러한 예는 고지식하고 융통성 없는 바보를 통한 웃음에서 잘 드러난다. '고지식함'이란 '비융통성, 경직성, 경화(硬化), 자동성, 기계성' 등과 상통한다. 베르그송이 "인간의 자동주의적, 기계주의적 행동은 경직성, 비사회성, 부적응성으로 적응성과 민첩성을 필요로 하는 상황에서 웃음을 자아낸다."[106]고 한 것처럼 인간의 융통성 없고 고지식한 성질도 웃음을 유발하는 한 요인이라 하겠다. 그런데 고지식하고 융통성 없는 바보가 보여주는 기계적 경직성은 사람들로 하여금 바보에게로 향하는 인간적 동정심을 차단하도록 만든다. 기계적 경직성이라는 것은 무감정적인 인식을 바탕으로 하는 행동에서 비롯되는 느낌이기에 인간의 감성을 자극하지 못한다. 때문에 바보들의 고지식한 행동은 상대방의 동정심이나 죄책감을 불러일으키지 못하는 행위인 것이다. 어떤 대상에 대해 동정심이 발생할 때 우리는 그 대상을 향하여 웃을 수 없다.[107] 그러나 바보의 고지식하고 융통성 없는 기계적 행위에 대해 사람들은 거리를 두고 바라보기 때문에 동정심을 일으키기보다는 그 경직된 바보의 행위를 웃음거리로 삼아 웃게 되는 것이다. 이때 사람들은 바보의 겉으로 드러나는 기계적 행위만을 보고 웃을 뿐, 그의 내면에 대해서까지는

---

106) 앙리 베르그송, 앞의 책, p.78.
107) 누군가를 동정한다는 것은 그에게 심리적으로 가깝게 다가가 그의 입장에서 생각하게 되므로 그를 향해 웃을 수 없다.

들여다보려 하지 않는다. 즉, 겉으로 드러나는 비인간적이고 기계적인 행위는 보지만 그 속에 숨겨진 인간적인 내면의 감정은 보려 하지 않는다는 것이다.[108] 따라서 바보들이 지닌 순진함에 바탕이 된 행위는 공격의 대상이 되지 않지만, 융통성 없고 고지식한 행위는 늘 놀림과 교정의 대상이 되어 공격받게 되는 것이다. 따라서 사람들이 바보를 보고 웃는 것은 웃음이라는 것이 본질적으로 쾌감과 공격성이라는 양면성을 지닌 때문이며, 희극적 속성을 지닌 가장 전형적인 인물이 바보이기 때문이라 할 수 있다.

현실 속에서 바보는 주로 아이들의 놀림의 대상이 된다. 성인에 비해 아이들의 본능적 욕망들은 이성적 힘에 의한 통제를 덜 받는다. 자신보다 열등한 대상을 조롱하고 공격하는 것은 인간의 본성이기에 아직 도덕적 규범의식이 약한 아이들은 본능대로 행동하고 그 행동에 대해 죄책감이나 양심의 가책을 받지 않는다. 이는 천진난만함이 금기에 대한 억제가 없는 것과 동일하다.

게다가 아이들은 바보를 조롱하며 즐기는 것을 단지 '놀이'로만 생각하는 것이다. 아이들이 바보를 놀림의 대상으로 삼아 놀이를 즐기는 것처럼 바보민담 또한 바보인물을 웃음거리로 삼아 즐기는 일종의 놀이라 할 수 있다. '놀이'는 인간의 본능으로 사람들의 이성을 약화시키고 사고를 자유롭게 하여 문화를 창조하는 바탕이 되기도 한다.[109] 실제 현실 공간에서 사람들은 많은 사회적 규범의 통제를 받기에 바보를 보고 직접적으로 놀리거나 쉽게 비웃는 일이 드물다. 하지만 놀이의 형식으로 연행되는 바보민담은 그들의 이성적 힘을 약화시키고 쾌락을 즐기려는 본능적 욕구를 강화시킨

---

108) 졸고, 앞의 논문, p.8 참조.
109) J. 호이징하, 『호모루덴스－놀이와 문화에 관한 한 연구』, 김윤수 옮김, 도서출판 까치, 1993, pp.75～76.

다. 게다가 민담 속 바보는 현실 세계의 갖가지 인간 형상을 재생한 모습들이지만 현실에서보다 터무니없게 과장되고 희화화된 인물들이다. 이처럼 희화화된 바보는 민담향유자들에게 현실 세계와의 객관적 거리감을 충분히 확보해 준다. 그러므로 민담의 향유자들은 유희의 공간 속에서는 바보를 향하여 마음껏 조롱하고 즐길 수 있는 것이다.

그렇다고 민담의 향유자들이 단지 바보민담을 통해서 쾌락만을 추구하는 것은 아니다. 바보민담은 현실 속의 인물뿐 아니라 현실 세계를 그대로 재현하여 민담의 향유자들에게 민중들의 실제 삶의 모습과 소망 등을 보여준다. 바보인물들은 바보민담이라는 놀이판의 어릿광대로 서구적 카니발에 비교되는 우리의 축제 마당에 등장하는 인물들인 것이다.

> 뒤죽박죽이며 엎치락뒤치락, 그리고 난장판은 한국적인 카니발(carnival)의 구체적인 실감나는 증표들이다. 한국적인 카니발일 수도 있는 판놀음이며 난장판은 상민들의 잔치요 모꼬지이되, 괴짜들에 의해 주도되고 연행되고 있다. 이들 괴짜는 그래서 민중들 누구나가 그 얼굴에 덮어쓰고 있는 '또 다른 자아'요 페르조나요 가면이다.110)

김열규가 서양의 카니발에 한국의 놀이판을 비유하였는데, 바보민담 또한 한국의 놀이판이며 이에 등장하는 바보인물들은 그 놀이판을 주도적으로 이끄는 괴짜이며 어릿광대라 할 수 있다. 중세 봉건주의 시대의 축제였던 '바보제'의 어릿광대 또한 바보민담 속 바보인물들과 크게 달라 보이지 않는다.

110) 김열규, 「한국문학과 놀이판의 해학」, 『해학과 우리 ─ 한국해학의 현대적 변용』, 시공사, 1998, p.111.

어릿광대는 사람에 따라 각각 상이한 것을 표현하는 것으로 받아들여진다. 어떤 사람에게 있어서는 어릿광대는 우리 자신의 공포와 불안을 해소시키기에 안성맞춤인 표적이 된다. 우리는 어릿광대의 서투른 실체에 조소의 환성을 올릴 수 있다. 이는 그것이 우리가 당한 실책이 아니기 때문이다. 어떤 사람에게 있어서는 어릿광대는 인간이 과연 얼마나 미련한 존재냐는 것을 보여주는 본보기가 된다. 그러므로 그의 존재는 우리에게 이를 시인시키는 기회가 되는 것이다. 그리고 또 어떤 사람에게 있어서는 어릿광대는 물리적 법칙과 사회적 관례의 경계선 안에 영원히 갇혀 있으려고 하지 않는 완강한 인간의 의욕을 우리들에게 계시하는 것이 된다. 어릿광대는 항상 실패하고 항상 속고 항상 멸시당하고 항상 짓밟힌다. 그는 무한한 취약성을 지니고 있다. 그러나 결코 끝까지 실패하지는 않는다.[111]

민담 속 바보들은 '바보제'의 어릿광대들이다. 바보민담 속에서 바보들은 민중들에게 억압을 가하는 대상이 되기도 하고 인간이 지닌 갖가지 약점들을 포함한 인간의 실체를 보여주기도 한다. 그리고 사회적 규칙과 인간 사이에서 갈등하는 모습을 보이기도 하며 그들의 소망을 제시하기도 한다. 그러므로 민담의 향유자들에게 바보인물들은 현실 세계의 다양한 문제점들을 인식하는 계기를 제공하는 것이다.

그러나 그들은 - 궁극적으로는 실패가 아니더라도 - 늘 멸시당하고 실패하는 모습을 보여준다. 그것은 그들이 사회적 약자이기 때문이다. 어느 사회에서든지 사회적으로 문제가 있을 때 그 문제로 인해 발생하는 피해는 대개 사회적 약자의 몫이다. 돈도 권력도 없는 사회적 약자는 사회의 각종 부조리한 문제에 당면했을 때 그 문제에 대항할 능력이 없다. 따라서 그들은 그러한 문제의 폐해를 고스란히 감당할 수밖에 없는 사람들이다. 바보는 그 지적 능력의

---

111) 하이비 콕스, 『바보제』, 김천배 역, 『현대사상총서』, 16, 현대사상상, 1977, p.226.

부족으로 인해 정상인이라면 누구나 할 수 있는 일에도 올바르게 대처하지 못한다. 더군다나 제도나 규범적으로 문제가 있는 사회라면 바보는 그 문제에 영악하게 대응하지 못하여 그 폐해를 고스란히 당할 수밖에 없는 인물이다. 이 같은 이유 때문에 바보는 사회에 제대로 적응하지 못하는 비사회적인 인물로 간주되기도 한다.112)

비사회적인 인물인 바보는 부조리한 제도적, 사회적 문제에 아주 우스꽝스럽고 어처구니없이 대처하는 모습을 보여준다. 이러한 바보들의 모습은 민담의 향유자들에게 어이없고 황당한 웃음을 터뜨리게 하지만, 그 웃음은 공격적이고 비판적인 기능이 약하다. 왜냐하면 앞서 살펴본 바와 같이 바보는 그의 순진한 본성으로 인해 제도적, 윤리적 억압이나 금기로부터 자유로운 인물이기 때문이다. 정상적인 사람들이 제도나 윤리에서 벗어난 행위를 할 때에는 비난과 공격을 받게 되지만, 바보는 그 순진함 때문에 비난과 억압을 거의 받지 않게 된다. 이처럼 바보는 비난에서 자유로울 뿐만 아니라 오히려 그가 유발하는 어이없는 웃음으로 웃는 자를 자기편으로 끌어들이기도 한다. 사람들이 진정 어이없는 것을 보고 웃는 웃음은 그것을 이해할 수 없음에도 불구하고 용납하여 받아들인다는 뜻113)으로 웃음이 주는 쾌감을 미끼로 상대방을 자신의 편이 되도록 매수할 수 있는 것이다.114) 이러한 웃음의 기능 때문에 웃음은 불가항력적인 것에 저항하는 수단이 되기도 하는데,115) 주로 열등하고 무

---

112) 희극적인 것이란 무엇보다도 사회에서의 어떤 유별난 부적응 상태를 표현하는 것으로 비윤리적·비도덕적인 것이 아니라 비사회적인 것이다. 앙리 베르그송. 앞의 책. p.111. 참조.

113) 테드코언. 앞의 책. p.121.

114) 프로이트. 앞의 책. p.133.

능한 사람들이 내면적인 억압이나 외부의 상황 때문에 직접적으로 비난할 수 없는 거대하거나 막강한 것을 공격하는 데에 적절한 수단으로 사용하기도 한다.[116] 늘 열등하고 무능한 인물의 대명사인 바보는 사회적 관습에서 벗어난 행동을 함으로써 사회적 규범을 파괴하면서도 사회적 책임과 비난으로부터는 자유로워 청중을 자신의 편으로 끌어들일 수 있기 때문이다.

바보민담에서 바보들의 비사회적인 모습은 그 사회의 제도나 관습에 문제가 있을 때 더욱 두드러지게 나타난다. 이때 웃음을 일으켜 이미 바보의 편이 된 청중은 바보의 입장에서 대상을 바라봄으로써 바보가 사회에 제대로 적응하지 못하는 책임을 부조리한 제도나 관습의 탓으로 인식하게 된다. 이 같은 시각의 변화를 통하여 청중은 불합리한 대상이나 제도, 관습의 문제점을 인식하여 그 대상에 대한 저항 심리를 형성하게 된다. 따라서 바보민담 속 바보는 불합리하나 불가항력적인 대상의 문제를 드러내고 그 대상에 대한 청자의 저항 심리를 자극하기에 매우 적합한 인물이라 할 수 있다. 바보인물이 민담뿐 아니라 서사문학 전반에서 웃음을 통한 문학적 의미를 형성하는 전형적인 인물로 기능하는 까닭이 여기에 있다고 볼 수 있다. 이처럼 바보민담 속에 등장하는 바보인물은 청중들에게 웃음과 쾌락을 제공하여 그들이 바보민담이라는 유희에 적극적으로 참여하게 하며 바보민담의 문학적 메시지를 효과적으로 전달하는 아주 적합한 인물로 기능할 수 있는 것이다.[117]

---

115) 테드코언은 죽음처럼 자신들의 삶을 지배하는 자 같은 불가항력적인 것에 대응하는 수단으로 우스개를 하기도 하는데, 이때의 우스개는 불가항력적인 것들에 대한 반발이거나 그것을 지배하려는 욕구의 표현이라고 하였다. 테드코언, 앞의 책, pp.104~107. 참조.

116) 프로이트, 앞의 책, p.135.

117) 졸고, 앞의 논문, pp.9~11. 참조.

Ⅲ. 바보민담의 구성요소와 유형

1. 바보민담 구성의 기본 요소

바보민담은 세계와 자아의 대립적 양상을 희화적 방식으로 보여주는 이야기로, 그 서사 내용이 주로 인물의 바보행위를 보여주는 데 집중된다. 이러한 사실 때문에 지금까지 바보민담의 서사 구조에 대한 연구의 대부분이 바보인물의 바보행위를 중심으로 이루어져 왔다. 그러나 인물, 사건, 배경이라는 세 가지의 구성 요소를 가지는 일반적 서사물들과 마찬가지로 바보민담 역시 바보인물의 바보행위가 빚어내는 사건과, 바보인물의 성격, 인물이 처한 상황에 대한 배경적 설명, 그리고 바보행위의 결과 등 이야기를 이루는 구성 요소들을 모두 지니고 있는 것이다. 특히 바보민담의 가장 일반적인 구조는 '바보행위의 배경 – 바보행위의 과정 – 바보행위의 결과'라는 세 가지 요소로 구성되고,[118] 이 세 요소의 내용에 따라 바보민담의 성격과 의미가 각각 다르게 나타난다. 이 장에서는 바보민담을 구성하는 이 세 요소와 구성 원리를 살펴보고 이 요소들에 따라 구분되는 민담의 유형을 살펴보기로 한다.

1) 바보행위의 배경

대개 바보민담에서 사건이 이야기되기 전에 제시되는 배경 부분

---

118) Axel Olrik이 제시한 설화의 서사법칙(Epic Laws of Folk Narrative) 중에는 시작과 종말의 법칙이 있는데, 이는 설화의 이야기가 갑자기 시작하거나 갑작스럽게 끝나지 않는다는 것을 의미하는 것으로 설화의 서술 과정이 '배경 제시 – 사건의 경과 – 결과 제시'와 같이 시작과 끝이 분명한 일련의 과정을 지닌다는 것이다. Axel Olrik, 앞의 논문, pp.122~141. 참조.

은 한두 마디 정도로 짧거나 혹은 생략되는 경우가 많기 때문에 기존의 연구에서는 이 부분을 소홀히 다루는 경향이 있었다. 하지만 바보민담의 짧은 배경 역시 일반적인 서사물의 배경과 마찬가지로 민담을 이해하는 데 중요한 단서를 제공하므로 결코 가벼이 지나칠 수 없는 부분이다. 보통 서사물에서 배경은 인물, 사건과 더불어 이야기 문학의 3대 요소로서 이야기의 여러 사건이 일어나는 시간적, 공간적인 정황[119]을 일컫는다. 이러한 서사적 배경을 이루는 요소들은 실제의 지리적·물리적 위치, 인물들의 일상적인 생활 방식이나 하는 일, 이야기의 소재가 되어있는 행위가 벌어지는 시기, 인물들이 처한 종교적·도덕적·사회적·정서적 상황인 무형한 배경[120] 등을 들 수 있다. 특히 이야기에 선행하여 이야기와 사건을 만들어 내게 하는 배경의 주된 기능이 인물과 행동의 신빙성을 높이고, 인물의 심리적 동향과 이야기의 의미를 암시하며, 분위기의 조성에 결정적으로 기여한다는 점[121]을 고려한다면, 바보민담의 이야기 구조를 파악하기 위해서 그 배경은 절대적인 요소가 아닐 수 없는 것이다.

<1> 넷날에 한 부체레 있드랜넌데 남덩이 믹제기레 돼서 사람을 대해두 인사할 줄을 전여 몰랐시오.[122]

---

119) 이러한 배경은, 텍스트에서 두드러지게 나타나느냐 나타나지 않느냐, 일관성이 있느냐 없느냐, 막연하냐 상세를 다하고 있느냐, 객관적으로 제시되어 있느냐 주관적으로 제시되어 있느냐, 규칙적으로 제시되어 있느냐 불규칙적으로 제시되어 있느냐, 목적적이냐 상징적이냐, 배경의 여러 특성이 집중적으로 도입되었느냐 이야기 전체에 산재되어 있느냐 등에 따라 이야기의 구조는 달라질 수 있다. 제럴드 프린스, 『서사론 사전』, 이기우·김용재 역, 민지사, 1992, p.239. 참조.

120) 이상섭, 『문학비평용어사전』, 민음사, 1996, p.92. 참조.

121) 한용환, 『소설학사전』, 고려원, 1992, p.172. 참조.

122) 〈우인의 인사, 1:198〉 이외에도 주로 "넷날에 한 신랑이 있드랬는데 이 신랑은 혹게 믹제기드랬시오." 〈바보신랑, 8:199〉, "넷날에 한 미욱재기 새시방이 있드랜넌데……"

<2> 넷날에 새시방 하나이 가싯집에 가서 테면차리느라구 밥을 조
금 먹었다.123)

<3> 어떤 사람이 딸을 살리는데 시집가서는 말할 적에는 존대말을 쓰
구 말에는 님 째를 달아서 말하라구 닐러 줬다.124)

위의 인용문은 몇몇 민담 서두에 제시된 배경적 내용들이다.
<1>에서는 등장인물의 성격에 대해서 제시하고 있는데, 여기서
인물의 특성은 '믹제기(미련쟁이)'라는 것과 '전혀 인사할 줄 모른
다.'라는 두 가지 결점을 언급하고 있다. 인물의 성격으로 제시된
이 같은 결점을 통하여 청중은 미련한 인물이 인사를 제대로 하지
못해서 바보짓을 벌이게 될 것이라는 것을 미루어 예측할 수 있게
한다. <2>에서는 인물의 성격뿐 아니라 인물이 현재 처해 있는
상황까지도 제시하고 있다. 즉, 이 인물은 '갓 혼인한 새신랑'이고,
'체면치레를 하는' 격식에 잘 매이는 단점을 지녔으며, 그가 처한
장소는 아직 행동이 익숙지 않은 '처갓집'임을 알려 준다.125) 이러
한 단서를 통하여 체면을 차리느라 식사를 제대로 하지 않았기에
배고픈 신랑이 낯선 처갓집에서 먹는 일과 관련된 어떤 사건을 벌
이리라는 것을 미리 예상할 수 있는 것이다. 그리고 <3>에서 역
시 인물의 특성과 인물이 처한 상황, 그리고 지켜야 할 규범을 제
시한다. 배경에서 제시된 인물은 곧 혼인할 상황에 놓여 있는 처녀

〈'바보신랑, 8:200〉처럼 인물의 성격을 미리 제시한다.
* 임석재의 『韓國口傳說話』(평민사, 1983∼1993)에 수록된 민담을 인용하는 경
우, 민담집명은 생략하고 〈민담 제목, 민담집 권수: 페이지〉의 형식으로 밝히기로 한다.
그리고 같은 페이지에 동일한 제목을 가진 민담이 여러 편 수록된 경우에는 제목 뒤에
순서에 따라 숫자를 붙여 표시하기 한다.
123) 〈바보신랑2, 1:203〉
124) 〈신부, 1:212〉
125) 이와 비슷한 내용을 지닌 민담의 경우 대개 혼인 첫날밤이 그 배경으로 제시되는
것으로 보아 이 민담도 동일한 상황으로 볼 수 있을 것이다.

이고 그가 지켜야 할 규범은 시댁 식구에게 존댓말을 바로 써야 한다는 것이다. 그런데 여기서의 부모는 시댁에서의 존댓말 쓰기에 대해 제대로 알려 주지 않고 무조건적으로 존댓말을 쓰고 '님'자를 붙이라는 식으로 알려주어 고지식한 바보인물이 융통성 없이 아무에게나 존댓말을 쓰도록 하는 빌미를 제공한다는 것을 보여준다. 또한 시집가기 직전에서야 딸에게 존댓말 사용법을 가르치는 것으로 미루어 딸의 언어 예절이나 지능에 결함이 있음을 짐작하게 한다. 이러한 사실로 미루어 청중은 지능이 모자란 주인공이 앞으로 시집을 가서 존댓말 쓰기와 관련된 실수를 할 것이라는 짐작을 할 수 있게 되는 것이다.

이처럼 바보민담에서 사건의 배경은 본격적인 사건을 제시하기 이전에 구연자가 바보인물의 성격이나 바보인물이 처한 상황을 미리 설명하는 내용으로 바보인물이 행한 바보짓의 원인과 상황을 이해하는 데 필요한 결정적 단서를 제공해 준다. 즉, 바보민담의 구연자는 미리 인물의 자질이나 인물이 처한 상황을 알려 줌으로써 앞으로 일어날 사건에 대해서 암시하기도 하고 그 사건이 지니는 사회적 의미가 무엇인지 쉽게 이해할 수 있도록 사전 정보를 제공하기도 하는 것으로, 그 구체적인 내용과 이야기에 기여하는 역할은 다음과 같다.

첫째, 바보민담은 바보인물을 주인공으로 하는 이야기이기 때문에 대개 이야기의 서두인 배경에서 인물이 '바보'임을 제시한다. 이는 청중들이 앞으로 벌어질 사건이 바보인물이 벌이는 우스꽝스러운 것임을 미리 예측하게 하여 희극적 분위기를 사전에 조성함으로써 청중의 웃음이 쉽게 터지도록 유도하는 기능을 한다. 또한 배경에서는 바보인물의 바보스런 특성뿐 아니라 인물의 신분 - 즉 새신랑, 새색시, 원님, 주인 등 - 도 함께 제시함으로써 웃음을 증폭시키는 기능을 한다. 이는 그 바보짓이 특정한 신분과 관계될 때에라야 웃음거리가 되거나, 특정 신분의 인물이 벌인 바보짓이기에 다른 신분의 인물이 벌이는 행위보다 더 우스꽝스럽게 될 수 있음을 보여준다. 즉, 동일한 바보짓이라도 대상 인물이 바보인물에서 정상인으로 바뀌면 웃음거리가 되지 않거나, 웃음거리가 된다고 하더라도 바보인물에 비해 그 우스꽝스러움이 감소되는 것과 같은 맥락이다.

다음으로 바보민담의 배경에는 인물이 처한 상황이 나타나는데, 이는 인물의 바보짓을 특별히 어떤 상황과 관련지음으로써 그 우스꽝스러움을 배가시키는 역할을 한다. 가령 제집에서는 음식을 몰래 먹는다손 치더라도 별로 우스갯거리가 되지 않는 사소한 일에 불과할 것이다. 하지만 바보민담에서는 이를 백년지객으로 대접받아야 마땅할 새신랑의 허기와 낯선 처가에서의 상황과 관련지음으로써 웃음거리로 만드는 것이다.

특히 바보민담의 배경에서 제시되는 특정 상황은 인물의 바보짓이 집단의 특정한 관습이나 규범과 관련이 있음을 귀띔해 준다. 예문 <1>의 경우 인사하기와 같은 예법과 관련이 있고, 예문 <2>의 경우 '체면 차리기'라는 인습적 의식과 관련이 있으며, 예문 <3>에서는 존댓말 쓰기라는 언어 예절과 관련이 있는 이야기임을 시사하고 있다. 바보민담에서 인물의 행위가 '바보스럽다'라는 판단은 민담 향유자들 집단의 사회, 문화적 배경 위에서 이루어진다. 즉, 어떤 인물의 행위가 바보스럽게 느껴지는 것은 그들이 가진 사회, 문화적 규범이나 의식에서 벗어나기 때문인데, 바보인물의 바보짓이 벌어지는 공간에서의 사회적 관습이나 규범은 바보인물의 언행이 '바보스럽다'고 판단하게 하는 기준으로 인물의 행위를 '우습다'고 느끼게끔 하는 단서라 할 수 있다.

바보민담의 핵심은 바보인물의 우행이고, 바보인물의 행위가 우행이 되기 위해서는 그 행위가 집단적 규범이나 관습에서 벗어나는 것이어야 한다. 그렇기 때문에 바보민담에서는 인물의 우행뿐 아니라 그 행위를 우행이라고 판단하게 하는 기준을 배경으로 제시하여야 한다. 만약 민담의 청중이 그 규범이나 관습을 이해하지 못하면 청중은 인물의 행위가 왜 바보스러운 것인지 이해할 수 없게 되고, 이를 이해할 수 없는 청중은 웃을 수도 없게 된다. 따라서 웃음을 지향하는 바보민담의 구연자는 청중의 웃음을 유발하기 위해서 우행의 기준이 되는 규범이나 관습에 대해서 우선적으로 설명을 해야만 하는 것이다. 또한 때로는 그 규범이나 관습에 대해서 교육하는 자의 태도를 제시하기도 한다. 왜냐하면 규범이나 관습을 올바로 지키지 못하는 이유가 바보행위의 주체인 바보인물의 탓인지 아니면 잘못된 교육의 탓인지 알 수 있게 하기 때문이다.

사람들은 누구나 자기가 이해하고 아는 것에 대해서만 웃을 수 있다. 바보민담을 대하는 청중들 역시 마찬가지다. 바보인물의 언행이 왜 바보스러운지를 모르면 웃을 수는 없는 것이다. 혹 웃는다 하더라도 바보민담에 내포된 화자의 의도나 그 웃음의 의미는 알지 못한 채 인물의 표면적 행위만 보고 웃게 될 뿐이다.[126]

이처럼 바보민담의 이야기 배경으로 제시된 내용들은 청중들이

----

126) 실제 민담의 구연 장소에서 구연자는 우스운 이야기라고 하면서 이야기하지만 웃기지 않은 이야기도 많다. 그것은 물론 구연자의 구연 능력과도 밀접한 관련이 있겠지만, 청중이 민담의 근원적 배경으로서의 문화적·사회적 상황 맥락을 이해하지 못해 내용을 제대로 이해하지 못하거나, 이 상황 맥락이 생략되어 이야기 내용을 잘못 이해하기 때문인 경우가 많다.

바보인물이 벌이는 바보행위의 사회적 의미를 파악하는 데 필요한 지식이자, 바보인물의 행위 또는 화자의 담론적 의도를 평가하는 데 필요한 기준으로 작용한다. 위의 예들에서처럼 갓 혼인한 신랑이나 신부가 처가나 시댁이라는 공간에 처음으로 들어가는 상황을 미리 알려줌으로써 실제 상황이라면 인물들이 어떻게 처신해야 하는 것이 바람직한지를 청중들 스스로 사전에 가늠해 보도록 만든다. 이렇게 특정한 관습이나 규범을 미리 제시하는 것은 청중들로 하여금 그 제시된 규범이나 관습에 대한 자신들의 가치관을 상기시킴으로써 바보인물의 행위와 사회 규범 중 어느 쪽이 옳고 그른지를 판단하게 한다. 바보민담에서 바보인물들은 규범이나 관습에서 벗어난 행동을 한다. 그렇다고 바보인물이 벌이는 이 같은 일탈행위가 모두 탈선과 파괴로 규정지을 수 있는 것은 아니다. 바보인물의 일탈행위를 접하는 청중들은 자신들이 지닌 가치관을 기준 삼아 상황으로서의 규범과 바보인물의 일탈행위 중 어느 하나를 웃음의 대상으로 선택하게 되는 것이다.

하지만 바보민담에서 그 배경적 내용들이 위에서 제시한 예들에서처럼 모든 이야기의 표면에 뚜렷이 잘 드러나는 것만은 아니다.

<4> 넷날에 한 사람이 당개를 가서 색시하구 자다가 낮에 앞 상에
노인 굴편(지짐의 일종) 생각이 나서 어드메 있능가 물었다.[127]

위 예문은 앞에서 제시한 예문 <2>와 비슷한 내용을 가진 민담의 서두 부분이다. 이 민담은 사위가 결혼한 첫날 처가에서 음식을 몰래 먹다 웃음거리가 된다는 이야기로 바보사위담 중에 가

127) 〈바보신랑, 1:210〉

장 많은 분포를 보이는 민담이다. 그런데 앞에서 제시한 예문 <2>에서는 "테면차리느라구"[128]라는 이유를 제시함으로써 새신랑이 장가든 첫날밤 처가에서 음식을 몰래 먹게 되는 이유와 지켜야 할 행위규범이 무엇인지를 직접적으로 설명해 보여주고 있다. 하지만 이와 유사한 내용을 지닌 다른 민담에서는 예문 <4>처럼 새신랑이 음식을 몰래 먹으려는 직접적인 원인이나 처가에서 사위가 지켜야 할 행위규범은 제시되지 않고 다만 인물이 지닌 욕구만을 알려줄 뿐이다. 그러나 민담의 배경에 직접적으로 제시되지 않았다고 해서 규범이나 관습적 상황을 배제한 채 이야기를 해석하려고 한다면 민담의 의미는 제대로 파악될 수 없을 것이다. 비록 이 두 민담이 내용상으로 보아 거의 동일한 의미를 지니는 민담이라 할지라도, 청중들은 바보민담 <2>는 사람들이 볼 때는 체면을 차리느라 음식을 적게 먹고 아무도 보지 않는 밤에 음식을 몰래 먹는 이야기로, 바보민담 <4>는 음식을 잔뜩 먹고도 또 더 먹고 싶어하는 이야기로 해석하게 되어, 이들 이야기에서 파악하는 의미와 발생하는 웃음 정도는 크게 달라진다. 하지만 <2>와 <4>를 배경으로 하는 두 민담은 그 내용 면에서 거의 동일하고 화자의 담론적 의도 또한 이질적인 것이 아니기 때문에 서로 동일한 상황을 전제로 형성된 민담으로 보아야 할 것이다. 다만 <2>에서와는 달리 <4>에서는 처가에서 갖추어야 할 행위규범인 '체면 지키기'를 직접적으로 설명하지 않고 신랑이 '굴편이 어드메 있능가'라고 묻는 행위만 제시함으로써 이 이야기 역시 처가 살림에 익숙하지 않

....

128) 이와 비슷한 예로는 '더 먹구푼데 더 달랠 수두 없구 근냥 참았다'〈망신당한 사돈, 1:213〉, '떡이랑 고기랑 많이 있었넌데두 많이 먹으문 흥축할가 해서 조곰 먹었다'〈바보신랑, 1:197〉, '더 묵고짚은디 점잔을 빼이라고 그라지 몬하고 참고 있다가'〈우랑, 10:288〉 등을 들 수 있다.

고 체면치레를 해야 하는 신혼초야의 새신랑에게 처해진 상황임을 함축적으로 전달하고 있는 것이다.

실제로 바보민담에서 바보행위의 원인으로서의 상황을 상세하게 설명하여 제시하는 경우보다는 <4>의 경우처럼 간접적이고 함축적으로 나타내는 경우가 더 많다. 그것은 일차적으로 바보민담의 형식과 관련이 있어 보인다. 웃음을 지향하는 이야기는 대개 단순하고 짧은 형식으로 구성되는데, 그 이유는 핵심 사건에서 벗어나는 부연 설명이나 자세한 사전 해명은 이야기의 긴밀성을 떨어뜨리고 청중의 관심을 지속시키기 어려워 웃음 유발에 방해가 되기 때문이다. 따라서 웃음을 근간으로 하는 바보민담에서 배경이나 결과가 대부분 아주 간략하게 나타나는 것 역시 웃음 유발을 용이하게 하기 위한 방법의 일환이라 할 수 있겠다.

또한 민담은 같은 집단에 속하는 사람들 내에서 향유되는 까닭에 그 배경적 지식을 자세히 설명하지 않더라도 사회·문화적 동질성을 지니고 있는 청중들이 이미 잘 알고 있으리라는 전제하에서 구연되는 경우가 많기 때문이다. 즉 같은 집단에 속한 사람들은 바보행위의 배경이 되는 규범이나 관습을 이미 충분히 숙지하고 있는 상태이기에 구연자가 그것을 직접적으로 제시하지 않더라도 인물의 행위가 바보짓이라는 것을 충분히 판단할 수 있다. 이런 경우 구연자가 그 규범이나 관습에 대해 이야기하는 것은 불필요한 사족이 되어 오히려 이야기의 긴밀성을 떨어뜨리게 된다. 따라서 민담의 구연자는 청중이 구연자와 문화적인 차이가 있는 사람들이거나 아직 규범이나 관습에 대한 지식이 충분치 않은 사람을 대상으로 구연해야만 하는 특별한 경우가 아니라면 굳이 규범이나 관습을 설명하지 않게 된다.

웃음은 언제나 집단적 인식의 틀 위에서 발생하는 것이기에 바보민담의 웃음을 제대로 이해하기 위해서는 겉으로 드러나 있지 않다고 하더라도 인물의 바보짓과 관련된 집단적 삶의 질서에 대한 파악이 반드시 이루어져야 하는 것이다.[129] 혹 바보행위와 관련된 집단적 질서의식이 배경부에 제시되지 않았다고 하더라도 바보인물은 집단적 관습이나 관념에 역행하거나 어긋나게 행동하기 때문에 바보인물의 우행을 통해서 우리는 역으로 그 규범이나 관습이 무엇인지 파악할 수 있다. 그런 연후라야 우리는 바보민담에 나타난 집단적 인식과 인물의 우행 중 어느 편에 설 것인가를 결정하게 되고, 이 결정에 따라 웃음의 의미와 정도는 달라지는 것이다.

2) 바보행위의 과정

바보행위의 과정은 서두의 배경에서 제시된 바보인물이 지닌 특성이나 상황으로 인해 벌어지는 사건들의 전개 과정을 구체적으로 보여주는 부분이다. 이는 바보민담 내용(story)의 기본 구성소인 사건들의 연쇄과정이자, 청중의 웃음을 유발하는 핵심 부분인 것이다. 바보민담에서는 바보인물이 주로 집단적 규범이나 질서를 위반하고 파괴하는 행동들을 함으로써 자신이 속해 있는 사회의 집단적 가치관과는 상반된 모습을 보인다. 인간이 지닌 약점들로서 집단적 가

---

129) 리터는 모든 웃음에는 이미 전제된 삶과 세계질서라는 보이지 않는 파트너와의 협연이 그 조건임을 역설하고 있다. 우스꽝스럽고 희극적인 효과를 위해서는 인간을 규정하는 삶의 질서가 결정적이기 때문에 희극적인 것은 시대적 차이, 민족들의 차이, 사회 계층들의 차이, 지역적·개인적인 삶의 특수성과 함께 변하면서 동행한다고 한다. 류종영, 앞의 책, p.405. 재인용.

치에 위배되는 바보인물들의 이 같은 행위는 바보민담을 접하는 청중의 웃음을 유발하는 기폭제이자 이야기의 근간을 이루는 것이다.

바보민담의 배경을 통하여 청중들은 인물이 놓인 상황을 파악하고 그 상황에 맞는 올바른 행위규범을 지각한 상태에서 인물의 일탈행위를 접하게 된다. 이때 바보인물의 위반 행위를 인식한 청중은 인물의 약점을 발견함과 동시에 심리적 우월감을 형성하게 되어 희극적 감정과 웃음을 불러일으키게 되는 것이다.[130] 즉, 바보민담은 청중들 내부의 행위규범과 바보인물의 일탈행위를 늘 대립적인 관계에 놓이게 함으로써[131] 웃음을 유발하는데, 이것이 바보민담에서 웃음을 형성하는 기본 원리라 할 수 있다.

이러한 웃음의 형성 원리에 대해 윙어는 희극적인 것의 토대를 규칙과 규칙위반 사이의 갈등으로 규정함[132]과 동시에, 그 갈등이 희극적인 것이 되기 위한 조건을 몇 가지 제시하고 있는데, 그 조건 중 하나로 '동일하지 않은 힘들이 가시화되는 불균형'을 들고 있다. 서로 대립적 위치에 있는 두 대상 사이의 힘, 즉 기존의 질서를 유지하려는 세력과 기존 질서로부터 일탈을 시도하는 세력 간의 힘은 서로 대등하지 않다는 것이다. 만약 대립된 두 세력이 가진 힘이 서로

---

130) 아리스토텔레스는 희극이 인간적 '약점의 표현'으로 보았다. 그리고 홉즈는 '희극적인 것은 기대하지 말에 대해 비정한 쾌감만을 두고 나온 말이라고 비판하고. 남의 약점을 보고 웃는 자에서 무조건적으로 자기의 우월감이 뒤따라서 나오는 게 아니라고 하였다. 하르트만, 앞의 책. pp.441~443. 참조.
　　그런데 바보민담에 등장하는 바보인물은 대개 아주 열등한 인물로 설정된다는 점에서 민담 향유자들의 심리적 거리감과 우월감 형성을 바탕으로 웃음을 유발한다고 볼 수 있다. 하지만 그들의 바보짓이 윤리적, 도덕적 결함을 드러내는 악행이거나 인간에게 커다란 피해를 입히는 결함도 아니고 대개 규범이나 관습적 질서에 대한 가벼운 반항 정도로 청중의 유쾌한 웃음을 유발한다는 점에서 이는 비정한 쾌감을 동반하는 웃음은 아니라고 할 수 있다.

131) 이러한 측면에서 바보민담은 자아와 세계의 대결을 바탕으로 웃음을 유발하는 이야기라 하겠다.

132) 류종영. 앞의 책. p.380.

대등하다면, 이는 두 세력 간에 심각한 사회적인 갈등을 야기함으로써 팽팽한 긴장이 발생하여 웃음으로 발전할 수 없을 것이기 때문이다.

> 다툼이 일어날 수 있는 곳에, 한쪽 편은 명백하게 힘이 열등하고 그 상대가 되는 편은 명백하게 힘이 우세할 때, 힘이 열등한 자가 이 다툼에 끼어들겠다는 생각을 할 수 있다는 데에 코믹이 존재한다 ……. "힘이 열등한 자가 싸움을 시작해야만 하고, 공격의 출발점이 되어야만 한다. 우리가 도발이라 부르는 이러한 행동이 희극적 갈등의 조건들에 속한다." ……따라서 힘이 열등한 자가 싸움을 시작해야 하고, 과감하게 나아가야 한다. "이 도발자가 실제적으로 힘이 우세한 적을 만나서, 그에게 달려들어, 격퇴당하는 것이 이 갈등의 전제다."[133]

윙어에 의하면 힘이 아주 우세한 자와 열등한 자 사이의 갈등에서 열등한 자가 싸움을 시작하여 '도발'하고 이 도발자가 우세한 상대에게 격퇴당할 때 희극적인 갈등이 될 수 있다는 것이다.[134] 바보민담에서의 열등한 자는 당연히 인간적 약점을 지닌 바보인물이다. 바보인물은 그들이 대립하고 있는 사회적 규범이나 질서 또는 그 사회적 질서를 유지하고자 하는 자들의 거대한 힘에 맞서는 도발자들이다. 하지만 그들의 도발 행위는 이미 정해진 실패이므로 청중들은 긴장의 이완 상태에서 유쾌한 웃음을 짓게 되는 것이다.

윙어는 갈등이 희극적이 되기 위한 또 하나의 전제조건으로 도발 행위가 부적절해야 하고 도발을 목격하는 자가 그 자체 내에 모순이 있다는 것을 이해해야 한다고 하였다.[135] 바보민담에 등장

---

133) 위의 책, p.381.
134) 비극적 갈등에서는 다투고 있는 파당들이 그들의 신분관계가 대등하고 또한 대등해야만 한다. 류종영, 앞의 책, p.381. 참조.
135) 위의 책, p.382.

하는 인물들의 우행을 바라보는 민담 향유자들 역시 인물들의 일탈행위가 기존의 질서로부터의 무모한 탈선임을 인지하고 그들이 행하는 탈선의 시도가 결코 기존 질서를 전복할 능력을 갖지 못한 극히 사소한 도발임을 충분히 인식하기에 기꺼이 웃는 것이다. 이는 마치 서너 살 어린아이가 귀여운 반항으로 주변 어른들을 어이없게 만드는 것과 비슷한 것으로, 사회적으로 어떠한 위협도 될 수 없는 바보인물의 반항에서 민담의 향유자들은 어이없는 우스꽝스러움을 발견할 뿐이다. 바보인물의 도발 행위를 목격하는 청중이나 민담 속에서 바보인물과 대립적인 위치에 있는 인물이 바보인물의 행위를 공격적으로 느끼거나 심각한 것으로 받아들이지 않는 것은 바로 이런 이유 때문이다. 그러므로 바보민담을 통해 얻게 되는 웃음은 도발자에 대한 긴장된 방어나 비정한 응징보다는 약자를 향한 너그러운 포용의 웃음이라고 할 수 있다.[136]

그런데 바보민담이 연행되는 도중에 비록 바보인물의 바보짓을 깨닫고 희극적 감정을 가지게 된 청중이라 하더라도 아무 때나 웃음을 터뜨리지는 않는다. 그들은 웃음을 터뜨릴 결정적인 시기를 기다리면서 가급적 구연자의 이야기 진행 흐름을 방해하지 않으려고 애쓴다. 구연자 또한 청중들의 이러한 기대와 준비를 감지하고 있기에 아무 때나 웃음이 터져 나오지 않도록 이야기의 흐름과 분위기를 조정하다가 이야기의 의미 마디가 하나씩 끝나는 결정적인 휴지(休止) 지점에 이르게 되었을 때 웃음이 터지도록 유도하는 것

---

136) 앙리 베르그송은 웃음은 마치 물거품과 같이 생기는 것으로 사회생활의 표층에서 드러나는 가벼운 반항들에 대해 주의를 환기시켜 주는 것이라고 하고 그 웃음은 쓴맛이 어느 정도 느껴지는 것이지만 유쾌함이라고 함으로써, 사회적인 가벼운 반항에 대해서는 웃는 웃음은 그 공격성이 약함을 지적하고 있다. 앙리 베르그송, 앞의 책, p.160. 참조.

이다.[137] 웃음을 지향하는 담화들에서는 바로 이같이 화자가 의도한 시점과 청중의 웃음 발생 시점이 일치하는 부분을 '펀치라인 (punch line)'이라 한다. 농담과 같은 우스개 담화에서 이 펀치라인은 웃음을 일으키는 핵심 부분이다. 바보민담에서는 청중들이 이야기의 배경적 상황 맥락을 이해하고 인물의 행위를 바보짓으로 인식하여 웃음을 터뜨리게 되는 결정적인 지점이 이에 해당할 것이다. 따라서 '펀치라인'은 바보민담의 내용 중 가장 우스운 부분으로 이야기가 구연되는 과정에서 청중이 가장 기대하며 기다리는 부분이기도 하다. 따라서 바보민담처럼 웃음을 지향하는 대부분의 이야기에서 위성사건[138]들은 이 펀치라인을 위해 존재한다고 해도 과언이 아니다. 이처럼 민담의 모든 서사적 초점이 집중되는 이 펀치라인은 웃음 유발뿐 아니라 민담의 의미를 결정짓는 핵심적 부분인 것이다.

농담처럼 비교적 짧은 형식의 웃음 담화에서는 그 펀치라인의 형성이 한 번으로 그치지만 농담에 비해 상대적으로 긴 민담의 경우에는 펀치라인이 반복적으로 형성되기도 한다. 대개 웃음을 지향하는 담화는 발화의 시간을 길게 가질수록 발화 자체에 대한 청중의 집중도는 떨어뜨리게 되고 발화 내용에 대한 분석적 태도를 불

---

137) 웃음은 말이 진행되는 도중 아무 데서나 터지지 않는다. 화자나 청자는 말의 의미를 형성하는 마디 구조를 웃음으로 방해하지 않는다. 의미를 형성하는 마디가 끝난 다음 휴지 시에 웃음이 터진다. 김봉정, 앞의 책 p.3. 참조.
　웃음은 그 자체가 소리며, 소리로서 말의 흐름에 개입하고, 이 흐름을 중단시키기도 하고, 말들을 피하면서 개입한다. 웃음은 이와 꼭 같이 소리로서 웃는 시점을 갖고 있다. 류종영, 앞의 책, p.407. 참조.

138) 채트먼에 의하면 사건에는 대안적 선택의 길을 열어 행동을 전진시키는 핵사건 (kernel)과, 그 행동을 확대, 확장, 지속 또는 지연시키는 기능을 하는 위성사건 (satellate)이 있다. - 바르트는 이것을 촉매(catalyst)라 부른다. - 이 위성사건은 핵사건에 동반되며 그것을 보조해 주는 기능을 한다. 한용환, 앞의 책, p.201. 참조.

러오게 된다. 따라서 민담의 구연자는 이야기 중간 중간마다 펀치라인을 형성해 웃음을 터뜨리게 함으로써 이야기 내용을 논리나 이성적인 기준에서 분석하고자 하는 청중의 긴장된 감정을 이완시키는 한편 단편적 쾌감과 흥미를 제공하여 계속적으로 이야기에 집중할 수 있도록 한다.

바보민담의 경우 청중의 희극적 감정은 펀치라인 이전 부분에서부터 이미 형성되기 시작한다. 이렇게 형성된 희극적 감정은 청중을 민담의 유희적 분위기에 몰입하게 하여 미리 웃음을 터뜨릴 심리적 준비를 갖추게 한다. 구연자는 희극적 감정이 최고조에 달하는 펀치라인에서 고조된 청중의 희극적 감정이 발산되어 웃음을 촉발하도록 유도한다. 따라서 펀치라인 이전에 형성된 희극적 감정도 바보 민담의 웃음 형성에 바탕이 된다는 점에서 중요한 구실을 하며, 또한 사전(事前)에 형성된 희극적 감정도 웃음의 한 부분이라는 점에서 나름대로 그 의미를 지닌다. 하지만 이전부터 형성되어 온 희극적 감정이 펀치라인에서 최고조에 달하는 것처럼 그 의미 또한 펀치라인에서 가장 강하게 형성된다.

그런데 펀치라인에서의 희극적 감정은 펀치라인 이전에 형성된 희극적 감정과 동일한 방향으로 형성되지 않을 수도 있다. 펀치라인에서는 종종 그 웃음의 대상이나 방향이 역전되기도 하는데 이 경우에는 그 공격성의 방향이나 의미 또한 처음과 다르게 형성될 수 있다. 그리고 이때 사전에 형성된 희극적 감정은 펀치라인이 형성하는 강력한 희극적 감정과 웃음에 의해 묻혀버린다. 뿐만 아니라 사전에 형성된 의미조차 펀치라인이라는 보다 강력한 웃음 효과에 의해 제거될 수 있다는 점에서 펀치라인은 민담의 의미 형성에 아주 중요한 작용을 하는 부분이라 하겠다.

다음 민담은 앞 항에서 배경의 예로 보았던 <2>, <4>와 비슷한 내용을 지닌, 새신랑이 혼인한 첫날밤 처가에서 음식 때문에 벌이는 해프닝에 관한 이야기로 바보민담에서는 아주 빈번하게 나타나는 예이다.[139]

> <1> 바보가 장가를 가니 처가에서 음식을 많이 차려주었는데 그 중 나박김치가 맛있었다.
> <2> 밤에 자다가 나박김치 생각이 나서 색시에게 물으니 부엌에 있다고 했다.
> <3> 부엌으로 가서 두 손을 김치 항아리에 넣고 가득 움켜쥐었더니 손이 빠지지 않았다.
> <4> <u>부엌(청)에서 잠자던 장인 머리(대머리)에 항아리를 내리쳤다.</u>
> <5> 장인이 도적이 들었다고 소리치자 바보는 감나무 위로 숨었다.
> <6> 도적을 찾으려던 장모가 도둑이 보이지 않으니, 새 사위에게 줄 감을 따겠다고 감나무 위에 숨어 있는 바보의 불알을 올가미로 잡아당겼다.
> <7> 너무 아픈 바보가 똥오줌(물똥)을 쌌다.
> <8> <u>장모(장인)는 감이 너무 익어 터진 줄 알고 받아먹었다(받아먹고 감이 너무 곯았다고 했다).</u>[140]

이 민담에서 웃음을 형성하는 의미 마디는 두 부분으로 나누어지는데, 그 첫째 마디는 <1>~<4>로 바보 신랑이 나박김치를 먹으려고 벌이는 사건이고, 둘째 마디는 <5>~<8>로 도둑으로 몰린 신랑이 도망치는 과정을 중심으로 이루어진 사건이다.

첫 번째 마디를 살펴보면, 대개 혼인 첫날밤 신랑은 신부에게 모든 관심이 쏠려 있으리라고 여기는 것이 일반적인 청중의 인식

----

139) 바보민담 중 가장 많은 분포를 보이는 것은 바보사위담인데, 바보사위담 중에서도 이 민담과 같이 갓 혼인한 새신랑이 처가에서 음식과 관련된 실수를 보여주는 민담이 가장 많다는 점에서 이 민담은 바보민담의 전형적인 예라고 할 수 있다.

140) 〈愚郞, 8:365~366〉, 〈愚郞, 11:48〉, 〈愚郞, 5:346〉

이지만 여기서의 신랑은 신부보다는 처가에서 차려준 성대한 음식, 그것도 평소에 자주 접하지 못하는 귀한 음식이 아니라 평민층에서도 쉽게 접할 수 있는 일상적 음식인 나박김치에 강한 집착을 보인다. 게다가 새신랑은 혼인 첫날밤 처가에서 배가 고프더라도 조금 참는 것이 올바른 처신이자 체면을 지키는 것이라고 여기는데, 이 신랑은 이런 규범이나 관습을 무시할 뿐만 아니라 최대한 많이 먹으려고 욕심까지 부린다. 신랑의 이런 행위가 정상이 아니라는 걸 인지한 청중은 이미 희극적 감정을 형성하게 되는 것이다. 이렇게 희극적 감정이 형성된 상태인 청중은 그들이 웃음을 터뜨릴 결정적 시점인 펀치라인을 기대하게 된다. 바보신랑이 음식에 대한 강한 집착 때문에 김치 항아리를 깨뜨린다는 것이 엉뚱하게도 잠자던 장인의 머리를 내리치게 되자 청중의 희극적 감정은 극에 달하고 이때 청중은 웃음을 터뜨리게 된다. 따라서 청중의 웃음을 터지게 하는 <4>는 이 민담의 첫 번째 의미 마디에서의 펀치라인이라 할 수 있다. 그런데 바보인물의 바보짓이 여기서 그치지 않고 계속해서 이어지면서 유희적 쾌감에 빠진 청중은 또 다른 펀치라인을 기대하게 된다. 이러한 청중의 기대를 충족시키기 위해 민담에서는 잠자던 장모가 도둑을 잡겠다고 나와서 도둑은 잡지 못하고, 새 사위에게 주겠다고 감을 따려다 하필이면 벌거벗고 감나무에 올라가 숨은 사위의 불알을 잡아당기게 된다. 이 장면에서 역시 청중은 희극적 감정을 수반하게 되는데 이때의 희극적 감정은 <8>에서 장모가 새신랑이 싼 똥을 먹는 장면에서 극에 달하면서 또 한 번 웃음을 터뜨리게 된다. 따라서 <8> 역시 이 민담의 펀치라인이다.

　이 민담에서 바보짓을 일으키는 인물은 새신랑이고 대개 그가 일으키는 바보짓을 보여줌으로써 청중의 희극적 감정을 자극한다. 그러므로 청중은 바보짓을 일으키는 바보신랑을 대상으로 웃게 된다. 하지만 여기서 인물의 행위가 우스운 것은 배경에서 제시한 것처럼 이 인물이 새신랑이고 그가 놓인 공간이 처가라는 사실과 관련되었기 때문이다. 즉, 혼인 첫날밤 새신랑이 처가에서 이 같은 바보짓을 벌였다는 배경적 사실이 이 민담의 웃음을 증폭시킨다. 이는 새신랑이 처가가 아니라 자신의 집에서 동일한 바보짓을 벌였다고 가정하고 두 상황을 비교해 본다면 그 웃음의 정도가 달라진다는 것을 쉽게 알 수 있다. 따라서 만약 이 같은 배경적 의미를 이해하지 못하고 인물의 행위만을 본다면 이 민담의 웃음은 크게 감소하고 말 것이다.

한편, 이 민담의 펀치라인인 <4>와 <8>에서 웃음이 폭발하는 것은 바보인물이 바보짓으로 인한 피해가 엉뚱하게도 장인, 장모에게 미쳤기 때문이다. 여기서 청중이 웃음거리로 삼게 되는 대상은 바보인물인 사위가 아니라 잠을 자다가 얼떨결에 사위에게 얻어맞은 장인과, 사위에게 줄 감을 따던 장모라고 할 수 있다. 장인과 장모는 자신들 스스로 바보짓을 벌인 것이 아니라 어리석은 사위가 벌이는 바보짓의 피해자일 뿐이지만 민담의 향유자들은 장인, 장모를 웃음의 대상으로 삼는다.[141] 결과적으로 이 민담에서는 펀치라인을 기점으로 웃음의 대상이 바뀌게 되는 것이다. 게다가 첫번째 펀치라인에서 형성된 희극적 감정이 두 번째 펀치라인에서는 한층 더 증폭되어 폭발하면서 이 민담에서의 웃음의 대상은 실질적으로 바보인물인 사위가 아니라 장인과 장모로 바뀌게 되는 것

---

141) 물론 <4>와 <8>이 바보인물의 실수로 인해 빚어진다는 점에서 바보인물 또한 웃음의 대상이 될 수도 있지만 보다 강력한 웃음의 대상은 장인과 장모이다.

이다. 이처럼 웃음의 대상이 바뀌면 당연히 그 공격의 대상 또한 바뀌게 된다. 그런데 바보짓을 저지르지도 않았고, 사위에게 특별한 위해를 가하지도 않은 장인, 장모가 엉뚱하게도 사위에 의해 웃음거리가 되어 청중의 공격의 대상이 되었다는 것은 이 민담의 이면에 뭔가 다른 의미가 함축되어 있음을 짐작하게 한다.[142]

하지만 이 민담처럼 모든 바보민담에서 펀치라인이 형성되는 것은 아니다. 펀치라인이라고 볼 수 있는 특정한 부분이 발견되지 않는 바보민담도 있는데, 그 경우에도 서사적 초점이 웃음을 향해 집중되어 있는 것은 마찬가지다. 그러나 펀치라인이 없는 경우 민담 전체에서 희극적 감정이 형성되긴 하지만 대개 청중은 웃음을 터뜨릴 적절한 지점을 찾지 못하게 되고 혹 웃음을 터뜨린다고 하더라도 펀치라인이 있는 경우에 비해 그 웃음의 강도는 약할 수밖에 없다. 따라서 펀치라인이 있는 경우에 비해 그 유희적 쾌락은 적을 수밖에 없고 의미 전달 효과 또한 떨어진다고 하겠다.[143] 따라서 바보민담에서의 펀치라인의 유무는 그 유희적 효과뿐만 아니라 의미 전달에 있어서도 아주 중요한 기능을 하기 때문에 민담의 구연자는 이 펀치라인을 향해 이야기의 초점을 집중시켜 연행 공간에서의 웃음과 쾌감을 극대화하고자 한다.

----

142) 이러한 점에서 우리는 이 바보 신랑이 진짜 바보인물인가 의심해 볼 필요가 있다. 바보민담에서 도발자로서의 바보인물이 반드시 패배의 쓴맛을 경험하거나 망신을 당하는 것으로 끝나지는 않는다. 때로 이 대립적인 우열 관계의 역전을 보이기도 하는데, 이는 실제 현실 사회에서는 거의 불가능한 일이지만 민중들의 욕구가 반영된 결과물인 민담 속에서는 가능한 것이다.
143) 웃음이 의사전달의 표현 수단이라는 점에서 웃음의 강도는 의미전달 효과와 비례한다고 하겠다.

3) 바보행위의 결과

　민담에 등장하는 인물의 행위에 대한 결과는 민담의 결말에 해당하는 것으로 주로 이야기의 마지막에 제시되는데, 이 결과는 규범적 질서와 대립하는 인물의 행위에 대한 결과 혹은 대가를 보여준다. 민담향유자 계층의 세계관에 따라 이 결과는 달리 나타날 수 있는데, 이는 집단적 삶의 규칙과 인물 간의 대립을 바라보는 민담향유자들의 판단이 드러나는 부분으로 민담 향유자들의 가치관 또는 세계관의 차이에 따라 인물의 행위나 규범적 질서에 대한 해석과 수용의 차이를 보이기 때문이다. 따라서 바보민담에서 바보행위의 결과 부분은 바보민담의 생산적 의도를 파악할 수 있을 뿐만 아니라, 민담 향유자들에게 소비되는 바보민담의 사회적 의미를 확인할 수 있는 부분이기도 하다.

　바보민담에서는 바보행위의 결과를 제시하는 형식을 크게 두 가지 형태로 나눌 수 있다. 첫 번째 유형은 바보인물의 일탈 행위에 대한 특별한 결과나 대가없이 인물의 바보짓을 제시하는 것만으로 마무리되는 형태이고, 두 번째 유형은 바보인물의 위반행위에 대한 직접적인 처벌이 제시되는 형태이다.

　전자의 경우는 결과를 제시하지 않았다기보다는 바보행위의 과정에 그 결과까지를 포함하고 있는 것이다. 이 유형에서는 바보행위의 과정과 그 결과가 분리되지 않고 동시에 제시되기 때문에 앞서 검토했던 펀치라인이 그 결과를 함축하는 경우가 많다. 이는 농담이나 우스개와 같이 웃음을 기반으로 하는 이야기들의 보편적인 형태[144]로, 이러한 형태의 이야기에서는 대상을 웃음거리로 만

144) 앞서 살펴본 것처럼 테드코언은 우스개가 대개 '펀치라인'이라는 짤막한 결론으로 마

드는 그 자체가 결과라고 할 수 있다. 이 형태의 바보민담에서 바보행위의 결과는 집단적 삶의 규칙과 바보인물 중 어느 한쪽이 웃음거리가 되는 것이라 하겠는데, 이는 결국 기존 질서를 대변하는 세력과 그 질서의 허점과 모순을 폭로·도발코자 하는 세력 간에 벌이는 가치관의 우열 다툼에서의 승패를 의미하는 것이라 할 수 있다. 그러므로 두 대상 중 어느 쪽이 실질적인 웃음의 대상으로 전락하게 되는가가 첫 번째 유형의 바보민담에서의 결과라 하겠는데, 이때 승패의 결정은 펀치라인에서 이루어지며 여기서 결정된 결과는 곧 바보민담의 의미로 직결된다고 볼 수 있다.

"웃음이 품성을 단죄한다."[145]는 베르그송의 견해가 보여주듯이 웃음은 그 자체가 지닌 공격성만으로도 웃음의 대상자를 처벌하는 기능을 한다. 그렇기 때문에 바보짓을 한 인물을 직접적으로 처벌하지 않고 단지 웃음의 대상으로 삼는 것만으로도 바보짓의 주체는 스스로의 행위에 대해 처벌받는 것이라 할 수 있다. 이는 문학 텍스트 안에서만 그런 것이 아니라 실제 현실 공간에서도 마찬가지다. 누군가 집단적 규범에서 벗어난 행동을 했을 경우 그 집단적 규칙에 의해 직접적인 처벌을 받기도 하지만, 그렇지 않더라도 집단 구성원들이 그를 웃음거리로 삼는 것으로 징치를 대신하기도 한다. 웃음거리가 된 사람은 타인의 웃음에서 모욕감을 갖게 되고 이 웃음이 바로 그의 어리석음에 대한 처벌이자 교정 수단으로 작용하게 되는 것이다.[146]

....

무리된다고 하였다. 테드코언, 앞의 책, pp.16~17. 참조.
145) 앙리 베르그송, 앞의 책, p.22.
146) 앙리 베르그송은 모욕감을 주기 위해 만들어진 웃음은 그 웃음의 대상에게 고통스러운 느낌을 불러일으켜야 하고, 사회를 상대로 하여 사람들이 누리고 있었던 자유에 대해 웃음으로써 복수하는 것이라고 한다. 위의 책, p.158. 참조.

인간적 결점을 지닌 바보를 주인공으로 하는 바보민담은 그들을 웃음의 대상으로 삼음으로써 인간의 결점들을 교정하고자 하는 이야기이다. 따라서 웃음을 기반으로 하는 바보민담의 본질은 결함을 지닌 인물에 대한 직접적인 단죄보다는, 인간적 결함을 지닌 상징적 인물로서의 바보를 내세워 웃음거리로 삼음으로써 인간이 지닌 근본적인 결점들을 가시화하고 경계하고자 하는 데 있다. 그러므로 바보민담의 본질에 보다 가까운 바보행위의 결과 형태는 바보짓에 대한 직접적인 처벌을 제시하는 두 번째 형식보다는 그 바보짓을 제시하는 것만으로 이야기를 마무리하는 첫 번째 형식에 더 가깝다고 하겠다. 앞서 살펴본 것처럼 바보는 그가 지닌 무지나 순진함 때문에 사회적 억압이나 금기로부터 자유로운 자이기에 그의 바보짓이 의도적인 것이 아니라고 대부분의 사람들은 생각하기 마련이다. 의도성이 없이 바보짓을 벌인 바보에게 사람들은 직접적인 처벌을 가하는 대신 오히려 어이없는 웃음을 터뜨리기 일쑤인데,[147] 이때 사람들은 자신의 웃음에서 공격성을 거의 인지하지 못한다. 바보가 유발하는 웃음의 이 같은 특질은 바보민담에서도 마찬가지로 적용된다. 그러므로 이야기 서두의 배경에서 이미 바보로 명명된 인물을 바라보는 청중들 역시 자신들의 웃음에서 심각한 공격성을 느끼지 못하게 되는 것이다. 따라서 바보민담의 향유자들은 약자를 공격한다는 심리적 부담을 갖지 않으면서도 민담이 주는 웃음의 쾌락을 만끽하게 되는 것이다. 바보민담이 오랜 세월

---

147) 테드코언. 앞의 책. p.139. 참조.
　　이러한 웃음을 테드코언은 '자신의 자녀들이 벌여 놓은 얼토당토않은 일을 보면서 웃는 하느님의 웃음과도 일맥상통한다.'고 하였는데, 이 웃음은 신이 아니더라도 인간이 자신보다 아주 열등하다고 생각되는 대상을 향해서도 가능한 웃음이라고 생각한다.

동안 계속해서 생명력을 유지하는 것은 바로 이러한 웃음의 특질 때문으로 보인다.

> <1> 넷날에 한 신랑이 있드랬는데 이 신랑은 혹게 믹제기드랬시오. 하루는 가시 아바지레 온다구 해서 <u>색시는 새시방이 믹재기가 아니란 걸 보이구파서</u> 여러 가지를 배와 주었어요. <2> 이 집을 언제 졌느냐구 가시 아바지레 물으문 게사년에 졌시오 하구 말하라구 색시레 배와 줬는데 이 새시방은 암만 배워 줘두 잊제뿌리구 했시오. 그래서 색시는 가시 아바지레 "이 집은 언제 졌느냐고 물을 때 내레 웃간에서 기어다닐꺼이니 나를 보구 게사년에 졌수다"라구 하라구 했이요.[148] 가시 아바지레 와서 이 집 언제 졌능가 하구 무를 때 새시방은 웃간을 보느꺼니 색시레 기여다니구 있어서 "설설 기여다니는 해에 졌시요"하드래요.[149](밑줄 필자)

이 바보민담에서는 <1>이 바보행위의 배경, <2>가 바보행위의 과정이고, 그 바보행위의 결과는 제시되지 않고 있다. 그러므로 이 민담은 바보행위의 제시만으로 이야기를 마무리 지어 그 결과가 별도로 존재하지 않는 첫 번째 바보민담의 형태에 속한다. 하지만 바보행위의 결과가 특별히 제시되지 않았더라도 <1><2>의 내용을 토대로 민담의 향유자는 충분히 그 결과를 미루어 짐작할 수 있다. 피상적으로 본다면, 이 민담의 결과는 바보인물인 신랑의 실패로 보이고, 따라서 웃음의 대상 또한 신랑의 심각한 무지로 삼을 수 있다. 하지만 이 이야기에서는 신랑은 어떤 욕망을 성취하고자 하는 인물이 아니기 때문에 욕망 성취에 실패한 인물이라 할 수 없다. 오히려 욕망을 성취하고자 하는 인물은 색시이고, 신

---

148) 게산이가 기어다니는 것을 연상시키기 위함. 게산이는 거위의 방언. 임석재, 『한국구전설화』, 1, p.199. 참조.
149) 〈바보신랑, 1:199〉

랑은 색시의 욕망을 채우기 위한 대리자일 뿐이다. 색시의 욕망은 '새시방이 믹재기가 아니란 걸 보이고 싶은' 욕구이다. 색시의 이 욕망은 곧 이 바보민담에서 바보행위의 배경이자 바보인물과 대립 적인 축을 이루는 인습의 굴레와 관계된다. 즉, 색시는 친정아버지 에게 자신의 신랑이 보다 나은 인물로 보이기를 원하는 그릇된 욕 망으로 인하여 신랑을 실제 모습과 다르게 그럴듯하게 포장해서 보이려고 한 것이다. 베르그송이 '인간이 지닌 허영이 희극적인 것 의 정수(精髓)'[150]라고 한 것처럼 색시의 이 겉치레 의식도 바보민 담에서 보여주고자 하는 웃음의 대상인 것이다. 이러한 겉치레와 관련된 웃음은 특히 바보사위(신랑)담 속에서 아주 빈번하게 발견 되는 사례이고 현실 공간에서도 이러한 예는 얼마든지 찾아볼 수 있다.

그런데 민담 속에서의 바보신랑은 색시의 욕망을 여지없이 무너 뜨리는 것으로 그 허영심에 반기를 든다. 왜냐하면 신랑의 입장에 서 보면 색시의 겉치레 의식은 자신을 모자란 인물, 즉 바보로 만 들고 있기 때문이다. 따라서 이 바보민담은 표면적으로 보기에는 바보인물의 실패처럼 보이지만, 실질적으로는 부조리한 인습에 대 한 공격이고 그 허욕의 주체인 색시의 실패이다. 이때 바보 신랑 은 색시에 대한 공격자로 색시를 웃음거리로 만드는 자이다. 하지 만 이 민담에서는 마치 민담의 초점이 바보 신랑의 바보짓에 있는 것처럼 보이도록 하여 그 의도를 은폐하였다. 이처럼 민담의 의도 를 직접적으로 표출하지 않고 은밀하게 전달하고자 하는 경우에는 그 결과를 직접적으로 제시하지 않는다. 이러한 민담은 대개 단순 한 우스개처럼 보이지만 그 의미는 그리 단순치만은 않은 것이다.

150) 앙리 베르그송, 앞의 책, pp.138~141.

바보행위의 결과를 직접 제시하지 않는 바보민담들 중에서는 위의 예와는 달리 바보인물의 패배로 끝나는 이야기들도 볼 수 있다. 바보인물의 바보짓을 직접적인 웃음거리로 삼는 경우가 이에 해당되는데, 이 경우 민담 향유자들의 의식은 바보인물의 편이 아니라 규범의 편이고 따라서 그 결과 또한 규범의 승리로 나타난다. 바보민담에서 이러한 결과는 인간적 결함을 가시화하고 경계하고자 하는 민담들에서 주로 나타난다.

두 번째 형태는 두 대상 간 대립의 결과를 직접적으로 제시한다는 점에서 대상에 대한 민담 향유자들의 가치 평가와 세계관이 보다 뚜렷하게 드러난다. 바보민담은 민담향유자들의 공감대를 토대로 형성되기 때문에 연행 현장에서의 구연자는 청중들의 동조를 이끌어내기 위해 청중의 의식에 부합되도록 또는 연행 현장의 반응과 분위기에 맞춰가면서 부분적인 변형을 가하게 된다. 이러한 이유 때문에 같은 민담이라도 연행 상황이나 청중 집단의 성격에 따라 그 내용이 조금씩 바뀌게 되는데, 특히 그 변형된 내용은 주로 이 결과 부분에서 두드러지게 나타난다. 비록 구연자가 다르거나 지역이 달라지더라도 민담의 배경과 바보인물의 행위와 관련된 서사 내용은 거의 달라지지 않는 데에 반해, 동일한 형태의 민담이라도 바보행위의 결과만큼은 다르게 나타나는 경우가 많다. 이는 민담이 전승되는 과정에서 향유자 계층의 다양한 의식이 반영되고 있음을 말해 준다. 이러한 연유로 사회적 규범에서 일탈한 바보인물의 위반 행위가 그 향유자 집단의 성격에 따라 부정적 탈선으로 해석되어 공격받기도 하고, 반대로 저항의식의 표현이라는 긍정적 가치로 해석되기도 하여 바보인물이 사회적 관습의 결함을 꼬집는 공격자의 역할로 바뀌어 수용되기도 하는 것이다. 즉, 구연자의 의도에 따라 바보 행위의 결과는 달라질 수 있고, 청중은 그 결과에 따라 바보민담의 의미를 달리 해석·수용하게 되는 것이다.[151] 따라서 바보민담에서 바보짓에 대해 직접적인 처벌을 제시하는 것은 민담의 의도를 분명히 표출하고자 하는 목적이 있는 경우에 나타나는 현상이라 할 수 있다.

아래 예는 널리 알려져 있는 <며느리 방귀>담들을 바보행위의 결과에 따라 유형별로 정리한 것이다.

<1> 곱고 절색인 새색시가 시집을 왔는데 시집와서 몇 달 되지 않아 얼굴이 보기 싫게 됐다. 시아버지가 무슨 병이 있는가 묻자 친정에서와는 달리 방귀를 참아서 그렇다고 했다. 시아버지가 어려워하지 말고 방귀를 뀌라고 했다.

<2> 며느리는 모든 식구들에게 날아가지 않도록 기둥이나 솥뚜껑, 문고리 등을 단단히 붙잡고 있으라고 했다. 그리고 며느리는 집기둥이 흔들리고 온 집안이 들썩거릴 정도의 강력한 방귀를 뀌었다. 식구들은 여기저기 나뒹굴고 죽겠다고 난리였다.

<3>-1 며느리가 방귀를 멈추자 며느리를 친정으로 다시 돌려보냈다.[152]

<3>-2 친정으로 가는 도중 방귀를 뀌어 비단장수들에게 배를 따주고 비단을 얻었다. 뒤에서 쫓아오면서 엿보던 신랑이 돌아가서 같이 살자고 해서 잘 살았다.[153]

<4> 서방은 저쪽 굴뚝으로 나가더니 어디로 날아가고 말았다. 그래서 이 며느리는 과부가 돼서 혼자 살았대요.[154]

<5> 며느리 방귀가 어찌나 셌던지 시아버지가 그만 날아가 버렸지요. 그런데 시장에 가니까 웬 영감이 문짝을 쥐고 돌아다니고 있어요. 그 영감이 누구겠는기요[155]

---

151) 그렇다고 해서 구연자의 의도와 청중이 내부적으로 형성하는 의미가 반드시 일치하는 것은 아니다.

152) 〈며느리 방귀, 2:200.〉

153) 〈며느리의 방귀, 2:201, 5:342, 10:332〉

154) 〈며느리의 방귀, 8:334〉

　　　　<6> 그 뒤로는 며느리는 살이 찌고 처음 올 때같이 예뻐졌다고 한
　　　　　　다.156)

　　<1>, <2>는 <며느리 방귀>담에 거의 공통적으로 나타나는
'바보행위의 배경'과 '바보행위의 과정'으로, 이 내용은 각각의
<며느리 방귀>담 이본들에서 별다른 차이를 보이지 않는다.
<3>~<6>은 바보행위의 결과 부분으로 민담 각 편에 따라 각기
다르게 나타나는 내용들이다. 이 <며느리 방귀>담들에서 웃음은
며느리의 방귀를 희화화한 <2>에서 주로 형성되기 때문에
<1><2>만으로도 민담은 하나의 완성된 이야기로 성립될 수 있
다. 그런데도 이 민담들에서는 <3>~<6>과 같이 바보행위의 결
과를 군이 제시함으로써 민담의 의도를 분명하게 드러내고자 함을
엿볼 수 있다.
　　민담의 배경인 <1>에서는 며느리가 병이 될 정도로 방귀를 참
았음을 보여주는데, 며느리가 이처럼 방귀를 억제하는 것은 엄전해
야 할 며느리가 시댁에서 방귀를 함부로 뀌는 것은 부녀자가 지켜
야 할 도리에 어긋나기 때문이다. 이 배경적 내용은 여성의 본능
적 욕구인 생리현상에까지 가부장적 금기가 작용하고 있었음을 보
여주는 대목이기도 하다.157) 그런데 며느리에게 비교적 관대한 시
아버지는 며느리에게 방귀를 뀌도록 허락하고 시아버지의 허락을
받은 며느리는 <2>에서 처럼 온 집안을 뒤흔들 정도로 강력한

----

155) 〈며느리의 방귀, 10:331〉
156) 〈며느리 방귀, 2:202〉
157) 손문숙, 「한국 며느리 설화 연구」, 동아대 박사논문, 2003, p.52.
　　　며느리의 이 같은 상태에 대해 억압된 의식의 신체적 표현으로 해석하여 이 민담의
　　　의미를 생리적 현상인 방귀에만 국한시키지 않고 억압된 며느리의 삶 전체의 문제로
　　　확장하여 해석하였다.

방귀를 뀌게 되는데, 이는 욕망의 억제가 강했던 만큼 그 해소하고자 하는 욕구도 강했음을 보여주는 것이라 하겠다.

그런데 이 민담에서 생리적 현상을 해소했을 뿐인 며느리가 웃음의 대상이 된 이유는, 첫째, 이 며느리는 '시집에서는 방귀를 아무데서나 함부로 뀌어서는 안 된다.'는 사회적 금기를 '시집에서는 방귀를 절대로 뀌어서는 안 되는 것'으로 받아들여 융통성 없이 처신했기 때문이다. 이 같은 비융통성과 고지식함은 바보의 대표적 속성임과 동시에 웃음 유발 요인이다. 둘째, 시아버지가 허락했다고 해서 그 말을 그대로 믿고 마음대로 방귀를 뀌었기 때문이다.[158] 시아버지가 권한다고 해도 며느리는 겸양의 자세로 욕망을 자제해야 하는 것이 올바른 부덕임에도 불구하고[159] 이 며느리는 그러한 규범에 대한 인식이 없는 순진한 인물이기 때문이다. 셋째, 온 집안이 들썩일 정도로 강력한 방귀를 뀌었기 때문이다. 여기서 '온 집안이 들썩이고 기둥이 흔들릴 정도'는 곧 한 집안의 근간을 흔들었음의 은유적 표현이기도 하다.[160] 이 같은 의미는 며느리의 방귀로 상징화된 여성의 본능적 욕망 추구는 한 집안을 망칠 정도로까지 가부장적 위계질서를 흔들 수 있는 심각한 여성적 결함으로 인식하였다는 것을 단적으로 보여주는 것이라 할 수 있다.

며느리 방귀에 대한 부정적 인식이 그대로 결과로 이어지는 것은

---

158) 〈복방귀, 5:319〉와 〈새며느리의 방귀, 9:174〉에서는 시부모가 방귀를 뀐 며느리를 감싸주기 위해 며느리의 방귀를 복방귀라고 하자, 며느리가 계속해서 방귀를 뀌어 웃음을 유발한다.

159) 이런 점을 고려할 때 며느리 방귀담들은 생리적 현상을 문제 삼은 것이긴 하지만 집단적 규범과도 관련된 문제라고 볼 수 있다.

160) 손문숙은 여기서 며느리 방귀의 의미는 며느리의 소리, '내주장'을 상징하는 것으로 보고, 방귀로 인해 집안의 기둥이 들썩이는 것은 기존의 질서가 무너지는 것을 의미한다고 하였다. 손문숙, 앞의 논문, p.172. 참조.

<3>-1이나 <4>로 끝을 맺는 민담들이다. 며느리가 시원스레 방귀를 뀌는 행위에서 희극적 감정을 불러일으키고 쾌감에 빠져들었던 향유자들은 <3>-1이나 <4>와 같은 민담의 결과를 접하게 되면 그 희극적 감정은 가라앉기 마련이다. 이 결과들은 며느리가 방귀를 뀌는 것이 시집에서 쫓겨나거나 과부가 될 정도로 잘못된 행동이라는 인식을 보여줌으로써 가부장적 사회에서 여성이 지녀야 할 품성으로서의 '조신함'을 강조하는 것으로, 민담의 의도를 분명하게 보여준다. 이러한 민담은 철저하게 규범의 편에 서서 여성들로 하여금 정숙한 몸가짐에 대한 심리적 경각심을 가지게 하여 결국 '혼인한 여성의 몸가짐은 절대로 경망스러워서는 안 되며, 원초적 본능에 달떠서는 안 된다.'는 금욕과 인내의 미덕을 주장하는 것이다.

한편, 동일하게 부정적인 결과를 제시하고 있지만 <3>-1보다 <4>는 좀 더 강한 공격성을 보여준다. <4>의 결과를 제시하고 있는 민담에서 며느리는 방귀를 뀐 후 온 식구들이 어디로 날아갔는지 아무도 보이지 않자 식구들을 찾아 이리저리 돌아다닌다. 그리고 "정지를 봉께 서방이 고래구먹에 대가리를 쑤욱 내놓고 있어서 것다 대고 한 방 팡하고 꾸었십니다."에서 보여주는 것처럼 며느리가 의도적으로 신랑을 날려 보냈음을 알 수 있다. 그러므로 다른 민담과는 달리 이 민담은 며느리의 시댁 식구들에 대한 공격성이 의도적이라는 것을 가시화한 것이다. 즉, 며느리는 자신의 생리적 현상까지도 억압하는 시댁 식구를 일부러 날려버림으로써 금기와 억압에 대한 강한 저항을 표현하고 있는 것이다. 하지만 금기에 저항한 며느리는 결국 남편을 죽음으로 내몰고 과부가 되는 아주 극단적인 대가를 치르게 된다. 이와 같은 결과는 며느리 방

귀담뿐 아니라 바보민담 전체에서도 흔치 않을 정도로 강력한 처벌에 해당된다. 이처럼 방귀뀐 며느리에 대한 강력한 처벌은 사회적 금기에 저항한 인물이 받게 되는 결과가 어떠한지를 보여줌으로써 가부장적 질서에 대한 도발을 엄단하겠다는 민담의 의도를 분명하게 표출한 것이라 하겠다.

그런데 <5>는 앞의 예들과는 상반된 결과를 제시하고 있다. <1><2>에서 형성된 희극적 감정은 <5>의 결과로 인해 감소하는 것이 아니라 오히려 증폭된다. 따라서 다른 민담과는 달리 이 민담은 <5>가 바보행위의 결과임과 동시에 펀치라인이 된다. <5>의 결과는 며느리가 시아버지를 집 밖으로 쫓아내고 웃음의 대상으로 만들고 있는 것이다. 며느리들에게 생리적 현상인 방귀까지 참도록 한 것은 가부장적 인습이 만들어 놓은 규범(閨範)이다. 따라서 며느리가 그 인습적 규범의 굴레를 상징하는 시아버지를 웃음거리로 만든 것은 결과적으로는 규범의 모순에 대한 조롱이자 반항인 것이다. <4>에서처럼 며느리가 그 공격적 의도를 직접적으로 드러내고 있지는 않지만 이 결과는 민담의 의도가 무엇인지를 분명하게 보여준다. 즉 이 민담의 의도는 인습의 굴레로부터 심한 규제를 받고 있는 여성의 편에서 가부장적 규범에 대한 저항감을 표출하고 여성의 기본적 욕구에 대한 권리의 주장을 나타낸 이야기로 볼 수 있는 것이다.

하지만 <6>의 경우는 앞의 경우들과는 또 다른 결과를 보여준다. <1> <2>에서 형성된 희극적 감정을 <3>-1이나 <4>에서처럼 급격하게 침전시키는 것은 아니지만 그렇다고 펀치라인을 통하여 시원스레 발산시켜주지도 않는다. 여기서는 바보행위의 결과를 제시하기는 하나 바보인물이나 규범에 대해 긍정이나 부정적 의도를 드러내지 않고 있다. 바보민담에서 <6>과 같은 결과는 사실상 거의 발견되지 않는다. 그런데 <며느리 방귀>담에서 이처럼 특이한 결과가 나타나는 것은 <3>-1이나 <4>와 같은 결과에서 며느리에게 가해지는 강한 공격성에 저항감을 갖게 된 향유자들의 의식이 반영된 때문으로 보인다. 그렇다고 해서 규범적 질서에 도전한 여성에 대한 긍정적 시각을 보여주는 것은 아니며 단지 금기에 대항한 인물이 받게 되는 강한 처벌로부터 며느리를 보호하기 위한 한 방편이었던 것으로 보인다. 이 같은 향유자들의 인식은 결국 <3>-2 같은 변형된 민담의 형태를 만들어 냄으로써 규범적 질서와 이에 대립하는 인물 사이에 절충안을 제시한 것으로 보인다. <3>-1과 같은 결과를 보이는 민담 중에는 <3>-2와 같은 내용이 추가되는 경우가 많다. 즉 이 결과는 방귀 때문에 쫓겨난 며느리가 다시 시집으로 돌아와서 결과적으로는 잘 살았다는 또 다른 결과를 제시하는 것이다. 이것은 앞부분에서의 며느리의 방귀에 대한 부정적 인식이 다시 긍정적 인식으로 전환되었음을 보여주는 것이다. 그런데 그 인식 전환의 계기는 바로 며느리의 방귀가 지닌 생산성이라는 데에 주목하지 않을 수 없다. 며느리의 방귀가 비단이라는 경제적 이익을 획득하게 되자 뒤따르며 상황을 엿보던 신랑이 다시 집으로 데려간다는 것은 가부장적 질서 체계일망정 생산성을 동반한 여성의 본능 추구는 긍정될 수 있음을 보여주는 것이다. 이러한 사실은 가부장 사회에서 혼인한 여성의 본능적 욕망 추구는 곧 비생산적이고 부도덕한 행위로 금기시되어야 할 탈선이지만, 생산적인 욕망에 한해서는 긍정될 수 있음을 보여준다 하겠다.[161]

....

161) 특히 자손의 생산과 관련된 욕망에 대해서는 매우 긍정적인 면을 보여줌으로써 가부

이상에서 검토한 바와 같이 바보민담에서 두 번째 형태로 나타나는 바보행위의 결과는 바보인물의 일탈행위와 기존 질서 사이의 대립으로 인해 빚어낸 결과를 분명하게 제시한다. 또한 바보민담의 담론이나 그 공격성의 방향, 강도까지도 확실하게 보여주고 있다. 이처럼 인물의 바보짓에 대한 직접적인 징치는 민담의 의도나 목적을 분명하게 전달하고자 하는 경우에 주로 나타나는 것이다. 이 같은 바보민담의 의도에 대해 만약 청중이 특별히 저항감을 가지지 않는다면[162] 구연자의 이 의도를 그대로 받아들일 것이고 또 계속해서 또 다른 청중에게 구전됨으로써 집단적 인습으로 굳어지게 될 것이다.

반면 바보짓에 대한 징계를 직접적으로 드러내지 않는 바보민담의 경우에는 구연자의 의도를 분명하게 드러내지 못할 연행 상황에 놓인 경우에 주로 나타나는 것으로 보인다. 이는 구연자가 자신의 의도를 청중에게 직접 제시하기보다는 청중 스스로 그 의도를 가늠하게 함으로써 우회적으로 자신의 목적을 달성하고자 하는 형식이다. 그러나 이러한 형태의 바보민담은 구연자의 의도가 고도

장 사회 속에서의 여성 역할을 무엇으로 인식했는지를 단적으로 보여준다. 이러한 특성을 지니는 방귀민담으로는 '방귀뀌고 소박맞은 여자' 유형이 있는데 이 민담들은 주로 신부가 방귀 때문에 첫날밤에 소박을 맞지만 아들이 장성해서 찾아가자 다시 모자를 데려다 잘 살았다는 내용으로, 부정적으로 인식되었던 방귀가 자손의 생산과 관련되자 긍정적으로 전환됨을 보여주는 예이다. 이처럼 여성의 욕망이 자손의 생산과 관련되어 긍정적으로 인식되는 가장 대표적 유형은 성과 관련된 민담들이다. 성적인 내용을 담고 있는 민담에서 여성의 성적 욕망은 매우 부정적으로 나타나지만 그것이 자손의 생산과 연결된 경우에는 집안의 경사로 취급될 정도로 매우 긍정적임을 볼 수 있다. 〈팽착, 3:329〉, 〈어린애 신랑, 대계, 6-5:286〉

** 앞으로 『한국구비문학대계』(정신문화연구원, 1980~1989)에 수록된 민담의 경우에는 '민담 제목, 대계, 권수: 수록된 페이지' 순으로 간략하게 밝히도록 하겠다.

162) 프로이트는 농담이 성립하기 위해서는 제삼자가 농담의 의도에 대해 강한 적대적 감정을 불러일으킬 수 있는 어떠한 요소도 없어야 한다고 하는데, 이는 바보민담의 경우도 마찬가지다. 만약 바보민담의 내용이 청중의 적대감을 유발한다면 청중은 웃지 않을 것이기에 구연자는 청중의 적대감을 일으킬 방향으로 민담을 구연하지는 않는다. 프로이드, 앞의 책, p.185. 참조.

로 은폐되어 있는 경우가 많기 때문에 청중의 지적 수준이나 성향에 따라서 그 의도나 의미가 얼마든지 다르게 해석될 소지도 잠재해 있다.

이처럼 바보민담에 나타나는 바보행위의 결과는 그 민담의 성격과 의미를 파악하는 데 중요한 단서를 제공해 준다. 대개 유희적 성격이 강한 바보민담의 경우에는 그 오락적 목적이 강화된 것으로 결과를 직접적으로 제시하지 않는 첫 번째 형태가 두드러지게 나타나는 반면, 교훈적 목적이 강한 바보민담의 경우에는 향유자들의 의식이 분명하게 드러나도록 그 결과를 직접 제시하는 두 번째 형태가 많이 나타나는 것으로 보인다.

2. 바보민담의 유형과 성격

바보민담의 의미나 웃음의 성격은 위에서 제시한 서사적 요소들의 내용이 어떻게 형성되느냐에 따라 달라질 수 있다. 앞서 검토한 바와 같이 '바보행위의 배경'은 바보인물이 바보짓을 일으키는 계기나 상황을 제시하는 부분으로, 민담향유자들의 삶의 질서나 규칙을 상기하게 하는 부분이다. 배경부에서 제시하는 내용 중 바보민담의 서사구조나 의미 형성에 특히 중요한 기능을 하는 것은 인물의 성격이다. 자신들의 규범적 의식이나 가치관을 지니고 있는 민담의 향유자들은 인물의 어떤 자질을 두고 바보라고 판단할 것인지 그 기준을 이미 마련해 둔 상태이다. 그렇기 때문에 민담의 구연자가 민담의 서두에서 인물의 성격이나 자질을 제시하면서 바보라고 미리 밝히는 것은 이 이야기가 민담 향유자 집단 내의 세계관과 가치관을 바탕으로 야기되는 문제와 관련된 것임을 전제하는 것이다. 다시 말해 인물의 바보성 여부는 집단 내 세계관과 가치관에 따라 그 진위 여부가 가려진다는 것이며, 이는 곧 역으로 민담 향유자들이 평가하는 바보인물에 대한 진위 결정의 양상에 따라 민담 향유자 집단이 가지고 있는 세계관이나 가치 기준의 진위 여부 또한 평가할 수 있다는 것을 의미한다. 혹 바보민담의 서두에서 인물의 바보성에 대한 평가가 미리 전제되지 않았다고 하더라도 인물에 대한 가치 평가는 민담의 전체적 구조를 통하여 표출된다. 따라서 바보민담을 통해 민담 향유자들이 가진 지배적 세계관이나 가치관이 바보인물에 대해 어떻게 인식하고 있는가를 밝힘으로써 바보민담의 성격을 확인할 수 있게 되는 것이다.

민담 향유자들이 바보라고 평가하는 인물이 바보짓을 하는 이야기와, 바보라고 인식하지 않았던 인물이 바보짓을 하는 이야기는 아주 다른 의미로 나타난다. 또한 바보인물의 행위를 민담의 향유자들이 바보짓으로 인식하느냐 그렇지 않느냐에 따라서도 역시 민담의 의미는 다르게 형성된다. 인물의 행위가 바보짓인지 아닌지는 앞서 검토한 것처럼 민담 향유자들의 규범에 대한 인식과 가치관에 따라 결정되는데 그 결과는 바보민담의 의미 형성에 중요한 요인으로 작용한다. 왜냐하면 바보로 인식되던 인물이, 바보짓을 하였다는 이야기와 정상적인 행동을 하였다는 이야기는 이야기의 의도나 의미가 아주 다른 것이 되기 때문이다. 마찬가지로 바보가 아닌 인물이, 바보짓을 했다는 이야기와 정상적인 행동을 했다는 것 또한 아주 다른 의미를 형성한다.

이와 함께 바보행위의 결과 또한 바보민담의 의미 형성에 중요한 작용을 한다. 민담 향유자들의 규범과 인물의 행위에 대한 판단은 바보행위의 결과에서 드러난다. 이 바보행위의 결과는 인물에 대한 민담 향유자들의 사전인식과 그 인물의 행위에 따라 달라지지만, 이 결과는 역으로 인물이나 인물의 행위에 대한 민담향유자들의 가치관과 세계관을 가늠하게 하기도 한다.

이처럼 바보민담의 구조를 이루고 있는 바보행위의 배경, 바보행위의 과정, 바보행위의 결과 이 세 가지 요소들은 상호 유기적으로 작용하면서 바보민담의 의미와 성격을 형성하는 것이다. 따라서 바보민담의 종합적 의미는 이 세 가지 내용이 어떻게 구성되느냐에 따라 달라지고 그 구성 방식에 따라 바보민담의 유형을 분류할 수 있다. 이를 도식화하기 위해 이 책에서는 우선 바보민담의 향유자들이 민담 속 인물에 대한 사전 인식에 따라 바보인물과 바보 아닌 인물 두 가지 유형으로 구분하고, 또 인물의 행위에 대한 향유자들의 평가에 따라 우행과 정상적인 행위로 구분하였다. 그리고 마지막으로 인물과 규범 중 향유자들의 의식이 어느 편에 있느냐에 따라 바보인물의 패배인가 집단의 규범적 인식이나 대립적 인물의 패배인가를 보여주는 결과 내용으로 구분하였다. 이를 정리해 보면 다음과 같다.

주인공에 대한 사전 인식	주인공의 행위에 대한 평가	바보 행위의 결과	바보민담의 유형
바보	바보짓	주인공 망신	기본형(基本形)
바보	바보짓	대립자[163] 망신	가장형(假裝形)
바보	바보짓 아님	대립자 망신	오인형(誤認形)
바보 아님	바보짓	주인공 망신	상황형(狀況的)

163) 여기서 대립자는 주인공과 맞서는 집단적 규범이나 관습으로 나타나기도 하고 특정

위의 표에서 볼 수 있는 것처럼 바보 민담의 유형은 크게 네 가지로 분류할 수 있다. 첫 번째 유형은 민담의 향유자 집단에게 바보로 인식되던 주인공이 바보짓을 해서 망신을 당했다는 이야기로 그 의도가 바보인물의 어리석음을 드러내 보이는 데 있는, 전형적인 바보이야기의 근간이 되는 민담이다. 두 번째 유형은 바보로 인식되던 주인공이 바보짓을 하지만 그 결과로 엉뚱한 사람이 웃음거리가 되거나 피해를 당하게 되는 이야기로 그 바보짓의 실질적인 책임은 바보인물과 대립된 자에게나 민담 향유 집단의 규범에 있음을 보여주고자 하는 민담들이다. 이 유형에 등장하는 주인공은 표면적으로는 바보처럼 보이지만 그 바보짓의 결과 자신은 아무런 피해를 입지 않는다는 점에서 보면 진정한 의미에서 바보라고 보기는 어려운 인물이다. 세 번째 유형은 사회적으로 바보로 인식되던 주인공이 실제로는 정상적이거나 정상 이상의 행위를 함으로써 바보가 아님을 보여주는 이야기로 집단의 사회적 인식이 잘못되었음을 보여주고자 하는 민담들이다. 네 번째 유형은 정상인으로 인식되던 주인공이 특정한 상황에서 바보짓을 하는 것을 보여주는 이야기로, 정상인으로 보이는 인물도 상황에 따라 바보가 될 수 있음을 보여주고자 하는 민담들이다.

이 유형들은 민담을 해석하는 시각에 따라 약간씩 차이가 날 수도 있고, 민담의 특성상 여러 화소가 합쳐져 이루어지는 이야기도 있어, 각 유형들 간에 의미의 경계가 분명하게 형성되지 않는 경우도 발생할 수 있다. 따라서 일부 민담들은 이 유형들 간의 경계선에 위치할 수도 있을 것이다.

인물로 나타나기도 한다.

1) 기본형(基本形)

　선천적인 바보는 타고날 때부터 지적 능력이 모자란 인물을 말한다. 기본형 바보담은 숙맥불변(菽麥不辨)일 정도로 매우 어리석은 선천적 바보인물을 주인공으로 하여 그 인물의 어리석음을 드러내고 웃음거리로 삼는 데 초점을 둔 바보이야기이다. 즉, 바보인물이 바보짓을 하고 민담의 향유자들은 어처구니없이 어리석은 이 모습을 지켜보면서 즐거이 웃음 짓는 전형적인 바보이야기인 것이다.

　이 유형의 바보민담에 등장하는 바보인물들은 현실적으로 개연성을 찾기 어려울 정도로 바보스럽고 우스꽝스러운 행위를 보여준다. 이야기의 내용도 바보인물의 결함을 드러내는 데 치중하고 있어 인간이 지닌 본질적이고 보편적인 결함을 과장하여 보여주는 경우가 대부분이다. 또한 이 같은 기본형 바보담은 그냥 가볍게 웃어넘기는 우스개 정도로 취급되는 경향이 있어 시공간을 초월한 대부분의 사람들에게 유희적 웃음을 유발할 수 있는데, 웃음의 강도가 약하기 때문에 그 웃음의 공격성 또한 거의 나타나지 않는 것처럼 보인다.

　　어떤 사람이 아들 兄弟를 데불구 山所에 省墓하레 가드랬너데 가다가 꿩에 꼬랭이를 하나 주었다. 이거이 아롱아롱해서 보기가 돟거덩, 자근아덜이 "이거이 이렇게 돟은 걸 보니 이거는 아매도 토까이 꼬랭이 같다." 하구 말했다. 이 말을 들은 형이 "조그마한 토까이래 어드룽게 이런 긴 꼬랭이를 개지간네. 이건 기느꺼니 노루 꼬랭이다." 하구 말했다. 아바지레 아들 兄弟가 하는 말을 듣구 있다가 "너덜 내가 죽으문 아무것두 몰라서 놈한테 웃에 하갔다. 이거 아룽아룽한 걸 보라. 범에 꼬랭이가 분명하다."구 했다.164)

．．．．．．．．．．．．．．．．．．．．．．．．．

164) 〈미련한 삼부자, 3:197~198〉

예문의 민담에 등장하는 세 부자는 모두 길짐승의 꼬리와 날짐승의 꽁지도 구분하지 못하는 그야말로 숙맥불변의 바보인물들이다. 민담 속에서 굳이 바보라고 인물의 성격을 명시하지 않았더라도 시종일관 인물들의 어리석음을 드러내는 데 이야기의 초점이 맞춰져 있기 때문에 그들의 바보스러움은 충분히 드러난다. 하지만 이 민담 어디에서도 바보인물의 바보짓을 비웃거나 질타하려는 의도를 찾기는 어렵다. 이 인물들의 어리석음이 다른 사람에게 피해를 주거나 사회적인 문제를 일으킬 수 있는 내용이 아니기 때문에 단지 민담 향유자들로 하여금 허무한 웃음을 불러일으키고 있을 뿐 그 웃음 뒤에 공격적 의도는 거의 내포하지 않은 것으로 보인다.

민담이 지닌 교훈성과 유희성을 놓고 볼 때, 선천적 바보가 등장하는 기본형 바보민담은 교훈적 목적이 약화되고 유희적 목적이 강화된 이야기들로 그 특성이 오락성에 있다고 할 수 있다. 이들은 대개 심심하고 따분한 시간에 파적(破寂) 삼아 연행되면서 청중의 유희적 욕구를 충족시키는 이야기들인 것이다. 그러다 보니 이야기의 구조가 치밀하게 잘 짜여 있거나 사건들 간의 인과관계 등이 복잡하게 얽히기보다는, 동일한 발화 방식의 반복적 구조를 지니거나 단순히 하나의 사건만을 제시하여 짧게 마무리 짓는 형식을 취하는 것이 대부분이다. 예문에서 보면, 성묘 가던 세 부자가 꿩 깃을 주워 대화를 나눈다는 단순한 한 가지 사건만을 제시하고 있으며, 인물의 대화 방식들 역시 '좋으니까 토끼꼬리, 기니까 노루꼬리, 아롱거리니까 범꼬리' 식으로 아주 단순하게 '근거 – 주장'이라는 동일한 발화 방식을 되풀이하고 있다. 바보 아버지가 자신이 죽은 이후의 바보 자식을 걱정한다는 부차적인 언술과 성묘를 가는 길이라는 사전 제시가 동일한 의미소로 중첩되어 바보 자식을 남겨두고 먼저 산소에 묻힌 아버지의 조상 역시 똑같은 방식으로 바보 자식을 걱정했을 바보가 아니었을까 하는 가정에까지 이른다면 그 웃음은 더 증폭될 수도 있겠으나, 그렇다고 하더라도 이 이야기 속에서 복잡한 논리를 필요로 하는 교훈적 암시를 찾기는 어렵다. 이처럼 기본형 바보민담은 교훈적 내용이 제시되어 있지 않거나 의도적으로 은폐함으로써 그 오락성만 부각시킨 이야기로 웃음을 통한 오락적 쾌감을 추구하는 바보민담들이라 할 수 있다.

그런데 기본형 바보민담들이 순전히 오락적 기능만 남은 것처럼 보인다 할지라도 기실 사회화된 문학텍스트라는 점에서 그 문학적 가치나 의미가 전혀 없다고는 볼 수 없다. 단지 그 의미가 표면적인 웃음 뒤에 감추어져 있어 잘 드러나지 않을 뿐이다. 위 민담에서 세 부자는 모두 꿩이나 호랑이 꼬리는 물론 토끼, 노루의 꼬리도 본 적이 없는 인물들임에 틀림이 없다. 그들은 모두 자신들의 추측에 따라 판단하고 주장하는 것이고, 그 불확실하고 근거 없는 추측은 그들의 무지를 드러내는 것으로 웃음거리가 되는 것이다. 그런데 이같이 근거 없는 억측만으로 자신의 주장을 고집하는 일은 비단 민담 속 바보인물인 세 부자의 이야기이기만 한 것은 아니다. 실제 현실 사회에서 이런 어리석은 인물을 우리는 얼마든지 접하게 된다. 처음 대하는 것이나 잘 알지도 못하는 것임에도 불구하고 남의 의견에 대해서는 안중에도 없이 자기 논리만을 고집하다 자가당착에 빠지는 사람이 그들이며, 또 누구나 한 번쯤은 이런 실수를 범하기도 한다. 이 민담은 바로 인간이 지닌 그러한 보편적 결함을 바보인물의 과장된 행위를 통하여 은근슬쩍 꼬집어 경계하는 것이라 하겠다. 이처럼 인간의 보편적 결함이나 약점을 이야기 모티프로 형상화하면서도 그 결함이 집단의 이익이나 사회적 질서에 크게 위해를 가하지 않는 것이라면 기본형 바보민담이 주는 웃음의 공격성은 거의 없거나 드러나더라도 그 정도가 비교적 미미하게 나타난다.

하지만 인간의 보편적 결함이나 약점을 이야기 모티프로 삼고 있는 기본형 바보민담이라 하더라도 이야기에 등장하는 바보인물의 행위가 민담의 향유자 집단과 대립적인 계층이나 인물로서 자신들의 집단에 위해가 될 수 있는 것을 문제 삼고 있는 경우라면 그 공격성의 정도는 보다 더 강화되어 나타난다.

> <1> 어떤 사람이 아내가 미련해서 같이 살기가 갑갑해 영리한 첩을 얻어 늘 첩네 집에만 가 있었다.
> <2> 아내는 남편의 팔과 자신의 허리를 끈으로 묶어 남편이 첩네 집에 못 가도록 했다.
> <3> 화장실에 갔던 남편이 염소에게 끈을 묶어놓고 첩네 집으로 갔다.
> <4> 아내는 끈을 당길 때마다 '오호호' 소리가 나자 남편이 대답하는 소리로 알았다.
> <5> 아무리 기다려도 남편이 돌아오지 않자 아내가 화장실로 갔더니 염소가 끈에 묶여 있었다.
> <6> 아내는 첩네 집에 못 간 남편이 애가 타서 염소가 된 줄 알고 '잘못했다'고 했다.
> <7> 며칠간 첩네 집에 머물던 남편이 아내의 눈치를 보면서 들어오자 아내는 앞으로는 첩네 집에 마음대로 가도 좋으니 염소만은 되지 말라고 애걸복걸했다.[165]

예로든 민담에서 아내가 저지르는 바보짓의 배경적 특성은 <1>에서 잘 나타난다. 민담에서는 아내가 미련한 인물이라고 언급하고 있으나, 단지 미련한 정도가 아니라 사람이 염소가 되었다

---

165) 〈愚妻, 8:359〉

고 믿을 정도로 심각한 지적 무능을 보이는 바보이다. 그런데 <1>에서 제시하는 또 하나의 사전 정보는 남편이 첩을 얻어 늘 첩네 집에만 있었다는 사실이다. 이는 남편이 아내보다는 첩을 아꼈음을 의미하고, 아내의 바보짓은 이 점과 관련되어 있음을 암시하는 것이다. 아내는 남편을 끈으로 묶어두고 늘 감시하는데, 이런 아내의 행동은 가부장적 규범이 금지하는 '투기'에 해당된다. 주지하다시피 '투기'는 가부장적 규범이 강하게 부정하던 칠거지악에 해당할 정도로 심각한 여성의 결함이다. 사실 일부다처제가 허용되었던 사회에서 '투기'는 여성들의 당연한 본능적 행위일 수밖에 없음에도 불구하고 이를 강력하게 금지하였던 것이 가부장적 규범이었다. 이런 규범적 관점으로 보면 이 아내의 행위는 일탈적 행위[166]이자 웃음의 대상, 교정의 대상인 것이다. 따라서 위에 예로 든 바보민담에서는 투기하는 아내를 형편없는 바보인물로 형상화하여 여성의 '투기'가 얼마나 어리석은 행위인가를 보여줌과 동시에, 아내가 자신의 일탈 행위를 반성하고 남편에게 항복하게 함으로써 여성들의 투기를 경계하고 가부장적 질서를 유지하고자 하는 의도가 분명하게 드러나도록 이야기하고 있다. 여성의 질투심을 경계하는 규범은 결국 남성중심 의식의 산물이기에 남성들은 자신들의 이익에 방해가 되는 결함을 지닌 여성을 웃음의 대상, 공격의 대상으로 삼은 것이다. 그 웃음의 공격성은 앞서 검토한 <어리석은 삼부자>에 비해 훨씬 강하고 날카로울 뿐만 아니라 의도적임을 알 수 있다. 대개 자신들의 이익에 방해가 되는 대상을 웃음의 대상으로 삼았을 경우 그 웃음은 보다 크게 방출되고 웃음에 동반

---

166) 기존의 질서체계가 규범을 의미한다면, 희극적인 것이나 웃음은 규범에서 일탈한 것이다. 류종영, 앞의 책, p.402. 참조.

되는 쾌감이나 공격성 또한 클 수밖에 없다. 이 같은 민담은 특정 계층의 이익을 위해 형상화된 것으로 그들의 이익과 의식을 대변하는 이야기들이라 하겠다.

한편 기본형 바보민담의 유형에 포함될 수 있는 또 다른 이야기들은 주로 현실 공간에서는 직접적으로 말할 수 없거나 쾌락의 대상으로 삼을 수 없는 것들을 바보라는 인물을 빌미로 그 의미를 표출하고 쾌감을 추구하는 민담을 들 수 있다. 이러한 경향을 지닌 대표적인 이야기는 성을 소재로 하는 민담들이다. 이 민담들은 사회적 금기나 향유 집단의 지위, 체면 등으로 인해 일상적인 생활공간에서는 드러내놓고 이야기할 수 없는 성적 내용을 바보를 빌미로 유희삼아 즐기는 민담들이다.

> 옛적으 어떤 사람이 딸얼 싯얼 두었드란다. 큰딸얼 여웠넌디 첫날밤에 신랑이 옷얼 벳길라고 헝개 부끄러워서 옷얼 안 벳길라고 옷얼 꽉 웅켜쥐고 있었다. 새 신랑이 벳길라고 암만 애써도 못 벳겨서 이거 못씨겄다고 소박얼 주었다.
>
> 그담에 둘째딸얼 여웠넌디 이 딸언 저그 성이 첫날밤에 옷얼 안 벗어서 소박얼 맞었다넌 말얼 들었기 땀시 옷 벗고 신방으로 들어가면 소박 안 맞일 것이다고 생각허각고 첫날밤 신방에 들어갈 적에 옷얼 벗고 들어갔다. 그렸더니 신랑이 이것얼 보고 무레헌 지집이라고 그만 소박얼 주었다.
>
> 셋째 딸이 시집얼 가게 되었넌디 저그 큰성언 옷얼 첫날밤에 안 벳길라고 허다가 소박얼 맞었고, 작은성언 옷얼 벗고 들어갔다가 소박얼 맞고 힜잉개, 이러지도 어렵고 저러지도 어렵고 히서 첫날밤에 신방에 들어감서 신랑보고 "옷얼 벗고 들어갈까요? 벗지 말고 들어갈까요?" 허고 물었다. 신랑언 이 말얼 듣고 에이 그 계집 못씨겄다 허고 소박얼 줬다고 헌다.[167]

---

167) 〈소박맞은 三姉妹, 8:318〉, 〈소박맞은 三姉妹, 8:319〉.

위 민담은 혼인 첫날밤에 얽힌 성이라는 흥밋거리를 어리석은 세 자매를 통해 이야기함으로써 청중들에게 웃음과 즐거움을 전하는 이야기로 우스개의 성격이 강하다. 민담에 등장하는 세 자매는 모두 결혼 초야를 어떻게 치러야 하는지에 대한 지식을 전혀 가지고 있지 못하다. 아무리 성에 대한 언급이 터부(taboo)시 되는 집단이라 하더라도 혼인할 나이에 이른 처자가 초야를 치르지 못할 정도로 성에 대한 상식이 부족하다면 이는 심각한 바보임에 틀림없다. 이러한 지적 무능력 때문에 그들이 받게 되는 '소박'이라는 비참한 결과가 비록 그들에게는 가혹한 징치일지는 모르나 민담의 향유자들은 이 결과조차도 웃음을 위해 의도된 하나의 장치로 인식할 뿐 새신랑이 준 소박을 가혹하다거나 특별한 의미가 있는 것으로 인식하지 않는다. 따라서 인물에 대한 연민이나 특별한 동정 역시 갖지 않은 채 청중은 어리석은 세 자매를 향하여 웃음을 터뜨리고 쾌감을 느낄 수 있는 것이다.

예로 든 민담의 경우, 구연자든 청자든 자신들이 즐기는 웃음의 원천은 단지 바보 자매에 대한 지적 우월감에서보다는 세 자매의 순진무구함에 기인한다고 생각하기 쉽다. 따라서 민담 향유자들은 자신들의 웃음에는 심각한 공격성이 없다고 여기므로 심리적인 부담을 갖지 않고도 세 자매의 어리석음을 웃고 즐길 수 있게 된다. 세 자매의 바보짓으로 인해 모두가 첫날밤을 제대로 치르지 못하고 소박을 맞긴 하였지만, 첫째 딸의 경우엔 혼인을 치른 첫날밤이라는 상황에서 처신해야 할 행동을 교육받지 못하였을 뿐 처녀로서의 순결을 지키려고 한 가상함이 긍정되고, 둘째와 셋째 딸의 경우엔 신랑의 비위를 맞추기 위한 노력에도 불구하고 거울삼은 본보기가 너무 제한적이라는 한계를 지니고 있을 뿐 이들 인물의 행위는 의도된 도발이 아니라 천진함에 기인한다고 여겨 긍정한 상태에서 웃는 웃음이기에 이러한 성담론이 여성에 대한 성적 농락이라는 죄책감이나, 자기 체면의 손상이라는 인식 없이 성적 농담으로 즐길 수 있는 것이다.

하지만 위와 같은 유형의 바보민담이 단지 성적 우스개나 농담의 성격을 지닌다고 해서 사회적 의미가 배재된 것이라고는 볼 수 없다. 바보민담도 특정 집단의 사회·문화적 가치 질서를 근간으로 삼는 한 어떤 식으로든 나름대로의 이데올로기적 담론을 담지하고 있는 것이다. 이 민담 속 세 자매의 부모는 성에 무지한 딸을 혼인시키면서도 초야의 성에 대한 교육을 전혀 시키지 않았다. 더욱이 첫째 딸이 소박을 맞았음에도 불구하고 둘째 딸, 셋째 딸의 성적 무지 역시 그대로 방관한 채 혼인시킴으로써 마찬가지로 소박을 맞게 한다. 사실 둘째와 셋째가 언니의 실수를 반복하지 않으려고 나름대로 노력하는 모습을 보여주는 것은 이들이 아주 몽매한 바보가 아니라는 것을 나타낸다. 누구도 이들에게 첫날밤의 성에 대해 알려주지 않았다는 점에서 이들의 바보짓이 단지 세 자매의 문제만은 아님을 알 수 있다. 즉, 민담의 이면에는 시집보내는 딸에 대한 교육적 차원에서조차도 성에 대해서 언급하는 것을 터부시했던 당대의 문화적 허점과 폐쇄성이 자리 잡고 있는 것이다. 따라서 민담 향유자들이 세 자매의 천진스러움에 웃음을 터뜨리기는 하지만 그 공격성의 방향은 인물의 바보짓 뒤에 놓인 이 같은 당대의 관습이 지닌 허점을 향해 있어야 마땅하다. 혼인하는 딸들에게 아내로서 지켜야 할 여필종부의 규범이나 순종의 덕목과 같은 상투적이고 관념적인 내용에 대해서는 철저하게 교육을 시키면서도 막상 혼인하는 여인이면 누구나 배워두어야 할 실질적이고 정상적인 부부의 성에 대해서는 언급을 회피하는 사회적 폐쇄성이나 허식적 교육 방식을 문제 삼음으로써 그 징치의 결과 역시 세 자매보다는 그 부모나 사회적 허점을 향해야 함에도 이에 대한 공격성은 방기된 채 성적 우스개만 전면에 부각되고 있는 것이다.

바로 이런 점에서 이 민담의 이데올로기적 한계를 찾아볼 수 있는데, 그것은 여성들의 성적 태도에 대한 남성들의 잘못된 인식이다. 여성의 성에 대해 강한 억압을 행사했던 가부장적 규범 아래에서 여성이 성적 욕망을 표출하는 것은 물론 남성의 성적 요구를 거부하는 것도 엄격한 금기 사항이었다. 그런데 이 민담에서 신랑에 대해 충실하고자 했던 노력은 간과된 채 첫째 딸의 경우는 신랑에 대한 성적 거부로, 둘째와 셋째 딸의 경우는 성적 욕망의 갈구로 인식되어 집단적 규범에 위배되는 행동으로 오인됨으로써 '그 계집 못씨겠다'는 인식과 함께 소박을 받게 된 것이다. 그리고 민담의 향유자들이 이러한 민담을 웃음거리로 삼아 즐겼다는 것은 그 같은 여성의 태도가 그들의 규범에서 어긋나는 행위라는 신랑의 평가에 공감하는 것이고 그 결과에 대해서도 공감하기 때문에 가능하다. 따라서 이 민담은 여성에 대한 남성 일방적인 성 이데올로기를 보여주는 것으로 여성의 성적 욕망의 표출에 대해 강한 억압을 행사했던 가부장 사회의 한 단면을 보여주고 있다. 이처럼 단지 우스개처럼 보이는 기본형 바보민담이라 할지라도 거기에 함축된 담론은 그리 가볍지만은 않다. 다만 이들 바보민담은 웃음을 내세워 그 의도를 은밀하게 감추어 전달할 뿐이다.

대개 '바보'라고 하면 선천적 바보를 떠올리게 되는데 이들은 그야말로 태어날 때부터 인간적 모자람을 타고난 인물로 인간으로서 갖추어야 할 지적 자질이나 사회적 적응성이 정상인에 비해 현저히 떨어지는 인물이다. 따라서 그들은 늘 비정상적인 행동을 함으로써 정상인의 어이없는 웃음을 자아내지만 정작 자신들은 자신의 어리석음조차도 인식하지 못하는 인물들이다. 바보민담에 등장하는 대부분의 바보인물들 역시 정상인이라면 절대로 하지 않을 행동들을 행함으로써 민담 향유자들의 어이없는 웃음을 자아낸다. 이 같은 선천적 바보인물을 주인공으로 하는 기본형 바보담은 주로 민담 향유자들이 인식했던 인간적 약점을 희화화하여 보여줌으로써 인간의 본질적 약점을 가시화하려는 이야기이다.

바보민담 중 과반수를 차지하는 기본형 바보민담은 누구든지 바보라고 볼 수밖에 없는 저능한 인물의 바보짓을 보여주는 이야기라는 점에서 수많은 바보민담을 형성하는 데 바탕이 된 이야기라 할 수 있겠다.

2) 가장형(假裝形)

가장형 바보는 실제로는 바보가 아니면서도 거짓으로 꾸며 스스로 바보인 척하는 인물을 뜻한다. 즉, 텍스트 내에서는 인물을 바보로 직접 명명하였거나 인물의 행위를 우스꽝스럽게 바보처럼 형상화하였더라도 그 행위가 벌어지는 상황적 맥락이나 행위의 의도적 측면을 고려해 볼 때 바보라고 단정하기 어려운 인물이라 할 수 있다. 가장형 바보담은 바보라고 일컬어지던 인물이 바보짓을 벌인다는 점에서는 기본형 바보담과 동일해 보이지만, 그 바보행위의 결과가 다르다는 점에서는 구조적 차이를 나타낸다. 기본형 바보담은 바보인물이 바보짓을 하고 그 결과인 대가 역시 바보짓의 주체인 바보인물이 치르게 된다. 하지만 가장형 바보담은 바보인물의 어리석음을 판단하는 기준으로서의 사회·문화적 배경 제시, 바보인물의 일탈행위로서의 바보행위의 과정 제시, 바보행위에 대한 결과로서의 평가나 대가 제시 등 바보민담을 이루고 있는 구성 요소는 동일하지만, 바보행위 결과로서의 대가를 어리석은 행위의 주체인 바보가 아닌 상대 인물이 받게 되거나, 민담 향유자 집단의 관습에 대한 공격적 평가 등이 제시되는 것이다. 기본형 바보담에서 어리석은 짓을 벌인 행위의 주체가 그 대가를 치르게 된다는 것은 바보짓의 주체인 바보가 지닌 약점이나 결함을 문제 삼는 것이지만, 가장형 바보담의 결과에서 바보짓의 주체가 아닌 다른 인물이 대신 대가를 치르게 되는 것은 이 민담의 담론적 의도나 이야기의 초점이 바보인물의 결함을 문제 삼고자 하는 것이 아님을 뜻하는 것이다. 즉, 가장형 바보담에 나타나는 실질적인 웃음의 대상은 바보인물이 아니라 바보인물과 대립적 위치에 놓인 상대 인물이나 사회적 관습 또는 관념인 것이다.

이러한 가장형 바보담의 구조는 어떠한 이유로든 직접 드러내놓고 공격할 수 없는 상대를 웃음의 대상으로 삼아 공격하고자 하는 의도를 지닌 민담들에서 나타난다. 겉으로 보기에 가장형 바보담과 기본형 바보담에 등장하는 바보인물들은 그 행동이나 성격에 별반 차이가 없어 보인다. 하지만 자신의 바보짓으로 아무런 손해도 입지 않으면서 오히려 자신을 적대시하거나 공격하는 대립자에게 피해를 입히는 가장형 바보담에 등장하는 바보인물들은 실질적으로는 바보가 아니라 바보로 가장해서 자신의 목적을 달성하기 위해 능청을 떨고 있는 인물이라 할 수 있다.

<1> 옛날에 한 미련퉁이 신랑이 처갓집에 간다고 하니까 어머니는 술, 지짐, 떡, 닭을 한 짐 싸서 주었다. 이 신랑은 그것을 짊어지고 가다가 도중에서 풀어보았는데 이름을 하나 몰랐다. 그래서 떡을 늘어쪼르레기, 지짐떡을 건절입, 술을 올롱쫄롱, 닭을 꼑께꼭대기라고 제멋대로 이름지었다. 처갓집에 들어가니 장모가 나와서 뭘 그렇게 지고 오느냐고 물었다. 사우는 쪼르레기, 건절입, 올롱쫄롱, 꼑께꼭대기를 가지구 왔이요 했다. 장모가 이바지짐을 풀러보니 떡, 지짐이, 술, 닭이 있어서 이 사우녀석 가져온 것 이름 하나 제대로 대지 못한 놈이라고 욕을 하고 있었다. 색시는 저의 신랑을 집모퉁이 굴둑옆으로 끌고 가서 떡, 지짐이, 술, 닭을 가저왔다고 그러지 그게 무슨 말이였냐고 했다.

<2> 장인이 들어오니까 장모는 사우라는게 가져온 이바지 이름 하나 제대로 대지 못하는 미련퉁이라고 불평했다. 장인은 사우를 불러서 뭣뭣 가지고 왔느냐고 물었다. 사우는 떡, 지짐이, 술, 닭을 가저왔이요 하고 제대로 대답했다. 장인은 이렇게 똑똑한 사우를 미련퉁이라고 욕한다 하면서 마누라를 때리려고 하니까 장모는 도망처서 개구녁으로 빠저 나갔다. 장인은 사우보고 그년 어디로 가더냐 하고 물으니 사우녀석은 그년 저 개구녁으로 빠저나갔이요 하더란다.[168]

위 민담에서 '미련퉁이'라 불리는 신랑은 얼핏 보기에 기본형 바보담에 등장하는 선천적 바보와 비슷해 보이는 인물이다. 이 신랑은 음식의 이름도 제대로 모르는 인물이고, 또 제멋대로 지어낸 음식 이름을 주워섬김으로써 장모에게 웃음거리가 되었다. 이런 바보 신랑이 색시의 도움으로 장인 앞에서는 잠시 바보성을 숨길 수 있었지만 그 본성을 끝까지 은폐하지 못하고 결국 탄로내고 말았다는 데서 청중의 웃음을 유발한다. 따라서 이 민담에서 청중의 웃음이 폭발하는 펀치라인은 잠시 은폐되었던 신랑의 바보 본성이 결국 폭로되고 마는 '그년 저 개구녁으로 빠저나갔이요'라는 바보 인물의 발화 대목이다.

168) 〈愚郎, 3:321〉

그런데 이 펀치라인은 사위의 바보성을 부각시키면서도 그 의도를 장모를 욕보이는 것에 초점을 맞추고 있다. 즉, 이 민담에서는 사위의 지적 무능을 극대화시키면서도 이를 통해 발생하는 웃음의 공격 방향은 장모를 향하고 있는 것이다. 예시된 바보민담에서 <1>은 바보 사위의 지적 무능함을 미리 제시하고 있는 배경 부분으로, 위 민담의 구연자는 사위의 바보성에 대해 누구나 인정할 만큼 충분히 과장하여 보여주고 있다. 따라서 청중들은 배경에서 이미 바보성이 인정된 사위를 원래부터 미련한 선천적 바보인물로 치부하기 때문에 이후에 일으키는 그의 바보짓에 대한 웃음에 크게 공격성을 내포하지 않게 된다. 오히려 위의 민담에서는 남편에게 손찌검을 당해 도망을 쳐야 하고, 그것도 모자라 손아랫사람인 사위에게 어이없는 상말까지 듣게 되는 장모가 위신이 깎이고 웃음거리로 전락해 버리고 만다. 결과적으로 사위는 자신의 바보스러움을 드러냈을 뿐 특별히 피해를 입은 것이 없는 반면에 장모는 사위의 어리석음으로 인해 모욕을 당하고 웃음거리가 되어 버린 것이다. 따라서 이 민담의 웃음 뒤에 감춰진 실질적인 공격의 대상은 바보 사위가 아니라 장모라는 것을 알 수 있다.

그리고 장모를 공격의 대상으로 만든 것은 다름 아닌 사위인데, 사위는 바보스럽기는 하지만 사실 그의 행위를 자세히 살펴보면 진짜 바보라고 단정하기에는 의구심을 갖게 하는 부분이 있다. 사위는 처음에는 음식 이름을 몰랐다고 하더라도 나중에 아내가 그 이름을 알려주었을 때는 곧바로 바르게 사용할 수 있는 인물로, 반복해 알려 줘도 모르는 선천적 바보와는 다른 특성을 보이는 인물이다. 그리고 자신을 마땅찮게 여기는 상대에게 적대감을 가진다는 점에서나, 게다가 그 적대적 감정을 노골적으로 드러내서는 안

된다는 사회적 행위규범도 알 정도의 인물이기에 진짜 바보라고
보기는 어려운 것이다. 이러한 정황으로 미루어 이 신랑은 바보라
기보다 바보로 가장한 인물임을 짐작할 수 있다. 즉 그는 자기 스
스로 바보인 척 가장(假裝)한 채 장인의 상스러운 표현을 빙자해
서, 자신을 폄하하고 능멸한 장모를 웃음거리로 만들고 욕보임으로
써 되갚음을 하고 있는 것이다.

　이처럼 실질적으로는 바보가 아니면서 바보인 척 능청을 떨어
상대방을 웃음거리로 만드는 가장형 바보담에는 바보 사위를 주인
공으로 삼은 이야기들이 많이 포함된다. 특히 사위의 노래 부르기
나 한시(漢詩) 짓기와 관련된 대부분의 민담은 이 가장형 바보담에
속한다. 전통혼례의 풍습 중에는 사위를 맞이하여 처음으로 사위가
친영(親迎)을 하는 경우 사위의 능력이나 됨됨이를 평가하고 또 주
변 사람들에게 사위를 잘 얻었다는 것을 보여주기 위해 사위로 하
여금 일종의 시험을 치르게 하였던 것이다. 이 같은 혼습(婚習)은
주로 사위의 문장이나 노래 솜씨 등을 겨루게 하거나, 지켜야 할
격식이나 예절 등을 제대로 배웠는지 시험하는 것으로 일종의 통
과의례이자 입사식이라 할 수 있다. 그런데 사위들은 이런 종류의
시험에 얌전히 응하지만은 않았던 것으로 보인다. 그렇다고 갓 혼
인한 사위가 그것도 낯선 처가라는 공간에서 그 시험에 정면으로
대항하거나 거부할 수는 없었을 것이다. 하여 사위들은 스스로 바
보인 척 가장하여 자신을 평가하려는 시험 자체를 무산시켜 그 시
험을 주도하려는 자들을 오히려 웃음거리로 만드는 재치를 발휘하
였던 것이다. 이런 경우 민담에서는 새 사위에 의해서 웃음거리로
전락하는 대상이 주로 장인이나 장모로 나타난다. 사위의 입장에서
보면 장인, 장모는 부모나 마찬가지로 함부로 조롱하거나 공격할

수 있는 대상은 아니다. 그리고 장인, 장모의 입장에서도 딸의 미래가 절대적으로 사위에게 달려 있다는 것을 알기 때문에 사위를 함부로 대할 수는 없었을 것이다. 이러한 사실을 잘 알고 있는 사위로서는 장인, 장모를 정면에서 직접적으로는 공격할 수는 없기에 스스로 바보인 척 가장하여 은근슬쩍 우회적으로 공격함으로써 도덕적 책임을 회피함과 동시에 처가 집단의 저항으로부터도 벗어날 수 있었던 것으로 보인다.

> 한 사람이 글 잘하년 사우 얻갔다구 하구서 사우를 얻었년데 이 사우라는 거이 글이라군 아무것두 모르는 무식쟁이드랬다.
> 당개 간 날 이 사우레 큰 상을 받구 물린 담에 가소마니레 글 잘 짓는 새사우 보갔다구 와서 글 좀 지라구 했다. 그런데 이 사우레 무식해 노니 어드릏게 글을 지어야 할디 모르구 있다가, 당개 올 적에 바다 가운데 왁새가 있든 거이 생각나서 "바다가운데 뎅겅사이" 하구 일렀다. 그거이 무슨 말인가 하느꺼니 바다 가운데 왁새레 있어서 그걸 글루 이렇게 진 거라구 했다. 가소마니는 잘 짓넌다 하구 또 지라구 했다. 새실랑은 "챙 바주에 앵궁원이"라구 했다 그게 무슨 글인가 하느꺼니 무앞 챙바주에 광이가 바르르 올라간다는 글이라구 했다. 또 지라구 하느꺼니 "호박 짝짝이 콩광장이"라구 했다. 그건 무슨 글인가 하느꺼니 쪼글쪼글 얽은 가소마니가 장지문 구녕으루 디리다 보넌 거라구 말했다. 가소마니는 이걸 보구 우리 사우 잘 얻었다구 도아했다구 한다.[169]

인용문에서처럼 예나 지금이나 딸을 가진 부모들은 글을 잘하는 유식한 사위를 원했던 것 같다. 그래서 일부러 글 잘하는 인물을 골라서 사위를 삼았지만 이 사위가 실제로는 글을 전혀 지을 줄 모르는 무식한 사위였더라는 것이 이 민담의 내용이다.

유식을 미덕으로 삼는 집단에서 무식한 사람은 바보로 취급되어

169) 〈무식한 사위의 詩, 2:198〉

웃음거리가 될 수밖에 없다. 이런 측면에서 '글이라고는 아무것도 모르는 무식쟁이' 새신랑은 바보요 웃음의 대상이 되어야 마땅하다. 하지만 이 민담에서는 말도 안 되는 글을 짓는 새 신랑이 실질적인 웃음의 대상이 아니라 글 잘하는 사위를 얻었다고 좋아하는 장모가 웃음의 대상으로 나타난다. 즉 엉터리 글도 제대로 간파하지 못하면서, 글 잘하는 사위를 얻었다고 좋아라 하는 장모가 웃음의 대상인 것이고, 장모를 웃음거리로 만드는 인물은 바로 새 사위인 것이다. 사실 위 민담에서 사위를 '글이라군 아무것두 모르는 무식쟁이'라고 전제하여 표면상으로는 전혀 글을 모르는 바보처럼 형상화하고 있지만, 정작은 사위에게 글을 짓도록 강요하는 장모가 글을 전혀 모르는 까막눈이라는 것을 보여준다. 장모가 글을 모른다는 사실을 잘 알고 있는 사위는 장모를 노골적으로 비하하는 글을 지어 놀리기까지 함으로써 웃음거리로 만든다. 이러한 점으로 미루어 볼 때 이 사위는 바보라기보다 장모를 웃음거리로 만들기 위해 일부러 글을 엉터리로 짓는 능청을 떠는 인물로 볼 수 있다. 따라서 이 민담에서의 바보는 사위가 아니라 자신이 놀림거리가 되고 웃음거리가 되는 것도 모르고 오히려 사위를 잘 얻었다고 좋아하는 장모로 보아야 한다.

주위 사람들에게 딸의 장래를 책임질 사위의 능력을 자랑하고 싶어 하는 것은 새 사위를 얻은 대부분의 처부모들이 가지는 보편적인 심리일 것이다. 하지만 이 같은 경우 사위가 지닌 인간적 품성과 같은 내면적 가치를 자랑삼기보다는 당장 겉으로 드러난 외형적 겉모습에 치중하기가 쉽다. 하지만 사위들에게는 처부모의 이런 심리가 허영으로 보일 뿐이고 부당하게 인식될 수밖에 없을 것이다. 그렇다고 사위들이 그 부당함에 대해 직접적으로 내색하거나 항의하기는 어려웠을 것이므로 민담에서와 같이 일부러 바보인 척 능청을 떨며 이 같은 허영심을 웃음거리로 만들어 보였었던 것으로 여겨진다.

이러한 능청은 비단 사위들에게만 한정되어 나타나는 것은 아니다. 바보민담에서는 때로 며느리들에게서도 이와 같은 능청을 찾아볼 수 있다. 며느리가 바보인물로 등장하는 경우에는 주로 며느리가 지켜야 할 언어적 규범과 관련된 내용이 주를 이루는데, 바보 며느리들은 존댓말을 바르게 쓰지 못한다거나,[170] 적절한 인사말을 하지 못한다거나,[171] 또 시부모에 대해 말대꾸를 한다거나[172] 하는 등의 행위로 웃음을 자아낸다. 하지만 이들 민담에서도 마찬가지로 바보 며느리의 바보짓으로 인해 실질적인 웃음거리로 전락하여 대가를 치르는 인물은 주로 바보 며느리와는 상대적 인물들인 시부모이며, 그 중에서도 시아버지가 대부분을 차지한다. 이런 민담들은 며느리에게 요구되는 집단 규범에 대해 며느리들의 저항의식을 표출하기 위한 담론적 의도를 가진 것들로 앞서 살펴본 사위들의 경우와 마찬가지로 그들의 불만이나 저항의식을 겉으로 드러내기 곤란한 경우에 나타나는 유형들이다.

이처럼 가장형 바보담은 어떠한 이유로든 직접적으로 말하거나 정면으로 공격할 수 없는 대상을 우회적으로 공격하려는 의도를 지닌 민담들이라 할 수 있다. 요컨대 가장형 바보담은 바보라는 가면을 쓰고 능청을 떠는 바보인물을 통하여 부조리한 관습이나 규범에 대한 저항을 표출하고자 하는 이야기라 할 수 있다. 이 가장형 바보담에서 웃음의 공격 대상이 특히 가족을 향한 경우가 많

170) 〈신부1, 2, 1:212〉, 〈신부, 1:213〉, 〈미련한 며느리, 8:358〉
171) 〈세 자부의 축하인사, 4:247〉, 〈며느리의 문안인사, 6:168〉, 〈세 며느리의 축수자, 8:273〉
172) 〈며느리의 말대꾸, 5:350〉

은 것은 가족을 직접적으로 공격하였을 때에는 도덕적 비난을 받을 수 있기 때문에 가장형 바보를 통하여 우회적으로 공격함으로써 윤리적 규범으로부터의 반격을 약화시킬 수 있기 때문일 것이다. 그러므로 가장형 바보담에서 인물들이 쓴 바보 사위나 바보 며느리라는 바보 가면[173]은 윤리적·도덕적 저항은 피하면서도 자신의 담론적 의도를 달성하기에 아주 적절한 소통 전략의 수단이 되었던 것이다. 바보민담 중 가장형 바보담에 분명하게 포함될 수 있는 민담은 그리 많은 편이 아니다. 그런데 앞서 살핀 기본형 바보담에 포함되는 바보민담들 중에서 특별히 대립적 인물을 공격의 대상으로 삼지는 않는다고 하더라고 사회적 관념이나 관습을 웃음의 대상으로 삼는 경우가 많다. 그러한 의미를 지니는 기본형 바보민담의 경우 그 의미상 가장형 바보담과의 경계에 위치하는 것으로 볼 수 있기 때문에 그 담론적 의도를 어느 한편에 귀속시키기 어려운 민담들이라고 할 수 있다.

3) 오인형(誤認形)

오인형 바보담은 사회적 통념상 바보라고 평가되어 오던 인물이 실제로는 지극히 정상적이거나 비범한 행동을 함으로써 결과적으로는 바보가 아님을 보여주는 민담으로 <바보 온달> 설화와 비슷한 유형의 이야기를 말한다. 이런 유형의 민담들에서는 대체로 집단 내 지배계층이나 기득권층의 지배이데올로기의 측면에서만 해석함으로써 그동안 인간적 결함이라고 치부되었던 인물의 행위

---

173) 한만수는 바보며느리의 행동을 인습의 저항을 무마하기 위해 '바보'라는 가면을 쓴 것이라고 하였다. 한만수, 앞의 논문, p.27. 참조.

들이 피지배계층이나 민담 향유자들의 민중적 의식의 측면에서 바라보았을 때는 실제로 결함으로 간주할 수 없다는 새로운 인식을 드러낸다.

옛날에 아들 형제를 개진 사람과 삼형제를 개진 다른 사람이 있었더랜넌데 하루는 이 두 사람이 술 먹으레 갔다가 고만에 잘못 돼서 아들 삼형제 개진 사람이 아들 형제 개진 다른 사람을 쥑였다. 아들 삼형제 개진 사람은 집에 돌아와서, 셋재 아들은 믹제기레 돼놔서 이 아들을 빼놓구 우에 두 아들만 데불구 이를 어드르카문 동갔나구 황눈을 하구 있었다. 믹째기 셋재레 아버지가 저에 형들과 황눈하는 말을 문 밖에서 엿듣구서 놈에 아바지를 쥑였스문 아바지두 쥑여야 한다구 아바지를 꽁꽁 꽁데서 골간에 네두었다.

아바지 죽은 집 아덜 형제가 이 집이 와서 우리 아버지를 쥑였으느꺼니 우리는 너에 아버지를 쥑이루 왔다. 날래 너 아버지 내놔라구 과뎄다. 그러느꺼니 믹제기레 우리 아바지는 내레 꽁데서 골간에 가두어 났다. 쥑이라문 골간에 가서 쥑이라 하면서, "근데 쥑일라문 내말을 듣구서 죽이라. 너덜이 우리 아바지를 쥑이문 우리 큰형이 가만 두디 않구 너들 형을 쥑일 거다. 그르문 너들 적으나레 우리 형을 쥑이갔넌데 그러문 우리 작은 형이 너에 저그나를 쥑이게 된다. 그러문 너네 집은 아들이 하나투 없게 돼서 망하게 되는데 우리 집은 적은 아들이 하나라두 기터 있게 된다. 이렇게 되는 거를 알구서두 우리 아바지 쥑이갔으문 쥑이라." 이렇게 믹제기레 말하느꺼니 그 형제레 가만 생각해 보느꺼니 그럴 듯해서 그냥 돌아가구 말았다. 믹제기래두 말 잘했다는 옛말 이야기야요.[174]

삼 형제나 세 자매가 등장하는 민담에서는 일반적으로 가장 심성이 착한 인물로 셋째가 지목 되고, 이런 성품으로 인해 다른 두 형제나 자매보다 더 많은 시련과 맞닥뜨리면서도 결국 행복한 결말을 맞이한다는 구조로 이루어지는 것이 대부분이다. 이는 '숫자

---

174) 〈미련한 자의 슬智, 1:312〉

3의 법칙'[175])에 나타나는 셋째처럼 지나치게 착한 인물은 사회화되지 못한 개인이거나 다양한 사회적 변화에 약게 대처하지 못하는 인물로 평가되어 종종 바보 취급을 받기 일쑤이다. 하지만 착한 성품에 대한 대가를 늘 행복으로 보상하는 이 법칙의 마지막 결과가 보여주듯 이러한 민담의 구조는 사회적 보편 통념에 대한 각성의 촉구라는 담론적 의도를 발견할 수 있다.

위에 예로 제시한 바보민담 역시 이러한 숫자 3의 법칙에서 크게 어긋나지 않는다. 이 민담에서는 "셋째 아들은 믹제기레 돼놔서"라고 하여 셋째 아들을 바보로 단정하여 집안의 중대사를 논의하는 데에서 소외시키고 있는데, 인물의 바보성은 "놈에 아바지를 줙였스문 아바지두 줙여야 한다구 아바지를 꽁꽁 꽁데서 골간에 네두었다"에서 보는 바와 같이 '눈에는 눈, 이에는 이'라는 단순한 동해보복(同害報復)의 심판을 인륜지정의 상황조차 전혀 무시한 채 자신의 아버지에게까지 적용시키려는 단순하고 경직된 사고방식의 소유자로 형상화되고 있는 데서 미루어 짐작할 수 있다. 하지만 민담은 이런 단순하고 원시적인 심판의 철저한 적용이 역설적이게도 더 이상의 복수를 낳지 않게 하고 위기로부터 아버지를 구해내기 위한 지혜였음을 보여줌으로써 셋째는 결코 바보가 아니었음을 보여준다. 이는 기존 질서나 규범의 주변으로 밀려나 무시되고 경시되는 것들이 따지고 보면 사회적 보편타당성만의 강조에 따른 상대적 가치폄하일 뿐이지 실제로는 통속적 가치나 이념보다 더 유용하고 가치 있다는 인식적 변화의 각성과 촉구가 의도화된

---

175) Axel Olrik의 설화의 서사법칙 중 '숫자 3의 법칙'과 '이물과 고물의 법칙'과 관련이 있는데, 이 법칙에 의하면 삼 형제 중 유산을 가장 많이 받는 건 장남이지만 최후에 가장 행복하게 되는 건 가장 젊고, 가장 작고, 가장 약한 막내라고 한다. Axel Olrik, 앞의 논문, pp.133~134. 참조.

담론인 것이다. 즉, 이 민담은 집단적 인식의 부조리함을 지적하고 항변하거나 그 인식의 전환을 촉구하는 이야기라 할 수 있겠다.

그런데 오인형 바보담에서 인간의 결함이라고 잘못 인식되는 것들은 사회성 이전에 인간이 원초적으로 지닌 본능으로서 부정될 수 없는 것들이거나 지배이데올로기의 입장에서 하찮게 취급되는 피지배계급 또는 하층민들의 삶이 지닌 속성들과 관련된 것들이 대부분이다. 이러한 오인형 바보담은 특히 지배 계층을 이루는 문벌집단이 하층민들의 민중적 삶과 지식을 경시하는 데 대한 경각심을 촉구하는 내용을 주로 다루는 이야기에서 대표적으로 나타난다.

전통적으로 시문(時文)에 대한 지식은 유교사회에서 양반과 선비가 갖추어야 할 기본적 소양으로 간주되었기 때문에 이를 구비하지 못했거나 부족한 사람들은 집단 내에서 당연히 웃음거리가 되었다. 그리고 시문에 대한 지식은 인물의 유·무식을 판가름하는 기준이자 양반임을 대변하는 상징적 특성이었다. 하지만 글을 배울 수 없었던 하층민들은 무식할 수밖에 없었고, 시문으로 이념화되지 않는 그들의 실용적 삶의 지식은 당연히 경시되거나, 열등한 것으로 평가절하되었을 것이다. 그러나 민중의 입장에서는 사실 시문으로 세련되지는 않았지만 인간의 근본적 생활을 영위하는 데 직접적으로 필요한 자신들의 구체적 삶의 지식이 지배계층의 현학적 관념 나부랭이보다는 훨씬 실용적일 수 있기에 이 같은 사회적 평가를 부당하다고 인식했을 것은 당연하다. 이런 민중들의 자각은 바보민담을 통하여 이제까지 부정적으로 평가되어 왔던 무식함의 가치가 유식함의 가치에 비해 훨씬 우월한 결과를 가져올 수 있다는 것을 내보임으로써 자신들의 저항 심리를 표출했던 것이다. 현전하는 민담 중에 이와 같은 유식과 무식의 대립을 보여주는 이야기가 유독 많은 것은 바로 이런 민중 의식이 매우 강했음을 보여준다고 하겠다.

<1> 옛날 판서 벼슬하던 사람이 있었는데, 딸 셋을 두고 아들은 없었다.
<2> 위로 딸 둘은 지체 있는 집 아들과 혼인시키고 막내딸은 시골 농촌 백성에게 시집을 보냈다.
<3> 장인 생일날 사위 셋을 불렀는데 첫째, 둘째 사위는 셋째 사위와 동석도 안 하려고 하고, (셋째 사위를 골려주기 위해) 장인에게 운자를 내라 하여 자기들이 글을 짓겠다고 했다.
<4> 셋째 사위가 글을 못 짓자 큰 사위들은 저런 걸 뭐하려고 사위로 정했냐고 자기끼 주고받았다.
<5> 큰사위들의 이야기를 들은 막내딸은 다음 해 장모 생일에 남편에게 오지 말라고 했다.
<6> 분한 막내사위는 아내를 쫓아 처가로 가니 장인, 장모는 떫게 생각했다.
<7> 동서들이 또 글을 짓겠다고 운자를 내라고 하고 막내 사위에게 글을 지으라고 했다.
<8> 막내 사위는 "나는 쓸 줄은 모르오. 형들이 글을 잘 안대니 내가 말하는 것을 알아보시오." 했다
<9> 막내 사위는 '동그란 논에 논두렁으루 종가래 끌구 가는 자가 무슨 자요?' 하고 물었다.
<10> 큰 사위 둘이 혀끝만 차면서 그게 무신 자냐고 하자, 막내 사위는 '이런 바보들 그건 논임자야'라고 했다.
<11> 작은 사위가 또 질문하기를 '참깨밭 강사리(가장자리)로 우뚝 우뚝 슨 자가 무신 잔가?' 하니 두 사위들이 '무신 자까? 무신 자까?' 했다.
<12> 그러니 막내 사위는 '이런 바보들이 뭐이 누구더러 뭐니 뭐니야. 그거 피마자.'라고 했다.
<13> 그걸 본 장인은 두 사위에게 작은 사위를 무식하다고 공박하다가는 너희가 뒤집어쓰고 수치를 당할 테니 동석해서 잘 지내라고 했다.[176)]

....

176) 〈무식한 사위와 유식한 사위, 5:327~329〉

위 예문과 같이 바보민담에서 사위가 둘 이상 등장하여 우열을 가리는 경우에는 한쪽은 유식한 사위, 다른 쪽은 무식한 사위를 등장시켜 서로 대결시키는데, 이 경우 결과에서는 늘 무식한 사위가 승리하는 것으로 나타난다. 이 민담에서 처가는 판서 벼슬을 했던 만큼 집단의 질서나 이데올로기를 결정할 만한 지배계급의 의식을 대표하는 집안이고 위로 두 사위 역시 거기에 준하는 지체 있는 집의 자손들이다. 하지만 막내 사위는 이들과는 대립되는 시골 농민인 피지배계층 출신으로 지배집단으로부터 동석조차 꺼리는 소외되고 하찮은 인물이다. 즉, 장인과 첫째, 둘째 사위는 모두 유식한 인물들로서 지배집단의 이데올로기를 대변하는 집단 내 중심인물들인 반면 시골에서 농사를 짓는 막내 사위는 이와 대립되는 하층민의 의식을 지닌 인물로 지배이데올로기의 주변 의식을 대표하는 자인 것이다.

인용된 민담에서는 집단의 변두리로 밀려난 민중의식을 대변하는 무식한 막내 사위가 '오지 말라'는 아내의 당부마저 뿌리치면서 굳이 장모의 생일에 참석하여 지배이데올로기를 결정하는 중심 세력으로서의 유식한 두 동서를 웃음거리로 만들고 있다. 이러한 막내 사위의 행위는 진정한 바보는 시문에 무지한 민중이 아니라 문벌 중심의 지배이데올로기의 허울을 쓴 유식한 두 동서의 허식, 즉 지배집단의 고지식한 통념임을 보여주고 있는 것이다. 막내 사위가 두 동서에게 한 질문은 농사와 관련된 것들로 여기서 농사는 곧, 농자천하지대본(農者天下之大本)과 상통하는 뜻이다. 무식하다고 업신여기지만 농민들과 같은 하층민들이야말로 천하의 근본을 지키는 자들이고, 시문 좀 한다 하는 유식한 자들은 잘난 체하지만 기실은 세상의 근본도 모르는 바보들이라는 민중 의식의 표출이라 하겠다. 따라서 인용된 민담의 담론적 의도는 유식한 자로서 지배 권력의 헤게모니를 쥐고 있는 두 사위가 시골에서 농사나 짓는 무지렁이 막내 사위를 업신여겨 동석조차도 하지 않으려 하는 것은 어찌 보면 자신들의 이념적 잣대만이 세상의 모든 현상을 재단하고 평가할 수 있다고 자만하는 지배계층의 우물 안 개구리 식 독선과, 공생과 공존을 거부하는 집단적 폐쇄성에 대한 다수 민중의 경고이자 저항의식의 표출이라고 할 수 있다.

이 외에도 일반적으로 어수룩하게 인식되던 인물이 실제로는 그렇지 않다는 것을 보여주는 오인형 바보담의 예로는 시골 사람과 서울 사람을 대비하여 변방 대 중심 간 가치관의 대립을 보여주는 민담들을 들 수 있다. 예전부터 시골 사람은 서울 사람들에 비해 순진하고 어수룩하다고 여겼다. 이러한 인식은 곧 변방 문화의 가치가 중심 문화의 가치에 비해 하찮고 보잘것없다는 인식이다. 시골 사람과 서울 사람의 대립을 보여주는 민담은 이처럼 사회적으로 통념화된 기존 인식을 전복시킨다.

> 예전에 어니 시굴에 어수룩하게 생긴 놈이 있었는데 한번은 서울에 올라가서 큰 가게에 가서 기웃기웃하고 있었다. 가게 주인이 나와서 무엇을 보느냐고 물었다. 시굴놈은 그 가게에 있는 명태를 가리키면서 "저 크고 좋은 고기가 멋이요?" 하고 물었다. 가게 주인은 가만히 보니까 시굴놈이구 어수룩하게 생겨서 거짓말해서 돈 좀 벌어보겠다고 "이 고기는 참 좋은 고기요. 이런 좋은 고기는 아무한테나 파는 것이 아니요" 했다. 시굴놈은 이런 말을 듣고 "그런 좋은 고기라면 얼마요?" "열 냥이요." 그래서 시굴놈은 두말 않고 명태 한 마리에 열 냥 주고 샀다. 그리고 가지고 온 자루에다 명태를 놓구선 "나 저기 좀 잠깐 갔다 올터이니 이 자루 좀 맡아 주시오." 그러니까 주인은 "그러시오. 그 자루 저기다 놓고 갔다 오시오" 이렇게 해서 시굴 사람은 자루를 주인한테 맡기고 나갔다 다시 와서 "내 자루 어데

있소?” 하고 물었다. 주인은 “저기 있소” 하니까 시굴사람은 그 맡겨 논 자루를 집어서 자루 속에 손을 넣어 보더니 “이 자루 속에 들어 있는 돈 천 냥이 읎어졌으니 당신이 물어내오” 하고 달려들었다. 주인은 그런 돈 본 일이 읎으니 물어 줄 수 읎다고 또 대들었다. 이렇게 해서 시굴사람하고 서울 가게 주인하고 천 냥 물어내라느니 못 물어 주겠다니 서로 큰 쌈이 벌어졌다.

그때 순검이 지나가다가 쌈하는 것을 보고 왜 쌈하느냐고 물었다. 시굴 사람은 “이 고기가 참 좋은 고기라고 해서 한 마리에 열 냥 주고 사서 돈 천 냥 들은 자루에 넣어두고 맡겼다가 다시 찾아보니 자루 속에 넣어 둔 돈이 읎어져서 그래서 물어내라고 합니다.” 이렇게 말했다. 순검이 듣고 보니 명태 한 마리에 열 냥이나 받고 판 가게 주인이 나쁜 놈 같아서 가게 주인보고 “네 놈이 나쁜 놈이라 그 돈을 훔쳤을 것이다. 이 시굴사람이 거짓말할 리 읎다. 어서 천 냥 내주어라.”

이래서 가게 주인은 꼼작읎이 돈 천 냥을 물어 주었다. 어수룩한 시굴놈이 서울놈을 속여먹었다는 이야기입니다.[177]

예문의 서두에서 언급하는 ‘어니 시굴에 어수룩하게 생긴 놈’이 라는 구절은 시골 사람에 대한 일반인들의 통념적 인식을 보여준 다. 그러나 예로 든 민담은 시골 사람이 자신들을 어수룩하다고 얕잡아 보고 속여 돈 좀 벌어보겠다는 서울 사람을 오히려 역으로 속여 골탕 먹인다는 내용으로 이 역시 기존의 사회적 통념을 뒤엎 는 이야기인 것이다. 서울과 같은 도시의 약삭빠른 상인들이 순진 한 시골 사람을 상대로 바가지를 씌우는 것은 크게 어렵지 않을 뿐 아니라 또 실제로도 많이 벌어지는 일이었을 것이다. 따라서 ‘서울이란 곳은 산 사람의 눈도 빼가는 곳’[178]으로까지 인식했던 시골 사람들이 서울에서 속임을 당하지 않으려고 그들 나름대로

----

177) 〈서울 사람 속인 시골 사람, 5:255~256〉
178) 〈주인을 속인 하인, 2:193〉

부단히 노력했을 것임을 쉽게 짐작할 수 있다. 하지만 예문에서 보여주는 것처럼 시골 사람이 서울의 상인을 상대로 속임수를 쓰는 일은 쉬운 일도 흔한 일도 아니었을 것이다. 그럼에도 불구하고 시골 사람이 서울의 상인을 상대로 속임수에 성공했음을 보여주는 것은 기존의 인식에 대한 전환을 보여주는 것이다. 즉, 이 민담은 늘 당하기만 했던 시골 사람들이 민담을 통해서나마 서울 사람을 이겨보려는 심리의 표출일 수도 있겠고, 시골 사람들이 어수룩해 보이지만 기실은 서울 사람보다 오히려 더 영악할 수 있다는 서울 사람들의 인식적 전환의 표현일 수도 있겠다.

그런데 민담에 나타난 이와 같은 속임수는 도덕적으로 긍정될 수 없는 인간적 결함이다. 따라서 민담의 향유자들은 이 민담에 등장하는 시골 사람에 대해 결코 긍정적 태도를 취하지는 않는다.[179] 그렇다고 순진한 시골 사람을 등쳐먹으려던 서울의 약삭빠른 상인 또한 긍정될 수 있는 인물은 아니다. 다만 이 민담에서는 '시골 사람＝순진한 인물'이라는 식의 사회적 고정관념이 절대적 가치가 될 수 없다는 사실을 보여주고자 하는 것이라 하겠다.

이처럼 기존에 바보로 인식되던 계층이나 인물이 사실은 바보가 아님을 보여주는 오인형 바보담은 사회적 통념상 무식하고 바보처럼 보이는 것들은 다만 지배이데올로기의 통속적 관점에서 바라보았기 때문에 하찮고 쓸모없이 보일 뿐이지 민중적 관점에서 달리 보았을 때는 그 가치가 뒤바뀔 수 있다는 인식을 보여주는 민담들이다. 이 유형의 민담으로는 태어날 때부터 반쪽만 타고 태어났지만 정상적인 형들보다 힘도 세고 착하여 결국 복을 받게 된다는 <반쪽이, 4:231>, 먹고 싸는 것밖에 모르던 미련한 인물이 우연하

---

179) 이러한 점에서는 앞서 검토한 〈무식한 사위와 유식한 사위〉와는 차이를 보인다.

게 행운을 얻게 되는 <식충장군 도둑잡다>,[180] 문자를 몰라도 의사소통이나 살아가는 데 문제가 없음을 보여주는 <무식쟁이의 그림 편지>, <무식쟁이의 승리>[181] 등을 볼 수 있다.[182]

4) 상황형(狀況形)

상황형 바보담은 사회적으로 정상이었거나 보통보다 월등하다고 여겨지던 인물의 우행을 보여줌으로써 그를 바보로 만드는 이야기인데, 이는 바보였던 인물이 실제로는 바보가 아님을 밝히는 오인형 바보담과는 상반된 구조를 보이는 민담이다. 이 유형에서는 사회적으로 우월한 계층에 속하거나 뛰어나다고 여겨왔던 인물을 바보로 만드는 이야기이기 때문에 열등한 인물이 정상인이 되는 오인형 바보담과 그 민중적 의식은 동일한 것이라 할 수 있다. 하지만 민담의 서사구조가 서로 다르고 주인공의 자질도 다르다는 점에서 다른 유형으로 분류되는 것이다.

오인형 바보담이 특정 인물이 바보가 아님을 보여주는 데 초점이 있다면, 상황형 바보담은 특정 인물을 바보로 만드는 데 초점이 있는 민담이다. 대개 이 유형의 바보민담은 지배이데올로기의 입장에서 보자면 현실적으로 바보가 될 수 없는 인물이지만 민중

----

180) 〈식충장군 도둑잡다, 2:211〉, 〈식충이가 호랑이 잡다, 2:212〉, 〈통장군, 2:215〉, 〈힘없는 장군, 2:217〉 등.

181) 〈무식쟁이의 승리, 1:225〉

182) 이 유형의 민담은 실제로 인물의 바보짓이 아니라 기지나 지혜를 보여주는 데 초점이 있기에 바보담이라기보다는 지혜담의 범주에 속할 수 있는 민담들이다. 다만 그 주인공들이 바보온달처럼 사회적으로 바보로 취급되던 인물들이라는 점에서 바보민담과 지혜담과의 경계에 위치하는 민담이라고 할 수 있겠다.

혹은 민담 향유자 집단의 입장에서 바보로 만들어 웃음거리로 삼고 싶었던 인물을 민담을 통해 바보로 만들어 격하시키려는 의도를 가진 민담들이다. 따라서 상황형 바보담은 주로 민중과 대립되는 인물을 등장시켜 그가 특정 상황에서 바보짓을 하는 것을 웃음거리로 삼아 조롱하고 즐기려는 이야기이다.

이러한 유형에 속하는 민담은 다시 두 갈래로 구분할 수 있는데, 정상인으로 취급되던 인물이 스스로 열등한 행위를 보이는 경우와 대립적 인물에 의해 바보로 전락하게 되는 경우가 그것이다. 전자의 경우는 인물 스스로 자신의 어리석음을 드러내어 숨겨져 있던 바보성을 드러내는 유형이라면, 후자는 대립적인 다른 인물이 상대 인물의 숨겨져 있던 바보성을 들추어내고 폭로하는 유형으로 전자에 비해 그 공격성이 더 강하다는 것을 알 수 있다. 우선 전자의 예부터 검토해 보기로 하겠다.

> 옛적에 글 잘허넌 시골선비가 과거보로 서울로 올라왔넌데 과거는 안 보고 과거보로 온 사람들한테 글을 팔어서 돈을 많이 벌었다. 이 돈을 넘헌테 맽겼다가는 띨 것 같어서 짊어지고 집이로 돌아오니라니까 무거워서 가지고 갈 수가 없었다. 그리서 서울서 십리찜 되는 동작강 모래밭이다가 나중에 와서 찾어갈 요량으로 묻어놨다. 그러고 그 자리를 잊어버릴가 봐서 아무달 아무날 아무개가 돈 묻은 곳이다 라는 標木을 세워 두었다.
>
> 그 뒤 어떤 사람이 거그를 지내다가 그 標木을 보고 어떤 놈이 장난으로 그런 표목을 세웠는가 험서도 시험 삼아 파 봤다. 파 보니깨 과연 돈이 있어서 이 사람은 그 돈을 다 가져갔다. 그 뒤에 돈 묻은 이 사람은 거그 와서 파 보니개 돈이 하나도 없었다. 이 사람은 이것을 보고 표목까지 분명허게 세워놨는데 어떤 놈이 돈을 다 파갔을까 하면서 한탄했다고 한다.[183]

183) 〈우둔한 선비, 8:370〉

이 민담의 배경 부분에서 소개하는 선비는 비록 시골 선비이긴 하지만 '글 잘허넌' 인물이고, 또 글을 팔아 돈벌이를 할 정도로 문장이 탁월할 뿐 아니라 잇속에도 아주 밝은 인물이다. 인물의 이같은 자질은 대개 바보와는 거리가 먼 특성들이기 때문에 이 선비는 바보라고 여길 수 없는 인물이다. 하지만 이 민담의 배경적 인식과는 다르게 선비는 과거도 보지 않을 뿐만 아니라 기껏 벌어들인 돈마저 자신이 낸 꾀 때문에 날려버림으로써 결국은 어리석음을 드러내어 바보로 전락한다. 즉 선비가 웃음거리가 되는 이유는, 먼저 선비 된 자가 과거는 보지 않고 돈벌이에만 집착했다는 점인데, 자고로 선비는 돈이나 잇속을 멀리해야 한다는 것이 유교적 관념이지만 민담의 선비는 자신의 본분을 망각한 채 스스로 장사치가 됨으로써 자기의 정체성을 부정하고 물욕에 사로잡힌다는 것이다. 이는 지배이데올로기 집단의 자기부정 행위를 보여주는 것이라 할 수있는데, 유교사회의 구심점이었던 선비 정신을 스스로 부정하게 함으로써 허울 좋은 이념이나 권력을 부정하고 실용적 민중의 삶을 강조하기 위한 담론적 의도가 함축된 것이라 할 수 있다.

한편 민담의 선비는 자신의 정체성을 부정하고 돈을 벌긴 했지만 식자의 허울과 습성을 완전히 버리지 못하였다는 점에서 또 한 번웃음거리가 되고 있다. 도리와 의리를 중시하는 선비라는 작자가 남을 믿지 못하는 것도 웃음거리지만, 돈 묻은 곳을 글로 표시하는 행위는 자기부정을 하면서도 한편으로는 아직 학문을 중시하던 타성(惰性)을 벗어던지지 못한 채 자가당착에 빠짐으로써 그 돈을 다잃어버리고 만다는 데서 더 큰 웃음을 유발하고 있는 것이다. 이는 사회 집단의 이념적 지주라는 선비가 누구나 다 아는 세상 이치를 깨닫지 못할 뿐 아니라, 식자인 체하는 그들의 지식이 실제 삶을 살아가는 데는 아무런 도움이 되지 못한다는 민중 의식의 발로이자 지배 권력 집단에 대한 노골적 공격이라고 하겠다.

이처럼 상황형 바보담은 민담 향유자들의 담론적 의도에 따라 공격하고자 하는 대상이 스스로 자신의 어리석음을 드러내도록 하여 바보로 만듦으로써 인물이 지닌 모순이나 부조리함을 폭로하거나 고발하는 것이다.

한편 상황형 바보담에는 스스로 어리석음을 드러내는 바보인물과는 달리 다른 등장인물에 의해 바보로 전락하는 예도 나타난다.

<1> 옛날에 사또 하나가 말 경마를 잡게 하고 가다가 하인이 띠(똥) 좀 누고 오겠다고 하고 가더니 얼마 되지 않아 금방 돌아왔다.
<2> 사또는 자기는 띠를 오랫동안 누는데 하인이 빨리 누는 것이 신기해서 어떻게 하면 그렇게 빨리 누는가 물었다.
<3> 하인은 사또를 혼내고 싶어서 띠를 빨리 누는 곳에서 누면 된다고 했다.
<4> 사또가 그 말을 듣고 그런 곳이 어디 있는가 물었더니 하인은 이제 막 지났으니 다음 장소는 좀 먼 데 있다고 했다.
<5> 사또는 띠가 마려워 얼마나 남았는가 하구 물으니 하인은 아직도 많이 남았다고 했다.
<6> 사또는 계속 참다가 급해져서 또 물었더니 하인은 거의 다 왔다고 했다.
<7> 사또가 급해서 바지에 누겠다고 하자 하인은 이제야 혼나나 보다 하고 말을 멈추고 다 왔다고 했다.
<8> 사또는 말에서 내려 허리띠를 다 풀기도 전에 띠가 나오니 '야 거참 띠를 빨리 누는 곳이 따로 있긴 있구나' 했다.[184]

바보민담 중에는 바보원님 이야기가 다수 전하는데, 인용한 예

. . . .
184) 〈미련한 원님, 1:224~225〉

에서 보는 바와 같이 이런 민담에 등장하는 원님들 대부분은 상식적인 선에서 보더라도 아주 형편없이 모자라는 인물들로 과장되어 나타나는 것이 보통이다. 사실 일부 무능력한 원님이 없으란 법도 없겠지만 실제로 이처럼 심각한 바보가 원님이 될 수는 없었을 것이다. 따라서 대부분의 바보원님과 관련된 이야기는 실제 바보로 인식되었던 인물이라기보다는 민중들이 원님을 바보로 만들고 싶었던 것이라 할 수 있다. 이는 자신들을 지배하는 고을 원이 마땅치 않았을 경우 어떠한 이유에서건 그를 바보나 어릿광대로 만들어 인품을 격하시키고, 놀려먹는 데서 오는 쾌감을 즐기려는 의도이거나 권력이 지닌 본질적 폭력성 등에 대한 대리 보복 등의 성격에서 향유되었던 민담들로 볼 수 있다. 따라서 민담 향유자 집단의 민중적 의식이 실제로 원님을 바보라고 생각했던 것이 아니라 단지 원님의 바보화를 통해 웃음을 유발하고 지배층을 공격하고 싶은 심리적 욕구를 대리 충족시키고자 한 것이 아닌가 한다.

위에 인용한 민담에서는 사또를 속이고자 하는 이유를 '한번 혼내구파서'라고 하여 하인의 심리를 분명하게 밝히고 있다. 이러한 표현으로 미루어 볼 때, 민담 속에 직접 드러내지는 않았지만 하인은 그동안 사또에게 뭔가 불만이 많이 쌓여 있는 인물이었음이 분명하다. 또한 이 불만의 근본적 이유가 사또와 하인이라는 계급적 신분의 차이, 즉 지배와 복종이라는 권력구조에 기인하였을 것임을 쉽게 짐작할 수 있다. 세습적 신분제 사회에서 피지배 계층이 권력에 직접 맞서 제도의 부당함을 주장할 수 있는 가장 설득력 있는 논리는 천부적 인권의 평등을 강조하는 것이 될 수 있다. 즉 사람은 누구나 태어나면서부터 자유롭고 평등하다는 것으로, 위에 인용한 민담은 '따(똥) 누는 것'을 화두로 삼아 원초적 본능에

서부터 인간은 누구나 평등하다는 논리의 근거로 삼고 권력집단을 대변하는 사또를 바보로 만들어 고통을 주는 한편, 바지에 똥까지 싸게 하는 인격적 모욕을 가함으로써 그동안 자신들을 억압했던 권력의 부당함을 역설적인 방법으로 표출하고 있는 것이다.

이처럼 상황형 바보담에는 하인이나 이방으로 등장하는 인물이 자신이 모시는 원님을 바보로 만드는 예가 아주 흔하게 나타난다. 바보원님 이야기 중 가장 널리 알려진 민담 중 하나로 바보원이 이방(하인)을 시켜 달을 사오게 하는 이야기[185]가 있다. 이들 민담에 등장하는 이방이나 하인들도 위에 예로 든 민담의 하인과 마찬가지로 일부러 원님을 속이고 골탕 먹이는 인물들이다. 아무리 원님이 무지한 인물이라 할지라도 달이 뜨고 지는 것조차 모를 리는 없다. 따라서 이런 유형의 이야기들은 원님이 모두 바보인물로 설정되어 있기는 하지만 이는 하나의 문학적 장치일 뿐이고 실제로는 원님을 웃음거리로 만들고 싶은 민중적 의도를 보여주는 민담들로 보아야 할 것이다.

이 상황형 바보담은 이 책에서 자료로 삼은 바보민담 중 <글많이 읽은 사람, 1:187>, <자랑동의 봉변, 1:197>, <꿀똥, 2:204, 2:205>, <단똥, 2:206, 2:207> 등을 포함하여 약 1 / 3 정도가 해당되는데 이들 대부분은 민담 향유자 집단이 적대시하고 공격하고 싶어 했던 대상이 무엇이었는가를 분명히 보여준다. 따라서 다른 민담에 비해 공격성이 유독 분명하게 드러나고 가족 간의 갈등보다는 주로 집단 간의 갈등을 보여주는 이야기들이 지배적이다. 또한 공격하는 집단과 공격의 대상이 텍스트 내에서 분명하게 구분

---

185) 〈미련한 원님, 5:342〉, 〈미련한 원님, 8:368〉, 〈미련한 원과 꾀바른 종, 8:368〉, 〈달을 사온 미련한 사또, 12:152〉, 〈미련한 원님, 12:152〉

된다는 점 또한 상황형 바보담의 특징 중 하나이다.

지금까지 바보민담의 서사구조와 각각의 유형에 따라 민담의 의미가 어떻게 형성되는지를 고찰하였다. 바보민담의 서사구조는 크게 네 가지 형태로 구분되었는데, 첫 번째와 두 번째 유형은 바보 인물의 바보짓을 희화적으로 보여주는, 그래서 겉으로만 보았을 때는 단순히 유희적 공간에서 웃음을 유발하기 위한 이야기들처럼 보인다. 하지만 이 유형의 이야기들이 단지 유쾌한 웃음만을 즐기기 위한 이야기라고 보기는 어렵고, 그 웃음의 이면에는 고도로 함축된 의미가 내포되어 있다는 것을 간과하여서는 안 될 것이다. 이런 유형의 바보민담에서는 고도의 은유적 수법을 사용하는 경우가 많아 그 담론적 의도나 이야기의 의미가 겉으로 쉽사리 드러나지 않는다. 이처럼 민담의 의미가 은유적이고 함축적으로 표현되는 것은 그 공격성을 노골적으로 표출하기 곤란한 경우라고 하겠는데, 이는 주로 민담 향유자들에게 향할 수도 있는 윤리적 비난 등을 이유로 직접 공격할 수 없는 내용들을 웃음의 대상으로 삼고자 하는 민담들에서 나타나는 현상이라 할 수 있다.

세 번째, 네 번째 유형은 앞의 경우에 비해 바보민담의 생성 의도가 표면적으로 잘 드러나 의미 파악이 비교적 쉽고, 그 공격성 또한 노골적으로 잘 드러난다. 따라서 이 유형의 민담들은 민담의 향유자들이 그 공격성을 고의적으로 표출하고 싶은 의도가 함축된 민담들이라 하겠는데, 여기에 속하는 민담들은 주로 사회 집단들 간의 갈등을 보여주는 민담들이 대부분이다. 이 경우 갈등이 표면화되더라도 개인 간의 갈등을 토대로 하는 민담에 비해 윤리적 도덕적 규범으로부터의 저항을 비교적 덜 받기 때문에 향유자들이 부담 없이 민담을 즐길 수 있었을 것이다. 게다가 이 같은 바보민담은 집단 내 구성원들의 공감대를 바탕으로 형성되고 향유되는 까닭에 자신들과 대립적 관계에 있던 집단을 웃음의 대상으로 삼았을 경우 오히려 그 의미와 공격성을 노골화함으로써 웃음과 쾌감을 증폭시킬 수 있었을 것이다.

IV. 바보인담 웃음의 방법

본 장에서는 청중의 웃음을 유발하는 기법들에 대해서 고찰해 보고자 한다. 이 장에서 검토하는 웃음 유발 기법은 어떻게 웃기느냐의 방법적 측면을 말하는 것으로 바보민담에서 웃음을 형성하는 기법과 언어적 표현들이다. 이 기법과 표현들은 바보민담을 접하는 남녀노소 누구나 쉽게 웃음을 터뜨릴 수 있도록 웃는 자들 간에 특별한 공감대가 형성되지 않아도 어느 정도의 웃음은 발생할 수 있도록 한다. 이때의 웃음은 표면적으로는 특별한 의미를 띠지 않고 웃음에 따르는 공격성도 거의 없는 불유정지소(不由情之笑)[186]와 같은 무해하고 즐거운 웃음처럼 보인다. 바보민담에서 이 웃음의 요소들을 걷어내면 바보민담은 진지함을 기치로 하는 민담이 되어 바보민담으로서의 가치를 잃게 된다. 왜냐하면 이 웃음의 요소들은 바보민담을 바보민담답게 만드는 주요한 요인들이기 때문이다. 바보민담과 같이 웃음을 지향하는 민담은 주로 유희적 공간에서 구연되기 때문에 쾌락이 필수적이다. 만약 바보민담에 웃음과 쾌락이 동반되지 않는다면 바보민담은 향유자들로부터 외면당할 수밖에 없게 될 것이다. 이러한 이유 때문에 민담의 웃음은 바보민담의 독자 붙들기의 수단이며 생명력의 근원이다. 따라서 웃음을 유발하는 기법들에 대한 검토를 통하여 우리는 바보민담이 오랜 생명력을 유지하면서 전승될 수 있었던 원인을 규명해 볼 수

---

186) 조동일은 재담집 『笑天笑地』에 전하는 局局道人의 웃음 이론을 소개하였는데, 그 이론에 의하면 웃음은 우선 정을 말미암은 웃음인 由情之笑와 정을 말미암지 않은 웃음인 不由情之笑로 나누고, 由情之笑는 다시 즐거워서 웃는 常情의 웃음, 즐겁지 않은데 웃는 反情의 웃음, 사람에 따라서 다른 異情의 웃음, 함께 웃는 同情의 웃음으로 나누고, 이 중 불유정지소(不由情之笑)가 가장 값진 웃음이라고 하였다. 不由情之笑는 어린아이의 웃음, 미친 사람의 웃음, 바보의 웃음으로 착하고 악함이 없고, 사특하고 올바름이 없고, 오로지 진솔하고 다만 스스로 웃을 따름이라 웃어도 죄가 되지 않는다고 하였다. 조동일, 「웃음이론의 유산 상속」, 『웃음문화』, 1권, 웃음문학회, 2006. 6, passim. 12~18. 참조.

있을 것이다.

바보민담에서 웃음 유발의 바탕이 되는 기본 원리는 반전이라 하겠다. 반전은 바보민담을 포함하여 대부분의 소화(笑話)에서 웃음을 유발하는 대표적인 방법이라 할 수 있다.[187] 반전은 상황을 뒤집어 인물의 역할이 전도되게 하거나[188] 청중의 예상을 뒤엎는 결과를 제시하여 웃음을 유발하는 방법이다. 바보민담이 근본적으로 청중이 예상치 못한 바보짓이나 엉뚱함으로 웃음을 유발하기 때문에 바보민담에 있어서 반전은 웃음 유발의 바탕이 되는 서사 원리라 하겠다. 따라서 본 장에서 앞으로 고찰하는 웃음 유발 기법들은 반전의 원리를 바탕으로 웃음을 이끌어내는 구체적인 기법들이라 할 수 있다.

1. 수사 기법

1) 비유

바보민담에서는 청중의 웃음을 효과적으로 유발하기 위해 갖가지

---

187) 〈於于野譚〉에 실려 있는 골계담의 대부분은 서사 내용의 反轉을 바탕으로 하고 있다. 57편의 골계담 가운데 웃음의 생성이 서사 내용의 반전을 바탕으로 하지 않는 것은 6, 7편에 불과하다. 대다수 작품이 반전의 계기가 주어지면 서사 내용이 반전됨으로써 웃음이 이루어진다. 이때 반전의 요인이 없다면 내용도 반전되지 않기 때문에 반전 요인 또한 웃음 형성에 필수 조건이 된다. 즉 웃음이 만들어지는 가장 근본적인 서사 원리는 웃음을 촉발하는 요인에 의한 서사 내용의 반전이라고 할 수 있다. 현혜경, 「〈於于野譚〉所載 滑稽譚의 웃음 創出 技法과 의미」, 『고전문학연구』, 17권, 한국고전문학회, 2000, pp.36~38. 참조.

188) 앙리 베르그송, 앞의 책, p.82.

방법들을 이용한다. 그 중에 상상력과 유추를 바탕으로 한 비유는 흔히 두 대상의 공통점에 의지하여 빗대어 설명하는 방법을 말한다. 그런데 바보민담에서는 별로 유사해 보이지 않는 두 대상 사이에서 숨은 유사성을 찾아 제시함으로써 청중을 웃기는 수법을 사용한다.[189] 청중은 전혀 다른 두 대상을 비교의 대상으로 삼아 그 공통점을 찾아내는 다소 엉뚱해 보일 정도의 기발함과 재치에서 웃음을 터뜨리게 되는 것이다.

    <1> 어떤 사람이 사위 둘을 얻었는데, 큰 사위는 많이 배우고 부자였는데 작은 사위는 배우지 못하고 가난하여 이 사람은 큰 사위만 잘 대접하고 작은 사위에게는 잘 대해 주지 않으니, 작은 사위는 못마땅해서 견딜 수가 없었다.

    <2> 장인 생일 잔치날 장인은 큰 사위가 잘나고 글 잘하는 것을 작은 사위한테 보이고 싶어서 "山之高는 何故오?" 하구 물었다. 그러니까 큰 사위는 글 잘하는 체하고 "山之高는 石多故요"하고 대답했다. 그러니까 작은 사위는 "天之高도 石多故냐?" 하고 대들었다.

    <3> 장인이 "鶴之 高鳴은 何故요?" 하니 큰 사위는 "鶴之 高鳴은 長徑故입니다" 했다. 그러니까 작은 사위는 "蛙之高鳴도 長徑故냐?" 했다.

    <4> 다음에 장인이 "松之 常靑은 何故오?" 하니 큰 사위는 "松之 常靑은 中堅故입니다." 했다. 작은 사위는 "竹之 常靑도 中堅故냐?" 했다.

    <5> 그 다음에 장인이 "路柳不長은 何故오?" 하니, 큰사위는 "路柳不長은 閼人故입니다." 했다. 그랬더니 작은 사위는 "丈母不長도 閼人故냐?" 했다.[190] <이하 생략>

---

189) 장 파울에 의하면 농담은 관념적 유희로서 유사하지 않은 것들 사이에서 유사성, 숨은 유사성을 발견할 수 있는 숙달된 능력으로 정의했는데, 이러한 측면에서 민담의 웃음 유발 기법도 농담과 아주 비슷하다. 프로이트, 앞의 책, p.13. 참조.

190) 〈큰사위와 작은 사위, 5:297~298〉 이와 아주 흡사한 내용의 민담으로 〈무시당한 사위의 복수〉(최웅 외 강원의 설화Ⅲ, pp.199~200)를 볼 수 있다.

우리의 전통 문화 대부분이 유교 이념을 바탕으로 형성되고 유지되어 온 까닭에 경전이나 문장 등에 대한 학문적 무지를 인간적 됨됨이의 결함으로 여기거나 비천한 계층의 게으르고 천박한 습성의 결과라고 여기는 인식이 사회적 통념이 됨으로써 학식이 없거나 부족한 사람은 바보로 취급되는 경향이 있었다. 이러한 사회적 경향은 민담 속에서도 그대로 반영되어 드러나는데, 그 대표적인 예가 배우지 못한 사위를 바보로 취급하는 민담들이다.

  인용한 민담의 <1>에서 역시, '많이 배운 큰 사위는 부자, 못 배운 작은 사위는 가난뱅이'라는 식의 표현에서뿐만 아니라 '배운 큰 사위에 대한 대접과 못 배운 작은 사위에 대한 푸대접'이라는 식의 두 인물에 대한 비교를 통해 학식과 관련된 일반화된 통념을 배경으로 제시하고 있다. 그러나 위 민담에 등장하는 작은 사위는 이러한 사회적 통념에 대한 반박의 수단으로 짐짓 자신은 모르는 양 너스레 질문을 던지면서 오히려 자신의 무지를 무기로 활용하고 있다. 그는 산과 하늘이 높다는 공통점을 찾아 비교하여 돌이 많은 것(차이점)도 같으냐고 반박하고, 학의 울음소리와 개구리의 울음소리를 비교하여 개구리도 목이 기냐고 반박한다. 소나무와 대나무를 비교하여 대나무도 가운데가 굵고 단단해서냐고 따지며, 또한 길가 버드나무와 장모를 대비하여 장모의 키가 작은 것도 지나가는 사람들이 많이 꺾어서 그런 것이냐고 따지는 것이다. 이는 누구나 다 아는 사실을 짐짓 의문형식으로 제시하여 상대가 스스로 결론을 내리게 하는 설의적 표현법으로 뻔히 그렇지 않다는 것을 좌중들로 하여금 인정하도록 하여 오히려 현학적이고 단편적 지식을 꼬집어 큰 사위와 장인을 바보로 전락시키는 한편, 자신에 대해 부당한 대접과 평가를 내린 장인에게 보복하고 있는 것이다.

여기서는 특히 표상들의 비교보다는 대조를 바탕으로 두 대상의 이질적인 면을 강조하면서 웃음을 유발한다. 이는 서로 대조되는 두 가지 표상을 주로 언어 연상의 도움을 빌려 자의적으로 연결하거나 결합시키는 방법이다.[191] 이때 대비되는 두 가지 표상들이 지닌 이질성이 두드러진 것일수록 웃음은 커지게 되는, 이는 원관념과 보조관념 간의 간격이 벌어질수록 표현의 신선함과 생명력을 더 크게 얻게 되는 은유의 효과와도 같다. 위 민담의 <2>에서는 무생물끼리 서로 대비하였고, <3>에서는 동물끼리, <4>에서는 식물을 대비하였음에 비해 <5>에서는 버드나무와 장모라는 아주 이질적인 대상을 서로 비교하여 그 표현과 착상의 기발함을 보여줌으로써 웃음을 더 크게 증폭시킨다. 게다가 <5>에서의 '閑人'이라는 표현은 버드나무와 연결되었을 때는 '사람들의 손을 많이 타다', 즉 '사람들에 의해서 많이 꺾이다'라는 뜻으로 볼 수 있지만 그것이 사람, 특히 여성에게 쓰였을 경우에는 '성적으로 문란하고 정조 관념이 희박하다'라는 뜻으로 발전하여 중의적 표현이 될 수 있다. 결국 작은 사위의 "丈母不長도 閑人故냐?"라는 질문은 작은 사위 자신을 포함하여 누구나 '장모의 키가 작은 것은 뭇 남성들과의 문란한 성 관계와는 아무런 상관이 없다.'라는 뜻으로 말한 것이고 또 그렇게 해석하겠지만, 장모를 성적 비유의 대상으로 언급하였다는 것 자체만으로도 장모를 노골적으로 욕보이는 표현이 되는 것이다. 이처럼 사위의 장모에 대한 공격은 그동안 처가에서 받아왔던 푸대접에 대한 반격으로 민담 속 사위뿐 아니라 이와 비슷한 입장에서 근거 없이 부당한 사회적 대접과 차별을 당해 왔고 그 부당함

---

191) 크레펠린은 '표상들의 대조'에 강조점을 두고 농담이란 서로 대조되는 두 가지 표상을 주로 언어 연상의 도움을 빌어 자의적으로 연결하거나 결합시키는 것이라고 한다. 프로이트, 앞의 책, p.14. 참조.

을 공감하는 계층이나 민담 향유자들에게 통쾌한 웃음을 선사하게 되는 것이다.

이처럼 서로 다른 성질을 가진 두 대상에서 유사함을 발견하고 그 차이점을 강조하는 비유적 표현은 웃음을 유발할 수 있는 대표적 기법이다. 바보민담에서는 이 같은 이질적인 것의 대비를 통한 웃음 유발 방법이 치밀히 계획된 의도에 따라 이루어지기도 하지만 때로는 아주 간단한 표현으로 나타나기도 한다.

> 넷날에 글이라는 것이 없을 때 니애긴데 그때 한집이서 넝감이 죽어서 이걸 사둔네 집이다 알리야 해서 버들닢 두 닢과 꽃 두 송이를 보냈다. 사둔집이선 그걸 받구 무슨 뜻인지 알 수 없어서 동네 사람과 물어보느꺼니 웬 사람이 "그건 버들 버들 꽃꽂이느꺼니 버들 버들하다가 꽂꽂해 버렸다는 뜻이외다. 아메두 사둔이 죽었다는 기별인 거 같소" 하구 말했다구 한다.[192]

위에 인용한 민담은 글을 모르는 '무식함'을 웃음의 대상으로 삼았다는 점에서 앞에서 살펴본 민담과도 공통점을 지닌다. 이 민담에서는 사람이 죽는 모습에서 독특하게 사물의 이름을 연상하여 표현한 점이 기발하다. 여기서 웃음의 대상으로 삼은 것은 글을 모르는 어리석은 인물이 사물을 통하여 부고를 전달했다는 것이겠지만, 사실 청중은 그 엉터리 부고가 정확히 전달되고 소통된다는 것에 더 웃음 짓게 되는 것이다. 게다가 이 같은 표현은 절대로 웃음의 대상이 될 수 없어 보이는 죽음을 희화화함으로써 죽음이 주는 슬픔이나 무거움조차도 웃음으로 극복하고자 하는 민중 의식이 나타나기도 한다. 이런 민중의 기발한 의사소통 방식은 글을

192) 〈버들버들 꼿꼿, 2:197〉

모르니 어리석다기보다는 글을 몰라도 그 나름대로 재치를 발휘하여 의사를 표현할 수 있음을 보여줌으로써 글로만 의사표현이 가능한 줄 아는 식자층에 대해 오히려 일격을 가하는 표현으로 볼 수도 있다.

이처럼 무식한 사람에 대한 긍정적 태도를 보이면서 재치 있는 표현으로 웃음을 유발하는 민담으로 <무식쟁이의 편지>[193]와 같은 민담들을 들 수 있는데, 이들 민담은 글을 모르는 형제가 간단한 그림으로 의사전달을 하고 서로 기막힐 정도로 그 뜻을 잘 파악하는 데에서 웃음을 유발하는 이야기들이다.

> 넷날에 한 곳에 한 부체가 사드랬는데 집이 가난해서 댕내레 고기 당시를 해서 갸우 갸우 살아가구 있었다.
> 하루는 댕네레 저에 서나과 "날마주(매일) 놀구만 있디 말구 넘제도 고기 당시 좀 해부구레" 하멘 농애를 닷돈어치를 주며 팔아오라구 했다. 그러느꺼니 이 남자레 그 농애를 개지구 나가서 닷돈에 늬여팔구 집이루 돌아왔다. 댕내레 벽에서 밥을 하다가 서나가 돌아오느꺼니 "와 그리 날래 돌아오네?" 하구 물었다. 남덩은 그 농애를 다 팔아서 돌아온다구 했다. 얼마나 냉겼네 하느꺼니 닷돈 냉겼다구 했다. 댕내는 잘했다 하멘 돈을 내노라구 했다. 남덩은 닷돈을 내노멘 이거다구 했다. 댕내는 남은 돈을 내노라구 했다 남덩은 그 농애를 닷돈에 팔았으꺼니 손에 남은 거이 닷돈이라구 했다. 이 말을 들은 댕내는 증이 나서 "야이 요노무 믹재기 두상같으니라구 썩 나가 죽으라" 하멘 부지깽이루 때리러 달라들었다. 남덩은 다라뛰멘 숨이 차서 쉬쉬알(수수밭)에 숨어 있었다. 그때 멕자구레 뱀한테 쫓겨서 헐덕헐덕 하멘 달라 뛰어왔다. 이 사람은 그 멕자구보구 "야 너두 농애 당시하다가 에미나한테 쫓게났네?" 했다구 한다.[194]

....
193) 〈무식쟁이의 편지, 2:195〉, 〈무식쟁이 편지, 5:325〉, 〈무식쟁이 편지, 6:445〉, 〈무식쟁이 편지, 8:281〉
194) 〈너도 아내에게 쫓겨났느냐, 1:189〉

닷 돈 어치의 농어를 닷 돈에 팔라는 것인 줄 알고 겨우 본전치기만 하고 온 남편에게 화가 난 아내가 남편을 '믹재기(미욱재기 - 미련쟁이)'라고 나무라며 때리려고 달려들자 남편은 도망을 쳐서 수수밭에 숨었다. 그때 뱀에게 쫓겨 역시 헐떡거리며 뛰어오는 멕재기(개구리)를 보고 자신의 처지와 동일하다고 판단한 바보 남편의 발화가 웃음을 자아낸다. 물론 '믹재기'와 '멕재기'라는 두 어휘와 숨이 차서 헐떡거리며 도망치는 남편과 개구리의 모습에서 유사함을 발견할 수 있다. 그런데 이 두 대상이 매우 이질적인 것이라 대부분의 사람들은 그 두 대상 사이에서 유사함을 발견하기란 쉽지 않지만 정상인과 다른 시각으로 대상을 바라보고 판단하는 바보는 그 숨겨진 유사함을 파악하고 제시함으로써 웃음을 유발한다. 그렇다고 하더라도 개구리가 사람처럼 농어장사를 할 수는 없다는 건 정상인이라면 누구나 다 아는 사실이지만 바보인물은 소리나 겉모습의 유사함에 의지하여 동일한 것으로 취급하는 데서 그의 바보성이 드러나고 만다. 이처럼 바보인물이 보여주는 전혀 다른 두 대상의 비슷함을 발견하고 연결 짓는 기발함과, 두 대상의 차이를 구분 못하는 바보성이 동시에 청중의 웃음을 자아내는 것이다.

이와 같은 방법으로 웃음을 유발하는 민담의 또 다른 예로 <너도 서방한테 쫓겨오느냐>[195]를 들 수 있다. 여기서는 위의 민담과는 반대로 남편한테 쫓겨난 아내가 바보인물로 등장한다. 도미 대가리를 먹었다가 남편에게 쫓겨난 바보아내 역시, 자신의 입장과 뱀에게 쫓겨 오는 개구리의 처지를 동일시해서 "너도 되미 대가리 먹고 서방헌티 안 맞일라고 뛰여오냐?"라고 하여 위의 민담과 동일

195) 〈너도 서방한테 쫓겨오느냐. 8:357〉

한 방법으로 웃음을 자아내는 것을 볼 수 있다.[196]

또 비유적인 기법을 통하여 웃음을 유발하는 대표적 민담으로 장인 남편과 벙어리 아내의 대화를 보여주는 <盲夫啞婦 會話>류 민담을 들 수 있다.

옛날에 남자느 쇠경이고 마누라느 버버리인데 이렇게 쇠경 버버리 내외가 살고 있었넌데 쇠경으 눈으 보이지 않지만 귀가 들려서 바깥 세상 돌아가는 것으 알 수 있고, 여자느 말으 못하지만 눈으로 볼 수 있어 바깥세상 돌아가느 것으 알 수 있었다. 이 두 내외느 여러 해 같이 살어왔기 때문에 남자가 세상에 일어난 것으 말로 하면 여자느 남편 입 움지기느 것으 보고 말하느 뜻으 알아듣고 여자느 눈으로 본 것으 손짓 발짓 몸동작으로 눈먼 남편에게 전하였다.

이렇게 해서 둘이 사넌데 하루느 그 동네에 불이 나서 불이야! 하느 소리가 나니까 남자가 마누라 보고 불이 났다고 하니 뉘 집이서 불이 났는가 보고 오라고 했다. 버버리 마누라느 밖에 나가서 보고 들어와서 남편에게 입으 쪽 맞췄다. 그러니가 쇠경인 남편으 "응, 呂生員 집이서 불이 났어?" 했다. 입구자가 둘이 붙었으니 呂字가 돼서 그런 거이지. 그담에 呂生員이라면 어떤 呂生員이여? 하니까 여자느 남자 손으 끄러다가 자기 사채기에다 댔다. 그러니까 남자느 "논틀 사넌 呂生員 집이서 불이 났서. 그런데 얼마나 탔어?" 하니까 여자느 남자 그것으 쥐었다. "응, 다 타고 기둥만 남았서? 거 안됐군" 하더라나.[197]

이들 민담에서는 부부가 오랜 세월 함께 살아왔기 때문에 비록 장인과 벙어리지만 아내는 남편의 입모양만 보고 무슨 말인지 알

---

196) 이와 같은 방법으로 웃음을 유발하는 민담은 『한국구비문학대계』에서도 볼 수 있는데, 〈어리석은 가자미 장수, 대계, 5-5:308〉, 〈바보 옹기장사, 대계, 1-1:484〉, 〈바보 신랑담, 대계, 7-13:113〉 등을 예로 들 수 있다.

197) 〈盲夫啞婦 會話, 4:76〉 이와 유사한 내용을 지닌 민담으로 〈盲夫啞婦 會話, 2:243〉, 〈盲人啞人의 會話, 3:314〉, 〈장님 남편과 벙어리 마누라와의 대화, 9:161〉, 〈장님 남편과 벙어리 마누라와의 대화, 10:338〉, 〈盲啞夫妻의 對話, 10:339〉, 〈盲啞夫妻의 對話, 12:162〉 등을 들 수 있다.

아들고 남편은 아내의 손짓이나 몸동작만으로도 그 의미를 알아챈 다는 것이 민담의 주 내용이다. 이 민담에서 아내는 눈으로 본 사건이나 장소들을 자신과 남편의 신체 부위—특히 은밀한 부위들—에 빗대어 표현하고 남편은 그 뜻을 정확하게 파악하는 데서 웃음이 발생한다. 이 역시 어떤 사건이나 장소 등을 신체 부위에 빗대어 표현함으로써 웃음을 유발하는 것이다.

이처럼 아주 성질이 다른 두 대상의 숨은 유사성을 찾아 재치 있게 제시함으로써 청중을 웃기는 것은 바보민담의 대표적 웃음 유발 기법이라 할 수 있다. 이는 바보민담에서 인물의 어리석음과 엉뚱함을 보여주기도 하고 반대로 인물의 기발함과 재치를 드러내기도 하여 청중의 웃음을 이끌어내기에 매우 탁월한 방법이라 할 수 있다.

2) 중의(重義)

의사소통에서 중의성(重義性)은 하나의 어휘나 문장이 여러 가지 의미로 해석되는 것을 뜻한다. 의미에 있어서 중의성은 단일한 표층구조가, 둘 혹은 그 이상의 심층적 의미구조를 나타낼 때 언어에 포함되어 있는 상황과 관련된다.[198] 즉 중의성(ambiguity)은 화자가 제시한 하나의 표현이 둘 이상의 의미를 지님으로써 청자가 해석하는 데 곤란을 느끼는 복합적 의미 관계를 말하는데, 이는 주로 다의어나 동음이의어 등에서 나타나고 그 외에도 관용어나 문장의 통사구조 등에서도 생길 수 있다. 그런데 모든 다의어

---

198) W. J. 퍼피셀로, 『T. A. 그린, 수수께끼의 언어』, 남기탁·김문태 역주, 강원대학교출판부, 1993, p.23.

나 동음이의어, 관용어가 청자의 의미 해석을 교란시키는 것은 아니므로, 중의성이라고 할 때는 의사소통에서의 청자의 반응이 중요한 변수가 된다.

중의적 표현을 통하여 웃음을 유발하는 방법은 동서고금을 막론하고 아주 보편적인 웃음유발 수단이라 하겠는데, 바보민담에서 역시 이러한 기법으로 웃음을 유발하기도 한다.

<1> 어떤 사람이 며느리를 얻으려고 중매쟁이에게 처녀를 알아보라구 했다.
<2> 중매쟁이는 처녀 생김새는 잘 생겼는데 먼 것이 흠이라고 했다.
<3> 이 사람은 처녀가 잘 생겼으면 됐지 먼 것이 상관 있냐구 하고 혼인하기로 했다.
<4> 혼인해서 며느리를 보니 눈이 먼 장님이어서 중매쟁이에게 욕을 했더니, 중매쟁이는 "내가 메라든가. 먼 것이 험이라구 안 했네?" 했다.[199]

위에 인용한 민담에서 웃음은 인물들이 '먼 것'이라는 표현을 각자 다른 뜻으로 파악하는 데서 발생한다. 즉 '먼'의 기본형인 '멀다'는 '거리가 많이 떨어져 있다'라는 뜻도 되지만 '시력이나 청력 따위를 잃다'는 뜻도 지녀 중의성을 유발할 수 있다. 민담에서 중매쟁이는 '먼 것'을 '눈이 먼 것', 즉 장님이라는 뜻으로 말했는데, 며느리를 맞이하는 사람은 '거리가 먼 것'으로 받아들여 서로 각자의 입장에서 해석하여 말의 의미를 다르게 파악하는 것이 웃음의 대상이다. 사실 중매쟁이는 소개하는 색시의 결점을 정확하게 말하지 않고 대충 얼렁뚱땅 넘기려는 것이고 시부모 역시 정확하지 않은 말을 확인하지 않고 자기 마음대로 해석함으로써 어리석은 결

....
199) 〈먼 것, 2:191〉, 〈먼 것, 8:269〉

과를 초래하게 된 것이다. 즉, 인용한 바보민담은 '먼 것'이라는 동음이의어를 사용함으로써 혼인을 중매하는 과정에서 양쪽 집안을 드나들며 어떻게든 혼인을 성사시키기 위해 신랑이나 신부의 결점은 숨기고 장점은 과장하여 소개하는 진실하지 못한 중매쟁이의 모습과, 자식의 일평생을 좌우할 혼사라는 중대사임에도 불구하고 앞뒤 분간 없이 결정을 내려버리는 혼주의 모습을 보여준다. 따라서 이 민담은 세상을 자기중심적으로 해석하려고만 하는 인간의 경솔함을 꼬집는 동시에 자신의 목적을 달성하기 위해서는 다른 사람이 입을 피해는 아랑곳하지 않는 중매쟁이라는 특정 집단의 무책임한 불신적 태도를 가시화하여 웃음의 대상으로 삼고 있는 것이다.

이처럼 어리석은 인물이 동일한 소리를 가진 서로 다른 단어를 구분하지 못해 어처구니없는 결과를 초래하는 모습을 보여주는 또 다른 민담의 예로는 <신방 엿보기 유래>[200]를 들 수 있는데, <신방 엿보기 유래>에서는 '벗기다'라는 표현을 '옷을 벗기다'라는 뜻으로 이해하지 않고 '살가죽을 벗기다'로 잘못 받아들여서 신부를 죽이는 치명적인 결과를 초래한 신랑의 어리석은 행위를 웃음거리로 삼고 있다.[201] 하지만 여기서도 단지 동음이의어를 구분하지 못하는 우둔한 신랑의 어리석음만을 문제 삼는 것은 아니다. 위에서 검토한 민담 <먼 것>과 마찬가지로 오해의 소지가 있을 수 있음에도 불구하고 듣는 사람에 대한 배려는 전혀 고려하지 않

---

200) 〈신방 엿보기, 6:162〉, 〈신방 엿보기 유래1, 7:149〉, 〈신방 엿보기 유래2, 7:149〉

201) 이와 유사한 내용을 보이는 다른 민담에서는 '신부를 다루다'를 '신부를 달다'로 알아듣고 신부를 잡아(죽여) 벽 못에다 매달아놨다는 끔직한 내용을 보여준다. 〈아둔한 신랑 이야기〉, 최웅 외, 『강원의 설화』, II, 강원도청, 2006, p.820.

고 체면 유지 때문에 혹은 눈앞의 목적만을 이루기 위해 앞뒤 자세한 정황 설명은 생략한 채 부정확하게 말하거나 얼버무림으로써 우매한 결과를 초래하게 하는 무책임한 언어표현 습관과, 말하는 사람의 진의를 정확하게 확인하지 않은 채 건성으로 듣고는 자기 편의적으로만 해석하려 드는 무성의한 태도에 대한 문제를 제기하고 있는 것이다. 따라서 동음이의어를 사용한 웃음 유발 방법이 단지 언어를 사용한 무의미한 웃음만을 이끌어내는 것이 아니라 그 속에 숨겨진 관습적 문제까지 함축하여 제기하고 있는 것으로 보아야 한다.

불투명한 언어적 관습의 문제를 제기하는 또 다른 형태의 예 중에는 비교적 널리 알려진 <愚郞>이라는 민담을 들 수 있다.

> 옛적으 젊은 내우가 사넌디 남편이란 게 대단히 미련한 놈이였다. 한번언 각시가 이바지짐얼 지어줌서 저그 친정집 어머니헌티 가지고 가서 꼴이나 비고 오라고 힜다. ……<중략>…… 처갓집에 찾어 강개 그때 마침 장모넌 칙간에서 뒤럴 보고 있었다. 이놈언 이바지짐얼 그리고 짊어지고 가서 장모보고 인사허고 이바지짐얼 끌러서 늘어놓고 꼴이나 비랍디다 허고넌 다시 주섬주섬 싸각고 짊어지고 저그 집으로 돌아왔다. 장모넌 뒤럴 보니라고 살얼 내놓고 있어서 사우보기가 무렵히서 암말도 못 힜넌디, 이놈언 이바지짐얼 짊어지고 저그 집으로 왔넌디 각시가 어찌서 쉬지도 않고 벌써 오냐고 물었다. 장모가 칙간에서 뒤를 보고 있어서 거그 가서 꼴만 비고 왔다고 힜다. 각시가 짐얼 끌러봉개 가져간 이바지가 그대로 있어서 어찌서 도로 다 각고 왔냐 헝개, "내둥 꼴이나 비라고 허지 안 힜어. 그리서 꼴만 비고 왔지" 허드려.[202]

이 민담은 지나치게 겸양의 자세를 취하는 것을 미덕으로 여기

....

202) <愚郞, 8:361~362>

는 사회적 관습에 대한 문제 제기의 의미를 함축한 이야기이다. 이 민담에서처럼 이름도 모를 정도로 별로 접해 보지 못한 음식을 사돈댁에 잔뜩 해 보내면서도 '구경이나 하시라'고 한다든가 '꼴이나 비고(보이고) 오라'고 말하는 것은 지나친 겸양의 태도라는 것이다. 이 민담은 이러한 겸양의 의도를 이해하지 못하고 표현 그대로 받아들여 기껏 해 보낸 귀한 음식을 진짜로 구경만 시키고 돌아와 버리는 바보신랑을 등장시킴으로써 불필요한 가식적 언행을 꼬집어 웃음을 유발하는 것이다. 그런데 이처럼 지나치게 겸양의 말을 하는 것은 비단 민담 속에서만 벌어지는 일은 아니고 실제 현실생활에서도 얼마든지 흔하게 찾아볼 수 있다. 주인은 상다리가 부러질 정도로 한상 가득 차려놓고도 손님에게 '차린 것 없어도~' 운운하는 것도 이와 같은 태도이다. 이처럼 우리가 겸손의 미덕이라 여기는 언어적 표현을 통하여 웃음 유발의 수단으로 삼는 것은 그런 언어적 표현을 정황에 맞지 않게 잘못 이해하거나 언어의 표층구조 자체를 곧이곧대로 받아들이는 바보인물의 무지하고 융통성 없는 태도를 조롱하는 것이기도 하겠지만 실상은 바보인물을 통하여 이러한 잘못된 언어적 관습을 꼬집는 의미가 내재된 이야기들이다. 그리고 바보민담의 청중이 바보인물의 융통성 없는 행동의 이면에 숨겨진 이 같은 의미를 깨달을 때 웃음은 더 크게 발생할 수 있는 것이다.

　한편 바보민담에서는 동음이의어뿐 아니라 한자어를 이용하여 바보인물의 어리석음을 드러내고 웃음을 유발하기도 한다. 전통적으로 한자어는 주로 식자층에서, 순우리말은 일반 민중들이 주로 사용해 온 언어로 계층 간에 서로 다른 언어를 사용하는 것은 의사소통에 장애를 야기할 뿐 아니라 상호 불신이라는 또 다른 측면에서도 대립을 형성하기에 주목할 만하다. 굳이 한문에 대한 소양이 없더라도 누구나 알 수 있는 흔한 말까지도 쉬운 우리말을 두고 굳이 한자어를 쓰는 상층 문화에 대한 조롱일 수도 있다. 이러한 예로 인사말을 들 수 있다. 한자말로 인사를 할 줄 모르는 바보에게 색시 또는 신랑 아버지는 한자말로 인사를 가르친다. 바보인 신랑은 한자를 뒤바꿔 써서 웃음거리가 되거나 아니면 '계사'년을 '설설 기어 다닌 해' 등으로 아주 엉뚱하게 이해함으로써 웃음을 유발하기도 한다.[203] 또 갓 혼인한 바보신랑이 처가에서 한시를 지으라고 하자 시를 지을 줄 몰라 집 안에 빈대와 벼룩이 많은 걸 보고 "빈대 베루디" 하고 말했더니 상객으로 따라간 유식한 사람이 이 말을 받아 "賓多別友遲" 하고 글로 바꾸는 것[204] 등도 모두 소리의 유사함에 의존해 웃음을 유발하는 방법들이다.

바보민담에 등장하는 바보인물들은 중의성을 띠는 언어적 표현을 그 상황이나 의미 맥락에 적합한 의미로 이해하는 것이 아니라 문맥에 맞지 않도록 이해함으로써 청중의 웃음을 유발한다. 하지만 중의성을 활용한 언어적 표현들이 희극적 효과를 갖는 것은 단순한 다의성이나 소리의 유사성에만 기인하지 않는다. 이는 말의 다의성이나 유사성을 활용하여 현실 세계의 특정한 모습들을 나타나게 함으로써 희극적 효과를 이끌어내는 것이다. 그리고 그러한 희극적 효과를 살리기에 바보인물이 아주 유효한 문학적 수단이 될 수 있음을 바보민담은 보여준다 하겠다.

---

203) 〈바보신랑, 1:199〉
204) 〈신랑의 詩, 1:256~257〉

3) 과장

바보민담의 구연자는 청중의 웃음을 유발하기 위해서 바보인물의 바보짓을 지나치게 과장하는데, 그 과장은 주로 집단 내의 문화적 관습이나 질서를 위배하거나 파괴하는 것에 집중된다. 따라서 바보민담에 나타나는 바보짓의 배경과 바보인물의 행위는 늘 대립적인 관계에 놓이게 되며, 이 때문에 민담 속 의식이나 질서에 따라 행동하는 사람들의 입장에서 보면 바보인물은 늘 사회적 결함을 지닌 웃음의 대상일 수밖에 없다. 대부분의 바보민담에서 바보인물들은 규범과 관습에서 어긋나게 행동함으로써 민담 향유자들의 웃음을 자아낸다.

바보민담은 일반적으로 민담의 배경이 된 집단의 규범적 질서나 관습의 바탕 위에서 그 질서와 관습을 위반하는 바보인물들의 행위를 보여준다. 희극적인 것은 현존하는 질서를 벗어나서 이 질서에서 제외된 영역으로 넘어가는 운동에서 생성되는데, 기존의 질서 체계가 규범을 의미한다면, 희극적인 것이나 웃음은 규범에서 일탈한 것이다.[205]

바보인물의 일탈 행위에서 민담의 향유자들은 대상인물의 어리석음과 약점을 발견하게 되고 심리적 우월감을 형성하여 웃게 되는 것이다. 따라서 청중의 웃음을 유발하기 위해서는 바보인물의 바보짓이 청중의 기대를 벗어나는 것일수록 효과적일 것이다. 그런데 대부분의 구연자들은 구연 서두에서 인물이 바보임을 미리 밝힌다. 이는 구연하는 이야기가 우스운 이야기임을 미리 밝히고 청중이 심리적으로 웃을 수 있는 상태가 되도록 유도한다. 그러면

205) 류종영, 앞의 책, p.402.

청중은 이미 대상 인물이 바보라는 것에서 심리적 우월감을 가지게 되고 이러한 심리 상태에서 그들은 보다 큰 웃음과 쾌감을 즐기기 위하여 바보인물이 자신들이 기대하는 이상의 바보짓을 저질러 주기를 바라게 된다.

일반적으로 웃음은 정상적이거나 우월한 결과를 기대했지만 기대한 것보다 열등한 결과가 초래되었을 때 발생한다고 한다.[206) 그런데 주로 유희적 공간에서 연행되는 바보민담의 경우, 청중은 애초에 정상적이거나 정상보다 우월한 결과를 기대하는 것이 아니라 오히려 열등한 결과를 기대하게 된다. 그리고 그들의 기대치보다 그 결과가 훨씬 더 열등하거나 예상치 못하게 엉뚱했을 때에만 웃음은 터지게 된다.[207) 이런 청중들의 심리적 욕망을 충족시키기 위해 민담의 구연자는 바보인물의 행위를 아주 엉뚱한 곳으로 몰아가거나 지나치다 싶을 정도로 과장하게 되는 것이다. 그러므로 바보민담에서 인물 행위의 과장은 웃음 형성의 바탕이 되는 것이고

---

206) 칸트는 웃음을 환기하는 모든 것에는 우리의 지성이 만족할 수 없는 부조리한 그 무엇이 있으며, 웃음이라는 것은 긴장한 기대가 갑자기 허무로 돌아갈 때 느껴지는 일종의 감정이라고 하였다. 하르트만, 앞의 책, p.443. 참조.

207) 김석배는 바보사위 설화의 웃음이 기대표상과 결과표상의 대조적 거리에서 유발된다는 김교붕의 견해(김교붕, 앞의 논문, p.644.)는 온당하다고 볼 수 없다고 하고, 바보망신담에서는 조건표상이 상식적인 문제로 왜소하게 나타나고, 이에 대한 결과표상과 기대표상 또한 왜소하여 골계는 기대표상과 결과표상의 상반에 의해 나타나는 것이 아니라 오히려 융합에서 표출된다고 보았다. 김석배, 앞의 논문, pp.115~117 참조.

그런데 바보민담에서 조건표상은 상식적인 문제냐 어려운 문제냐 하는 문제의 난이도가 아니라 주체 인물이 정상인이냐 바보냐 하는 인물의 성격으로 보아야 한다. 왜냐하면 바보민담에서 상식적인 문제를 주로 제시하는 것은 바보스러움을 드러내기 위함이고, 주어진 문제가 상식적인 것이기 때문에 기대표상이 왜소한 것이 아니라 행위주체가 바보이기 때문에 기대표상이 왜소하게 나타나는 것이다. 또한 웃음(골계)은 기대표상과 결과표상의 완전한 융합에서 표출되는 것이 아니라, 기대표상과 결과표상이 상반되는 것은 아니지만 기대표상보다 결과표상이 더 왜소(열등)하게 나타나거나 아니면 아주 엉뚱한 방향으로 어긋날 때 표출된다.

웃음을 유발하고자 하는 의도가 강하면 강할수록 또 구연자의 구연 능력이 뛰어날수록 인물의 바보짓은 보다 확대되어 나타난다.

이전에 한 사람이 있넌디 이 사람은 잊어부리기를 잘하는 사람인디 한 날은 두루매기도 입고 갓을 씨고 어디 간다꼬 갔다. 가다가 똥이 매리워서 낭기에다 갓을 벗어 걸어놓고 그 밑이서 똥을 누었다. 다 누고 일어서이 낭기에 갓이 걸려 있어서 누가 갓을 여기다 벗어놓고 갔노 카니 갓 하나 얻었다고 좋아 함시로 갔다.

가다가 중을 만나서 같이 가넌디 저는 갓을 하나 얻었다감서 이 갓을 팔아서 술 받어묵자 캤다. 그리고 술집에 들어가서 술을 싯컨 묵고 잤다. 중은 자다 일어나서 이 사람 머리로 사악 깎아놓고 달아났다.

이 사람은 잠을 깨서 벡에 걸린 멩겡을 보고 "어어 중은 여기 있구만 나는 어디 갔노" 카미 지를 찾이로 여그저그 댕깄다 칸다.[208]

인용한 민담의 배경에서 주인공이 잊어버리기 잘하는 사람이라고 미리 밝혀 청중들이 앞으로 인물이 뭔가 잊어버리는 행동을 할 것이라는 것을 짐작할 수 있다. 아무리 잊기 잘하는 사람이라도 자신이 잊었던 것을 다시 보게 되면 바로 기억을 해 내는데 여기서의 인물은 자신이 벗어놓은 갓을 보고도 자기 갓인 줄 모르고, 머리가 깎였다고는 하나 자신을 몰라볼 정도로 잊음이 심하여 청중이 예상할 수 있는 이상의 바보짓을 보여줌으로써 웃음을 유발한다. 하지만 만약 인물의 잊어버리기가 사람들에게 늘 일어날 수 있는 정도의 행위에서 그친다면 청중은 재미있다고 생각지도 않고 웃음을 터뜨리지도 않을 것이다. 즉 인물의 바보짓이 예상치 못할 정도로 과장되었을 때에만 청중은 웃음을 터뜨릴 수 있는 것이기에 바보민담에서 인물의 바보짓을 과장하는 것은 웃음을 유발하기

208) 〈잊음이 심한 사람, 12:164〉 비슷한 민담으로 〈잊음이 심한 사람, 10:320〉이 있다.

위한 바탕이 될 수밖에 없다.

　그런데 바보민담에서 바보짓을 과장하는 것이 청중의 우월감을 형성하고 웃음을 유발하기 위한 것만은 아니다. 바보인물의 과장된 행동은 인물이 지닌 약점을 가시화하여 청중이 인물의 과장된 행위가 지닌 의미가 무엇인지 파악하도록 한다. 즉, 바보민담에서는 인물이 지닌 약점이 청중에게 분명히 보이게 될 때까지 그 바보짓을 확대해 나감으로써 문제를 심화시키는 것이다. 이는 현실 공간에서 실재하는 문제지만 사람들에게 쉽게 감지되기는 어려운 문제를 확대해서 보여줌으로써 청중들의 눈에 그 문제가 쉽게 띄게 해 주는 것이라 하겠다.

　　옛날에는 왜 나이 어린 것을 장개를 보내지 안 힜어요. 그런 시절 이야깁니다. 한 사람이 어린 아덜을 장개보냄서 이것이 첫날밤에 어떻게 허넌지를 몰라 실수헐 것 같어서 첫날밤에 하는 것을 갈쳐 주느라고, 야야 장개가서 첫날 저녁에는 신부를 벳게야 하니라고 일러 주었단 말이지. 신부 옷을 벳기라는 뜻으로 말히 준 것인디 이 어린 신랑은 신부 껍데기를 벳기라는 말로 알아듣고 장개가면서 칼을 하나 잘 갈어각고 가서 첫날밤에 신방 채려서 잠서 신부 껍데기를 벳기기 시작했네요. 그렇게 신부는 아퍼서 전딜 수가 없잉게 "아이고 어머니 아파서 나 죽겠네. 아이고 어머니 아파서 나 죽겠네." 허고 소리를 질렀어요. 문 밖에서 듣고 있던 어머니는 속도 모르고 "첫날밤에는 그러는 거다. 아파도 참어라."고 참으라고만 험서 달랬어요. 그러고 한참 있잉게 조용히져서 인제는 첫날밤을 잘 치르는가 부다 허고 있었넌디 아침이 돼서 해가 부옇게 높이 떠드락 신방에서 색시가 안 나와. 그리서 신방 문을 열어 봉게 신부는 껍닥이 벳긴 채 죽어 있고, 신랑은 피투성이가 돼각고 아이고 신부 벳기기가 참 심은 드네요 허고 있드랴.
　　이런 일이 있은 후로는 신랑 신부가 결혼한 날 첫날밤에 무신 벤괴가 생길지 몰라 이것을 예방허기 위히서 첫날밤에 신방을 엿보는 법이 생겼다고 해요.[209]

위 민담은 널리 알려진 <신방 엿보기 유래>이다. 이 민담에서는 '옷을 벗기라'는 말을 '살가죽을 벗기라'는 말로 알아듣고 신부를 죽이는 지경에까지 이른다. 그런데 아무리 어리거나 어리석다고 해도 첫날밤에 신랑이 신부의 살가죽을 벗긴다는 것은 지나친 과장이다. 사실상 위 민담에서 어린 신랑의 바보짓은 그 결과가 너무 참혹해서 이 민담의 청중은 다른 바보민담에서와는 달리 유쾌한 웃음을 터뜨릴 수는 없다. 대신 이 민담에서 청중들은 이처럼 잔혹한 결과를 초래한 원인이 바보짓을 저지른 인물에게 있는 것이 아니라 아직 어린 아이를 혼인시키는 불합리한 제도, 그리고 어린 신랑을 혼인시키면서 제대로 성에 대한 교육을 시키지 않은 사회적 관습이 지닌 부조리함을 인식하게 한다. 즉, 이 민담에서 보여주는 인물들의 과장된 행위는 과장을 통한 웃음 자체가 목적이 아니라 과장을 통하여 어린 아이를 혼인하게 하거나 성에 대한 교육을 올바르게 시키지 않은 사회적 관습의 문제를 제시하는 것이 목적이다. 이처럼 과장이 희극적이 되기 위해서는 과장 자체가 목적이어서는 안 되고 그 문제의 본질이 무엇인지 우리에게 선명히 보이도록 하기 위해 과장은 화자가 사용하는 단순한 수단으로 여겨져야 한다.[210] 또한 청중은 과장된 표현에 함축되어 전해지는 문제가 무엇인지 스스로 파악했을 때 보다 통쾌한 웃음을 터뜨릴 수 있게 된다. 이 민담에서의 과장적 표현도 실질적으로 결함을 지닌 대상이 어린 신랑이 아니라 사회적 관습이나 규범이라는 것을 인식하게 하는 데 목

---

209) 〈신방 엿보기 由來, 7 : 149∼150.〉

210) 앙리 베르그송은 풍자화가의 경우를 예로 들어 과장적 기법에 대해 설명하고 있는데 그에 의하면 과장이 희극적이 되기 위해서는 그것이 목적으로 보여서는 안 되고, 본성 속에 꿈틀거리고 있는 뒤틀림이 우리에게 선명히 보이도록 하기 위해 화가가 사용하는 단순한 수단으로 여겨져야 한다고 한다. 앙리 베르그송, 앞의 책, p.30. 참조.

적이 있다 하겠다.

앞서 언급한 것처럼 과장 기법은 대부분의 바보민담에 기본적으로 나타나는 대표적 웃음유발 수단이다. 이처럼 바보민담에서 인물의 바보짓을 과장하는 궁극적인 의도는 민담이 제기하는 인간의 약점들을 확실하게 가시화함으로써 민담의 청중이 보다 쉽게 그 문제점들을 인식하게 하고자 함이다. 왜냐하면 민담의 청중들이 민담이 제기하는 실질적인 문제점이 무엇인지 파악했을 때에야 비로소 공감하는 웃음을 터뜨릴 수 있기 때문이다. 그리고 인물의 바보짓을 과장하는 것은 그 민담의 의도가 단지 집단 구성원들 개개인이 지닌 결함뿐 아니라 때로는 그 집단적 관습이나 규범의 결함을 가시화하고 그것을 통하여 대상 집단 내의 문화적 허점들을 웃음거리로 삼기 위한 것이기도 한다.

4) 반복

바보민담 내용의 기본 짜임은 앞서 살펴본 것처럼 '바보짓의 배경 – 바보짓의 과정 – 바보짓의 결과'처럼 아주 단순하고, 길이도 다른 민담에 비해 대체적으로 짧은 것이 특징이다. 단순하면서도 간결한 형식은 바보민담뿐 아니라 웃음을 지향하는 담화의 공통적 특성이다.[211] 왜냐하면 형식이 단순해야 이해하기 쉽고 이해하기 쉬워야 웃음은 쉽게 유발되기 때문이다. 프로이트에 의하면 농담으로 인하여 절약된 에너지가 웃음으로 방출된다고 하는데, 농담의 내용이 너무 복잡하고 난해하다면 청중은 그것을 이해하는 데 너

---

211) 웃음 담화의 형식에 대해서는 앞의 Ⅱ장(pp.44~46)에서 제시한 내용 참조.

무 많은 정신적 에너지를 소모하게 되므로 웃음으로 방출될 에너지가 모두 소진되어 웃음이 터지기 어렵게 될 것이다. 또한 하르트만도 지적하였듯이[212] 웃음의 초점을 흐트러뜨리지 않고 청중의 흥미를 끌기 위해서는 아주 짧은 형태의 이야기가 유리하다. 그렇기 때문에 긴 형태의 이야기라면 이야기 사이사이에 청중이 웃음을 터뜨리도록 하여 계속해서 청중의 관심과 흥미를 끄는 것이 필요하다.

바보민담의 경우 아주 단형으로 이루어진 경우가 많은데 경우에 따라서는 단형의 화소들이 여러 개 합쳐져서 다소 긴 형태를 보이기도 한다. 이때는 웃음을 형성하는 서사구조가 한 번만 형성되는 것이 아니라 동일한 웃음의 서사구조가 반복적으로 나타난다. 이때 앞 단락의 내용은 다음 단락의 배경으로서 기능하는데, 이는 다음 단락에서 부연 설명이나 또 다른 배경을 제시하지 않으면서도 웃음을 반복적으로 유발할 수 있는 효과가 있어 매우 경제적이라 하겠다.[213] 또한 바보민담에서 웃음을 형성하는 의미 구조가 반복될수록 바보의 바보짓은 점점 더 과장되고 확대되어 나타난다.

<1> 바보가 각시집에 갔더니 장모가 물동이를 사가지고 와서 보라고 해서 절구공이로 보았(빻았다)더니 장모가 때려서 울면서 집으로 갔다.
<2> 사실을 들은 어머니가 물동이는 물을 두르고서 휘휘 저으면서 '모래 구멍이 없는 것이 아주 좋수다' 하는 거라고 했다.
<3> 그 후 다시 각시집에 갔더니 각시 아버지는 갓을 사와서 보라고 하므로, 갓에 물을 두르고 휘휘 저으면서 '모래 구멍이 없

212) 하르트만, 앞의 책, p.458.
213) 프로이트는 표현의 절제나 생략을 농담의 대표적 기술 중 하나로 들고 있다. 프로이트, 앞의 책, p.56. 참조.

는 것이 좋수다' 했는데 갓 밑창이 떨어지므로 각시 아버지가
때리니 울면서 집으로 갔다.

<4> 어머니는 '갓은 머리에 쓰고 참 좋수다' 하는 거라고 했다.

<5> 그 후 각시집에 갔더니 각시집에서는 송아지를 사와서 좀 보
라고 하기에 송아지를 머리에 쓰고 '참 좋수다레' 하는데 송아
지가 놀라 뛰어내리다가 고만 허리가 부러져서 죽고 말았다.
각시 아버지가 때리니 울면서 집으로 갔다.

<6> 어머니는 '송아지는 올라타서 배우새 좋수다 궁둥새 좋수다 하
면서 밑구녕을 툭 치는 것이다' 했다.

<7> 그 후 각시집에 갔다. 처남의 색시가 새로 왔으니 보라고 했다.
처남의 색시가 있는 방으로 들어가 색시를 올라타고 앉아서
'허리새 좋수다, 배우새두 좋수다, 궁둥새두 좋수다' 하면서 밑
구녕을 탁 쳤다. 각시 어머니가 화가 나서 때리니 울면서 집으
로 갔다.<이하 생략>[214]

위 이야기는 비슷한 내용과 형식을 가진 화소들을 반복함으로써
웃음을 반복적으로 형성한다. 그 각각의 웃음을 형성하는 의미 마
디를 하나의 단락으로 본다면, 이 민담에서의 단락은 <1>,
<2>~<3>, <4>~<5>, <6>~<7>로 네 개로 이루어져 있는
데, 이들의 의미구조는 다음과 같다. 각 단락은 웃음의 마디를 형
성하게 되고 청중은 각 마디의 끝에서 바보짓이 반복될 때마다 웃
음을 터뜨리게 된다.

가) <1>바보짓1
나) <2>바보짓1 해결방법 제시~<3>바보짓2
다) <4>바보짓2 해결방법 제시~<5>바보짓3
라) <6>바보짓3 해결방법 제시~<7>바보짓4

여기서 가)~라)의 각 단락은 웃음의 마디를 형성하게 되고 청중

---

214) 〈바보신랑, 1:200~202〉

은 각 마디의 끝에서 바보짓이 반복될 때마다 웃음을 터뜨리게 된다. 그리고 가)를 제외한 각 단락은 전 단락에서의 바보짓의 해결 방법 제시와 또 다른 바보짓으로 이루어져 바보인물이 하나의 문제 해결 방법을 다른 문제에 대입함으로써 그의 바보스러움을 드러내게 된다. 또 단락이 반복될 때마다 인물의 바보스러움은 극대화된다. 김석배는 이러한 원리를 바보담의 웃음유발 공식으로 보고, 바보 망신담에서 유발되는 웃음은 문제가 갖는 어려움의 정도에 반비례하고 바보의 비정상적인 해결 횟수에 비례한다고 하였다.[215] 하지만 웃음의 횟수와 웃음의 크기가 반드시 비례하는 것은 아니다. 횟수가 증가한다고 해도 바보스러움이 동일한 정도로 계속된다면 오히려 웃음유발 효과를 반감시킬 수 있다. 왜냐하면 웃음을 유발하는 데 한 번 써먹은 타락을 다시 한 번 되살려낼 수 없는 것처럼[216] 동일한 정도의 바보짓에 대해 청중은 반복해 웃지 않기 때문이다. 그러므로 바보짓의 횟수가 반복될 때마다 그 바보스러움의 정도가 점점 더 확대되지 않는다면 청중은 식상해하고 웃음을 유발하지 않게 된다. 그렇기 때문에 민담의 구연자는 청중의 웃음을 유발하기 위해서 바보짓의 횟수가 반복될 때마다 바보스러움의 정도도 점점 더 과장하게 된다.

위에서 제시한 의미 단락 나)에서 바보인물은 물건과 물건을 구분하지 못하는 정도이지만 다)에서는 물건과 짐승을, 라)에서는 짐승과 사람을 구분하지 못하는 어리석음을 보여줌으로써 그 바보스러움을 점점 더 확장하고 그에 따라 청중의 웃음도 점점 더 커져 마지막 부분에서 청중의 웃음은 최고로 확대될 수 있는 것이다.

---

215) 김석배, 앞의 논문, p.114.
216) 하르트만, 앞의 책, p.458.

그런데 만약 나)에서와 마찬가지로 다), 라)에서도 짐승이나 사람이 물건으로 대체된다면 다), 라)에서는 청중의 웃음을 유발하기 어려울 수도 있다. 따라서 바보민담에서 바보짓의 반복 자체가 아니라 반복에 따른 바보스러움의 확대가 웃음을 유발하는 것이고, 그 웃음의 크기도 바보스러움이 확대되는 만큼 증폭되는 것이다.

> <1> 넷날에 한 믹제기레 당개를 갔넌데 색시 집이서 "약주 먹갔네?" 하구 물으니꺼니 약주레 머인지 몰라서 안 먹갔다구 했다. 고 담에 펜 먹갔는가 하구 물으니꺼니 펜이 머인지 몰라서 그것도 안 먹갔다구 했다. 고 담에 멘 먹갔네 해서 그것도 모르갔으니 안 먹갔다구 했다.
> <2> 그 담에 밥 때가 돼서 밥상에 대합국이 있넌데 대합을 먹을래두 세과디(매우) 단단해서 먹을 수레 없었다. 그러느꺼니 그거는 알맹이만 먹구 깍데기는 안 먹넌 거라구 대줬다. 고 담에 송펜을 먹으라구 내다 주었넌데 이 신랑은 송펜에 알맹이만 먹구 깍데기는 마당으로 내팽개텠다. 가이(개)레 와서 그 깍데기를 먹으느꺼니 신랑은 야 그 가이 니빠디레 세과디 단단하다구 하드래.[217)]

이 민담의 <1>부분에서 신랑은 술, 떡, 국수를 한자어로 약주, 편, 면이라고 하니 그것이 무엇인지 몰라서 먹지 않겠다고 하였다. 약주, 편, 면 정도의 한자어는 한문에 대한 지식이 없는 사람도 일반적으로 다 아는 것이지만 이 신랑은 그 정도도 모른다는 것이 우습다는 것이다. 그런데 이 민담에서는 처음의 약주에서 편, 면으로 동일한 바보짓이 반복되지만 그 바보스러움이 점점 확대되는 것은 아니고 동일한 정도의 바보짓이 반복된다. 이처럼 동일한 정도의 바보짓이 계속해서 반복된다면 청중은 흥미가 떨어지게 된다.

....
217) 〈바보신랑, 1:207〉

따라서 동일한 바보짓을 반복해서 이야기할 때 청중의 희극적 감정은 점점 고조되는 것이 아니라 반감될 수 있어 청중의 웃음을 유발할 수 없다. 그러므로 민담의 구연자는 청중의 희극적 감정을 점점 더 고조시켜 웃음을 유발하기 위해서는 인물의 바보짓을 좀 더 확대하거나 변화를 주어야만 한다.

그러므로 이 민담의 구연자는 <2> 부분을 덧붙여 또 다른 바보짓을 제시하고 청중의 웃음을 유발하고자 하였다. <1>에서 바보신랑은 처가에서 실수해서 웃음거리가 되지 않기 위해 이름을 모르는 음식은 먹지 않았는데,[218] <2>에서는 결국 잘 모르는 음식을 먹다가 바보짓을 하게 되고 이때의 바보짓은 <1>에서보다 더 확대된다. 바보민담에서는 이처럼 바보짓의 확대와 변화를 통해서 청중의 웃음을 지속하고 극대화하고자 한 것이다.

웃음은 한번 발생하면 그것을 지속하고자 하는 성질을 갖고 있다. 바보민담의 구연에서도 마찬가지로 한번 웃음이 터지게 되면 청중은 웃음의 쾌락을 계속해서 즐기고 싶어 하고, 구연자 역시 계속해서 청중의 웃음을 유발하고자 한다. 그러다 보니 구연자는 즉석에서 새로운 내용을 덧붙이기보다는 비슷한 내용을 가진 민담들을 연이어 이야기하는 것으로 청중의 웃음을 지속하고자 한 것으로 보인다. <1>과 <2>는 바보신랑이 등장하는 바보민담에 흔하게 나타나는 이야기이지만 각각 다른 민담으로 전해지는 경우가 많다. 대개 비슷한 내용의 민담이 다수 전해지는 경우 각 민담의 화소들이 결합되어 한 민담으로 형성되는데, 이렇게 형성된 민담은 비슷한 내용과 형태를 지닌 이야기들이 연쇄적으로 반복되어 나타

---

218) 바보민담 중에 장가가는 아들에게 어머니는 색시집에서는 음식 이름을 아는 것만 먹고 모르는 것은 먹지 말라고 일러주는 내용이 있는 것으로 보아 이 민담도 같은 맥락에서 볼 수 있다고 하겠다. 〈바보신랑2, 1:209〉 참조.

나게 되는 것이다.

> <1> 한 시골 사람이 서울에 가서 동그랗게 생긴 것이 있어 보니 그
> 안에 건장한 사내가 있었다. 그 사내에게 일을 시켜 농사를 지
> 으려고 그걸 사가지고 집으로 왔다.
> <2> 이 사람 각시가 서방이 사온 것을 보니 웬 젊고 예쁜 색시가
> 그 안에 있으므로 첩을 얻어왔다고 성이 나서 말도 안 하고
> 있었다.
> <3> 시어머니가 왜 그러냐고 물어보니 그것을 내보이며 남편이 서
> 울에서 첩을 얻어왔다고 했다. 시어머니는 "야야 메눌아, 각시
> 가 어디 있냐? 늙은 망구만 있다. 늙어서 그렁그렁 오늘만 낼
> 만 헌다. 그락저락 내버러두어라"라고 했다.
> <4> 시아버지가 그걸 받아서 보더니 "늙은 영감이구나, 이런 영감
> 보고 각시라느니 망구라느니 하니 알 수가 없구나" 했다.
> <5> 온 가족이 서로 말이 다르니 누구 말이 옳은지 원님한테 밝혀
> 달라고 했다. 원님은 그것을 받아 보더니 그 속에 의관을 잘
> 차려 입은 사람이 있으니 "어이 신관이 내려왔구나. 나넌 올라
> 가야 허겠다"고 했다.[219]

앞에서 본 <바보신랑>의 경우에는 한 인물의 반복적인 행위를
보여주었는데, 이 민담의 경우는 같은 바보짓을 연속적으로 하는
여러 인물의 행위를 보여준다. 바보민담에는 이 민담과 비슷한 내
용의 민담이 여러 편 전하는데, 구연자에 따라 색시와 시어머니만
바보인물로 등장하기도 하고, 때로는 여기에 시아버지가 더해지기
도 하고 또 여기서처럼 온가족에 고을 원까지 바보로 등장하기도
한다.

이 민담에 등장하는 인물들은 각자 거울에 비친 자신의 모습을
보고 자신의 결함을 스스로 드러내는 것으로 웃음을 자아낸다. 남

---

219) 〈거울을 처음 보는 사람들, 8:294〉

편은 적은 돈으로 사람을 사서 부려먹을 욕심을, 아내는 남편이 얻어왔다고 생각하는 첩을 향한 질투심을 드러낸다. 그리고 남편이 서울에 가서 첩을 얻어왔다고 불평하는 며느리에게 시어머니는 색시가 아니라 늙은이라 다 죽게 생겼으니 기다리라고 하기도 하고 아들에게 기왕이면 젊은 색시를 얻어올 것이지 늙은 색시를 얻어왔다고 나무라기도 한다. 게다가 원님까지도 거울을 모르는 무지함을 보여 한 고을을 다스릴 능력이 부족함을 내보인다. 색시와 시어머니 두 사람만의 바보짓을 웃음거리로 삼은 민담에 비해 이처럼 여러 바보인물의 바보짓을 덧붙이는 민담에서 웃음은 증폭되므로 비슷한 내용의 이야기를 결합하는 것은 청중의 웃음을 반복적으로 유발하여 그 쾌락을 극대화하기 위한 한 방법인 것이다.

이처럼 생명력 있는 것처럼 보이면서도 기계적인 반복이 분명한 행동과 사건은 아주 희극적이다.[220] 게다가 비슷한 내용이 반복되는 경우 청중은 전개될 이야기의 내용을 어느 정도 예측할 수 있기 때문에 누구나 민담을 이해하기 쉽게 하여 웃음을 터뜨릴 수 있도록 한다. 그러므로 반복의 기법은 보편적이고 대중적인 웃음을 바탕으로 하는 민담에 있어서 웃음 유발을 위한 매우 적절한 수단이라 할 수 있겠다.

---

220) 앙리 베르그송, 앞의 책, p.64.

2. 서술 기법

1) 따라하기

바보민담에서 바보인물은 다른 인물이 시키는 대로 행동하거나 다른 인물의 행동 그대로를 똑같이 따라하는 경우가 많다. 이때 바보인물은 다른 인물이 자신에게 왜 그런 행동을 하도록 시키는지 알려 하지 않고 무조건 시키는 대로만 행동하거나, 자신이 따라하는 행동이 무엇을 의미하는 행위인지 전혀 분별하지 못한 채 다른 인물이 범한 실수나 잘못된 행동조차도 그대로 따라하는 데에서 웃음거리가 된다.

> <1> 사꼬지 사람하고 청령도 사람하고 으아도 사람 셋이서 청령도 사람의 집으로 문상을 갔다.
> <2> 키가 큰 으아도 사람은 문상을 할 줄 모르는 청령도 사람과 사꼬지 사람에게 자기가 하는 대로만 따라하면 된다고 했다.
> <3> 대문을 들어서는데 키가 큰 으아도 사람의 갓이 문에 부딪쳤다.
> <4> 뒤 따르던 두 사람이 껑충 뛰어 갓을 찌그러트려 들어갔다.
> <5> 으아도 사람이 절을 하면서 '어어이 어어이' 하면서 곡을 했다.
> <6> 청령도 사람과 으아도 사람은 문상할 때 자기 동네 이름을 말하면서 하는 줄 알고 청령도 사람은 '청령도 청령도' 하면서 절을 하고, 사꼬지 사람은 '사꼬지 사꼬지' 하면서 절을 했다.
> <7> 사람들이 어리둥절해하니 으아도 사람이 부끄러워 상주한테 절도 못하고 도망나오다 봉당에 깔아놓은 멍석에 걸려 넘어졌다.
> <8> 뒤따르던 두 사람도 일부러 멍석에 걸려 넘어졌다.221)

. . . .

221) 〈愚人問喪, 3:316.〉

위에 인용된 예와 같이 문상하는 행위와 관련된 민담은 비교적 많이 전승되어 오고 있다. 일반적으로 이러한 민담들에서는 키 큰 인물과 키 작은 인물이 등장하며 키가 큰 인물을 정상인으로 키가 작은 인물을 모자라는 바보로 형상화하는 경우가 대부분이다. 위에서 인용한 예에서와 마찬가지로 이들 민담에서는 키 작은 인물이 늘 키가 큰 인물을 따라하게 되는데, 키가 큰 인물이 실수로 머리를 부딪치거나 절을 하면서 방귀를 뀌거나 하면 키 작은 인물이 그것을 그대로 따라하여 일부러 머리를 부딪치거나 방귀가 안 나오면 똥을 싸는 등의 바보짓을 벌인다.[222]

흔히 혼례식에서 벌어지는 약간의 실수는 오히려 좌중들의 웃음을 유발하고 흥을 돋우어 즐거움을 주겠지만, 슬픔과 고통으로 무겁고 엄숙하게 장례를 치르는 상가에서 문상하는 사람이 경망스러운 행동으로 혹 실수라도 한다면 이는 큰 결례가 아닐 수 없다. 특히 감정이 극히 예민한 상가 분위기에서는 사소한 실수라도 다른 사람의 눈에는 두드러지게 확대되어 보일 수가 있고, 또 커다란 결례로 오인될 수 있기 때문에 대부분의 사람들은 다소 긴장하게 마련이다. 관혼상제와 같은 오랜 관습은 사회의 유대를 강화하고 동료 의식을 심어 주는 집단적 행동 양식으로 이를 위배하게 될 경우, 비록 도덕이나 법만큼 엄하지는 않다고 할지라도 집단적으로 따돌림을 당하고 눈총을 받게 될 것은 당연한 일이기 때문이다. 따라서 관습을 지켜야만 정신적 안정감을 얻을 수 있는 공동체적 집단 상황에서 문상에 익숙지 않은 사람은 비록 그가 바보가 아니라 할지라도 다른 사람이 문상하는 것을 보고 그대로 따라함으로써 자신의 실수나 오류를 피하려는 경우가 흔하게 나타나는

----

222) 〈우인, 1:190~191〉〈우인문상, 3:317〉

것이다. 이 민담에서는 바로 그러한 따라하기의 행위를 꼬집어 희극적으로 묘사함으로써 웃음을 일으키는 것이다.

<1> 어떤 집에서 딸을 시집보내면서 부모는 시집가서 너 맘대로 하지 말고 맏동서 하는 대로만 따라서 하라고 했다
<2> 색시가 시집가서 앞상을 받고 맏동서 하는 대로만 하겠다고 맏동서 하는 양을 바라보고 있었다.
<3> 맏동서는 대접을 들고 곡간으로 들어가 떡을 한 접시 담아 가지고 몸을 횡그룽횡그룽 나오다가 그만 떡을 땅에 떨어뜨리자 개에게 줬다.
<4> 색시는 벌떡 일어나서 대접을 들고 나와 맏동서가 하던 대로 떡을 땅에 내리쳐서 개에게 줬다.
<5> 맏동서는 물동이를 이고 물을 길어오다가 대문을 들이받아서 동이를 깨고 옷을 다 버렸다.
<6> 색시도 따라서 물동이를 이고 대문에서 훌쩍 뛰어올라서 물동이를 깨고 옷을 버렸다.
<7> 시어머니는 집안 망하겠다고 새 며느리를 내쫓았다.[223]

이 민담에서 바보색시는 맏동서의 실수를 실수인지 모르고 그대로 따라하다가 낭패를 겪는다. 하지만 바보색시의 행위가 확대되고 과장되어 나타난 것이라 할지라도 민담 속에서 벌어지는 광경은 실제로 우리의 생활 속에서도 얼마든지 일어날 법한 일이다. 대개 갓 혼인해 시댁의 세간과 생활 풍습에 낯선 새색시는 여러 모로 불안한 상태이므로 먼저 결혼해 이미 시집의 풍습과 규범에 익숙한 윗동서가 있다면, 윗동서의 살림 사는 방법이나 행위를 따라할 수밖에 없는 것이다. 이러한 새색시의 행동은 시댁의 생활 규범을 수용하고자 하는 태도의 표출임과 동시에 이미 그 집의 살림을 손아귀에 쥐고 있는 손윗동서에 대한 예의 차원에서 나타나는 행동

223) 〈바보각시, 1:191〉

일 수도 있다. 하지만 이 민담에서 혼인하는 딸이 시댁에서 혹 실수라도 해서 쫓겨날까 걱정되는 친정부모가 '너 맘대로 하지 말고 맏동서 하는 대로만 따라서 하라'고 시키는 장면에서 색시의 모자라는 성품을 미루어 짐작할 수 있으며, 또 그러한 친정부모의 사전 지시를 여과 없이 그대로 따르는 색시의 어리석고 우스꽝스러운 바보짓이 드러나게 되어 웃음을 유발한다.

이것은 비단 새색시에게만 해당되는 일은 아니다. 우리는 실제 생활에서 낯선 곳에 가거나 경험해 보지 못한 일을 접하게 되는 경우 흔히 그것에 익숙하거나 능숙한 주변 사람의 행동을 따르게 마련이다. 이런 '따라하기'는 특히 자기 체면을 중시하는 사람들에게서 흔히 찾아볼 수 있는 현상으로 낯선 것에 대한 자신의 무지를 숨기려고 하는 의도에서 나타나는 행동이라 할 수 있다. 즉, 주변 사람에게 몇 마디만 물어보면 쉽게 해결될 문제를 자기 체면이 깎일까 염려하여 눈치를 살피면서 근본적인 상황은 이해하지 못한 채 남의 행동을 무조건 따라하는 경우가 이에 해당될 수 있다. 하지만 실생활에서 우리는 누군가를 따라하다 낭패를 겪게 되는 이런 일을 직·간접적으로 자주 경험하게 된다. 바보민담 중에도 이처럼 근본적 이유에 대한 이해는 차치한 채 일순간의 자기 목적 달성을 위해 다른 사람을 따라하는 한시적 임기응변을 꼬집는 이야기를 많이 찾을 수 있다. 부채 장수의 아내가 남편 몰래 부채를 하나씩 빼돌려 모아 두었다가 남편의 장사가 망하자 모아놓은 부채를 내주었더니 남편이 그것을 밑천으로 장사를 잘해서 부자가 되었다는 이야기를 들은 책력 장수의 아내는, 역시 남편 몰래 책력을 빼돌려 모아두었다가 남편의 장사가 망하자 모아둔 책력들을 내놓았더니 이미 날짜가 지난 책력이 아무 소용이 없게 되었다는 이야기[224]도 바로 이러한 '따라하기'식 임기응변 행위의 문제를 지적한 예라 할 것이다. 또한 동생이나 형이 무언가를 해서 부자가 되자 그것을 그대로 따라하려다가 낭패를 당하는 이야기는 아주 흔한 이야기[225] 중의 하나인데, 여기서 따라하던 동생이나 형이 낭패를 겪을 뿐 아니라 심하게는 죽음에까지 이른다는 점에서 그 의미가 자못 심상치 않다.

이처럼 다른 사람이 하는 일에 대해 아무 검토 없이 그대로 따라하는 것이 얼마나 우스꽝스럽고 바보스런 행위인지를 다음 민담은 아주 잘 보여준다.

> 넷날에 어떤 노친네가 있드랬는데 이 노친네 아덜이 먼 데 가서 소식두 없다가 오래간만에 펜지 하나이 던해 왔다. 그런데 이 노친네는 글을 몰라서 아들에 펜지를 닐을 수가 없어서 못 닐구 있드랬던데 어떤 사람이 지나가구 있어서 이 사람을 불러서 아덜에 펜지를 닐러 봐 달라구 했다. 그 사람은 펜지를 받아 개지구 한참 보다가 울었다. 노친네두 고만 울었다. 그때 중 하나이 지나가다가 노친네 우는 데 와서 같이 따라 울었다.
> 한참 서서 울다가 노친네레 펜지 보는 사람과 펜지에 뭐라 써 있어서 우능가 하구 물었다. 펜지에 머이 써 있는디 나두 모르갔수다 해서 고롬 와 우능가 하니까 우리 아바지레 글 배우라 할 적에 글을 배웠더라면 펜지두 잘 보구 했을 터인데 배우디 않아서 이런 펜지두 닐을 줄 모르게 돼서 그거이 서러워서 울었수다 하구 말하구 노친네과 당신은 와 울었능가 하구 물었다. 노친네는 당신이 우는 걸 보구 펜지에 우리 아레 죽었다구 쓰여 있어 그걸 보구 우능가 해서 슬퍼서 울었수다 하구 말했다. 그리구 중과 당신은 와 울었능가 하구 물으니꺼니 중은 당신네 둘이서 울구 있어서 여기는 우는 모캉인 줄 알구 울었수다 하구 말했다.[226]

224) 〈부채장수 마누라와 책력장수 마누라, 8:356〉
225) 이 이야기는 주로 동생이 똑똑하고 형이 바보로 등장하는 경우가 많은데 이 유형의 민담에 대한 자세한 논의는 다음 장에서 하기로 하겠다.
226) 〈우는 모퉁이, 1:259〉

이 민담에서는 영문도 모르면서 자신의 짐작만으로 판단하고 남을 따라 울다가 웃음거리가 되는 사람들의 모습을 보여준다. 대개 사람들은 옆에 있는 사람이 웃거나 웃으면 이유도 모르면서 따라서 웃기도 하고 눈물을 질금거리기도 한다. 이 민담은 인간이 지닌 그 같은 속성을 포함해서 잘 알지도 못하면서 무조건 주변 사람을 따라하는 인물들의 행위를 매우 희화적으로 보여주고 있다. 사실 '따라하기'는 대부분의 사람들이 어느 정도 지니고 있는 보편적인 속성 중 하나인데 바보민담은 이를 통하여 청중의 웃음을 유발하는 수단으로 삼고 인간이 지닌 근본적인 결함들을 제기하기도 한다.[227]

한편 바보민담에서 '따라하기'가 다른 사람의 행위를 여과 없이 그대로 반복하는 바보인물의 행위를 서술하여 웃음을 유발하는 기법이라면 이와 유사한 또 다른 측면에서 '대입하기'라는 기법이 있다. 바보민담에서 웃음을 유발하는 이 기법은 정상인이 제시한 어떤 일의 해결 방법을 그 일과 다른 성격의 일에 그대로 대입하는 것으로 이 또한 바보인물의 어리석음을 드러내기 위한 방법 중 하나이다. 앞 절에서 인용했던 <바보신랑>[228] 같은 민담이나 <바보형> 유형의 민담, 그리고 <미련한 원님> 등이 '대입하기'를 통해 웃음을 유발하는 대표적인 예들이라 하겠다.

<1> 옛날 어느 고을에 미련한 사또가 있었다.
<2> 어느 날 한 사람이 찾아와서 '저희 집 소가 어제 낮에 죽었는

---

227) '따라하기'를 통하여 웃음을 유발하고 인간의 결함을 제기하는 민담은 위의 민담 외에도 〈울다가 웃기, 1:228〉, 〈울다가 웃기, 3:199〉를 볼 수 있는데 이 민담들에서는 〈우는 모퉁이〉와 마찬가지로 그 웃음의 대상으로 승려가 등장한다는 점에서도 공통성을 보인다.
228) 〈바보신랑, 1:200~202〉

데 어찌 하오리까' 하고 말했다.

<3> 사또는 너의 소가 죽었으면 죽었지 '어찌하오리까'는 무슨 말
　　　이냐며 내쫓았다.

<4> 사또의 아내가 그 말을 듣고 그 사람을 다시 불러 '내 돈 쉰
　　　냥 줄테이니 그 죽은 소의 가죽은 베껴서 팔구 고기는 점점이
　　　베서 동네 사람한테 팔아서 이 돈과 합해서 송아지를 사서 큰
　　　소 만들라'구 하라고 시켰다.

<5> 그 다음에 한 사람이 와서 어머니가 죽었는데 어찌하오리까
　　　하구 말했다.

<6> 사또는 '그럼 내가 돈을 쉰 냥 줄테니 너의 어머니 가죽을 베껴
　　　서 팔구 고기는 점점이 베서 동리 사람에게 팔아서 이 돈과 합
　　　해서 처녀를 하나 사다가 어머니 삼아라' 했다.[229]<이하 생략>

　예문에서 미련한 사또는 소가 죽었을 때의 대처 방안을 사람이
죽었을 때에도 동일하게 적용함으로써 웃음을 유발한다. 이와 같이
전혀 성질이 다른 일에 동일한 방법을 적용하는 '대입하기'는 바보
인물의 어리석음을 드러냄으로써 청중의 웃음을 자아내게 하는 바
보민담에서의 대표적 웃음 유발 기법 중 하나이다. 바보사위(신랑)
담에서는 앞의 예에서처럼 물건을 고르는 방법을 서로 바꿔 대입
하거나, 껍질을 까서 먹어야 할 음식과 그냥 먹어야 할 음식을 뒤
바꿔서 먹는 등 단순히 인물의 바보짓을 드러내고 웃음을 자아내
는 정도에 그치는 경우도 많다.

　그런데 문제는 이러한 '대입하기'의 방식이 위에 인용한 민담에서
보는 바와 같이 경우에 따라서는 치명적인 결과를 초래할 수도 있
다는 것이다. 여기서 사또의 잘못된 '대입하기'는 죽은 어머니의 가
죽과 고기를 팔라고 하는 지경에 이르고, 바보형 유형[230]의 민담에

....

229) 〈미련한 원님, 1:223〉, 〈미련한 원님, 6:429〉

230) 바보형 이야기는 바보민담의 한 유형을 이룰 정도로 많이 전승되고 있는데 그 어리
　　석음의 결과가 어머니를 죽일 정도로 아주 공격적이라는 점에서 다른 바보민담과는

서는 자식이 어머니를 죽이는 지경에까지 이른다. 이러한 점에서
'대입하기'는 단순히 웃음을 유발하기 위한 장치만은 아니며 무조건
적 '대입하기'라는 행위 자체에 대한 비판적인 인식이 작용했다고
볼 수 있겠다.

이처럼 바보민담에서의 '따라하기'나 '대입하기' 같은 바보인물
의 행동 양식은 인물의 어리석음을 드러내고 청중의 웃음을 유발
하기 위한 하나의 장치이기도 하지만 그 행동 양식 자체도 인간의
결함임을 보여준다.

2) 속이기

'숨기기'는 있는 사실을 말하거나 드러내지 않고 감추는 것을 의
미하고, 반대로 '속이기'는 다른 사람에게 거짓으로 말하는 것을
뜻하는 것으로 둘은 비슷한 것 같지만 주체의 행위에서 차이가 있
다. 바보민담에서는 청중의 웃음을 유발하기 위해 '숨기기'와 '속
이기'가 많이 나타나는데 이 둘은 엄밀하게 구분할 수 없을 정도
로 유사한 형태로 동시에 나타나는 경우가 많다. 왜냐하면 '숨기
기'는 상대방을 속이지 않고는 숨길 수 없고, '속이기'는 진실을
숨기지 않고는 속일 수 없기 때문이다. 따라서 엄밀한 의미에서
두 가지는 상대방을 속인다는 결과론적 측면에서 서로 불가분의
관계에 있는 것이다.

그런데 바보민담에서 '숨기기'는 주로 바보인물과 가까운 주변
인물이 바보인물의 어리석음을 감추고 싶어 할 때 나타나는데 감

다른 특성을 보인다.

추려고 하던 어리석음이 그 '숨기기'로 인해 오히려 더 크게 드러남으로써 청중의 웃음을 자아낸다. 반면에 '속이기'는 다른 사람이 바보인물에게 거짓으로 말해 속아 넘어가는 바보인물의 어리석음을 웃음의 대상으로 삼기도 하고, 역으로 똑똑하거나 정상인으로 보이는 인물이 바보인물에게 속아 넘어가는 것을 웃음의 대상으로 삼기도 한다.

<1> 한 부부가 있었는데, 남편이 바보라서 아내가 인사법을 아무리 가르쳐도 제대로 하지 못했다.

<2> 아내는 남편의 불알에 실을 매어서 그 실을 잡아당기는 횟수에 따라 "안녕하십니까? 어서 들어오십시오", "여보, 나가서 밥이나 한상 차려 오구려", "어서 진지 드세오.", "벌써 가시려구요? 그럼 안녕히 가십시오" 하라고 연습시켰다.

<3> 하루는 장인어른이 딸 집에 왔는데, 아내가 밖에서 줄을 당기니 연습한 대로 잘했다.

<4> 아내가 갑자기 볼일이 생겨 실 끝을 닭뼈에 매어두고 나가자, 고양이가 이 뼈를 먹겠다고 나꿔채는 바람에 일이 이상하게 흘렀다.

<5> 실이 당겨질 때마다 "아이구 벌써 가시려구요? 그럼 안녕히 가십시오", "아야 안녕하십니까? 어서 들어오시오. 아이구 아야 여보 밥이나 한상 차려 오구려, 아야, 아야 어서 진지 드세요, 아이구 아야야 벌써 가시려구요?……" 하고 계속 반복했다.

<6> 장인은 무언가 잘못 되었다는 생각에 "여보게 왜 그러나? 혹시 미친 거 아닌가?" 하니 자신의 아픈 속을 몰라주는 장인에게 부아가 치밀어 "미쳤냐구요? 장인어른이야 불알이 안 아프니까 그렇지 나는 불알이 아파서 이럽니다." 하였다.[231]

이 민담에서 바보는 장가까지 갔으면서도 기본적인 인사를 할

<hr />

231) 〈우인의 인사, 1:198〉 이 민담은 비슷한 유형이 여러 가지 전하는데 이야기에 따라 장인이 사돈으로 나타나기도 하고 끈을 닭뼈가 아닌 명태에 묶기도 하는 등 부분적으로 조금씩 다르게 나타나지만 기본적인 서사 구조는 비슷하다.

줄 모르는 어리석은 인물이다. 이런 신랑의 어리석음을 감추기 위해 색시는 임시방편으로 '남편의 불알 매기'라는 엉뚱한 방법을 생각하였고, 바보 신랑이 색시의 이 제안을 그대로 따르다가 낭패를 당하는 게 웃음거리이다. 많은 신체부위 중 하필이면 은밀한 그곳에다 실을 묶는 것도 웃음을 위한 것[232]이지만, 바보가 아내의 우스꽝스런 제안을 순진하게 따르고, 게다가 색시가 아니라 고양이가 줄을 잡아당기게 되는 문제가 발생하였는데도 그 상황의 변화를 전혀 알아채지 못하고 동일한 행동을 기계적으로 반복하는 바보 신랑의 행동이 청중의 웃음을 이끌어내게 되는 것이다. 즉 여기서 신랑의 바보성을 숨기기 위해 색시가 생각해 낸 엉뚱한 방법은 오히려 신랑의 바보스러움을 더 크게 드러나도록 작용하는 것이다. 또한 바보신랑은 자신의 어리석음을 감추고 싶어 하는 아내의 노력과 기대를 우스꽝스런 행동으로 여지없이 허물어 버림으로써 그녀 또한 향유자들의 웃음거리로 만들어버리고 있는 것이다.

인용한 바보민담에서는 바보의 아내가 표면적으로는 신랑의 결함을 숨겨주려는 협력자처럼 보이나 실질적으로는 신랑이 우스꽝스런 행위를 하도록 주도하는 발신자로서 기능하고 있다. 색시가 신랑의 바보스러움을 임시로나마 감추고 싶어 했던 것은 실제로 신랑을 위해서라기보다 친정아버지에게 자신의 신랑이 정상인처럼 보이게 하고 싶은 욕망과 자신의 위신 때문이다.[233] 왜냐하면 여기서의 바보 신랑은 자신의 어리석음을 인식하고 그 어리석음을 부끄럽게 여기

---

232) 성과 관련된 것은 사람들의 관심을 불러일으키고 웃음을 유발하기에 쉬운 소재이다. 웃음을 위한 담화인 농담이나 우스개에 성적인 내용이 많은 것도 바로 이러한 이유 때문이다.

233) '하루는 가시 아바지레 온다구 해서 색시는 새시방이 믹재기가 아니란 걸 보이구파서~' 〈바보신랑, 1:199〉처럼 민담의 구연자는 이러한 사실을 구연 시 종종 사전에 언급하기도 한다.

거나 감추려는 마음이 없을 정도로 모자라는 인물이기 때문이다. 그렇기 때문에 바보신랑은 자신의 바보스러움을 스스로 폭로함으로써 색시의 기대를 저버리는 한편 색시의 위신을 깎아내린다. 결국 색시는 신랑의 본래 모습을 숨기고 정상인처럼 보이게 하려고 주변 사람들을 속이고 싶었지만 색시의 이 같은 '숨기기'는 결국 바보신랑의 어리석음을 드러나게 하고 오히려 자신마저 웃음거리로 전락하는 결과를 초래하는 것이다.

하르트만은 인간의 결점들이 가진 참으로 희극적인 점은 그 결점을 은폐하고 될 수 있는 대로 그 반대인 체하는 경향에 있으며, 그리고 희극적인 효과는 가면이 벗겨지고 너무나 인간적인 약점이 드러나는 그 순간에 나타난다고 한다.[234] 하르트만의 견해처럼 이 민담에서 진정한 웃음거리는 바보신랑의 어리석음이 아니라 어리석음을 숨기려다 오히려 더 크게 낭패를 당하게 되는 색시의 가식적 태도라 하겠다.

이처럼 신부가 자신의 신랑을 주변 사람들에게 보다 나은 사람으로 보이도록 가장하는 것은 비단 민담 속에서만 일어나는 일은 아니다. 현실 공간에서도 많은 아내들은 이러한 겉치레 의식을 가지고 있고, 이 민담은 그러한 겉치레 의식을 포함해서 우리 사회에 내재한 각종 '숨기기'나 '속이기'와 같은 거짓 행위에 대해 일침을 가하기도 한다. 따라서 바보민담에서의 '숨기기'는 웃음을 유발하기 위한 한 수단으로도 기능하지만 '숨기기' 자체의 문제를 지적한다는 점에서 또 다른 의미를 지닌 것이라 하겠다.

하지만 이와는 반대로 '숨기기'가 성공하여 상대방을 웃음거리로 만드는 예도 종종 있다.

234) 하르트만, 앞의 책, p.446.

넷날에는 새신랑이 당개를 가문 가싯집 사람들은 신랑이 유식하구 글재간이 있능가 알아보갔다구 글을 짓게 하는 풍습이 있었다. 그러한 시대에 한 아레 당개를 가게 됐넌데, 이 아는 무식해서 글을 잘 질 줄 몰랐다. 이 아네 아버지는 글 잘하는 사람을 딸리워 보내서 이 아레 말하는 거를 글루 받아쓰게 했다.

혼례식을 마친 담에 가싯집 사람들이 많이 모여서 신랑보구 글을 지어 보라구 했다. 신랑은 글을 짓갔다구 하는데 뭐를 어드렇게 질디 몰라 애를 쓰넌데 가싯집에는 빈대 베루디가 많아서 "빈대 베루디" 하고 말했다. 따라간 유식한 사람은 신랑에 말을 이네 "賓多別友遲" 하구 글루 써놨다. 고담에 화로에 겨불이 있어서 "화로에 겨불내" 하구 말했다. 유식한 사람은 "花老蝶不來" 하구 썼다.

그러느꺼니 가싯집 사람들은 새실랑 글재간이 용타구 칭찬했다.[235]

이 민담을 통하여 예전에는 혼인을 하면 색시집에서 신랑이 얼마나 유식한지, 그리고 글재주가 있는지를 시험하는 풍습이 있었음을 알 수 있다. 일종의 입사식과 같은 통과의례인 시험에서 글을 잘 짓지 못한 신랑은 평생 처가에서 사위 대접을 제대로 받지 못했을 것이다. 이러한 내용을 보여주는 민담들[236]이 많은 것으로 보아 '한시 짓기'는 사위의 능력을 평가하는 주요한 잣대가 되었음을 짐작할 수 있다. 따라서 글을 못 짓는 아들을 장가보내야 할 경우 부모들은 어떻게 해서든 아들의 부족함을 숨기려고 했을 것인데, 바로 이 민담이 그러한 풍습을 잘 나타내주는 것이다. 위의 민담에서는 신랑의 아버지가 상객으로 딸려 보낸 글 잘하는 유식한 사람이 신랑의 결함을 숨겨주는 협조자의 역할을 하여 신랑이 아무

---

235) 〈신랑의 詩, 1:256~257〉

236) 글 잘하는 사위와 글 못 하는 사위에 대한 이야기는 주로 이런 입사식의 통과의례를 보여주는 대표적인 예인데, 여기서는 주로 글 못 하는 사위가 늘 장인이나 장모(특히 장모)로부터 무대접을 받는 내용과 무대접을 받은 사위가 오히려 장모를 웃음거리로 만드는 내용으로 구성된다.

렇게나 내뱉은 말에 처가 식구들은 속아서 사위가 글을 잘한다고 칭찬하기도 한다. 이때의 웃음거리가 된 대상은 바보사위가 아니라 바보사위의 글 솜씨를 분간하지 못하고 속임을 당하는 처가의 가족들이다.

따라서 앞에서 살펴 본 <우인의 인사>와는 반대로 이 민담에서는 '속이기'가 성공을 거두게 된다. 앞의 민담에서는 속이는 사람, 즉 바보의 아내가 자신의 체면을 위해서 신랑의 어리석음을 감추려고 한 것이고 이 민담에서는 반대로 처가의 가족들이 자신들이 훌륭한 사위를 얻었음을 사위의 시험을 통하여 입증하려고 한 것이다. 그러므로 실제로 위선이나 허세와 같은 인간적 결함을 지닌 자는 무식한 사위나 상객이 아니라 신랑의 글재주를 시험하는 풍습을 가진 처가의 가족이다. 그들은 자기 집안의 지벌(地閥)을 내세우기 위해 신랑의 글재주 시험이라는 가풍을 고수하고 있지만 사실상 이러한 풍습은 고작 한문 문장 몇 개만을 가릴 수 있을 뿐 사람의 됨됨이는 전혀 가려내지 못하는 겉치레 의식임이 드러나고 있는 것이다. 이처럼 민담의 향유자들은 바보인물을 등장시켜 역으로 쓸데없이 위선이나 허세를 내세우는 사람들을 속임으로써 그들을 웃음의 대상으로 삼는 것이다.

그런데 대개 '속이기'가 성공하는 경우는 '글짓기'와 관련된 내용을 주로 다루고 있다는 점에 주목할 필요가 있다. 민담의 사회적 배경으로 보았을 때 당시 사회에서 글, 특히 한시를 짓는다는 것은 지배 계층에서나 가능한 일이고 일반 백성들에게 있어서는 흔치 않은 일이었다. 그럼에도 불구하고 예문에서처럼 '글'을 통하여 그 사람의 능력이나 됨됨이를 판단하는 사회적 관습은 한문에 무지한 백성들의 입장에서는 부당하게 인식될 수밖에 없었을 것이다. 그들이 다른 분야에 아무리 뛰어나다고 해도 한시를 짓지 못하면 바보로 취급하는 사회적 관습은 글을 모르는 민중들로서는 불만스러웠을 것이고, 그러한 그들의 불만[237]이 바로 부조리한 관습을 주도하는 계층을 속임으로써 역으로 웃음의 대상으로 삼은 것이라 하겠다.

한편 '속이기'나 '숨기기'가 두드러지게 나타나는 또 다른 민담들은 성을 소재로 하는 바보민담들이다. 예로부터 '성'은 드러내놓고 언급하는 것 자체를 금기시 함으로써 성적인 지식이 실질적으로 필요한 사람에게조차도 정확하게 사실을 알려주거나 제대로 교육시키지 않았다. 그러다 보니 성에 대한 지식은 늘 은밀하게 뒤에서 끼리끼리 주고받거나 아니면 애매모호한 표현으로 가려진 채 교육되었던 것이다. 사회적 관습이 이렇다 보니 성적 금기와 무지로 인한 사회적 부작용 또한 적지 않았던 듯하다. 그러한 예를 앞서 보았던 <신방 엿보기 유래>와 같은 민담에서 찾을 수 있겠는데, 이들 이야기는 물론 과장된 것이긴 하지만 민담이 민중들의 실제 경험을 바탕으로 생성되는 것이라는 점에 착안한다면, 조혼 풍습과 관련된, 혼례를 마치고 초야를 제대로 치르지 못했다는 민담 속의 이야기와 비슷한 문제들이 실제로도 발생했을 수 있었겠다고 여겨진다.

일반적으로 성적 금기는 남성보다 여성들에게 더 엄격하였고 그

----

237) <무식한 사위와 유식한 사위, 5:327~329>에는 사위 셋 중, 첫째와 둘째 사위는 재상의 자식들로 유식한 인물이나 셋째 사위는 '시골 농촌 백성'으로 글을 모르는 인물이다. 유식한 두 사위와 장인, 장모가 막내 사위를 우습게 여겨 글로써 골탕을 먹이자, 막내 사위는 자신이 잘 아는 농사일과 관련된 문제로 두 동서들을 우습게 만든다. 이 민담은 아무리 글을 잘하고 유식해도 실생활에는 아무 도움이 안 된다는 민중들의 항변을 토로한 것으로, 예나 지금이나 우리 사회에 만연해 있는 학식 위주로 인물을 판가름하는 풍조에 대한 민중들의 부정적 인식을 보여주는 것이다. 이러한 사실은 유식과 무식이 대립하는 민담에서 늘 무식이 승리하고 유식이 웃음거리가 되는 것에서도 잘 드러난다.

러다 보니 성적 지식에 대해서도 남성에 비해 여성이 훨씬 더 무지했던 것이 사실이다. 더욱이 육욕이나 물욕보다는 정조나 절개와 같은 이념을 중시하던 시대에는 지체가 높은 신분 집단일수록 성에 대한 폐쇄성은 더욱 심했을 것이 분명하다. 또 남성들은 자기들끼리는 성적인 농담이나 이야기를 자주 하지만 여성이 끼게 되면 하던 이야기도 멈추는 것이 일반적이다.[238]

<1> 옛날 어떤 여자가 사랑방 옆을 지나는데 사랑에 놀러온 남편 동무들이 '요분질', '용두질', '뻑'이라는 말을 하면서 웃고 있었다.

<2> 처음 들어보는 말이라 아내가 남편에게 물었더니 남편은 사실대로 알려 줄 수 없어 남자들만이 쓰는 문자인데, 길쌈하는 것을 요분질, 담배 먹는 것을 용두질, 술 먹는 것을 뻑이라고 한다고 알려 줬다.

<3> 얼마 후에 사위가 처가에 다니러 오자 아내는 남자들이 사용하는 문자를 써보겠다고 사위한테 '딸아이가 요즘 요분질은 잘하는가?' 하고 묻고, '내가 나가서 아버지를 찾아올 테니 그동안 용두질이나 하고 있다가 오랜만에 왔으니 아버지와 뻑이나 해보라우' 하고 말했다.

<4> 사위는 장모의 말을 듣고 그따위 집 딸을 색시 삼을 수 없다고 돌려보냈다.[239]

이 민담에서처럼 특히 상류층 여성들은 성에 대해서 철저하게 폐쇄되어 있었기에 성과 관련된 지식이 일반 여염집 아낙들보다 턱없이 부족했었고 그 때문에 낭패를 당할 수도 있었던 것으로 보인다. 바보가 된 여성 인물이 상층으로 설정된 것은 하층 여성보

238) 프로이트에 의하면 원초적 상황에서 음담패설은 주로 여성이 등장했을 때 이루어졌으나 더 높은 사회 계층에서는 그 반대로 여성이 자리에 끼게 되면 음담패설은 오히려 중지된다고 한다. 프로이드, 앞의 책, p.130. 참조.

239) 〈문자 썼다가, 2:258〉, 〈남자들의 문자쓰기, 10:353〉

다 고상한 품격을 지녔다고 생각하는 상층 여성이 성적 무지로 인해 낭패를 당하게 함으로써 보다 큰 웃음을 유발하려는 의도가 있었을 것이다.[240] 하지만 이 같은 인물 설정 방식의 바탕에는 하층 여성에 비해 상층 여성이 성적 금기에 대한 억압이 보다 심했고 따라서 성적 무지도 더 심했을 것이라는 의식이 깔려 있었음을 반증한다. 이러한 바탕 의식에 대해 청중들이 공감함으로써 웃음은 더 크게 유발될 수 있을 것이다. 따라서 이런 유형의 '성 숨기기'는 성적 금기와 억압이 엄격한 사회적 관습에 대한 조롱인 동시에, 하층에 비해 보다 심한 억압을 가하는 상층 문화에 대한 민중들의 비웃음이라 할 수 있다.

성에 대해 숨기는 행위를 웃음의 대상으로 삼는 바보민담은 아주 흔하게 나타난다. 앞서 살펴본 성적으로 무지한 딸에게 성교육을 전혀 시키지 않고 시집보내 세 딸이 모두 소박을 맞는 이야기나,[241] 남녀 간에 유별해야 함만 강조하고 남녀의 교합에 대해서는 가르치지 않은 유교적 이데올로기의 문제점과 융통성 없이 그것을 맹신하는 양반들의 기계적 경직성을 비판하는 <합궁 홀기> 유형[242]의 민담 등은 모두 성에 대해 숨기는 사회적 풍토를 문제 삼은 이야기들이다. 이 민담들이 물론 웃음을 자아내기 위한 과장된 표현이라 하더라도 민담의 청중이 웃음을 터뜨리게 되는 데는 그 바보짓 뒤에 놓인 성을 금기시하는 배경과 체면의식을 사회 집단의 결함으로 인정하고 이에 공감하기 때문이다. 이러한 민담들은 '속이기'나 '숨기기'가 표면으로 드러나지는 않았지만 민담의 내용

---

240) 〈남자들의 문자쓰기, 10:353〉에서는 '양반집 안마님'으로 소개하고 있어 이런 유의 민담에서 상류층 여성을 웃음의 대상으로 삼았다는 것을 알 수 있다.
241) 〈소박맞은 삼자매, 8:318〉, 〈소박맞은 삼자매, 8:319〉.
242) 〈신방홀기, 6:186〉, 〈합궁홀기, 6:187〉, 〈잠자리 홀기, 8:370〉

으로 보았을 때 자식을 혼인시키는 부모가 성에 대해서는 숨기고 있다는 것을 함축하고 있다. 특히 혼인하는 딸들에게는 시가에서 지켜야 할 규범이나 관습에 대해서는 철저하게 교육을 시키는 반면 막상 혼인하는 사람이면 누구나 알아야 할 성에 대해서는 숨기고 있었던 것이다. 따라서 이런 유형의 민담들 역시 웃음을 유발하기 위한 바보민담의 '속이기'나 '숨기기' 기법을 부분적으로 사용하고 있다고 볼 수 있다.

이처럼 '숨기기'나 '속이기'는 바보인물의 어리석음을 드러내기 위한 수단이기도 하지만 '숨기기'로 인해 또 다른 문제를 야기하는 인간적 결함이나 사회적 부조리함까지도 아울러 비판하는 이중적인 웃음 유발 장치인 것이다.

3) 드러내기

바보민담에서 바보인물은 스스로 자신의 어리석음을 드러내기도 하고, 주변 사람들에 의해서 그동안 감추어져 있던 바보스러움이 폭로되기도 한다. 대부분 지적으로 모자라는 어리석은 인물을 주인공으로 내세우는 바보민담에서는 특히 인물 스스로 자신의 바보짓을 드러냄으로써 웃음을 유발하는 경우가 많다. 즉 앞의 '따라하기'나 '대입하기', '숨기기'와 '속이기'는 어떤 형태로든 다른 인물이 개입됨으로써 바보짓을 하게 되는데 반해, '드러내기'는 다른 인물의 개입 없이 바보인물 스스로 어리석은 말이나 행동을 함으로써 자신의 아둔함을 드러내 보이고 웃음을 발생시키는 것이다. 이처럼 바보민담 속에서 자신들의 결함을 스스로 드러내어 청중으로 하여금 웃음을 유발하게 하는 인물들로는 바보사위를 포함하여 독장수나 소금장수, 미련한 원님, 시집가고 싶은 처녀 등 다양한 신분이나 형태로 나타나는데, 어리석은 인물을 주인공으로 하는 바보민담의 특성상 인물들의 결함 '드러내기'는 다른 방법에 비해 훨씬 간단하면서도 손쉬운 웃음 유발 방법이었던 것으로 보인다.

바보민담에 등장하는 대부분의 바보인물들은 그 모자람의 정도가 심하여 자신들이 어리석다는 사실조차도 인식하지 못하는 인물이다. 그들은 자신들의 어리석음에 대해 수치심마저 느끼지 못하는 경우가 많아 그들이 벌이는 꾸밈이 없고 천연덕스러운 바보짓에 웃음을 터뜨리게 되는 것이다.

> <1> 서울 가는 남편에게 색시가 빗을 하나 사다 달라고 했다.
> <2> 남편이 빗이 어떻게 생긴 것인지 물으니 색시는 초승달을 가리키며 달같이 생긴 것이라 했다.
> <3> 남편이 서울에 가 볼일을 보고 하늘을 보니 그때는 보름이라 보름달이 떠 있어서 달같이 둥근 거울을 사왔다.
> <4> 색시는 거울을 보더니 젊고 예쁜 색시가 있으므로 남편이 첩을 얻어왔다고 생각하고 화가 나서 남편과 싸웠다.
> <5> 아들 내외가 싸우는 소리를 듣고 온 시어머니가 거울을 보더니 거울 속 늙은 노인네를 보고 곧 죽게 생겼다고 했다.[243]

이 민담에 등장하는 색시와 시어머니는 처음 접하는 거울이 어떤 것인지 몰라 바보가 된 사람들이다. 비록 상식적인 선에서 모두에게 잘 알려져 있는 사실이나 사물일지라도 그것을 한 번도 접해 본 경험이 없어 혼자서만 당황하거나 어리둥절해한다면 다른 사람들에게 바보 취급을 받게 되는 경우가 있다. 위 민담 역시 거

---

243) 〈거울을 처음 본 사람, 2:190~191〉. 이와 같은 내용의 민담으로 〈거울을 처음 본 사람, 5:330, 5:331〉, 〈거울을 처음 본 사람, 8:293, 8:294〉 등이 있다.

울이라는 사물을 한 번도 접해 보지 못한 인물들이 등장하고 있다. 민담 속 인물들은 거울 속에 비친 자신들의 모습을 알아보지 못하여 다른 사람으로 착각함으로써 엉뚱하게도 부부싸움을 일으키는가 하면, 자기 모습을 남의 모습인 양 애처로워하는 것이다. 그런데 이 민담에서의 웃음은 인물들의 착각이 단지 자신들을 알아보지 못하는 정도에 그치는 것이 아니라 이러한 착각을 통하여 스스로 자신들의 결점을 드러내고 있다는 데서 더 큰 웃음으로 증폭된다. 민담에서의 색시는 거울 속 여인을 남편이 얻어온 첩으로 착각하여 질투심을 드러내 보이는데, 가부장적 사회 환경 속에서 남편의 입장에서 본다면 색시가 보여준 근거 없는 질투심은 소박을 맞을 정도로 심각한 여성적 결함이 아닐 수 없다. 색시는 처음 접하는 거울을 통하여 이러한 자신의 결점을 스스로 드러냄으로써 앞뒤 사리 분별도 하지 못하는 바보가 되어 웃음거리가 되는 것이다. 시어머니 또한 거울이라는 사물을 통해 자신이 이미 죽을 때가 되었음을 스스로 자인하는 어리석음을 보임으로써 청중의 웃음을 자아낸다. 인간의 늙음은 당연한 것으로 인간적 결함이라 할수는 없지만 젊음에 비해 상대적으로 추한 것으로 인식하기에 사람들은 대체로 자신의 늙은 몰골을 인정하거나 드러내기를 부끄럽게 생각하고 감추려 한다. 하물며 곱고 아름다운 외모를 지니고 싶은 것은 모든 여성의 보편적인 욕망이라 할진데, 비록 늙은 시어머니라 하더라도 여자인 이상 이러한 욕망이 없었다고 볼 수 없다. 시어머니는 거울 속에 비친 자신의 모습을 다른 늙은이로 착각하고 있지만, 그녀의 말 속에는 자신의 노쇠를 인정하지 않으려는 인간의 욕망이 함축된, 타인을 향한 동정심보다는 늙고 볼품없는 자신의 처지를 알아채지 못하는 아둔한 자기중심적 사고방식의 결함을 스스로 드러내어 웃음거리가 되고 있는 것이다.

앞서 살펴본 바 있는 <愚鈍한 선비>[244]에서도 세상물정에 어두운 시골선비의 어리석음을 보여주는 데에도 드러내기의 웃음 유발 방식을 사용하고 있다. 이 민담에서는 시골 선비가 과거도 보지 않고 글을 팔아 돈을 벌음으로써 고지식한 선비의 고정관념을 깨뜨리는 듯하였지만 자신의 오랜 습벽을 버리지 못한 채 돈 묻은 곳에 돈 묻었다는 글로써 표지를 세움으로써 결국은 세상살이에 어두운 시골 선비의 어수룩한 모습이 드러나게 되어 웃음이 발생하는 것이다. 즉, 선비의 이 같은 행위는 글로 상징되는 관념으로써만 세상의 모든 이치를 다스리려고 하는 문벌 집단의 오만함과 그 현학적 자만의 어리석음을 웃음의 대상으로 삼고 그 대가를 스스로 치르게 하는 것이다. 물론 선비들에 대한 이 같은 인식을 보여주는 이야기들은 민중 의식의 소산으로 민담의 향유자들은 민담 속 바보인물을 통하여 선비들 스스로 자기 모순을 폭로하게 함으로써 상층을 향한 조롱의 웃음을 즐겼던 것이다.

한편 바보민담에서 인물의 바보짓은 어떤 한 가지 방법만으로 제시하는 것은 아니다. 바보민담에서의 웃음은 대체로 인물들 스스로 바보짓을 하여 자신의 결함을 드러내지만 그 이전에 드러나지 않았던 인물의 결함이 다른 사람에 의해 밝혀지기도 한다. 즉, 그동안 많은 사람들이 인간적인 결함이라고 인식되지 않던 것이 특정 인물에 의해 결함으로 폭로됨으로써 웃음을 유발하게 되는 경우라 하겠다.

다음은 바보원님담 중 하나이다.

----

244) 〈愚鈍한 선비, 8:370〉

<1> 옛적에 미련헌 놈이 골살이럴 갔넌디 그때가 그믐쯤 됐던가 달이 없잉께 하인얼 불러서 야 너그 골에넌 어찌서 달이 없냐고 물었다. <2> 하인언 예에 달어 사와야 있십니다고 헸다. 그렁개 원님언 달 값언 얼매냐고 물었다. 암만이라고 헝개 원님언 돈얼 내줌서 어서 가서 사오라고 헸다. 하인놈언 돈얼 받어각고 제 집에 가서 들어백혔다가 초생달이 뜨게 뎅개 원님헌터 가서 달 사왔십니다 험서 초생달얼 갈쳤다. <1> 원님이 보고 왜 쪼각달얼 사왔냐고 헝개 <2> 하인언 예에 달 값얼 덜 주어서 쪼각달밖에 못 사왔십니다고 험서 왼달얼 살라면 그만치 더 많이 주엇야 헙니다고 헸다. 그 말을 듣고 원님언 돈얼 더 많이 줌서 어서 가서 왼달얼 사오라고 헸다.

하인놈언 돈을 받어각고 저그 집에 가서 들어백혔다가 보름날이 돼서 원님헌터 가서 왼달얼 사왔십니다고 말헸다. <1> 원님이 보름달얼 보고 좋와람서 저렇게 밝은 달얼 사왔으니 돈얼 주어도 싸다고 헸다. 그러고 마당을 왔다갔다험서 보름달을 완상험서 지 그림재가 따러댕기는 것얼 보고 저게 누구냐고 물었다. <2> 하인언 "예에 소인으 자식놈이 올시다"고 헝께 <1> "응 그놈 잘 생겼다. 한골이나 살어먹겠다"고 하드란다.[245]

위 민담에서 <1>은 원님이 스스로 자신의 우둔함을 드러내는 부분이다. 여기서의 원님은 달이 지고 뜨는 원리조차도 모를 정도로 어리석은데다가 그림자가 생기는 현상에 대해서도 이해하지 못하는 위인이다. 원님은 이처럼 자신의 어리석음을 스스로 드러냄으로써 하인의 '속이기'를 유도한다. <2>는 하인이 어리석은 원님을 속임으로써 웃음을 자아내는 부분이다. 하인은 스스로 우둔함을 드러내는 원님을 속이고 조롱거리로 만듦으로써 웃음을 자아내는 한편, 우둔한 상전을 속여 자신의 이익을 챙기는 약삭빠른 모습을 보임으로써 자신의 결점도 드러내어 또 다른 측면의 웃음도 야기한다.

---

245) 〈미련한 원님, 8:367〉 같은 내용의 민담으로 〈미련한 원님, 3:319〉, 〈미련한 원님1, 5:348〉, 〈미련한 원님, 8:368〉, 〈미련한 원과 꾀바른 종, 8:368〉, 〈달을 사온 미련한 사또, 12:152〉, 〈미련한 원님, 12:152〉 등이 있다.

이 민담에서는 이처럼 '드러내기'와 '속이기' 두 가지 기법을 활용함으로써 원의 어리석음을 드러내기도 하고 하인의 약삭빠름을 나타내 인물들이 지닌 다양한 결점들을 동시에 제시함으로써 보다 풍부하게 웃음을 유발하였다. 위에 인용한 예에서와 같이 바보민담에서의 웃음은 인물들 스스로 자신의 결함을 드러냄으로써 발생하기도 하지만, 한편으로는 다른 인물에 의해서 그들의 감춰져 있던 결점이 폭로됨으로써 일어나기도 한다. 이처럼 바보민담에서의 웃음은 경우에 따라 여러 가지 양상이 복합적으로 나타나기도 하는데 웃음의 마디가 반복될 때마다 동일한 방법이 반복되기도 하지만 바보짓의 방법도 달라질 수 있고 또 하나의 웃음마디에 여러 가지 방법이 결합되어 나타나기도 한다.

4) 어깃장 놓기

웃음을 유발하는 또 다른 서술적 기법으로 말장난을 통한 '어깃장 놓기'를 들 수 있다. 말장난은 상대가 말한 의도를 일부러 다르게 해석하고 엉뚱한 대답을 하여 상대방을 당황하게 하거나 분통이 터지도록 하여 웃음을 유발하는 방법이다.[246] 바보민담에서는 주로 농담을 주고받을 사이가 아닌 윗사람을 상대로 이 같은 말장난을 함으로써 일부러 어깃장을 놓는 모습이 웃음을 불러일으킨다.

다음 예문은 장가간 첫날 처가에서 신부가 새신랑에게 노래를

---

246) 서대석은 이 같은 민담을 어희담이라고 하고, 어희담은 일부러 상대가 말한 의도와 다르게 알아듣고 엉뚱한 대답을 하여 상대방을 당황하게 하거나 분통이 터지도록 하는 데 흥미의 초점이 있다고 한다. 서대석, 『한국구비문학에 수용된 재담연구』, 서울대학교 출판부, 2004, p.9. 참조.

가르쳐 주고 다음날 새신랑이 노래를 부르는 장면이다.

> <전략> "이 마실서는 장개온 사람은 다 노래하는디 몬하문 큰일
> 난다." "그럼 갈치 주이소" "그럼 나 하는 대로 따라 하이소"캄서 청
> 포로 일장 말리 산절……카고 낮인 소리로 살재기 불렀다. 그러이까
> 네 신랑은 청포로 일장 말리……카고 아조 고래망 같은 큰 소리로 따
> 라불렀다. 신부는 쟁인 장모가 듣소, 카이 이넘으 신랑여석이 쟁인 장
> 모가 듣소 캤다. 그라이 신부는 기가 차서 "에이 자석 시레 자석같이
> 라구"캤다. 그라이 이것도 노래인 줄 알고 에이 자석 시레 자석 캤다.
> 　이튿날 처냄이랑 동세랑 처갓집 사람들이 새신랑 노랫소리 듣겠다
> 고 마이 모여왔다. 그래 이 새신랑여석 노래한다고 청포로 일장 만리
> 생전……하고 불렀다. 아 잘한다 카고 칭찬하이께네 이 여석이 쟁인
> 장모 듣소 캤다. 장인 장모는 좋와라고 아 듣고 있네 캤다. 그라이
> 이 여석이 에이 자석 시레 자석같으이 캤다.[247]

위 예문에서 신부는 노래를 못 부르는 신랑에게 노래를 가르쳐
신랑이 바보가 아니라는 걸 보이고 싶어 한다. 그러나 신부의 이 같
은 태도가 별로 달갑지 않은 신랑은 노래가 아닌 부분도 따라하여
신부의 약을 올려 급기야 욕까지 하게 만들어 웃음을 이끌어낸다.
게다가 여기서 그치지 않고 짐짓 바보인 체하면서 자신이 신부로부
터 들었던 욕을 고스란히 장인, 장모에게 되돌림으로써 더 크게 웃
음을 유발한다. 이 같은 말장난은 민담에서뿐 아니라 현실 속에서도
많이 즐기는 언어 유희로서 상대방의 약을 올리거나 장난을 칠 때
하는 일종의 놀이다. 여기서 신랑은 바보이기 때문이 아니라 바보로
가장하고 신부와 처가 가족을 조롱하기 위해 어깃장을 놓은 것이다.
게다가 그 말장난의 결과가 말장난의 대상이 될 수 없는 장인, 장모
에게까지 미친다는 점에서 더 크게 웃음을 유발한다. 새신랑의 말장

---

247) 〈우랑, 10:287~288〉

난은 윗사람을 웃음거리로 만든다는 점에서는 윤리 규범이나 청중의 지탄을 받을 수 있는 행위이다. 하지만 이 민담에서의 신랑은 '바보'라는 효과적인 가면을 통하여 윤리적 책임은 회피하면서 자신을 시험하려는 처가의 가족들과 부조리한 관습에 저항할 수는 있는 것이다.

이러한 성격은 직접적으로 장인을 향하여 말장난을 하는 아래와 같은 민담에서 보다 분명하게 드러난다.

> 넷날에 믹제기 신랑이 있었넌데 가스 아바지레 이 사우한테 글을 배와 주갔다구 하멘 너는 나 하라는 대루만 하라구 말했다. 그리구서리 가스 아바지라는 말보탄 배와 주갔다구 가스 아바지라구 해보라 하느꺼니 사우레 가스 아바지라구 해 보라구 했다. "해 보라구 하는 말은 안해두 일없다" 하느꺼니 사우는 "해보라구 하는 말은 안 해두 일없다"구 했다. 가스 아바지레 증이 나서 "이놈에 새끼" 하느꺼니 사우두 "이놈에 새끼"했다. 가스아바지는 더욱 증이 나서 사우를 때릴라구 하느꺼니 사우두 맞들어서 가스 아바지를 때릴라구 했다. 그래서 둘이는 맞잡구 쌈을 했넌데 다 싸우구나서 사우레 "글을 배우는 데두 힘이 있어야 하무다레" 했다구 한다.[248]

인용한 민담에서 사위의 언행은 글을 가르쳐 주려고 하는 장인을 직접적으로 약을 올린다는 점에서 앞의 경우보다 훨씬 더 윤리적·도덕적 저항을 받을 수 있는 것이다. 게다가 단순히 말장난으로 약을 올리는 데에 그치지 않고 한술 더 떠 장인과 몸싸움까지 벌이는 지경에 이른다는 점에서 그 웃음은 더 증폭된다. 또 '글을 배우는 데두 힘이 있어야 하무다레' 하면서 능청을 떨어 바보로 가장하고 자신의 행위를 합리화시키기까지 하는 데에서 그가 사실

----

248) 〈바보신랑, 1:200〉

상 바보가 아님이 드러난다. 청중은 인물의 행위를 단순히 바보의 어리석은 행위로 인식할 때보다 바보로 위장한 인물의 어깃장임을 깨달을 때 더 크게 웃음을 터뜨리게 된다.

바보민담에서 이러한 어깃장은 단지 사위들만이 부리는 것은 아니다. 며느리가 시부모를 향해서도 부리고 어린아이가 어른을 상대로 부리기도 한다.[249]

> 메누리가 늦도록 일어나지 않으니까 시아버지가 메누리 자는 방문 앞에 가서 "며눌아가" 하구 불르니까 예 하구 대답했다. "너 그저 자니?" 하니까 "아니요 속곳 벗어 덮구 자요." "야 아가 해가 똥구녕 치민다." "제 똥구녕이 동해 바단가요?" "에이! 잘한다." "자라는 물속에 있어요." "용타." "용은 하늘에 있어요." 시아버지도 기가 막혀, "야 이년아 한 말 지려마." "한 말만 저요? 두 말도 지구 닷 말두 질 수 있어요."[250]

예문에서 시아버지는 늦게까지 잠자는 며느리에게 "너 그저 자니?" 하고 묻자 며느리는 "아니요 속곳 벗어 덮구 자요" 하고 대답한다. 여기서 문제가 된 '그저'라는 말은 ① '변함없이 이제까지'라는 뜻과 ② '다른 일은 하지 않고 그냥'이라는 뜻을 가지고 있다.[251] 여기서 시아버지는 ①의 뜻으로 '아직도 자고 있느냐'고 물은 것이고 며느리는 '그저'를 ②의 뜻으로 받아들여[252] 속곳을 벗

----

249) 〈어린애의 말대꾸, 5:349〉

250) 〈며느리의 말대꾸, 5:350〉

251) '그저'라는 단어는 이 두 가지 뜻 외에도 ③ 별로 신기한 일 없이 ④ 어쨌든지 무조건, ⑤ 특별한 목적이나 이유 없이 ⑥ 아닌 게 아니라 과연 등의 의미도 가지고 있다.

252) 서대석은 여기서 며느리가 쓴 '그저'의 의미를 위에서의 ③과 같은 뜻인, '늘 하던 대로'의 의미로 알고 전과 다른 특별한 점을 말한 것으로 보았다. 서대석, 앞의 책, p.11 참조.
　　그런데 뒤따르는 '속곳을 벗었다'는 말과 연관 지어 볼 때 특정 행위를 연상하게

어 덮고 잔다고 대답한 것이다. 이 며느리 역시 앞에서의 사위들과 마찬가지로 시아버지가 묻는 뜻을 알아채지 못해서가 아니라 그 의도를 모두 알고 있으면서도 일부러 어깃장을 놓고 있는 것이다. 더군다나 며느리가 시아버지에게 말하기는 곤란한 은밀한 성적 암시까지 풍기며 어깃장을 놓는 것은 청중에게 말초적 흥미와 웃음을 유발하기에 충분하다. 화가 난 시아버지가 "야 아가 해가 똥구녕 치민다."[253]고 하자 며느리는 "제 똥구녕이 동해 바단가요?" 하고 맞받아치고, 시아버지가 "에이! 잘한다."라고 반어적으로 말하자 며느리는 "자라는 물속에 있어요."라고 맞받는다. 여기서 '잘한다'는 말은 소리대로만 들으면 '자란다'로 들릴 수 있음을 포착하여, '자란다'를 다시 '자라이다'의 뜻으로 잘못 알아들은 척하며 '자라는 (여기 있는 내가 아니라) 물속에 있어요'라고 받은 것이다. 분통이 터진 시아버지가 역시 반어적으로 "용타"라고 하자 며느리는 아랑곳없이 "용은 하늘에 있어요"라고 응수한다. 이쯤 되니 시아버지는 하도 기가 막혀, '한마디 말이라도 어른한테 양보하라'는 뜻으로 "야 이년아 한 말 지려마" 하고 급기야 욕설까지 하게 된다. 여기서 '한 말 지려마'를 며느리는 짐을 '한 말을 지다'로 받아들여 "한 말만 저요? 두 말도 지구 닷 말두 질 수 있어요."라고 되받음으로써 시아버지가 말하는 의도를 깡그리 무시한 채 노골적으로 어깃장을 부려 조롱하고 있는 것이다.

....

하려는 의도가 있는 표현으로 보여 ③의 의미보다는 ②의 의미에 가까운 것으로 보인다. 이렇게 보면 며느리는 시아버지의 물음을 '아무것도 하지 않고 그냥 자느냐?'라는 뜻으로 해석하였음을 보여주는 것으로, 며느리의 이러한 해석은 시아버지가 며느리에게 물어봐서는 안 될 것을 물은 것으로 만들어 오히려 시아버지를 불순한 의도를 가진 우스운 인물로 만들어버린 것이다.

253) 흔히 해가 떠올라 자는 잠자리를 비출 때 속된 말로 '해가 똥구녕에 치민다'고 한다. 앞의 책, p.11. 참조.

이같이 상대방을 조롱하는 말놀이는 청중의 웃음을 유발하긴 하지만 일반적인 화술로써는 단순하고 저급한 방법으로 취급되고 있다. 왜냐하면 상대방의 허점을 찾아내어 그 허점을 역으로 공격하여 재치 있게 웃음을 유발하는 방법은 그 비열함이 드러나지 않는 데 비하여, 이 말장난은 언어를 언어 그 자체가 지닌 의미가 아니라 주로 소리로 취급하여 말꼬리를 물고 늘어지는 방법이고 게다가 자신에게 아무런 해를 가하지 않는 대상을 조롱의 상대로 삼는다는 점 때문이다.[254]

말의 소리를 이용하여 웃음을 유발하는 방법은 떡이나 국수를 먹고 싶은 바보 신랑이 고양이 소리를 내라고 시키는 신부의 말에 '고양이 소리 고양이 소리'[255] 하고 흉내 낸다든가, 시집가는 것이 너무 좋아서 강아지에게 열흘만 있으면 시집간다고 자랑하였는데, 강아지가 낑낑거리는 소리를 '아흐레'라는 소리로 여겨 '아흐레가 아니고 열흘'이라고 강조하는 처녀의 이야기[256] 등과 같이 많은 민담에서 나타난다. 또 소리와 모양을 보고 음식 이름을 짓는 아주 널리 알려진 바보사위담[257]이나 물동이가 괜찮은지 보라는 장모의 말을 듣고 물동이를 절구로 빻아 깨트려 버리는 바보 사위담,[258] 잊어버렸던 처가 동네 이름이나 음식 이름을 어떤 소리가 계기가 되어 생각해 내는 바보사위담[259] 등도 이러한 범주에 포함시킬 수

254) 프로이트는 이같이 단순하게 단어의 소리를 가지고 말장난을 하는 농담의 기법을 나쁜 말놀이로 하는 시시한 익살로 취급하였다. 프로이트, 앞의 책, p.59, 참조.
255) 〈바보신랑, 1:196〉, 〈바보신랑, 1:197〉 등
256) 〈아흐레 아니고 열흘, 2:193〉
257) 〈바보신랑, 1:208〉, 〈1:209〉, 〈미련한 신랑 3:319〉 등
258) 〈바보신랑3, 1:200〉
259) 〈바보신랑2, 1:204〉, 〈바보신랑, 1:205〉, 〈바보신랑, 1;207〉, 〈바보신랑, 2:210〉, 〈잃은 것 찾기, 2:211〉

있는 민담들이다.

이처럼 소리의 유사함을 통해서 청중을 웃게 하는 방법은 단어의 의미보다 단어의 소리에 정신적 주의를 기울이는 것으로, 사물과 표상의 관계로부터 주어지는 의미를 단어의 청각적인 표상이 대신하는 데에 그 본질이 있다. 소리가 같거나 비슷한 서로 다른 어휘에서 같은 의미를 찾아 웃음을 유발하는 방법은 동음이의어로 인해 관계를 맺게 된 두 표상 영역이 서로에 대해 더 낯설고 소원한 뜻을 내포할수록 웃음이 주는 쾌감은 더욱 큰 것처럼 보인다.[260)

이상으로 바보민담에 나타나는 웃음 유발 기법들에 대해서 살펴보았다. 한 편의 바보민담에는 위에서 제시한 웃음 유발 기법들 중 어느 한 가지 방법만 사용되는 것이 아니라 여러 기법들이 혼용되어 나타나기도 한다. 한 민담에 여러 가지 기법들이 서로 결합하여 나타날 때는 개별적 기법들이 웃음을 유발하는 작용들의 총합 이상의 효과를 발휘하기도 하므로 훨씬 더 큰 웃음을 불러일으킬 수 있다.[261) 게다가 바보민담에서 이 기법들과 민담의 내용이 서로 밀접하게 연관되어 있으므로 우리를 웃게 하는 것이 웃음의 기법인지 민담의 내용인지 분별하기 어려운 경우도 많다.[262)

---

260) 프로이트, 앞의 책. p.256.

261) 프로이트는 이를 미적 상승의 원칙이라고 하였다. 위의 책. p.174. 참조.

262) 프로이트는 경향적 농담에서 쾌락의 얼마만큼이 기술적인 원천에서 나오고, 또 얼마만큼이 경향성의 원천에서 나오는 것인지를 느낌으로 분별할 수 없기에 실제 우리가 무엇에 대해 웃는지를 모른다고 하였는데, 바보민담에서도 이와 같은 경우가 많다. 위의 책. p.131. 참조.

Ⅴ. 바보만담 웃음의 양상

서사문학에서 등장인물들 간에 형성되는 갈등의 양상은 문학적 의미의 한 단면을 드러내준다. 따라서 서사문학을 이해하는 데 등장인물의 성격이나 인물들 간의 갈등은 간과할 수 없는 부분이다.

웃음이 발생하려면 기본적으로 웃음 유발자, 웃음의 대상, 웃는 자가[263]가 있어야 한다. 그리고 웃음의 성격은 이 세 요소에 따라 결정되기 때문에 바보민담에 등장하는 인물들 중 이 세 요소가 누구인가에 따라 웃음의 성격은 달라질 수 있다. 즉 인물들 중에 웃음의 대상, 웃음 유발자, 웃는 자가 각각 어떤 인물로 형상화되었는가에 따라 그 웃음의 방향이나 공격성, 의미 등이 달라지는 것이다.

바보민담에서 텍스트 외적 관계로 보면 웃음의 대상은 바보인물이나 그 대립적 상대, 웃음 유발자는 바보인물, 웃는 자는 청중이 되겠지만, 텍스트 내에서 웃음의 대상은 바보인물이고, 웃음 유발자는 바보인물을 바보(웃음의 대상)로 만드는 자이므로 바보인물과 대립적인 위치에 있는 집단적 규범의 소유자들이라 할 수 있다. 텍스트 내에서 웃는 자는 인물의 어리석음을 인식하고 웃음을 터뜨리는 자이다. 바보민담 내에서 특정 인물이 웃는다는 내용이 표면적으로 나타나는 경우는 드물지만[264] 문맥으로 보았을 때 민담 속에서 인물의 우행이 발생하는 장소에 함께 있으면서 그 바보짓을 발견하는 자가 웃는 자라 할 수 있다. 그런데 웃는 자와 웃음 유발자는 심리

---

263) 프로이트는 그의 농담에 대한 이론을 밝히면서 농담이 완성되려면 농담하는 자, 농담의 대상, 그리고 농담을 듣고 웃어 줄 제삼자가 있어야 한다고 한다.(위의 책, p.174. 참조) 그런데 이는 농담에서뿐 아니라 웃음을 유발하려는 다른 텍스트에서도 마찬가지로 적용될 수 있다. 즉 농담의 대상은 웃음의 대상, 제삼자는 웃는 자, 농담하는 자는 웃음 유발자라고 할 수 있겠다. 여기서 웃음 유발는 웃음 유발자와 동일하다.

264) 옷고름을 제대로 달지 못해 웃음의 대상이 된 〈바보각시, 1:213〉, 〈愚婦, 8:358〉 등에서는 남편이 직접적으로 웃는 자로 등장하기도 한다.

적으로 일치감이 형성되어야만 웃을 수 있기 때문에 이 둘은 공범자라 할 수 있다.[265] 따라서 민담에서 웃는 자와 웃음 유발자는 동일한 입장에 있으면서 바보인물과는 대립적 관계에 있는 인물들이다. 실제로 바보 민담에 등장하는 인물들 중 바보인물과 대립적 위치에 있는 인물들은 주로 그 민담의 배경이 되는 규범이나 관습의 주도자들이다. 결과적으로 규범이나 관습을 주도하는 인물은 규범이나 관습을 통하여 바보인물을 웃음의 대상으로 만드는 웃음 유발자이고,[266] 웃음 유발자와 웃는 자는 동일 인물이라 할 수 있다.

웃음의 대상이 누구인가가 누구의 결함을 웃음거리로 삼았는지를 보여주는 것이라면, 웃음 유발자가 누구인가는 웃음이 누구의 의식을 반영한 것인가를 보여준다. 따라서 이 웃음 유발자와 웃음의 대상을 파악하면 바보민담을 주도적으로 향유했던 계층과 그 주도적 계층이 웃음거리로 만들고 싶었던 대상이 누구인지 알 수 있을 것이다. 웃음이 지닌 공격성을 고려할 때 웃음 유발자는 공격자, 웃음의 대상은 공격의 대상이 되어 서로 대립하게 된다. 대립된 대상들 사이에서는 갈등이 형성되기 마련인데 민담은 민담 향유자들의 실제 삶을 바탕으로 형성되기 때문에 바보민담 속의 갈등을 분석해 본다면 민담 향유층의 실제 삶 속에서 발생하는 갈등이 무엇에 근거하고 있는지를 확인할 수 있다. 따라서 우리는 바보민담에서 형성되는 갈등 양상을 통하여 민담 향유층의 실제

----

265) 앙리 베르그송, 앞의 책, p.15.
　　우리의 웃음은 언제나 한 집단의 웃음이라고 할 수 있다. 사실 웃음은 실제적으로 존재하든 혹은 상상적으로이든 다른 사람들과의 합의, 즉 일종의 공범 의식 같은 것을 숨기고 있는 것이다.
266) 윙어가 희극적인 것의 토대를 규칙과 규칙위반 사이의 갈등으로 본 것처럼(류종영, 앞의 책, p.380. 참조) 바보민담의 웃음도 규칙과 규칙을 위반하는 인물 사이의 갈등을 바탕으로 하는데, 이러한 현상이 사실상 민담 속에서는 인물들 사이의 갈등으로 표면화된다.

삶에서 발생했던 다양한 갈등 양상과 그들의 의식을 살필 수 있을 것이다.

본 장에서는 바보민담에 나타난 웃음의 양상을, 텍스트에 등장하는 인물들이 형성하는 대립관계를 중심으로 가족 구성원 간의 갈등에서 발생하는 웃음의 양상과 사회적 집단 간의 갈등을 중심으로 발생하는 웃음의 양상 두 가지로 나누어 살펴보고자 한다.

1. 가족 집단 내의 웃음

바보민담에서 가족들 사이에 형성되는 인물들 간의 관계는 대립 또는 협조라는 두 가지 양상이 모두 나타나긴 하지만, 주로 대립 관계가 지배적으로 나타나고 협조 관계는 일부 민담에서만 나타난다. 바보민담에 등장하는 협조자는 바보인물과 가까운 주변인물이 바보인물의 바보성을 감추기 위해 적극적으로 문제 해결에 나서거나[267] 아니면 문제 해결 방법을 제시하는 인물이다. 협조자[268]인 주변 인물은 대개 바보인물의 부모나 아내가 대부분이다. 하지만

---

267) 바보 신랑이 처가에서 한시를 짓는 〈신랑의 詩, 1:256~257〉와 같은 민담에서 상객으로 따라간 인물(아버지나 한시에 뛰어난 인물)이 신랑이 아무렇게나 내뱉는 말을 한시로 바꾸어 신랑의 바보성을 숨기는 데 성공하는 경우가 이러한 예에 해당한다고 할 수 있다.

268) 협조자(helper)는 그레마스의 이야기 모델 중, 표층구조의 레벨에서 주체를 표시하는 행위자(actor)와는 다른 행위자에 의해서 표시되는 긍정적인 보조항(auxiliant)으로 부정적 보조항인 반대자(opponent)와 쌍을 이루는 행위항이다. 협조자는 주체가 원하는 욕망의 방향으로 움직이거나 수신자와 발신자 간의 의사소통을 촉진시켜 주체가 대상을 획득하는 데 도움을 준다. 반면 적대자는 주체의 욕망 실현이나 대상과의 의사소통을 방해함으로써 장애를 만드는 기능을 한다. A. J. Greimas, *Structural Semantics:An Attempt at a Method*, trans. Daniele Mcdowell, Ronald Schleifer, and Alan Velie, University of Nbraska Press, 1983, p.205.

이들이 제시한 해결 방법이 실질적으로 바보인물의 바보성을 감추는 데 성공하는 경우는 드물고 오히려 바보인물의 바보성을 폭로하거나 증폭시키는 경우가 더 많다. 따라서 바보인물에 대해 주변인물은 표면적으로는 협조적인 인물처럼 보이지만 실질적으로는 협조자라고 하기는 어려운 경우가 많다.

가족 간의 대립 관계는 가정 내에서 발생할 수 있는 다양한 갈등을 토대로 형성되기 때문에 그 양상 또한 다양하다. 가족 구성원 간에 나타나는 대립은 대개 남편 – 아내, 처부모 – 사위, 시부모 – 며느리, 사돈 간,[269] 형제 사이에서 많이 나타나는데, 이 중 형제 사이에서 발생하는 대립을 제외한 나머지는 혼인이 매개가 되어 이루어진 관계이다. 혈연으로 맺어진 가족들 사이에서는 혼인으로 맺어진 가족들 사이에서보다 갈등이 적게 발생하고, 혹 발생하더라도 쉽게 해결되고 그 앙금이 오래가지 않는 경우가 많다. 하지만 혼인으로 맺어진 가족들 사이에서는 갈등이 쉽게 발생할 뿐만 아니라 한번 발생한 갈등은 해소되기도 쉽지 않아 그 후유증이 오랫동안 지속될 수 있다. 바보민담에서 혈연으로 맺어진 가족들 사이에서보다 혼인으로 맺어진 가족들 사이에서의 대립이 지배적으로 나타나는 것은 이런 이유 때문일 것이다.

이처럼 민담 향유자들의 실제 가족에 대한 인식을 바탕으로 형성되었다고 볼 수 있는 바보민담 인물들 간의 대립 관계에 대한 고찰은 바보민담에서 형성되는 웃음의 양상뿐 아니라 전통적으로 가정 내에서 발생하는 갈등의 성격을 살필 수도 있을 것이다.

....

269) 엄밀한 의미에서 사돈은 가족이라고 할 수는 없지만 양가의 자식이 서로의 가족이 되고 또 민담의 내용이 바보사위담과 비슷한 경우가 많아 가족관계에 포함시켜도 문제가 없을 것으로 보인다.

1) 처부모와 사위

　가족 간의 대립을 보여주는 바보민담들 중 1 / 3 정도가 처부모와 사위의 갈등을 바탕으로 하고 있는데, 이 민담들은 대부분 바보사위담에 속하는 민담들이다. 민중들의 삶과 의식을 기반으로 민담이 생성된다는 점을 고려할 때, 민담에 나타나는 처부모와 사위 간의 대립이 이토록 많이 나타난다는 것은 민담의 향유자들이 사위와 처부모와의 관계를 혈연으로 맺어진 인정적 관계로 보기보다 혼인이라는 사회적 제도로 맺어진 규범적 관계로 여기는 경향이 강하게 작용하고 있었음을 보여주는 것이라 하겠다.

　귀한 딸의 인생을 책임질 사위를 맞이하는 장인, 장모의 입장에서 본다면 사위가 가진 사회적 지위나 능력에 대한 기대가 남다를 수밖에 없었을 것이다. 사위에게 거는 이런 기대는 민담 속에 그대로 반영되어 나타나기도 하는데, 곧 사윗감을 고를 때부터 각종 시험을 치르는 등의 이야기들이 그것이다.[270]

> 　옛적으 한 장재가 있넌디 이뿐 딸을 하나 두고 있넌디 사윗감을 고르는디 보통 총각은 마다허고 재주 있고 멋이던지 잘 아넌 이인을 골르고 있었다.[271]

> 　옛날에 한 사람이 있는디 성세는 베 천이나 허고 아들은 여러 형제를 두고 고명딸 하나를 두었드랍니다. 이 딸은 인물이 고와서 잘 갈쳐서 좋은 사윗감을 구해 줄라고 했십니다. 그런디 마땅한 사윗감

----

270) 〈거짓말 잘 하는 사위〉류 민담들은 이 시험을 희화적으로 보여주는데, 이들 민담에서 장인, 장모가 사위에게 역으로 당하는 모습을 주로 보여준다. 〈거짓말 잘 하는 사위, 5:317〉, 〈거짓말 잘 하는 사위 얻었더니, 8:257〉, 〈거짓말 잘하는 사위, 12:168〉 등

271) 〈고르고 고른 이인 사위, 8:254〉

이 잘 나타나지 않아서 한번은 누구던지 거짓말 세 마디만 잘 하는
총각이면 사우 삼고……[272]

인용문은 민담의 배경 부분으로 사윗감을 어떻게 고르는지를 보
여준다. 예쁜 딸에게 뛰어난 신랑감을 골라주기 위해 이인(異人)이
나 거짓말을 잘하는 사람 등 아주 특별한 인물을 찾으려고 했음을
알 수 있다. 하지만 이렇게 어렵사리 고른 사위들이라고 해도 장
인, 장모의 마음을 모두 흡족하게 채워주지는 못했던 것으로 보인
다. 사위에 대한 시험은 혼례 과정에서 모두 끝나는 것이 아니라
혼례가 끝난 이후에도 계속해서 나타나고 있기 때문이다. 사위를
시험하는 이런 풍습은 일종의 입사식(入社式)이라 할 수 있는데,
혼인이 끝난 뒤에 친척이나 친구들이 신랑을 희롱하고 괴롭히던
동상례(東床禮)에서 그 흔적을 발견할 수 있다.

바보민담에서 많은 사위들이 바보로 형상화되어 처가 식구의 웃
음거리가 된 데에는 이처럼 혼인 과정에서 사위를 시험하려는 각
종 풍습과 관련이 있어 보인다. 이 민담들 내용의 대부분이 사위
가 이바지 음식을 가지고 처가에 가면서 벌이는 실수, 혼인한 날
처가에서 음식과 관련해 실수하는 이야기, 그리고 새 사위를 시험
하기 위해 처가에서 시키는 노래 부르기나 한시 짓기 등과 관련되
는[273] 것만 보아도 혼인 풍습과 밀접한 관련이 있음을 알 수 있다.

----

272) 〈거짓말 세 마디, 8:255〉
273) 이강엽은 바보사위담을 첫째, 처가에 가는 데에서 벌어지는 실수담, 둘째, 처가에 묵
    으면서 벌어지는 일들, 셋째, 새 사위에게 부과되는 노래나 한시를 못 하거나 무식
    해서 생기는 이야기로 구분하고 여기에 문상 가서 생긴 이야기도 포함될 수 있다고
    하였다. 이강엽, 「바보 이야기의 유형과 그 의미」, 김태곤 외 21명, 『민속문학과 전통
    문화』, 박이정, 1997, passim., 609~612, 참조.
       하지만 문상 가서 생긴 이야기에는 사위 외에도 다양한 인물이 바보로 등장할 뿐 아
    니라 처가나 혼인과 관련된 이야기가 아니므로 그 성격상 바보사위담과는 다른 특성을
    지닌다. 따라서 이를 제외하면, 결국 바보사위담은 세 부류 정도로 구분할 수 있겠다.

여기서 주목할 점은 남성들은 혼인과 동시에 계속해서 새로운 문제를 해결하기를 요구받는다는 것이다. 몇 번 가보지도 않은 멀리 있는 처가를 찾아가는 것도 해결해야 할 문제 중 하나이고, 처가에서 처음 접하는 음식을 격식에 맞게 먹는 것이나 각종 예절을 지키는 것 또한 그가 해결해야 할 문제이며, 처가에서 그를 시험하기 위해 제시하는 한시 짓기나 노래 부르기도 마찬가지로 사위가 해결해야 할 문제들이다. 만약 사위가 이러한 문제들을 별 어려움 없이 잘 해결한다면 괜찮겠지만 그렇지 못할 경우에 사위는 처가 가족이나 처가의 주변 사람들에게 웃음거리가 될 수 있었을 것이다.

　게다가 처가 가족이나 주변 사람들은 새 사위에 대한 관심과 기대가 매우 높기 때문에 사위의 일거수일투족은 그들에게 관심의 대상이었으며, 사위가 벌이는 사소한 실수도 놓치지 않고 흉을 잡고 웃음거리로 삼았던 것으로 보인다. 따라서 민담에 등장하는 숱한 바보 사위들은 사위에 대한 처가 가족의 지나친 관심과 기대가 만들어 낸 인물이라고 해도 과언이 아닌 것이다.

> 　이전에 한 총객이 장개로 갔는디 한 달 만에 처갓집이 가기 됐다. 그런디 이 실랑은 처갓집 마실 이름을 잊어삐리고 처갓집 이름도 까묵고 갔다. 가는디 이 사람 저 사람보고 물어서 제우제우 처갓집 마실을 찾어갔다. 마실 앞으 샘이서 물을 푸는 젊은 각시가 있어서 요전이 대레로 치른 집이 어데야꼬 물었다. 그 젊은 각시는 이넘으 각시였다. 각시는 이넘으 각신디 저 실랑이 그라이 어비같은(얼빠진) 말한다 카민서 저 개 따라가라 캤다. 개를 따라가이 개는 집이 드갈 적에 대문으로 드가지앙코 수채궁기로 드가서 실랑도 수채궁기로 드갈라 카는디 수채궁기가 쫍어서 모가지로 드밖고 낑낑 카고 있었다. 이때 쟁인이 지나다가 보고 니 거기서 머 카고 있노? 카이께네 샘가서 물푸던 각시가 처갓집이 갈라문 개 따라가라 캤는디 개가 이리 드가서 나도 드갈라꼬 이러고 있입이더 캤다.

쟁인은 이리 가자 캄서 이넘을 덮고 대문으로 드갔다. 집에 드가서 장모임 뒤로 보고 있는디 거그다 대고 절로 했다. 그리고 적은 방이서 베짜고 있는 처형을 보고 이게 지 각신줄 알고 힝 니 머 할줄 안다고 베로 짜고 있노 캤다. 정지서 밥하고 있는 지 각시보고 처형 그간 잘 있었소 카고 인사했다. 이넘은 이렇고 어비같은 짓만 했다 칸다.[274]

위 예문에서 새신랑은 혼인하고 한 달 만에 처음으로 처가에 가는데 처가가 어딘지 몰라 겨우 찾아가는가 하면 도중에 만난 자신의 색시도 알아보지 못한다. 물론 바보민담의 성격상 아주 과장된 것이기는 하겠지만 예전의 혼인 풍속은 요즘과는 달라 신랑이 혼례 때 한 번 가본 처가를 잘 찾아 간다거나 한 번 보고 헤어진 색시나 처가 가족을 바로 알아보기란 그리 쉬운 일이 아닐 수도 있었을 것으로 보인다. 또 개를 따라 수채 구멍으로 들어가는 정도는 아니라고 해도 울타리나 대문이 제대로 갖춰져 있지 않은 옛날 집들을 고려한다면 대문이 아닌 곳으로 들어갈 수도 있었을 것으로 보인다. 이 같은 행위는 다른 사람의 경우라면 사소한 실수일수도 있는 이야기들임에도 불구하고 온갖 관심이 집중되어 있는 새신랑의 경우에 그 실수는 확대되고 과장되어 이야깃거리가 될 수 있다. 우리 민담에 바보사위가 특히 많은 것은 바로 이 같은 이유가 한몫했을 것으로 보인다.

한편 사위들은 처가 가족의 관심과 기대에 부응하지 못한다면 자신들 또한 민담 속 바보사위처럼 웃음거리가 될 수 있다는 것을 충분히 알고 있었을 것으로 보인다. 그랬기 때문에 사위 입장에서 처가는 어려운 곳, 부담스러운 곳으로 생각되었을 것이고 처가에서

....
274) 〈우랑2, 10:286〉

그들은 웃음거리로 전락하지 않기 위해 늘 긴장의 끈을 놓을 수가 없게 되었을 것이다. 누구나 낯선 장소나 낯선 문화적 공간 속에 놓이게 되면 어리둥절하여 실수를 많이 하게 되고 바보가 되기 십상이다. 사위가 바보로 등장하는 민담에서 인물의 바보스러움이 폭로되는 장소가 대부분 처가나 처가동네라는 사실은 그들이 다른 곳에서보다 처가와 관련된 장소를 특히 부담스럽게 생각했다는 것이고, '겉보리 서 말만 있으면 처가살이하랴'와 같은 속담에서도 알 수 있듯이 사위들에게 있어 처가는 사소한 행동거지 하나하나에도 조심하고 신경 써야 하는 불편한 장소인 것이다. 하지만 조심한다고 해도 갓 결혼한 신랑의 경우, 긴장이나 불안이 고조된 상태이고 게다가 주변의 모든 시선들이 자신에 대한 관심과 기대로 집중되어 있는 상황이기 때문에 웬만한 배짱을 지닌 인물이 아니고서야 누구나 사소한 실수는 하기 마련이고 이런 실수들은 쉽게 바보짓으로 오인되기 일쑤인 것이다.

따라서 사위의 실수를 보여주는 바보사위담들은 사위에 대한 처가 가족의 의식이 반영되어 형성된 것으로 볼 수 있는데, 그 웃음의 대상은 물론 사위이고 웃음 유발자는 처가 식구들이다. 하지만 이런 내용의 민담들에서는 바보짓의 주체인 사위를 단지 웃음의 대상으로 삼아 웃고 즐기는 선에 그치는 경우가 많고, 그 웃음 속에 바보사위에 대한 직접적인 공격성은 거의 드러나지 않는 경향을 보이고 있다.

그렇지만 사위의 입장에서 본다면, 자신을 바보나 웃음거리로 여기는 처가 식구들이나 낯선 처가의 풍습이 불만스러웠을 것이다. 그랬기에 사위들은 자신들에게 부여되는 시험들을 무조건 받아들이거나 일방적으로 당하지만은 않았던 것으로 보인다. 그들은 때로 능청을 떨며 처가 쪽 관습에 대한 반기를 들기도 하였고 자신을 바보로 만드는 처가 식구들을 오히려 웃음거리로 만들기도 했던 것이다. 이처럼 사위들의 처가에 대한 부정적 인식이 반영된 민담의 경우, 텍스트 내에서 바보로 형상화되고 있는 인물은 바보사위이지만 텍스트 외적인 측면에서 보면 민담 향유자들에게 웃음의 대상이 되는 인물은 오히려 장인, 장모를 비롯한 처가 가족이라 할 수 있다. 그러므로 이 경우 궁극적으로 민담향유자들의 웃음의 대상이 되는 자는 장인이나 장모, 웃음 유발자는 바보사위가 되어 텍스트 내·외적 관계가 역전되는 것이다.

> 넷날에 어니 사람이 글 잘하는 선비 사우를 얻갔다구 글 잘하는 총각을 얻어 보넌데 글 잘하는 총각이 있어서 그 총각을 사우삼기루 했다. 그런데 이 총각은 글이라구는 아무것두 모르는 무식쟁이드랬넌데 당개가서 첫날밤에 색시와 자게 됐넌데 색시레 우리 집이서는 글 잘하는 사우 얻었다구 낼은 글 지어 보라구 하갔으꺼니 잘해 보라구 했다. 이 신랑은 속으루 이거 야단났다 하구서리 색시과 님제 이름이 머이가 물었다. 올콩네라구 하느거니 가시오마니 이름은 무언가구 물었다. 볼콩네라구 대줬다.
>
> 다음날 일가 친척과 동네 사람이 많이 왔넌데 가시오마니는 글 잘하는 사우에 글 재간을 자랑하구파서 종이와 붓을 개저다 놓구 글 잘하는 새사우야 글 좀 지어 보라구 했다. 이 새실랑은 당개 올 적에 고목낭구에 꾀꼬리가 앉아 있는 거이 생각나서 고목낭구에 꾀꼬리 하구 말했다. 가시오마이레 이걸 듣구 우리 새사우 참 글 잘하누만 하멘 또 지으라구 했다. 실랑은 올 적에 해볜에 황새가 있넌 거이 생각나서 해볜에 황새 하구 말했다. 가시오마니는 참 글 잘짓는다 하구 또 지라구 했다. …… 사우는 더 지을 것이 없어서 올콩네 볼콩네 하구 말했다. 가시오마니는 이 말을 듣구 "우리 새사우 참 글 잘하누만. 딸에 이름 두 글루 짓구 내 이름두 글루 짓구 그라기에 글 잘하는 사우 얻었다." 하멘 혹게 동와라구 했다구 한다.[275]

275) 〈무식쟁이의 글, 2:197〉

이 민담은 앞서 검토한 바 있는 <무식한 사위의 詩>[276]와 아주 흡사한 내용으로 이루어져 있는데, 여기에 등장하는 장모는 '글 잘하는 사우에 글재간을 자랑하구파서' 새 사위에게 한시를 지으라고 한다. 민담에서 사위는 표면적으로 아무것도 모르는 무식한 인물로 보이지만 실제로는 그렇지 않음을 알 수 있다. 자신의 허영을 채우기 위해 많은 사람들 앞에 내놓고 시험을 하는 장모의 행위가 고까울 수밖에 없는 이 사위는 장모를 놀리기 위해 미리 색시와 장모의 이름을 알아두고 계획을 세우는 모습을 보여준다. 따라서 이 민담에서 사위가 엉터리로 한시를 짓는 것은 실제로 무식해서가 아니라 여러 사람 앞에서 장모를 웃음거리로 만들기 위해 일부러 바보짓을 하고 있음을 쉽게 짐작할 수 있다. 그러므로 이 민담에서 웃음의 대상은 사위의 이 능청스런 행동을 전혀 눈치 못채고 오히려 글 잘하는 사위를 얻었다고 좋아하는 장모인 셈이다.

이처럼 사위와 처가 가족 간의 갈등을 보여주는 바보민담에서 바보사위들이 벌이는 바보짓은 장인이나 장모를 욕보이는 데 초점이 놓여 있는[277] 경우가 많아 실질적인 웃음의 대상은 바보사위에게만 한정되지는 않는다. 대개 바보사위는 장인이나 장모의 위신을 여지없이 손상시킴으로써 그들을 웃음거리로 만들고 이제까지 유지되던 장인, 장모의 권위를 격하시켜버리는 역할로 많이 형상화되고 있는 것이다. 바로 이 대목에서 청중은 유쾌한 웃음을 터뜨리게 되고 쾌감을 만끽하게 되는데, 이때 청중이 느끼는 쾌감의 주

---

276) 〈무식한 사위의 詩, 2:198〉

277) 이강엽은 바보사위담 중 음식과 관련된 경우, 말썽의 절정은 장인이나 장모를 욕보이는 데 있다고 하였는데, 이러한 경향은 비단 음식과 관련된 경우만 그런 것이 아니라 사위의 글짓기와 관계된 민담을 포함하여 사위와 처부모의 대립이 형성되는 민담의 대부분이 그러하다. 이강엽, 「바보 이야기의 유형과 그 의미」, 김태곤 외 21명, 『민속문학과 전통문화』, 박이정, 1997, p.610. 참조.

요 요인은 바보사위의 바보짓보다도 바보사위에 의해 웃음거리로 전락하게 되는 처부모의 격하라고 하겠다.

우리 속담에 '사위는 백년손님 며느리는 종신식구'라는 말이 있다. 이는 전통적으로 며느리는 혼인과 함께 시가의 가족으로 인정하는 데 비해, 사위는 처가에서 늘 어렵고 조심스러운 손님이었지 가족이라는 인식은 약했음을 나타내는 것으로 가부장 중심의 세계관을 반영한 것이라 할 수 있다. 즉 바보민담에서 사위가 다른 사람이 아닌 장인이나 장모를 격하의 대상으로 삼은 이유는 무엇보다도 전통적으로 내려오는 가부장적인 관습이나 관념이 그 바탕에 깔려 있음을 엿볼 수 있다. 또 바보민담 중에 <사위는 남의 자식이라>[278]는 민담이 있는데, 여기에 등장하는 장모가 사위에 대해서 "남으 자식이란 게 사랑한다는 것은 다 허사예요. …… 남으 자식이라 쓸데 없어요."라고 말하는 것을 볼 수 있다. 장모의 이 말은 사위에 대한 처가 부모들의 인식을 단적으로 보여준다 하겠다. 물론 속담에서처럼 장인, 장모가 사위를 어려운 손님으로 대하는 것은 딸의 인생을 책임질 인물이기에 함부로 대할 수 없음을 뜻하는 것이기도 하겠지만 그 바탕에는 가부장적 사회에서의 가족이라는 개념 속에는 '사위는 곧 남의 자식'이라는 인식이 보편적으로 존재하고 있었음을 드러내는 것이라 하겠다.

사위에 대한 장인, 장모의 인식과 마찬가지로 사위도 장인, 장모를 자신의 부모처럼 여기지는 않았던 것으로 보인다. 서로에 대한 이와 같은 인식으로 인해 사위와 처부모는 내면적으로 팽팽하게 대립하고 갈등을 일으킬 수 있었을 것이나 어느 쪽도 서로에 대한 부정적 인식을 노골적으로 가시화할 수는 없었던 것이다. 바보민담

---

278) 〈사위는 남의 자식이라, 5:397〉

은 현실적으로 표출할 수 없는 처부모와 사위들의 갈등과 서로에 대한 공격성을 웃음으로 포장하여 우회적이고 간접적인 방법으로 표출한다. 바보민담에서는 장인이 사위에게 얻어맞는가 하면, 서로 맞붙어 싸우기도 하고, 사위에게 골탕을 먹기도 하고, 장모 또한 사위에게 욕을 당하거나 웃음거리가 되는 등의 장면이 부지기수로 나타난다. 이는 처부모는 처가라는 사회를 지배하는 중심인물로서, 처가의 각종 제도와 규범을 주도하는 자 내지는 그 제도와 규범을 대표하는 자이자 사위에게 각종 시험과 억압을 행사하는 자로 대표되기 때문일 것이다. 사위의 입장에서 자신에게 시험과 억압을 행사하는 처부모는 당연히 공격하고 훼손하고 싶은 존재로 여겨졌을 것이다. 가부장적 가치관을 지닌 사위의 입장에서는 처가의 풍습을 따르기보다는 본가의 풍습을 우선 고집하였을 터이고 보면, 민담 속에 등장하는 처부모는 사위에게 저항심을 자극하는 존재로서 비록 아무런 위해도 가하지 않았다고 하더라도 자주 바보사위의 공격을 받아 웃음거리로 전락하는 인물로 형상화되고 있는 것이다.

특히 바보민담에서는 처가 식구들이 사위로부터 강한 공격을 받고 있는 데 반해 처가의 가족들은 바보사위를 향하여 심한 공격성을 드러내지 못하는 경우가 많다. '사위 섬기기는 고양이 섬기기'라는 속담에도 나타나듯이 저를 먹여 주고 귀여워해 주는 주인에 대한 고마움을 전혀 알지 못하는 고양이와 마찬가지로 사위는 아무리 위하여 주어도 그 보람이 없는 줄 알면서도 처부모들은 딸을 책임지고 그 인생을 좌우할 사위에게 노골적인 공격을 가할 수가 없는 것이다. 사위들 또한 이 같은 처부모의 약점을 잘 알고 있기에 장인, 장모를 향하여 노골적인 공격을 할 수 있는 것이다. 게다가 민담 속의 사위들은 직접적으로 장인, 장모를 향하여 공격을 가하는 것이 아니라 바보로 가장하여 능청스럽게 공격하기 때문에, 장인, 장모의 입장에서 바보인 사위를 상대로 정상인인 그들이 맞서 싸운다는 것은 오히려 스스로 체면을 손상시키게 되는 것이다. 그건 마치 어른이 어처구니없는 일을 저지른 어린아이를 상대로 싸우는 것과 마찬가지로 오히려 자신들이 다른 사람들의 비웃음을 살 수도 있기 때문에 사위에게 웃음거리가 되었다는 것을 알면서도 어쩔 수 없이 당할 수밖에 없는 것이다. 이러한 이유 때문에 장인이나 처가 가족은 바보 사위의 공격을 고스란히 당하면서도 아무런 대응을 하기가 어려운 반면, 바보로 가장한 사위들은 도덕적·윤리적 제재를 받지 않고서도 자신의 적대자를 마음껏 공격할 수 있는 것이다.

바보사위들의 이러한 공격적 행위가 민담향유자들의 웃음을 이끌어내는 이유는 사위들이 바보짓을 하도록 그 원인을 제공한 자가 장인, 장모라는 것에 공감하기 때문이다. 바보민담에서 사위들은 장인이나 장모가 자신들에게 가하는 문제점이 무엇인지 제대로 파악하고 있으면서 그 허점을 정확하게 공격한다. <거짓말 잘하는 사위>[279]의 경우 대개 장인, 장모는 사위의 거짓말 때문에 봉변을 당하고 웃음거리가 된다. 사위의 거짓말 때문에 수차례 봉변을 당한 장인이 "에이! 애초에 거짓말 잘허넌 사우 얻는다는 놈이 미친 놈이지"[280]라고 스스로 자신을 나무라는 것은 민담향유자들뿐 아니라 웃음의 대상인 장인까지도 자신의 잘못을 인정한다는 것을 보여준다. <愚郎>[281]의 경우도 장인이 사위에게 "그년 어디로 가더냐"

279) 〈거짓말 세 마디, 8:255〉
280) 〈거짓말 잘하는 사위, 8:257〉

하고 물으니 사위가 "그년 저 개구녁으로 빠저나갔이요."라고 대답함으로써 장모를 욕보이는데, 이는 우선적으로 장모가 사위를 바보로 취급하여 원인을 제공했기 때문이고, 게다가 사위의 이 말은 장인이 한 말을 그대로 되풀이한 것이기 때문에 공격을 받은 장모나 애초에 저속한 욕설을 하여 사위가 그런 말을 하도록 빌미를 제공한 장인도 꼼짝할 수 없도록 만든 것이다. 이처럼 처가 가족의 허점을 정곡으로 찌르는 사위의 공격은 처가로부터 웃음거리가 된 많은 사위들에게 통쾌한 웃음을 주었을 것은 당연하다. 그리고 이 같은 웃음과 쾌감이 바로 민담 속의 바보사위들을 만들어 낸 한 요인이라 할 수 있겠다.

요컨대 사위와 처부모의 갈등을 보여주는 바보민담은 크게 두 가지 방향으로 나타나는데 그 하나는 사위들에 대한 너무 지나친 기대와 이러한 기대를 만족시켜주지 못하는 사위들에 대한 불만이 만들어 낸 이야기들이고, 다른 하나는 혼인으로 인해 새로 접하게 된 부담스럽고 낯선 문화적 공간인 처가와 자신을 바보로 전락시키는 처가 가족에 대한 사위들의 부정적 인식과 항변을 담은 이야기라고 하겠다. 이 중 공격성이 보다 강하게 나타나는 것은 전자보다는 후자의 경향을 보이는 민담들이다. 그러므로 사위 – 처부모 사이의 대립을 바탕으로 하는 바보민담은 조혼풍속이나 어린 신랑을 부정하는 여성들의 의식을 대변하는 이야기[282]라기보다는 오래전부터 지속되는 처부모나 여성들의 사위나 신랑에 대한 기대치가 만들어 내는 이야기들이고, 한편으로는 그러한 기대에 항변하는 남성들의 의

---

281) 〈愚郎, 3:321〉

282) 김석배, 앞의 논문, pp.120~121 ; 이강엽, 「바보 이야기의 유형과 그 의미」, 김태곤 외 21명, 『민속문학과 전통문화』, 박이정, 1997, p.331. 물론 일부 바보사위담들에서는 조혼풍속을 배경으로 한 이야기도 있다.

식을 보여주는 이야기들이라 하겠다.

2) 시부모와 며느리

바보민담에서 사위와 처부모의 대립관계에 비교될 수 있는 것은
며느리와 시부모의 대립이다. 며느리와 시부모 사이에 대립 관계가
형성되는 민담에서 바보로 등장하는 인물은 주로 며느리이다. 이
민담들에서는 며느리가 며느리로서 해야 할 집안일을 제대로 하지
못하거나[283] 시부모 앞에서 방귀를 뀐다거나[284] 말대답을 하거나
인사말을 제대로 하지 못함으로써 예의범절에 어긋난 행동 때문에
바보가 된다.[285] 며느리가 바보인 경우에는 이처럼 대개 시가에서
의 생활이나 규범과 관련된 내용이 주종을 이루어 혼인 의례와 관
련된 내용이 많았던 바보 사위가 등장하는 민담들과는 다른 경향
을 보인다. 바보사위담과 바보며느리담이 서로 다른 경향을 보이는
것은 사위는 혼인과 같은 특별한 행사 때가 아니면 처가에 가는
경우가 드물어 의례와 관련된 내용이 많을 수밖에 없고, 며느리는
늘 시가에서 함께 생활하기 때문에 집안일이나 생활 속에서 지켜
야 할 예의범절과 관련된 내용이 주종을 이루는 것으로 보인다.
며느리가 바보로 등장하는 민담에서는 바보짓의 주체가 며느리

---

283) 〈바보각시, 1:191〉, 〈세서 때라니까, 5:312〉, 〈닷되를 열닷되 밥으로 지은 며느리,
　　 대계, 7 - 13: 442〉
284) 〈며느리의 방귀, 2:200, 2:202〉, 〈며느리의 방귀, 2:201, 5:342, 8:334,
　　 10:331, 10:332〉
285) 〈신부1, 2, 1:212〉, 〈신부, 1:213〉, 〈미련한 며느리, 8:358〉, 〈세자부의 축하인사,
　　 4:247〉, 〈며느리의 문안인사, 6:168〉, 〈세며느리의 축수자, 8:273〉, 〈며느리의 말
　　 대꾸, 5:350〉 등.

이므로 기본적으로 웃는 자로서의 공격자는 시부모, 웃음의 대상으로서의 공격받는 자는 며느리가 된다고 하겠다. 이와 같은 표면상의 공격자와 공격 대상이 그대로 유지되는 경우는 주로 여성의 가사일과 관련된 이야기로, 이때 바보 며느리를 공격하는 주된 공격자는 시어머니로 나타난다. 시가에서 며느리에게 집안일을 시키거나 교육하는 일은 당연히 시어머니의 몫이었고, '열 사위 미운 데 없고 외며느리 고운 데 없다'는 속담처럼 아직 집안일에 미숙한 며느리-특히 갓 시집온 새색시-가 시어머니의 입장에서는 마음에 차지 않았을 것이다. 따라서 집안일에 서툰 며느리는 시어머니 눈에는 바보이자 웃음거리일 수밖에 없어 자연히 시어머니는 며느리를 향한 공격자가 되는 것이다.

그런데 사위가 바보로 등장하는 경우처럼 며느리가 바보로 등장하는 경우에도 공격자와 공격 대상이 역전되는 경우가 있다. 즉 공격자가 며느리, 공격 대상이 시부모로 두 인물 간의 관계가 바뀌어 나타나는 경우인데, 이때의 공격 대상은 주로 시어머니보다는 시아버지로 나타나는 것이 특징적이다.

> 어떤 사람이 딸을 살리는데 시집가서는 말할 적에는 존대말을 쓰구 말에는 님 째를 달아서 말하라구 닐러 줬다. 이 색시레 시집가서 밥상을 들구 샛문으루 들어가드랬데 시아바지레 샛문 앞에 누어 있어서 "아부님 대가리님 치우시요. 내 발님이 들어가무다"구 했다고 한다.[286]

이와 흡사한 내용의 다른 민담들에서도 친정 부모는 시집을 보내는 딸에게 시집에서는 남녀상하를 막론하고 모두에게 존댓말을 써야

---

286) 〈신부2, 1:212〉

한다고 일러준다. 그런데 이 민담들에서는 시집간 딸이 '내 발님', "송아지씨가 어치287)씨를 입으시고 뛰시니까 개씨가 보고 짖으십니다",288) "시동생님이 부랄님을 너덜님 너덜님 하십니다."289)처럼 존댓말을 쓸 필요가 없는 대상에게는 존댓말을 써서 상대를 높이면서도 당연히 높여야 할 시아버지에게는 "아버님 대갈님에 검불님이 앉았네",290) "아버님 눈깔님 보시게"291)이나 '아부님 대가리님'처럼 비하하는 말을 써서 상하를 역전시켜 놓음으로써 웃음을 유발한다.

이 같은 민담의 배경을 지나치게 까다로운 존대법에서 찾고 있는 연구자292)도 있지만, 바보민담 전체를 통틀어 존댓말을 제대로 쓰지 못하는 바보인물이 유독 '며느리'라는 인물로만 한정되어 나타난다는 점에서 이러한 바보민담들이 반드시 까다로운 존대법만을 문제 삼고 있는 것은 아닌 듯하다. 많은 사람들이 우리말의 존대법을 까다롭게 여기고 있는 것은 사실이다. 하지만 존댓말은 우리나라 사람이라면 상대방과의 관계에 따라 남녀노소를 막론하고 누구나 적절히 사용할 수 있어야 하는 말이므로 유독 며느리에게만 까다로운 말은 아닌 것이다. 그럼에도 불구하고 바보민담에서 존댓말을 제대로 사용하지 못하는 바보인물로 유일하게 며느리만 등장한다는 사실은 이 민담에서 제기하는 문제를 존댓말 자체의 문제로 돌리기보다는 존댓말 쓰기와 관련되면서도 단지 며느리들에게만 강요되었던 언어적 관습의 문제로 보아야 한다는 것이다.

---

287) '언치'의 방언으로 말이나 소의 안장이나 길마 밑에 깔아 그 등을 덮어 주는 방석이나 담요를 뜻하는 말.
288) 〈미련한 며느리, 8:358〉
289) 〈신부, 1:213〉
290) 〈엉터리 존대 쓴 며느리〉 최웅 외, 『강원의 설화 Ⅲ』, 강원도청, 2006, p.385.
291) 〈아무데나 존대하는 며느리〉 위의 책, p.1091.
292) 한만수, 앞의 논문, p.27.

전통적으로 남성은 처가의 손아래 사람에게는 존댓말을 쓰지 않는다.[293] 하지만 여성은 혼인을 하게 되면 비록 같은 항렬일지라도 나이에 상관없이 시댁 식구 모두에게 존댓말을 써야 하는 것이다. 이처럼 바보민담 속에서의 친정부모는 딸에게 시댁에서는 친정에서와는 다른 기준으로 존댓말을 써야 한다는 것을 일러준 것이다.

그런데 자신보다 나이가 어린 사람에게까지, 게다가 어린아이에게까지 존댓말 쓰기를 요구하는 관습은 며느리 입장에서 생각해 보면 부당하게 인식될 수밖에 없다. 이 바보민담에서 며느리가 존댓말을 완전히 뒤바꿔 사용하여 존댓말을 웃음거리로 만든 것은 이 같은 언어적 관습의 부조리함을 지적한 것으로 볼 수 있다. 사실 민담 속 바보 며느리는 존대해야 할 대상과 하대해야 할 대상을 정확하게 뒤바꿔 존댓말을 사용하고 있다. 민담의 향유자들이 웃음을 터뜨리게 되는 곳이 바로 이 대목인데, 며느리가 존댓말을 실제로 몰라서가 아니라 정확히 뒤바꿔 사용할 정도로 잘 알면서도 능청을 떨어 샛문 앞에 얌체같이 누운 시아버지의 체면을 훼손시키고 있다는 점에서 통쾌함을 느끼게 되는 것이다. 따라서 이 민담에서 바보인물은 표면상 며느리로 형상화되어 있지만 사실상 며느리는 바보라기보다는 스스로 바보로 가장하여 부조리한 관습을 전복시키고 그 관습에 저항하려 하고 있을 뿐, 실질적인 웃음의 대상은 오히려 며느리에게 농락을 당하는 시아버지라 하겠다.

이처럼 사회적 관습, 특히 며느리가 지켜야 할 예의범절과 관련

293) 여성의 경우에는 시가 식구들과의 관계에서 남편을 따라 그 서열, 촌수 항렬 등이 결정되므로 비록 윗동서가 자신보다 나이가 어린 경우라 할지라도 남편의 서열에 따라 형님으로 깍듯이 모셔야 하지만 사위는 대부분 나이 차이가 10년 이내의 경우라면 비록 손위 식구라 할지라도 사회적 친분으로 인정하여 친구처럼 벗 삼아 지내는 것이 허용되기도 한다.

된 민담에서는 그 공격 대상이 주로 시아버지로 나타난다. 더구나 민담 속에서의 시아버지는 표면적으로 며느리에게 아무런 위해를 가하지 않았음에도 며느리의 공격을 받는가 하면, <며느리 방귀>와 같은 민담에서는 방귀를 참느라 누렇게 뜬 며느리를 돕기 위해 방귀를 뀌라고 허용하고도 오히려 며느리의 공격을 받아 웃음거리가 되기도 한다. 이러한 측면에서 본다면 민담 속 며느리들은 비윤리적이라는 비판을 받을 수도 있을 것이다. 하지만 위의 민담에서 보는 바와 같이 실상은 며느리가 누워 있는 시아버지를 격하시킨 것이나 <며느리 방귀>에서처럼 자신에게 관용을 베푼 시아버지를 날려 보낸 것은 시아버지에 대한 직접적인 공격이기보다는 며느리에게 억제를 가하는 부조리한 관습과 규범에 대한 공격이라고 보아야 할 것이다. 전통적으로 며느리에게 가해지는 사회적 억압과 규제는 대부분 가부장적 세계관을 바탕으로 하고 있는데, 며느리가 부조리한 관습이나 규범을 대신해서 시아버지를 주된 공격의 대상으로 삼는 이유는 시아버지가 바로 부조리한 가부장적 관습과 규범을 주도하는 상징적인 인물이기 때문이다. 시아버지는 집안에서 누구도 함부로 할 수 없는 권위의 대상이기에 시어머니보다는 시아버지를 웃음의 대상으로 삼는 것이 가부장적 규범에 대한 저항을 표출하기에는 훨씬 효과적이었던 것이다.

바보며느리와 갈등을 일으키는 대립자로 시어머니보다 시아버지가 많이 나타나는 것은 이러한 이유 때문이다. 이는 사위와 대립적인 인물로 장인보다 장모가 많이 나타는 것과 마찬가지의 이성 간의 대립 양상으로 나타난다.[294] 게다가 사위가 공격자의 역할로,

---

294) 이는 '며느리 사랑은 시아버지, 사위 사랑은 장모'라는 속담의 인식과는 상반되는 것처럼 보인다. 하지만 대립관계로 보면 그렇지만 시아버지나 장모는 대개 며느리나 사위에게 공격의 대상이지 공격자는 아니라는 점에서 이 속담과 상반된 인식을 보

장모가 공격 대상의 역할로 설정되는 것과 마찬가지로 며느리가
공격자의 역할을, 시아버지가 공격 대상의 역할을 하게 되는 것도
동일한 양상인데, 이러한 대립적 인물의 설정은 사위 대 장모, 며
느리 대 시아버지라는 인물 간의 직접적인 갈등보다는 이들 두 인
물들 간의 갈등을 통해 제기되고 있는 사회적 관습의 부조리함을
보다 더 부각시키기 위한 의도라 보아야 할 것이다.

하지만 바보민담의 인물 간 대립 양상에서 특이한 점은 사위가
장모를 공격하는 이야기의 경우 그 웃음과 공격성의 효과를 증폭
시키기 위한 방법으로 여성인 장모에게 욕설을 한다거나 똥을 먹이
거나 성적으로 욕을 보이는 등 며느리가 시아버지를 공격하는 이야
기에서보다 훨씬 더 강하고 저열한 공격성이 나타난다는 것이다.

> <전략> 믹제기는 그 후루는 가싯집에 영영 가딜 안했넌데 가시
> 오마니레 벵이 나서 죽게 됐다구 해서 부득이 가봐야 할 사정이 됐
> 다. 오마니는 믹제기과 가싯집에 가멘 척 들어가서 처남에 색시과 밈
> 좀 쑤어달래 개지구 가시 오마니 입에 떠네 주라구 대줬다. 미욱쟁이
> 는 가싯집에 들어가자마자 대문간서부터 "처남에 색시, 처남에 색시
> 밈 좀 쒀주구레. 밈좀 쒀주구레" 하멘 들어갔다. 처남에 색시가 밈을
> 쒀다 주느꺼니 믹제기는 방으루 개지구 들어가서 가시 오마니가 깍
> 구루 둔눈 것을 모르구 가시 오마니에 밑구녕에다 대구 밈을 퍼넸다.
> 그러느꺼니 풀지락 풀지락 소리가 났다. 믹재기는 이 소리를 듣구
> "아침에 쑨 밈이 돼서 식었넌데 불디 말구 날래 마시구레" 하멘 자꾸
> 죽을 퍼넸다. 처남이 이거를 보구 "이 맥재기 같으니라구" 하멘 때렸
> 다. 믹재기는 울멘 돌아왔넌데 고 담에는 가싯집에 영영 가디 안 했다
> 구 한다.[295)]

이 민담은 앞서 살펴본 <바보신랑>[296)]의 뒷부분이다. 여기서

이는 것은 아니다.
295) 〈바보신랑3, 1:200〉
296) 각주 214)번 민담 〈바보신랑, 1:202~202〉 참조.

바보사위는 이미 여러 차례 바보짓을 반복하여 처가 가족으로부터 매를 맞고 울면서 집으로 돌아가서 그 이후로 다시는 처가에 가지 않았다. 하지만 장모가 아프다고 하자 어쩔 수 없이 다시 가게 된 처가에서 또 다시 바보짓을 하게 됨으로써 웃음거리가 되고 있다. 그런데 이 민담에서는 표면적으로 사위가 웃음의 대상이지만 실질적으로 웃음거리가 된 인물은 사위의 바보짓에 고스란히 당하는 장모이다. 사위는 바보짓을 통하여 아픈 장모를 욕보이는 것으로 장모를 웃음의 대상으로 만들고 있는 것이다. 그런데 웃음의 대상이 된 인물이 받는 모욕감은 특히 사회적으로 터부시 되고 있는 성과 관련되어 웃음거리가 되었을 때 더욱 심하게 느끼게 된다. 따라서 사위가 장모를 성적 웃음거리로 만들었다는 것은 그 공격성의 정도가 다른 어떤 방법보다 신랄할 뿐 아니라 매우 저급한 것이라 할 수 있다.

이는 며느리가 시아버지를 향해 비슷한 공격성을 보이는 아래 민담과는 확연한 차이를 보인다.

> 옛날에 어떤 영감이 메누리럴 셋을 얻었는데 생일날이 돼서 메누리럴보고 오늘은 내 생일날이니 너그덜은 내 마음을 기쁘게 하기 위해서 기쁘게 하는 글자로 인사를 하라고 말했어요. 그러니께 큰메누리는 갓을 씨고 와서 편안 安자로 뵈옵니다, 했어요. 여자가 갓을 썼으니 安字가 된 거죠. 둘째 메누리넌 애기를 옆에 끼고 와서 좋 好자로 뵈옵니다, 했어요. 여자가 아들을 껴안었으니 好字가 되거요. 그런데 셋재메누리는 마땅한 글자를 생각해 내지 못했어요. 그래서 얼른 생각내가지고 궁뎅이를 까가지구 시아버지 앞에다 대고 법중 몸字로 뵈옵니다, 하더래요.[297]<이하 생략>

인용문에서 셋째 며느리가 바보짓을 일으킨 배경은 시아버지가

---

297) 〈며느리 문안 인사, 6:168〉 이와 비슷한 민담으로 〈세 자부의 축하인사, 4:247〉, 〈왈패 처자, 8:282〉, 〈세 며느리의 축수자, 8:273〉 등이 있다.

생일 축하 인사를 문자로 하라고 요구한 것이다. 첫째, 둘째 며느리는 시아버지의 요구대로 축하 인사를 잘하지만 셋째 며느리는 바보짓을 함으로써 웃음을 유발하고 있다. 여기서 웃음의 대상이 되는 일차적 인물은 셋째 며느리이다. 하지만 이 며느리는 시아버지의 생일날 많은 사람들 앞에서 자신의 '궁뎅이를 까는' 바보짓을 저지를 정도로 바보스러운 인물이다. 따라서 셋째 며느리는 비록 웃음의 대상이 되었다고는 해도 성적 수치심조차 느끼지 않는 인물이기 때문에 실질적인 웃음의 대상이라 할 수 없다. 며느리의 이 같은 바보짓으로 인해 민망함과 수치심을 느끼게 되는 인물은 오히려 시아버지인 것이다. 즉 며느리들로부터 문자로 점잖은 인사를 받아 여러 사람 앞에서 자신의 체면을 세우려던 시아버지가 셋째 며느리의 바보짓으로 인해 오히려 점잖은 체면이 손상되고 웃음거리가 되어 버린 것이다.

그런데 주목할 점은 앞서 살핀 <바보사위>[298]에서 사위가 장모를 웃음의 대상으로 만들기 위해 사용되었던 것과 동일하게 이 민담에서도 시아버지를 격하시키고 웃음의 대상으로 만들기 위한 수단으로 성적 모티프(motif)[299]를 이용한다는 사실이다. 하지만 앞의 경우에는 웃음 유발자인 사위가 장모의 성을 직접 공격함으로써 장모를 웃음거리로 만들고 있는 데 비해, 이 민담에서의 웃음 유발자인 며느리는 시아버지를 웃음거리로 만들기 위해 자신의 성을 이용한다는 점에서 차이를 보인다. 그리고 이 같은 차이는 바

---

298) 〈바보신랑3. 1 : 200〉

299) 모티프는 이야기의 최소 단위이다. 따라서 이야기는 모티프들의 집합체라고 할 수 있는데, 모티프는 주제를 발전시키기 위해 독자의 주의를 환기시키면서 인과적 관계나 연대기적 관계로 재배열된다. Robert Scholes, *Structuralism in Literature*, Yale University Press. 1974. p.78.

보민담의 웃음에 대한 의미와 성격을 달리 하게 만들어 앞의 <바보사위>에 나타나는 웃음은 장모를 성적으로 공격하고 욕보이는 데 초점이 놓이도록 하고 그 공격성도 강하게 수반되는 반면, 이 <며느리 문안 인사>에 나타나는 웃음은 시아버지의 권위를 격하시키는 것에 초점이 놓이도록 하고 그 공격성 또한 상대적으로 약화됨을 알 수 있다.

시아버지와 며느리의 대립을 보이는 민담의 대부분은 이처럼 시아버지의 권위나 체면을 손상시키는 데 초점이 놓여 있다.

> 옛적에 미니리캉 씨아버지캉 사는디 하리는 미니리가 팥죽을 한 솥 끓인다. 팥죽을 끓여놓고 물질로 나갔다. 이 사이에 씨아부지가 팥죽을 미니리 몰래 묵을라꼬 팥죽을 한 그럭 떠가주구 묵을라꼬 벤소에 가서 묵었다. 미니리는 물을 질어갖고 와보이 씨아부지도 없고 집에 암도 없었다.
> 미니리는 씨아부지 몰래 팥죽을 더 묵고 싶어서 팥죽을 한 거럭 퍼갖고 아무도 모리게 묵을라꼬 벤소로 갔다. 벤소에 가이 씨아버지가 팥죽을 묵고 있었다. 미니리는 그만 당황해서 팥죽 그럭을 씨아부지 앞이 내밈서 "아부지 팥죽 잡수"캤다. 씨아버지는 미니리 몰래 팥죽을 묵는 판인디 팥죽 잡수하고 미니리가 팥죽을 내밀으이 씨아부지는 놀래고 어이가 없어서 팥죽 그럭을 머리에 씨고 "아이고 미니라 이거 팥죽 말 소리만 들어도 팥죽 땀이 머리서 흘러내리는구나" 이랬다 칸다.[300]

대개 며느리와 함께 사는 시아버지는 따로 먹고 싶은 것이 있어도 손수 찾아서 먹거나 직접 달라고 하지 않았다. 전통적으로 부엌일은 아녀자들의 몫이었고, 남성들이 부엌 출입을 하는 것은 체면에 맞지 않는다고 생각하는 것이 일반적인 통념이었기 때문이다.

---

300) 〈팥죽 땀, 12:171〉

식욕은 인간이라면 누구나 갖고 있는 본능적 욕망임에도 불구하고 사회적 관습이나 관념은 체면이라는 명목으로 인간의 본능마저도 규제하고 있는 셈이다. 시가에 있어서 이 체면 차리기는 특히 가장인 시아버지와 관련되는 경우가 많다. 그리고 시아버지는 다른 사람보다도 며느리 앞에서는 더욱 그 체면을 지키려고 애쓴다. 그러므로 민담에서 시아버지의 체면을 격하시키기 위한 상대적 인물로 며느리보다 효과적인 인물은 찾기 어려웠을 것이다. 며느리와 시아버지가 대립적 관계로 민담에 등장하는 것은 바로 이러한 이유 때문이겠지만 사실 그 실질적인 웃음의 공격 대상은 시아버지보다도 며느리들에게 부조리하다고 인식되었던 사회적 관습이나 관념인 경우가 대부분이다. 이 민담에서 역시 표면적으로는 시아버지를 웃음거리로 만들고 있지만, 시아버지에게 팥죽을 내미는 며느리의 행위는 우발적인 행동일 뿐 시아버지에 대한 공격적 의도가 희박한 것으로 미루어 보더라도 실질적인 웃음의 대상은 생존의 바탕이 되는 식욕의 자유마저도 허용치 않는 부조리한 관습, 즉 체면 의식으로 보아야 하는 것이다.

이처럼 시부모와 며느리의 대립을 보여주는 민담은 당대의 사회적 관습이나 관념에 대한 며느리들의 의식을 반영한 경우가 대부분이다. 그런데 사위들에 비해 유교적 관습이나 규범의 억압을 훨씬 많이 받았던 며느리들의 의식을 반영한 바보민담이 훨씬 우세하게 나타나야 하겠지만 실상은 그렇지 못하다. 이 책에서 연구대상으로 삼은 『한국구전설화』의 민담 중에는 특별한 경우에만 만나는 사위와 처부모와의 대립을 보여주는 이야기가 60여 편이나 되는데 비해 늘 함께 생활하는 며느리와 시부모와의 대립을 보여주는 이야기는 26편 정도로 그 양이 월등히 적게 나타나고 있는 것이다. 그 이유 역시 가부장적 세계관에서 찾을 수 있겠다. 사위는 가부장 사회의 주도자인 남성일 뿐만 아니라 딸의 운명을 좌지우 지할 위치에 있는 사람이기에 처가의 관습이나 규범에 대한 불만 을 표출하더라도 처가로부터 크게 비난을 받지 않았을 것이다. 하 지만 가부장적 질서하에서의 며느리는 이와는 아주 달라서 비록 간접적으로라도 자신의 불만을 표출했을 경우에는 혹독한 처벌을 받게 되었을 것이다. 따라서 실제 생활에서 사위들과는 비교할 수 없는 심한 규제와 통제를 받는 며느리들이 혹 그 억압에 대한 부 당함을 인식했다고 하더라도 사위들처럼 그들의 저항감을 쉽사리 표출하기는 어려웠을 것이다. 즉 가부장 사회 속에서 여성들에게는 자신들을 억압하는 대상을 웃음의 대상으로 삼아 즐기는 것조차 자유롭게 허용되지 않았던 것이다. 또한 가부장 이데올로기에 오랜 세월 침윤당한 채 살아온 대부분의 여성들은 여성들에게 가해지는 규제와 억압을 당연한 것으로 받아들이고 그 부당함조차도 미처 깨닫지 못했을 것이다. 이러한 이유 때문에 여성적 인식을 반영한 바보민담이 남성적 인식을 반영한 바보민담에 비해 상대적으로 적 을 수밖에 없었던 것으로 보인다.

3) 남편과 아내

이 책의 연구 대상이 된 바보민담 중 남편과 아내의 대립이 나 타나는 민담은 약 50편에 이른다. 하지만 바보사위담 중에 남편과 아내의 대립관계가 형성되는 민담들이 다수 있어서 실제로는 그보 다 훨씬 많다고 할 수 있다. 연구자들이 바보사위담에 포함시키는

<愚郞>301)과 같은 민담에 등장하는 대부분의 바보인물들은 신랑과 사위라는 명칭을 동시에 사용하고 있고, 그들과 갈등을 일으키는 상대 인물도 처부모와 아내가 동시에 등장하는 경우가 많다.302) 남편이 처부모와 대립적인 관계를 형성할 때 아내는 대개 신랑의 협조자로 기능하는 경우가 많은데, 앞에서 살펴본 <무식한 사위의 글짓기> 같은 민담이나 <愚郞>303)과 같은 예가 대표적이라 할 수 있다. 하지만 며느리가 바보로 등장하여 시부모와 대립하는 경우 남편이 등장하는 예는 거의 없고, <며느리 방귀>담 일부에서 아주 드물게 등장한다 하더라도 아내의 협조자로 기능하지는 않는다는 점이 극히 대조적이다.

부부간의 대립을 보이는 민담에서 바보인물은 신랑 혹은 색시로 등장하기 때문에 그 대립적 인물 또한 색시, 신랑으로 서로를 향한 공격자가 되어야 하지만 실제로 아내가 남편의 공격자로 등장하는 경우는 아주 드물다.304) 남편과 아내가 대립적인 경우 주로 공격자는 남편, 공격 대상은 아내로 나타나고 있는 것이다. 또한 남편이 바보로 등장하는 경우와 아내가 바보로 등장하는 경우 그 내용에 있어서도 차이를 보인다. 남편이 바보인물로 등장하는 경우에는 민담의 내용이 주로 외형적 명분이나 명목적 가치와 관련된 내용이 많은 반면, 아내가 바보인물로 등장하는 경우에는 인간의 욕망 또

---

301) '신랑'이라는 명칭은 '① 갓 결혼하였거나 결혼하는 남자 ② 신혼 초의 남편을 이르는 말'이라는 두 가지 의미를 지니는데 민담의 제목에서는 ①의 의미로 쓰여 아내와만 대립적인 관계를 형성하는 것은 아니다.

302) 지금까지의 연구자들 또한 바보신랑담을 별도로 구분하지 않고 바보사위담에 포함시키고 이 두 민담을 거의 동일한 민담으로 취급하고 있다.

303) 〈愚郞, 3:321〉

304) 가장으로서의 역할과 관련이 있는 경우인 장사하기에 실패하는 〈너도 아내에게 쫓겨났느냐, 1:189〉 정도이고 또 표면적으로 협조자로 등장하지만 실질적으로 적대자로 기능하는 경우인 〈바보신랑, 1:197〉 같은 예 정도이다.

는 본능과 관련된 내용이거나 여성으로서의 실질적인 역할과 관련된 내용이 대부분인 것이다. 이는 전통적으로 남성은 대사회적인 역할이나 관념적 명분과 같은 외면적 가치를 중요하게 인식하였던 반면 여성은 가정 내에서 지켜야 할 규범이나 실질적인 가사 등을 중요하게 인식한 때문으로 보인다.

> 넷날에 서나가 옷고롬이 떨어데서 색시보구 옷고름을 달아 달라구 하느꺼니 이거를 등에다 달아 줬다. 남덩이 증을 내서 "옷고롬 하나 제대루 달디 못하는 에미나이 같으니" 하멘 과텼다. 색시레 다시 단 다구 달았넌데 이번에는 소매에다 달았다. 서나는 이걸 보구 기가 막혀서 허허 허구 웃었다. 그러느꺼니 이 에마나이 하는 말이 "아 비위에 좀 틀리문 과티구 비위에 좀 맞으멘 해해 하구 남덩이 맘씨를 고렇게 쓰는 거이 아니야" 하드래.305)

인용한 민담은 집안일을 제대로 하지 못하는 색시를 웃음거리로 삼은 이야기이다. 옷고름을 제대로 달지 못하는 것도 웃음의 대상이지만 어이없어 웃는 남편을 오히려 나무라는 적반하장의 능청스러움은 웃음을 더 크게 증폭시킨다. 이처럼 아내가 집안일을 잘하지 못해 웃음의 대상이 된 바보민담으로는 곶감으로 국을 끓였다는 <곶감국>306)과 같은 예가 더 있으나 많이 전해지지는 않고, 이들 민담에서는 아내에 대한 공격성도 그리 강하게 나타나지 않는다.

한편 여성의 본능적 문제를 웃음의 대상으로 삼은 바보민담들은 며느리 방귀담을 제외한 대부분의 이야기에서 남편이 아내를 공격하는 것으로 나타난다. 그런데 이들 민담에서는 집안일을 내용으로 하

---

305) 〈바보각시, 1:213〉 이 외에도 〈愚婦, 8:358〉도 비슷한 내용의 민담이다.
306) 〈곶감국, 8:356, 8:357〉, 〈곶감국을 끓였는데, 8:357〉

는 이야기와는 달리 그 공격성이 아주 강하게 나타나서 공격자인 남편이 공격 대상인 아내를 쫓아내거나 심하면 죽이는 정도에까지 이른다. 여성의 본능적 문제를 내용으로 하는 바보민담 중에서도 성욕과 관련된 이야기가 단연 많으나, 성욕보다는 오히려 식욕과 관련된 내용의 민담에서 공격성이 더욱 강하게 나타나는 것은 특기할 만하다.

> <1> 옛날 어떤 처자가 첫날밤에 새실랑캉 그 짓을 하이 참 이제꺼지 맛보지 못한 거로 맛봤다. 어찌나 좋은지 이런 법을 누가 맨들어 났노 카고 실랑보고 물었다. 그거는 와 묻노 캤다. 실랑여석 아는 치함서 공자임이 만들어 났다 캤다. 공자임 어데 있노? 캤다. 그건 와 묻노? "공자임 신통해서 보신이나 한 컬레 해 줄라고"[307]

> <2> <전략> 이 마누래란 것이 밥얼 먹넌디 그 열 사람 먹을 밥얼 혼자 다 먹었다. 그리고 집이로 갔다. 마누래가 간 담에 이 사람이 저그 집 있넌 디럴 봉께 연기가 뭉게뭉게 올라오고 있었다. 밥얼 그만치 먹었으면 그만이지 집이 가서 멀 히먹는가 싶어서 쫓아가서 봉개 마누래년 솥에다 콩얼 볶음서 볶아진 콩얼 주워먹고 있었다. 이 사람언 기가 맥혀서 에이 이런 년 두었다가넌 집안 망허겄다 허고 때려 죽이고 배를 째 봉개 콩 볶은 것이 들어간 디 밥언 삭어 없어지고 콩이 덜 들어간 디 밥언 그대로 있었다.[308]<이하 생략>

<1>에서는 색시의 성적 욕망을 희화적으로 보여주어 웃음을 유발하지만 여기에서 공격성은 거의 찾아보기 어렵다. 오히려 인물의 순박하고 진술한 마음씨가 드러나 청중으로 하여금 긍정적 웃음을 짓게 하고 있는 것이다. 성적 욕망과 관련된 내용을 다루는

307) 〈공자님에게 버선을, 12:178〉, 〈공자에게 버선을, 9:73〉
308) 〈밥 안 먹는 마누라, 8:262〉

226

바보민담들에서 웃음의 대상이 되는 인물은 대부분 여성이다. 하지만 이 민담에서 보여주듯이 이때 여성 바보인물들은 단지 성적 내용과 웃음을 이어주는 매개로만 기능하고 있을 뿐 신랄한 비판의 대상으로 삼지는 않고 있는 것이다.

하지만 <2>에서 보는 바와 같이 여성의 식욕을 내용으로 하는 민담에서는 여성 바보인물에 대해 부정적 인식이 매우 강하게 나타나며 그 공격성 또한 충격적이다. 예문에서와 같이 식욕을 탐하는 아내를 남편이 직접 죽이기까지는 않는다 하더라도 대부분의 바보민담에서는 식탐을 부리는 아내를 좇아내는 등의 가혹한 처벌을 하고 있는 것이다. 바보민담에서 여성의 식욕에 대해 이같이 심한 공격성을 드러내는 것은 아내를 생산적인 활동을 하지 않으면서 집안에만 틀어박혀 식탐만 부리는 존재로 인식하는 경향이 있었기 때문인 것으로 보인다. 이처럼 바보민담에 나타나는 공격성은 아내들이 지닌 결함의 심각성에 대한 남편의 인식 정도에 따라 상이하게 나타난다. 즉 바보민담은 당시의 남성들이 무엇을 여성의 결함으로 지적하고 경계하였는지를 보여주고 있는 것이다.

아내가 바보인물로 형상화된 바보민담에서 남편은 웃는 자 내지는 웃음 유발자로서 일관되게 바보아내를 향한 공격자의 역할을 한다. 하지만 이와는 달리 남편이 바보인물로 등장하는 경우 아내는 반드시 공격자로서만 기능하지 않는다.

> 넷날에 믹제기 새시방이 있드랬년데 가시 아바지레 돈을 주멘 당에 가서 뚝배기하구 갓을 사오라구 했다. 새시방이 갈라구 하년데 색시는 뚝배기를 살라문 물을 부어 봐서 물이 새디 않는 거를 사구 갓은 머리에 써봐서 맞는 거를 사오라구 대주었다.[309]<이하 생략>

---

309) 〈바보신랑. 1:202〉

옛적으 신랑 하나가 처갓집에 강께 처갓집이서넌 사우 주겄다고 인절미럴 혔다. 각시가 인절미에 고물얼 묻혀감서 떡얼 비고 있었다. 신랑이 그 옆이서 보고 있넌디 각시넌 한 뎅이라도 지 신랑 더 멕이고 싶었던지 떡얼 한 뎅이 뚝 떼서 부모 모르게 신랑 손에다 쥐어 주었다. 신랑언 깜짝 놀램서 "아이 뜨거, 아이 뜨거" 험서 혹석을 떨었다. 각시넌 부모 보기가 무안히서 폴고물 하나 뛰어갔넌디 뭘 저리 혹석얼 피넌지 모르겄네 허고 혼잣말허듯이 혔다. 그렇게 신랑여석언 떡뎅이럴 쟁인 장모 앞에다 쑥 내밀면서 이게 폴고물 하나여 허드라.[310]

첫 번째 민담에서는 바보남편에게 해결해야 할 문제가 생기자 문제를 잘 해결할 수 있도록 아내가 그 방법을 알려준다. 이 민담에서는 끝내 남편이 문제 해결에 성공하지는 못하지만 이러한 결과는 바보남편의 어리석음 때문이지 결코 아내 때문이라고는 할 수 없다.

두 번째 민담에서는 아내가 제 남편에게 떡 한 덩이라도 더 먹이고 싶은 마음에 부모 몰래 떡을 주지만 남편은 오히려 그 사실을 폭로함으로써 아내를 웃음거리로 만들고 있다. 이 민담에서 바보로 형상화된 인물은 남편이지만 실제로 웃음의 대상이 된 것은 아내이다. 결과적으로 남편은 자신을 위하려는 아내를 웃음거리로 만듦으로써 자신은 공격자 아내는 공격의 대상으로 만들어 버리고 있는 것이다. 아내가 바보로 형상화된 바보민담의 경우 아내를 위하는 남편의 모습은 거의 발견되지 않는 것과는 달리 이처럼 남편이 바보로 형상화된 바보민담에서는 아내가 바보남편을 위하는 모습으로 나타나는 것이 일반적이다. 비록 바보남편의 어리석음 때문에 그 최종적인 결과는 실패로 끝나더라도 아내는 대체적으로 남편의 협조

310) 〈愚郎, 8:365〉

자로 기능하고 있는 것이다.

> 옛적으 한 군데 내오가 살고 있넌디 서방이란 사람언 먹을 것이 생기먼 저 혼자만 먹지 각시한티 나누어 주넌 법이 없었다. 그런디 각시넌 쬐그만 것이 생겨도 꼭 서방허고 나누어 먹었다.
> 한번언 서방이 매초리럴 한 마리 잡어갖고 와서 각시보고 볶아 돌라고 히서 볶아 주었더니 지 각시한티넌 빛감도 않고(먹어보라는 말을 조금도 않고) 저 혼자 다 먹어 버렸다. 그렇개 각시넌 서방 허넌 짓이 괘씸히서 에이 나도 먹을 것 생기면 나 혼자 먹겄다 허고 하루넌 폽얼 두어서 떡을 히갖고 저혼자 먹고 있었다. 서방이 보고 어찌서 떡얼 히서 나넌 안 주고 혼자만 먹냐고 헜다. 그렇개 각시넌 당신도 먹을 것이 생기면 혼자만 먹고 히서 나도 그런다고 헜다. 그럼서도 떡얼 서방한티 나눠줌서 먹을 것이 생기면 서로 나눠 먹어야 하지 않냐고 헜다.
> 그리고 나서 하루넌 남편이 마당얼 씰다가 밥허넌 각시보고 어서 칼판허고 칼허고 갖고 나오라고 소리쳤다. 각시넌 칼판허고 칼허고 갖고 마당에 나가서 왜 그러냥개 마당 씰다 콩 하나 줏었잉개 우리 둘이 나눠 먹을라고 그런다고 헜단다고 헜다.[311]

이 민담은 표면적으로 봤을 때 바보인 남편이 웃음의 대상인 공격받는 자로, 아내는 웃는 자로서 공격자로 보일 수 있다. 하지만 이 민담은 남편이 일부러 어깃장을 부리는 이야기로 볼 수 있다. 비록 아내가 바보남편에게 '먹을 것이 생기면 서로 나눠 먹어야 하지 않냐'는 핀잔을 주긴 했다지만, 마당에서 주운 콩 하나를 나눠 먹기 위해 밥하느라 바쁜 아내에게 도마와 칼을 가지고 나오도록 번거롭게 만드는 것은 정도가 지나친 행위로 아내의 핀잔에 대한 보복행위이다. 아내가 떡을 해서 혼자 먹었던 것은 교훈적 효과를 노린 긍정적 의도로 인식되지만, 콩 한 쪽을 가르기 위해 밥

....
311) 〈콩을 나누어 먹는 남편, 8:346〉

하는 아내에게 칼과 도마를 가지고 나오도록 하는 것은 명백히 부엌일을 훼방하고자 하는 부정적 의도로 밖에는 볼 수 없기 때문이다. 따라서 이 바보민담의 공격자는 아내가 아니라 오히려 바보남편인 것이다. 굳이 이 바보민담의 주된 향유자를 남성이라 가정하지 않더라도, 웃음의 대상은 아내와도 음식을 나누지 않는 바보남편의 식탐이라기보다 감히 남편에게 도리를 가르치려 드는 아내에게 어깃장을 부리는 남편의 행위라고 할 수 있다.

이처럼 아내가 바보인물로 등장하는 경우 남편은 주로 공격자로 기능하는 데 비해, 남편이 바보인물로 등장하는 경우[312] 아내는 주로 바보남편의 협조자로 기능해 서로 상반된 현상이 나타나는 것은 전통적 관습이나 가부장적 의식과 관련하여 민담향유자들이 지닌 배우자에 대한 부부의 사회적 역할과 인식이 서로 달랐음을 보여주는 것이다. 아내는 남편의 성공 여부에 따라 자신의 삶 또한 좌우된다는 인식이 강했기 때문에 남편의 삶과 자신의 삶을 따로 떼어 생각할 수 없었을 것이므로 아내는 남편의 성공을 돕는 협조자가 될 수밖에 없는 것이다. 이와는 반대로 남편의 입장에서 아내는 자신의 삶에 절대적인 영향을 끼치는 존재라고 인식하지 않았을 뿐 아니라[313] 오히려 아내의 뛰어난 능력이나 강한 개성은 남편의 권위에 도전하거나 남편의 사회적 체면을 훼손시키는 요인[314]으로 인식하였던 것이다. 따라서 바보민담에서 아내에 대한 공격자로서의 남편은 아내가 지닌 인간의 본질적 욕망이나 인식적

312) 가장으로서의 역할이 웃음의 대상이 되는 경우 아내가 공격자이다.
313) 일부다처제나 여성의 개가 금지와 같이 여성에게 불리한 사회제도들은 이러한 인식을 부추기는 데 상당한 역할을 했을 것으로 보인다.
314) 여성을 웃음의 대상으로 삼은 민담 중에 〈사나운 여자〉와 같이 기가 드센 여자들을 길들이는 이야기가 다수 존재하는데 이는 강한 개성을 소유한 여성에 대한 남성의 부정적 인식을 단적으로 보여준다.

능력과 관련된 결함에 대해서는 아내가 지녀야 할 덕목으로서의 여성성에 대한 상실로 치부하여 강력한 제재를 가하고 있으면서도, 가사와 내조315) 등과 관련된 여성적 능력의 결함에 대해서는 상대적으로 보다 관대함을 보여주고 있는 것이다.

4) 형과 아우

앞서 살펴본 바와 같이 가족 간의 대립이나 갈등은 혼인으로 맺어진 가족들 사이에서 형성되는 것이 일반적인데, 이와는 다르게 혈연관계에 있는 형제 사이에 대립관계가 형성되는 경우가 있어 주목된다. 물론 바보민담 중에는 형제와 대비되는 자매들이 바보로 등장하는 경우도 있긴 하지만 이 경우에는 자매들이 모두 바보로 형상화되고 있어 자매들끼리의 대립으로까지 발전하지는 않는다. 이 외에도 혈연으로 맺어진 가족들 간에 얼마든지 갈등이 발생할 수 있음에도 불구하고 그것이 민담으로까지 형성되어 전승되는 예는 찾아보기 어렵다.

그런데 유독 형이나 동생이 바보로 등장하는 바보민담에서는 다른 바보민담과 달리 그 바보짓의 결과가 형제의 어머니를 죽게 하거나 형이나 아우 중에 한 인물을 죽음으로 몰아가는 경우가 많아 그 공격성의 정도가 여느 바보민담에서보다 훨씬 강하게 드러나고 그 의미 또한 심상치 않은 것으로 여겨진다.

형제 중 한 사람은 바보로, 다른 한 사람은 똑똑한 인물로 등장하

---

315) 여성의 내조는 남성을 성공시킬 수 있는 능력을 뜻한다는 점에서 여성의 사회적, 경제적 안목이 뛰어남을 뜻한다. 〈부채장수 마누라와 책력장수 마누라〉는 여성의 경제적 안목이 남성의 성공에 어떠한 영향을 미치는지를 보여준다.

면서 서로 대립하며 형제간의 갈등을 보이는 민담으로는 <바보형1, 1:215>, <바보형2, 1:215>, <현형우제, 1:217>, <바보형, 1:218>, <바보형, 1:219>, <바보형, 1:221>, <꿀똥, 2:204>, <우형, 3:104>, <동생 흉내내다 망한 형, 3:105>, <愚兄, 3:178>, <愚兄, 3:282>, <내뇌봐, 8:323>, <미련한 형, 9:130>, <미련한 아우, 9:131>, <미련한 아우, 9:268> 등으로 그 수에 있어서도 적은 편이 아니다. 이 중 <바보형 2, 1:215>, <현형우제, 1:217>, <바보형, 1:218>, <바보형, 1:219>, <愚兄, 3:178>, <愚兄, 3:282>, <미련한 형, 9:130>, <미련한 아우, 9:131> 등에서는 인물의 바보짓을 벌인 결과 어머니가 죽게 되고, <바보형, 1:221>, <꿀똥, 2:204>, <동생 흉내내다 망한 형, 3:105> 등에서는 형제 중 하나가 죽게 되는 결과를 보여준다. 이처럼 바보인물의 어리석은 행위가 결정적으로 가정 파탄까지 이끌 정도로 매우 공격적 성향을 보인다는 것이 형제간의 갈등을 내용으로 하는 바보민담의 특징이다.

그럼에도 불구하고 이제까지 다른 민담들과는 달리 유독 이 민담들에서만 혈연 간의 대립이 일어나는 이유와 그 의미가 무엇인지에 대해 뚜렷한 견해를 밝힌 연구자는 없다.[316]

옛날에 어떤 집이서 성지가 사는디 이 성지 두 놈은 우애를 못 허고 서루 해꼬지를 히여. 성은 동생 험담을 허고 동생은 성으 험담을 허고 그러는디 하루는 동생이 성으 처갓집이 가서 우리 성이란 사람이 이러고저러고 허넌 사람이라고 성으 험담을 잔뜩 히놨단 말이여.

---

316) 이 이야기들이 보여주는 공격성의 구체적 의미가 무엇인지에 대해서는 아직 아무런 단서도 찾지 못한 상태이다. 바보의 어리석음을 조소하는 것으로 보기에는 너무 끔찍한 내용을 담고 있어서 우스개로 되지도 않고 그렇다고 비극으로 인식될 만한 필연적인 이유를 갖는 것도 아니어서 이렇게 많은 류화가 존재하는 이유에 대해 명확한 해답을 얻기가 어렵다. 이강엽, 「바보 이야기의 유형과 그 의미」, 김태곤 외 21명, 『민속문학과 전통문화』, 박이정, 1997, pp.607~608. 참조.

그 뒤에 성이 처갓집이 갔더니 쟁인 장모가 너는 이러저러 헌담서야 허고 니 동생이 저번에 와서 이러저러 허더라 험서 여러 가지 결점을 들어감서 꾸중을 허고 혼침을 주었다. 성놈이 쟁인 장모헌티서 꾸중을 듣고 혼침을 당히서 분허기도 허고 동생놈이 괘씸하기도 허거던요. 그리서 나도 동생놈을 가만 두어서는 안 되겄다. 이놈을 어떻게 히서라도 보복을 허여겄다고 여러 가지로 보복헐 궁리를 허넌 거라⋯⋯<이하 생략>

이 민담은 형제간의 갈등으로 인해 동생이 처가 가족과 동네 사람들 앞에서 바보로 전락하게 되는 <내놔봐>[317]의 배경 부분이다. 바보민담에서 이처럼 바보짓의 배경이 상세하게 제시되는 경우는 드물다. 특히 바보민담에서 상대방을 바보로 만들고자 할 때에는 그 의도를 은밀하게 감추고 있는 경우가 대부분으로 이 민담에서처럼 바보짓을 유도하는 인물의 의도를 직접적으로 밝히는 예는 거의 찾아보기 힘든 것이다. 이는 상대를 향한 공격적 의도를 노골적으로 드러내는 것이기 때문에 그 공격성 또한 훨씬 강할 수밖에 없다. 이 민담에서 보복을 궁리하던 형은 결국 동생이 처가 식구와 동네 사람들 앞에서 '골마리(허리춤)'를 까는 망신을 당하게 함으로써 자신이 받았던 공격을 몇 배로 되갚아 준다. 이처럼 형제간에 생긴 갈등은 다른 인물 간에 발생한 갈등과는 다르게 매우 심각하고 과격한 양상으로 나타난다. 바보민담에서 이처럼 심각한 갈등은 사회적 집단 간의 대립이 형성되는 경우에도 발견되지 않는 것으로 이는 바보민담의 형성 근간이 되는 웃음과도 괴리되는 현상이다. 바보민담이 인간의 결점을 바탕으로 웃음을 유발하긴 하지만 바보형제담에서와 같이 중대한 과실이나 파멸을 초래할 만한 정도의 결점을 대상으로 하는 것은 아니다.[318] 그런데 바보형제담

317) 〈내놔봐, 8:323〉

에서는 부모나 형제를 죽일 정도의 심각한 결과를 초래한다는 점에서 이제까지 검토해 왔던 바보민담과는 그 성격이 사뭇 다른 양상을 보이는 것이라 하겠다.

> 넷날에 믹제기 형과 재간 있는 동생이 있었다. 저근니는 짐승을 잡갔다구 앞산에다 창애를 났다. 저근니는 형과(형에게) 창애에 걸린 거 있으문 잡아오라구 했다. 형이 산에 가보느꺼니 꿩이 걸레 있넌데 이거는 건넌집 달기라 하구 놔주었다. 집에 돌아오느꺼니 저근니레 머이 걸린 거 없었능가 하구 물었다. 형은 건넌집 달기 걸레서 놔주구 왔다구 했다. <u>저근니는 이 말을 듣구 너머나 어처구니가 없어서 웃었다.</u> 형은 자기레 잘해서 웃는 줄 알구 기뻐했다. ……<중략>…… 저근니는 이 말을 듣구 이거 안 되갔다 하구서리 망치 하나 주멘 내일은 걸린 거이 있으문 아무거이구 이걸루 내리테서 쥑에 개지구 끌구 오라고 했다.
>
> 오마니레 산에 새[319]하레 갔다가 그 창애에 걸렜드랜넌데 형은 망치루 오마니를 내리테서 끌구 집으로 오다가 힘이 들어서 갈밭에다 내티두구 집이 와서 저근니보구 오마니레 창애에 걸레 있어서 망치루 내리테서 끌구 오다가 갈밭에 내티구 왔다구 말했다. 저근니는 이 말을 듣구 놀라구 오마니 시테를 찾갔다구 갈밭으로 갔다. 그런데 아무리 찾아두 찾일 수가 없었다. 갈을 불태우면 찾갔디 하구 갈밭에다 불을 질렀다. 다 탄 담에 보느꺼니 오마니는 다 타구 쌔한 니빠디를 내놓구 있었다. 형은 이걸 보구 야아 오마니레 웃구 있다구 했다……[320]<이하 생략, 밑줄 필자>

----

318) 아리스토텔레스에 의하면 희극적 부조리는 인간의 결점이기는 하지만 그러나 중대한 과실을 의미하거나 파멸을 초래할 만한 정도의 결점은 아니라고 한다. 하르트만, 앞의 책, p.445. 참조.
　　앙리 베르그송도 '웃음의 희극적 효력을 사회생활의 표층에서 드러나는 가벼운 반항들에 대해 주의를 환기시켜 주는 것으로 그것은 유쾌함이다'라고 하였는데, 이는 웃음이 심각한 인간의 결점이나 사회적 문제에 대해서는 발생하지 않는다는 것을 의미한다. 앙리 베르그송, 앞의 책, p.160. 참조.
319) 땔나무의 방언.
320) 〈바보형, 1 : 218〉

위의 예문처럼 '어머니 죽이기' 장면이 포함된 8편의 민담은 구연자에 따라 약간의 언어적 표현만 다를 뿐 거의 동일한 구조로 이루어져 있다. 이 민담에서는 앞에 제시한 <내놔봐>와는 달리 형제간의 갈등이 직접적으로 표출되지는 않았지만 밑줄 친 부분에 나타나는 것처럼 형의 바보짓을 보고 웃는 자가 동생이라는 것을 알 수 있다. 따라서 이 민담에서 바보짓의 주체인 바보형과 대립적 관계에 있는 인물은 동생이고 동생은 웃는 자, 공격자이고 형은 웃음의 대상, 공격받는 자이다.

그런데 웃음을 근간으로 하는 바보민담에서 바보인물이 어머니를 죽일 정도의 심각한 결점을 지닌 인물로 형상화되었다는 것은 바보인물에 대한 심각한 공격성을 내포한 것이다. 그런데 피를 나눈 형제간에 왜 이처럼 심각한 공격성을 보이는지 그 이유를 민담 속에서 찾기는 쉽지 않다.

『한국구전설화』에는 '惡兄'이란 제목의 설화가 상당수 수록되어 있는데 이는 바보민담이라고 할 수는 없지만 바보형제담과 같은 맥락에 있는 이야기로 볼 수 있다.

넷날에 형제레 있었넌데 형은 욕심쟁이구 맘씨두 곱디 않았는데 저그니는 맘씨레 고왔다. 하루는 형이 저그나보구 새해 오라 해서 저그나는 산에 가서 새를 한짐 잔뜩 해개지구 와서 배레 고프느꺼니 아즈마니과 밥좀 달라구 하느꺼니 형이 이 말을 듣구 "밥이 다 머가? 새두 얼메 해오디 못하구 밥만 먹갔다구 하네" 하멘 과티구 달라들어 저그니에 눈을 부디깽이루 찔러 내쫓았다. 저그니는 쇠경이 돼서 이 괴로운 세상에 살게 머 있간 하구 산에 올라가서 목을 매여 죽을라구 했다…… <중략>…… 형은 저그니를 내쫓은 뒤루 가난해데서 누걸래치(거지)가 돼서 얻어먹구 살드랬넌데 하루는 저그니에 집에 얻어먹으레 왔다. 저그니레 부재루 잘 살구 있던 거를 보구 어드렇게 해서 잘 살게 됐능가 물었다. 저그니는 이레이레 해서 잘 살게 됐다구 말했다.

그러니꺼니 형은 부디깽이루 눈을 찔러서 쇠경이 돼서 산에 올라가서 나무에 목을 맬라구 했다. 그때 승냉이덜이 와서 "야아 사람 내레 난다" 하더니 나무우를 올레다 보고 형이 있으니꺼니 "아 데넘이 저그니를 쫓아낸 욕심쟁이다" 하멘 잡아먹었다구 한다.[321]

이 민담은 흥부전의 근원설화라고 하는 신라시대의 <방이설화>와 흡사하면서도 그 내용이 훨씬 잔인하고 더 공격적이다. 그리고 <방이설화>에서 형은 착하고 동생은 악한 인물로 형상화되어 있는데, <흥부전>이나 위의 민담에 나타나는 인물의 성격은 이와 정반대이다. 『한국구전설화』에서 형제의 선악을 소재로 삼은 민담은 16편인데, 이 중 동생이 악하게 등장하는 민담은 한 편도 없다. 그리고 앞에서 제시한 바보형제담 16편 중에서도 4편을 제외한 나머지 민담에서는 모두 형이 바보인물로 등장하고 있다. 이처럼 동생이 아닌 형이 주로 악인이나 바보인물로 등장한다는 것은 이들 민담이 형보다는 아우들의 의식을 반영한 이야기임을 짐작하게 한다.

<바보형>이나 <악형>과 같은 민담에는 형이 부모의 재산을 모두 다 차지하고 동생을 내쫓는 등 재산과 관련된 내용이 많다. 형제간에 재산을 분배하는 재산상속제는 조선 전기까지는 형제들은 물론, 딸과 아들도 구분하지 않고 동일하게 재산을 상속하는 균분제를 실시했는데, 17세기 중엽 이후 균분제는 차츰 무너져 갔고 장자우대나 남녀 차등 분배가 나타나기 시작했다. 그리고 18세기 중엽 이후가 되면 균분상속은 거의 사라지고 대체로 장자우대와 남녀차등의 분배가 일반화되었다고 한다. 조선 후기로 갈수록 가부장제에 입각한 종법 질서가 더욱 강화되어 부모의 재산은 거의 적장자 중심으로 세습되도록 하였는데, 비단 재산뿐만 아니라

321) 〈惡兄, 3:91〉

제사를 비롯한 가문의 중대한 문제의 결정권까지 모두 적장자에게 세습되었던 것이다.[322) 이 같은 적장자 중심의 상속제는 적장자가 아닌 사람의 입장에서는 당연히 부당하게 인식되었을 것이고 그에 대한 불만을 가질 수밖에 없었을 것이다.

다음 민담은 원님이 바보로 등장하는 이야기이기 때문에 바보형제담이라고 볼 수는 없지만 적장자 중심의 상속제에 대한 아우의 인식을 보여준다는 점에서 참고할 만하다.

> 넷날에 어늬 형제레 아바지가 돌아가서 재산을 나눠가지는데 형은 칠천석 내기를 갖구 저근니에게는 삼천척 내기만을 주었다. 그래서 저근니는 불평을 말하구 똑같이 나누어 개지자구 했다. 그런데 형은 들딜 안 했다. 저근니는 곧 사뚜에게 말해서 재산을 공평하게 나누어 달라구 했다. 사뚜는 닞어뻐리기 잘하는 사뚜레 돼서 여러 번 말해두 닞어뻐리구 하년데 닞어뻐리지 않갔다구 바른 손가락으루 형이 칠천석 갖는다구 세구서 저근니는 삼천석 갖는다구 왼 손가락을 꼽아서 세구서 두 손가락 꼽은 거를 대보구는 꼽은 거이 두 손 다 같아서 똑같이 나누었는데 너는 머이 불펭이냐 하멘서 내쫓았다구 한다.[323)

이 민담은 사또의 어리석음을 보여주고 있는 것 같지만, 사실 이야기의 배경으로 제기된 상속제의 정당성을 강조하는 이야기이다. 아버지가 사망하자 형제는 재산을 7:3으로 나누었고, 이에 아우는 공평하지 못하다고 형에게 불평을 토로한다. 하지만 형이 동생의 불만을 받아들이지 않자 아우가 급기야 고을 원을 찾아가 송사를 의뢰하는데, 이는 이미 형제간의 갈등이 대화나 타협으로 해

---

322) 상속제도에 관한 내용은 다음 책에서 참조.
　　국사편찬위원회, 『한국사 25 – 조선 초기의 사회와 신분구조』, 탐구당, 1994, pp.262~272; 『한국사 34 – 조선 후기의 사회』, 탐구당, 1994, pp.164~165.
323) 〈미련한 원님, 1:222〉

결될 수 없을 정도로 매우 심각함을 보여준다. 하지만 사또 또한 아우의 편은 아니다. 그는 교묘한 수법으로 상속이 부당하지 않다고 판결하여 오히려 아우를 나무라며 쫓아버린다. 여기서 사또의 판결은 곧 장자 중심의 상속제라는 당시 사회의 정당한 법과 제도적 질서에 따른 것이므로 비록 7:3의 불공정한 비율에 대한 합당한 이유를 제시하지 못한다고 하더라도 분배된 상속에는 아무 문제가 없다는 것을 의미한다.

이런 불공정한 장자 중심의 상속제에 대해 불만족스러웠던 아우들은 부모의 재산이나 권력을 독차지하면서도 이를 당연시하는 장자에 대한 적대감 또한 적지 않았을 것으로 보인다. 그러므로 부조리한 상속제에 대한 장자가 아닌 아우들의 인식이 바로 <악형>이나 <바보형> 유형의 민담이 생성된 배경이 아닌가 한다. 이는 균분제가 실시되던 시대의 설화인 <방이설화>에서는 아우가 악인이었던 것이 조선 후기 <흥부전>에 와서는 형이 악인으로 등장하는 것과도 일치한다. 게다가 대부분의 민담에서 형은 부자, 동생은 가난하게 설정하여 이들 민담이 재산과 밀접한 관련이 있음을 보여준다. 장자의 인물됨과 상관없이 무조건 장자 우선으로 재산이 상속되었기에 아우는 비록 형보다 착하고 똑똑하더라도 형보다 터무니없이 적은 재산을 물려받게 된 것이다. 게다가 부모의 재산을 혼자 독차지하고도 그 부당함을 알지 못하는 형은 나쁜 형이라는 인식을 갖게 했을 것은 자명하다. 이런 아우들의 의식이 직접적으로 표출된 것은 <惡兄>류의 민담이고, 형을 웃음거리로 만들어 간접적으로 표출한 것이 <愚兄>류의 민담으로 보인다. 따라서 이 두 유형의 민담은 그 의미 맥락에 있어서는 동일 선상에 있는 것이고 그 의미의 표출이 다른 방식으로 형상화되었을 뿐인 것이다.

그런데 아무리 형제간의 갈등이 심한 바보민담이라 하더라도 동생이 형을 바보로 만들고 웃음거리로 만들기 위해 자신의 어머니를 희생물로 삼았다는 것은 여전히 납득하기가 쉽지 않은데, 여기에는 분명 그럴 만한 까닭이 있다. 형제간의 갈등을 내용으로 하는 바보민담에서는 부모의 존재를 대부분 부재 상태로 설정하고 있다. 왜냐하면 부모, 특히 아버지가 생존하는 경우 아직 재산의 소유권이 부모의 권한 아래 놓여 있기 때문에 형제간의 갈등을 첨예하게 이끌어 낼 수 없기 때문이다. 하지만 이야기의 배경을 부모가 사망한 이후 시점으로 설정한다면 이런 사정은 달라지게 마련이다. 즉 형제간의 대립을 이야기하기 위해서 부모는 부재 상태가 되어야만 하는 것이다.

또 바보민담에서 형제 중 하나가 죽어야 할 정도의 심각한 파멸을 초래하기 위해서는 명분이 필요하였을 것이다. 전통적으로 형제간의 우애를 중요한 덕목으로 여겨왔던 사회에서 타당한 명분도 없이 형제간에 반목하거나 대립하는 이야기를 늘어놓는다면 분명 사회적·윤리적 저항을 받았을 것이다. 바보민담이 이 같은 사회적·윤리적 저항을 피해 민중들 사이에서 향유되고 전승되기 위해서는 형제 중의 하나가 치명적인 결함을 지니지 않으면 안 되었던 것이다. 이렇게 형제간의 갈등에 타당한 명분을 제공하면서도 형제의 치명적인 결함으로 삼을 수 있는 가장 적절한 장치의 하나가 부모에 대한 '불효'였던 것이다. '효'는 유교사회에서 가장 강조되는 인간의 덕목 중 하나이기 때문에 형제간 우애를 깨트릴 수 있는 명분으로 충분했을 것이다. 하물며 부모를 죽인 경우는 그 대상이 누구이든지 간에 '不俱戴天之怨讐'이니 이 정도면 아무리 형이라도 적대시할 수 있는 명분은 충분하다. 이처럼 형제간의 갈등을 내용으로 하는 바보민담에서의 '어머니 죽이기'는 민담 형성의 타당성을 확보하기 위한 하나의 문학적 양식의 틀[324]로서 기능하고 있는 것이다.

그러나 '不俱戴天之怨讐'라는 말은 원래 '아버지를 죽인 원수'를 의미한다. 형을 적대시할 명분을 얻기 위해서라면 '어머니 죽이기'보다는 '아버지 죽이기'가 보다 효과가 클 것인데, 이들 민담에서는 한결같이 어머니만 죽음을 당하는 것 또한 일종의 의도된 문학적 양식의 틀로 보아야 한다. 가부장 사회에서 '아버지'는 왕권 사회에서의 왕과 동일하게 가정을 통제하고 지배하는 절대적인 권위자이다. 그렇기 때문에 어떠한 이유로든 아버지는 부정될 수 없는 존재로서 자식이 아버지를 죽인다는 것은 민담 향유자들의 공감은 물론 개연성을 확보하기도 어려운 것이다.[325] 이들 민담에서 아버지가 아닌 어머니들만 희생물이 되는 이유가 여기에 있는 것이다. 어머니가 희생물이 되는 대표적 이야기로 <해와 달이 된 오누이> 이야기를 들 수 있다. 하지만 <해와 달이 된 오누이>에서 어머니의 희생은 오누이가 하늘로 올라가 해와 달이 되게 하는 토

---

324) 틀(frame)은 현실의 어떤 종류의 조직화나 지식화를 허용하는 이야기(narrative)라 볼 수 있는데, 이것은 현실의 여러 양상을 나타내고, 그 여러 양상의 인식이나 이해를 가능케 하는 서로 관련된 지적 데이터의 집합이다. 제럴드 프린스, 앞의 책, p.98.

325) 신련우는 이 민담을 신화적 관점에서 고찰하여 여기서의 어머니는 새로운 세계를 위한 질료로서의 의미를 지닌다고 보고 이 민담에서는 구세계의 질서는 물러갔지만 아직 새로운 질서로 세계가 채워지지 않은 상태의 세계로 파악하고 있다. 신련우, 「'바보형제' 이야기의 신화적 해명」, 『고전문학연구』, 12권, 한국고전문학회, 1997, p.331. 참조.
   그런데 어머니의 죽음으로 인해 형제들이 새로운 삶을 살게 되지도 않을 뿐 아니라 이 민담을 신화적 관점에서 볼 수 있는 근거가 부족하기 때문에 연구자 스스로 인정하듯이 이 견해는 설득력이 약해 보인다.

대로 작용하지만, 바보민담에서의 어머니는 전혀 자식을 위한 긍정적인 역할을 하지 못할 뿐만 아니라 자식에 의해 죽임을 당하기까지 한다. 이런 점에서 바보형제담에는 장자에게만 모든 재산이나 권리를 상속하는 부모에 대한 원망의 심리가 투영되었다고 볼 수 있는데, 이는 형제간 갈등의 빌미를 제공한 사람은, 다름 아닌 공정하지 못하게 재산을 상속한 부모라는 민담 향유자들의 의식이 반영된 것이 아닌가 한다.

이처럼 바보형제담에서 보여주는 형제간의 대립이 앞 항에서 살펴본 가족 간의 대립에 비해 훨씬 날카롭고 공격적인 양상으로 나타나고 있는 것은 민담의 향유자들이 혈연관계에서 발생한 갈등이 혼인 관계에서 발생하는 경우보다 훨씬 심각한 사회적 문제로 인식하고 있었음을 보여준다. 그리고 대개 피를 나눈 형제 자매간에 발생한 문제의 원인은 부모가 제공하는 경우가 많고 이 같은 원인 제공에 대한 책임 또한 부모가 져야 한다는 인식이 깔려 있는 민담이라 하겠다. 또한 바보형제담은 이처럼 피를 나눈 형제에 대한 공격성이 아주 강하기 때문에 그 의도를 겉으로 쉽게 드러낼 수는 없다. 따라서 바보라는 문학적 장치를 통하여 그 의도를 아주 은밀하게 전달할 수밖에 없었을 것이다. 하지만 바보라는 문학적 장치를 활용하고는 있다고 할지라도 그 공격성이 지나치게 신랄한 탓에 웃음을 형성하지는 못하는 점은 바보민담의 일반적 특성에서는 벗어난 바보형제담만이 갖는 색다른 특징이라 하겠다.

2. 사회 집단 내의 웃음

　본 항에서는 가족 간의 대립에 이어 사회 집단 간의 대립으로 형성되는 갈등 관계에 대해 살펴보기로 한다. 이를 통해 사회 집단 사이에서 발생하는 갈등과 대립이 가정 내에서 발생하는 갈등이나 대립과 어떻게 차별화되는지 알아보도록 하겠다.

　사회적으로 계층 간이나 집단 간에 다양한 갈등이 발생하는 것처럼 그 대립의 양상 또한 다양하겠으나 바보민담에 가장 많이 나타나는 갈등 양상은 사회적 신분에 따라 지배자와 피지배자의 대립, 장사꾼과 민중들의 대립, 사제 간의 대립 등이 지배적으로 나타난다.

1) 지배자와 피지배자

　바보민담의 내용 중 사회적 집단 속에서 발생하는 갈등은 주로 상층민과 하층민 사이의 대립을 바탕으로 형성되는 것이 대표적이다. 바보민담이 민중의 의식을 근간으로 형성되는 것이기에 민담 향유자들의 주된 공격 방향이 자신들을 지배하고 억압하는 상층집단을 향하게 되는 것은 당연하다 하겠다.

　지배자와 피지배자의 대립을 형상화하고 있는 바보민담의 가장 대표적인 예로는 바보원님담326)을 들 수 있다. 바보원님담은 말 그

---

326) 바보원님담은 『한국구전설화』에서 '미련한 원님'이라는 제목으로 기록되어 있다. 그 예는 〈미련한 원님, 1:223, 1:224, 3:319, 5:348, 6:432, 8:367, 8:368, 12:152〉, 〈미련한 원과 꾀바른 종, 8:368〉 등을 들 수 있다.

대로 원님의 어리석음을 웃음의 대상으로 삼은 이야기이다. 하지만 원님이 행하는 바보짓의 배경에는 원님을 보조하고 받들어야 할 이방이나 하인과 같은 관속들의 의도적 속임수가 많이 개입되어 있음을 자주 발견할 수 있는데, 앞서 검토한 바 있는 이방이나 하인에게 달을 사오게 하는 〈미련한 원님〉 유형의 민담에 등장하는 바보원님의 이야기들이나 똥을 빨리 누는 곳이 있다고 원님을 속이는 약은 하인의 이야기[327]가 여기에 해당되는 대표적인 예라 할 수 있다. 이들 민담에서 관속들은 자신의 상전인 원님을 의도적으로 골탕 먹이며 잇속을 챙기는 모습을 보인다. 민담 향유자들에게 이 같은 관속들의 약삭빠른 모습들이 긍정적인 행위로 비춰지지는 않았을 것이다. 민담 향유자들의 윤리·도덕적 규범에서 보면 이들도 어리석은 원님이나 마찬가지로 탐욕적이고 이기적인 인물들로 경계해야 할 대상인 것이다. 따라서 이 민담들에서는 텍스트 내적 차원에서 원님이 웃음의 대상, 관속들이 웃음 유발자로 형상화되어 원님 대 관속의 대립적 관계를 설정하고 있지만, 텍스트 외적 차원에서는 또 다른 양상의 대립관계가 형성될 수 있는 가능성을 가지고 있는 것이 특징이다.

한편 바보원님담 중에는 의도적으로 원님을 바보로 만드는 적대적 인물이 직접적으로 등장하지 않는 경우도 있다. 이런 민담들은 백성들이 억울한 사연을 하소연하였을 때, 터무니없게도 죽은 어머니나 아버지의 가죽을 벗기라는 등 몽매하고 어처구니없는 판결을 내리는 어리석은 원님을 웃음거리로 만드는 것을 주된 내용으로 삼고 있다.[328] 이 민담들은 바보원님과 아내, 백성이라는 세 가지

----

327) 〈미련한 원님, 1:224〉
328) 〈미련한 원님, 1:222〉, 〈미련한 원님,1:223〉, 〈미련한 원님, 6:432〉

성격의 인물들로 구성되는데, 이들 중 바보원님은 웃음의 대상으로서, 아내는 바보원님의 협조자로서, 그리고 백성들은 원님의 바보짓을 보고 웃는 자로서 각각 기능한다. 따라서 이 민담들은 앞서 살핀 관속들과 대립적 양상을 보여주는 바보원님담과는 달리 의도적으로 원님을 바보로 만드는 인물, 즉 웃음 유발자가 등장하지 않고 원님 스스로 어리석은 판단과 행위를 함으로써 웃음의 대상이 되고 있는 것이다. 하지만 이야기의 표면상 웃음 유발자가 나타나지 않는다 하더라도 바보민담 속에서는 웃는 자와 웃음 유발자가 일치하기 때문에 여기서는 웃는 자로서의 백성들이 웃음 유발자의 기능을 동시에 수행한다고 보아야 한다. 즉 이 유형의 바보원님담들에서 발생하는 인물 간의 갈등 양상은 원님 – 백성 사이에서 형성되는 것이고, 이때 원님은 웃음의 대상임과 동시에 공격의 대상이 되고, 백성들은 웃음 유발자이자 공격자가 되는 것이다. 그러므로 이 바보민담들의 발생 배경에는 무지한 고을 원을 포함한 지배층의 우매함과 무능력함에 대한 비판적이고 공격적인 민담 향유자들의 민중적 의도가 내재되었다고 할 수 있겠다.[329]

. . . .

329) 한만수는 바보원님담이 어느 정도 지배층에 대한 공격성을 가지고 있음은 인정하면서도 이들 민담에 등장하는 바보원님들이 개인적으로 지능이 열등한 탓이지 전형성을 지닌 인물이 아니라는 점을 들어 지배계층이 공유하고 있는 결함이나 사회구조 자체의 모순에 대해 눈을 돌리지 못하고 있다고 비판하고 있다. 한만수, 앞의 논문, p.35. 참조.
　　하지만 이제까지 고찰한 것에서 알 수 있듯이 바보원님담에 등장하는 원님은 실제로 바보이기보다는 민중들의 의식이 바보로 분장시킨 인물이기 때문에 현실 속 인물의 전형성을 보여주지 못했다는 것은 바보민담의 성격을 고려하지 않은 견해라고 판단된다. 바보민담은 어떤 문제를 직접적으로 비판하거나 공격하는 것이 아니라 바보인물의 바보짓을 통해 문제를 희화적으로 제시하고 우회적으로 비판하는 이야기이다. 즉 민담은 민중들이 자신들의 삶 속에서 경험하게 되는 아주 사소해 보이는 문제들을 이야깃거리로 삼아 사회적 문제를 보여주는 담론방식이지, 지식인이나 전문 작가처럼 사회구조 자체의 모순이나 결함을 직접적으로 비판하고 보여주는 담론방식이 아니라는 것이다.

혹자는 <세도정치와 등신군수>,[330] <팔자에 없는 감투 쓴 무능한 원님>[331] 등 몇몇 민담에 나타난 개별 구연자의 구연 의도를 근거로 바보원님을 내용으로 하는 민담의 구연 의도가 "바보도 뒷배경만 좋으면 지방 목민관을 할 수 있는 세태를 개탄하고 있는 것"[332]이라고 보고 있기도 하다. 하지만 대부분의 민담에서는 이 논자가 예로 들고 있는 민담들처럼 구연자의 구연 의도가 일일이 제시되는 경우가 흔치 않을 뿐 아니라, 구체적인 이야기의 배경조차도 제대로 제시되지 않는 경우가 많기 때문에 이 견해가 설득력을 확보하기에는 다소 미흡하다고 판단된다. 바보원님을 내용으로 하는 바보민담의 대부분이 고을 원의 어리석음을 희화적으로 과장해서 웃음거리로 삼는 것에 초점이 놓여 있고, 민담 향유자들의 웃음이 구연자의 의도에서보다 인물의 어리석은 행위가 마무리되는 펀치라인 지점에서 주로 발생하고 있다는 것은 바보원님담의 향유 의도가 지배층에 대해 가지고 있던 일반 백성과 민중들의 불만이나 저항감에서 비롯된 것임을 반증한다고 보아야 할 것이다.

바보원님담 외에도 상층에 대한 하층민의 공격성을 보이는 바보민담으로 지식의 대립을 보여주는 민담들이 있다.[333] 유식함이 반드시 상층민의 전유물이고 무식함이 하층민의 전유물인 것은 아니지만 일반적인 인식으로 보면 식자층은 지배층, 무식층은 피지배층이라는 등식이 성립한다고 볼 수 있다. 게다가 유식과 무식의 대립에서 일방적

---

330) 〈대계. 7 - 4 : 73〉

331) 〈대계. 7 - 8 : 400〉

332) 이강엽, 「바보 이야기의 유형과 그 의미」 김태곤 외 21명, 『민속문학과 전통문화』, 박이정, 1997. p.613.

333) 〈무식쟁이의 글. 1 : 225〉, 〈무식쟁이 선생과 유식쟁이 선생. 2 : 199〉, 〈큰사위와 작은 사위. 5 : 297〉, 〈무식한 사위와 유식한 사위. 5 : 327〉 등

으로 무식함이 승리하는 것도 민중들이 식자층을 자신들과는 대립적 계층으로 파악하고 그들에 대한 부정적 인식을 가졌음을 보여준다 하겠다.

이 외에도 지배자와 피지배자의 대립을 보여주는 민담으로 <수를 짝지워 세는 노인>, <주인을 속인 하인>, <더위를 피하는 법> 등이 있다.

> 넷날에 한 녕감이 있드랜넌데 이 녕감은 오리를 많이 키우구 있었다. 저낙이 되문 오리를 둘식 둘식 짝마처 헤군 했다.
> 하루는 그 집 하인이 오리 한 마리를 잡아먹었다. 그날 저낙에 녕감이 오리를 짝지워서 헤어 보느꺼니 한 마리레 모자라서 녕감은 하인을 불러서 매를 때리멘 이놈 쥐 몰래 오리를 잡아먹었디 낼 당에 가서 사다놔야지 그라느문 내쫓을라 하구 야단텠다. 하인은 그날밤에 오리를 또 한 마리를 잡아먹었다. 다음날 저낙에 녕감이 오리를 헤보느꺼니 짝이 맞아서 "그럼 그렇지 매를 맞더니 즉시 사다 채와 놨군. 매는 때려야 해" 하더라구 한다.[334]

인용한 민담에서처럼 주인의 약점을 잘 아는 하인들은 그 허점을 이용해 주인을 골탕 먹이곤 한다. <주인을 속인 하인>은 하인에게 말을 잡혀 과거를 보러간 사람이 하인에게 '서울이란 곳은 산사람 눈도 빼가는 곳이니 말을 잃지 않도록 하라'고 하는데, 주인이 과거를 보러 간 사이에 하인은 말을 팔아먹고는 고삐만 쥐고 두 손으로 눈을 가리고 있다가 주인이 돌아와 말을 찾자 눈을 잃지 않기 위해 눈을 가리고 있는 사이에 어떤 놈이 고삐를 끊고 말을 훔쳐갔다고 둘러대어 주인을 속였다는 이야기다.[335] <더위를 피하는 법>

....

334) 〈수를 짝지워 세는 노인, 1:185〉, 〈짝지워 수를 세는 노인, 3:197〉
335) 〈주인을 속인 하인, 2:193〉

은 더위를 참지 못하는 주인 영감에게 하인이 더위를 피하는 법을 알려 준다면서 찬 물 속에서 지내도록 하여 결국 죽음에까지 이르게 한다는 이야기로[336] 다른 민담에 비해 그 공격성이 노골적으로 드러난다. 이러한 이야기들은 모두 주종의 대립을 보여주는 민담으로 하인이 주인의 어리석음을 폭로하는 역할을 한다는 점에서는 원님을 골탕 먹이는 이방이나 하인이 등장하는 바보원님담과 비슷한 맥락을 지니는 민담이다.

또한 <합궁홀기>류[337]와 <핏줄>[338]에서는 양반층에 대한 민중들의 비판적 시각이 드러난다. '男女七世 不同席'을 실천하기 위해 첫날밤 신부조차도 멀리하는 신랑의 이야기인 <합궁홀기>에서는 지나치게 유교적 이데올로기를 맹신하는 양반층의 고지식함을 고발한다. 그리고 아들이 없던 정승이 이웃에 사는 아들을 많이 둔 백정에게 자신의 처와 교합하도록 부탁해 아들을 얻는다는 <핏줄>에서는, 백정을 천시하면서도 대를 이을 아들을 얻기 위해서는 수단방법을 가리지 않는 양반들의 이중성과 부조리함을 아주 강도 높게 공격하고 있음을 볼 수 있다.

한편, 드물기는 하지만 공격자와 공격받는 자의 역할이 전도되어 나타나는 경우도 있다. <종이 양반살이 하려다가>는[339] 돈을 많이 모은 종이 자신을 아는 사람이 없는 곳으로 이사를 가 양반 행세를 하고 살다가 그 행실 때문에 들통이 나서 망신을 당하는 내용으로 공격자는 양반층, 공격받는 자는 상민층으로 나타난다. 이는 <양반전>의 천부를 떠올리게 하는 인물로 조선 후기 신흥

---

336) 〈더위를 피하는 법, 8:329〉
337) 〈신방홀기, 6:186〉, 〈합궁홀기, 6:187〉, 〈잠자리 홀기, 8:370〉
338) 〈핏줄, 3:317~318〉
339) 〈종이 양반살이 하려다가, 6:170〉

부자들에 대한 풍자를 담고 있는 이야기라 하겠다.

하지만 바보민담에서 지배층에 해당하는 인물과 피지배층에 해당하는 인물이 함께 등장하여 대립되는 경우, 지배층 인물은 대개 공격받는 자인 웃음의 대상자로, 하층 인물은 공격의 대상인 웃음 유발자로 기능하는 것이 일반적 현상이다.[340] 이런 유형의 바보민담들은 하층민들이 바보민담을 통하여 자신들을 지배하는 상층집단을 우스갯거리로 삼아 그들의 문화나 권력의 부조리함에 대한 저항심을 표출하는 한편, 상층 문화에 대한 상대적 우월감을 조성하여 민중들의 정체성을 회복함으로써 그들과는 다른 방식의 지배를 꿈꾸고자 했던 욕망을 표출한 것이라 하겠다.

2) 장사꾼과 시골 사람

바보민담에는 장사꾼, 특히 <독장수 구구>나 <소금장수 이야기>, <생선장수 이야기>, <비단 장수> 등 장사치와 관련된 민담이 다수 전해진다. 이 중 <독장수 구구>의 경우는 독장수가 실현 가능성도 없는 헛된 꿈을 꾸다 낭패를 겪는 이야기로 인간의 허황된 욕심을 희화적으로 보여준다. 그런데 <소금장수 이야기>를 비롯한 대부분의 경우, 약삭빠른 장사치의 모습을 지닌 인물이 주인공처럼 보여 이런 내용의 이야기들을 바보민담의 범주에 포함

---

340) 이러한 특성은 구전되는 민담의 경우에만 나타나는 것이 아니라 상층민들이 즐겼던 문헌소화의 경우도 동일한 것으로 보인다. 유정월은 문헌소화의 경우 웃음 유발자와 웃음 대상자가 함께 등장하고 이들의 신분이 다른 경우, 웃음 유발자는 사회적으로 낮은 신분이며 웃음 대상자는 사회적으로 높은 신분이라고 하였다. 류정월, 「문헌소화의 구성과 의미작용에 대한 기호학적 연구-명엽지해를 중심으로」, 서강대 박사논문, 2004, p.100, 참조. 그런데 이 같은 특성은 비단 소화에만 한정되는 것이 아니라 사회적 공감대를 바탕으로 하는 웃음의 공통적인 특성이라 하겠다.

시키는 것에 문제를 제기할 수도 있겠다. 하지만 이 민담들은 단지 영악하게 잇속을 챙기는 장사치들의 모습만 보여주는 것이 아니라 그 장사치들에게 터무니없을 정도로 바보스럽게 당하기만 하는 민중들의 모습을 보여준다는 점에서 바보민담의 범주에 함께 묶이는 이야기로 보아야 한다.

이런 바보민담들은 도시보다는 시골을 돌아다니며 장사하는 과정에서 발생하는 사건, 즉 주로 도시에서 온 장사치들에게 당하는 시골 사람들의 바보짓을 보여주기 때문에 장사꾼에 대립하는 인물로는 대부분 시골 사람들이 설정되어 있다. 이 같은 대립 관계를 보여주는 민담들로는 <서울 사람과 시골 사람>류의 이야기가 대표적이라 할 수 있다.

장사꾼들과 시골 백성들의 대립은 앞에서 검토한 상층계급의 인물과 하층계급의 인물 사이에서 형성되었던 대립 양상처럼 일방적으로 어느 한쪽이 공격자, 또 다른 한쪽이 공격받는 자로 기능하지는 않는다. 때로는 장사꾼이 공격자, 때로는 민중들이 공격자로 번갈아 기능하고 있는데, 이는 이 바보민담에 등장하는 인물들이 동일한 민중 계층의 인물들이기 때문에 어느 한쪽의 의식만을 대변한 이야기가 아니라는 사실을 말해 준다.

장사꾼이 웃음의 대상이 되는 민담으로는 <소금장수의 한탄>,[341] <독장수 구구>[342] 등을 들 수 있다. 이 중 <소금장수의 한탄>은 도둑맞지 않기 위해 물 속에다 소금을 숨기는 어리석은 소금장수의 이야기인데, 장사꾼들이 똑똑한 척하지만 제 꾀에 제가 넘어가는 격으로 장사꾼으로서 알아야 할 가장 기본적인 상식조차도

---

341) 〈소금장수의 한탄, 1:186〉
342) 〈독장수 구구1, 2:189〉, 〈독장수 구구2, 2:189〉, 〈독장수 구구, 2:190〉

모르는 바보짓을 벌임으로써 웃음을 자아낸다. 널리 알려진 <독장수 구구>는 옹기장수가 독을 팔러 가는 길에 독을 팔아 부자가 되는 상상을 하거나 혹은 꿈에 큰 부자가 되어 좋아서 날뛰는 바람에 꿈을 깨고 보니 독이 깨졌더라는 이야기로, 독장수의 헛된 욕심을 희화적으로 보여주는 이야기다. 그리고 앞 장에서 검토하였던, 명태 한 마리를 열 냥에 판 서울 사람에게 시골사람이 천 냥짜리 돈주머니를 보상하도록 되갚아주는 <서울 사람과 시골 사람>[343]의 경우도 서울의 장사꾼을 시골 사람이 웃음거리로 만드는 이야기이다.

하지만 장사꾼이 등장하는 바보민담 중에는 장사꾼들이 웃음거리가 되는 경우보다 장사치들에 의해 순진한 시골 사람들이 웃음거리가 되는 경우가 더 많다. 게다가 시골 사람이 장사꾼들을 속이는 것보다 장사꾼들이 시골 사람을 속여 먹는 수법은 훨씬 더 교활하게 나타나고 있는데, 이는 장사꾼들의 상술에 대한 민담 향유자들의 부정적 인식을 보여주는 것이라 하겠다.

시골 백성들이 웃음의 대상이 되는 경우, <처녀 속병을 고쳐준 소금장수 총각>류[344]와 같이 소금장수나 새우젓장수가 시골의 순진한 처녀에게 병을 고쳐준다고 속이고 성적으로 희롱한다는 이야기들이 가장 대표적으로 나타난다. 그러나 순진무구한 시골 처녀들은 대부분 성적 경험과 지식이 부족한 탓에 영악한 장사치들의 꾐을 알아채지 못하여 희롱당하는 바보로 전락하게 된다. 하지만 때로는 처녀가 아닌 유부녀가 웃음의 대상 인물로 등장하는 경우도 있다.

---

343) 〈서울 사람 속인 시골 사람, 5:255~256〉
344) 〈꿈은 데 터트리는 법, 2:249〉, 〈그 안에 약을 발라야, 2:249〉, 〈처녀병 고치기, 5:357〉, 〈속병고치기, 6:474〉, 〈처녀 더위빼기, 8:386〉, 〈처녀 속병을 고쳐준 소금장수 총각, 9:167〉 등

이들은 성을 몰라서가 아니라 장사꾼이 파는 물건에 대한 욕심 때문에 장사치의 성적 요구를 받아들이는 인물들이다. 하지만 바보인물들의 기대와는 달리 대부분의 민담에서는 간교한 상인들이 자신의 성적 욕망을 채우고 난 후에는 여성에게 미끼로 던져 주었던 물건을 도로 빼앗아 버린다. 이는 수단 방법을 가리지 않고 물건에 대해 욕심을 부리는 여성들의 탐욕을 희롱하고 질타하는 것으로 아주 강도 높은 공격성의 표출인 것이다.

결국 텍스트 내에서 웃음거리가 되는 인물은 상인과 대립되는 여성 인물들이기에 상인은 공격자, 여성 인물은 공격받는 자로 기능하고 있는 것이다. 하지만 텍스트 외적으로는 이들 상인들도 바보스러운 여성들과 함께 웃음의 대상이 된다. 순진한 시골 여성들을 상대로 자신들의 욕망을 채우고 다니는 이들의 행위는 당연히 민담 향유자들의 도덕적 규범에서 벗어나기 때문에 비난받아 마땅한 것이다. 더군다나 아무것도 모르는 시골 처녀를 성적 욕망의 희생물로 삼아 농락한 장사치의 행위는 순진한 처녀의 무지함보다 더 큰 도덕적 결함을 지니고 있는 것이다.

그런데 이같이 장사꾼에게 성적으로 농락당하는 여성과 대비되는 남성의 경우도 있어 흥미롭다. <숭어 사먹기>[345]라는 민담은 돈 없이 산중에 사는 사람이 숭어 장수에게 자신과 가족의 몸을 팔아 숭어를 사먹는다는 이야기이다. 숭어가 먹고 싶지만 돈이 없었던 산중에 사는 사람은 장사꾼을 자신의 아내와 하룻밤 자게 해주는 대가로 숭어를 사 먹는다. 그리고 다음에는 자신의 딸과 자게 하여 숭어를 받아먹고 그 다음엔 결국 본인이 숭어 장수와 자고 숭어를 사 먹는다는 이야기이다. 이 민담은 아내나 딸뿐 아니

---

345) 〈숭어 사먹기, 9:182〉

라 남성인 자신까지 장사꾼에게 성을 제공하고, 그 대가로 받은 숭어를 가족들이 맛있게 먹는다는 터무니없이 과장된 모습으로 웃음을 유발한다. 이 민담이 장사꾼을 다루는 앞의 바보민담들과 다른 점은 숭어 장수가 속임수를 쓰지 않았는데도 산골 사람이 스스로 바보짓을 벌여 웃음의 대상이 되고 있다는 것이다. 앞의 민담들이 여성의 무지함, 탐욕은 물론, 소금장수의 간교함을 드러내는 데 초점이 있었는데 이 경우는 시골 남성의 바보짓을 보여주긴 하지만 그 바보스러운 행위가 유발하는 웃음에 초점이 놓여 있을 뿐 날카로운 공격성을 드러내지 않고 있는 것이다. 맛있게 숭어고기를 먹는 가족들을 향해 "맛있넌 괴기 너그덜 묵넌게 다 뉘 덕이야. 너덜 애비 덕이다."라고 하는 주인공의 발화에서 보여주는 것처럼 그 바보짓의 동기가 가장으로서 가족을 부양하려는 가상한 마음이 바탕에 전제되어 있기 때문이다.

이와 같은 사실로 미루어 볼 때 이런 민담들이 단지 소수 집단 내에서 성적 쾌감을 즐기기 위해 은밀히 연행되는 음담류와는 다른 성격을 지니고 있다는 것을 보여준다. 비록 성적 금기에 대한 저항이라는 나름대로의 사회적 의미를 지닌다고 하더라도 음담은 성적 자극이 불러일으키는 개인의 말초적 쾌락을 즐기는 데에 주된 초점이 있는 반면, 성적 모티프를 지닌 바보민담은 성적 감각 자체보다 성과 관련된 집단의 삶에 바탕을 두고 있는 웃음에 초점이 있는 이야기라는 점에서 그 성격은 완연히 다른 것이라 하겠다.

이러한 이야기 외에도 장사치들이 시골로 다니면서 어수룩한 시골 사람들을 상대로 잇속을 채우는 내용은 아주 많은 민담들에서 나타난다. 침침한 눈 때문에 잘 보이는 안경을 쓰고 싶어 하는 노인에게 안경알이 없는 안경을 비싼 값을 받고 파는 이야기인 <안

경은 찔러보고 사라> 등 남녀노소를 가리지 않고 축재의 희생물로 삼는 영악한 장사치의 모습을 바보민담은 구체적이고 적나라하게 보여주고 있는 것이다. 순박한 시골 사람들에게 영악하고 파렴치한 장사꾼들은 늘 경계의 대상이었을 것이다. <속병고치기>[346]는 막 외출하는 내외가 지나가는 소금장수에게 우리 집에는 큰딸밖에 없으니 들르지 말라고 함으로써 오히려 처녀가 혼자 집에 있다는 정보를 제공하여 소금장수로 하여금 그 딸을 성적으로 희롱하게 만드는 이야기인데, 이 민담에서는 시골 사람들 나름대로 장사꾼의 간계에 넘어가지 않기 위해 애쓰는 모습이 나타나기도 한다. 하지만 온갖 험한 세상을 직접 경험하며 돌아다니며 약아빠진 장사꾼들을 시골 사람들이 당해낼 재간은 없었을 것이다. 이런 이야기에 특히 성적인 내용이 많은 것은 늘 타지를 떠돌아다녀야 하는 장사꾼들의 성적 결핍을 보여주는 것이며, 성적 욕망의 대상으로 남녀노소를 가리지 않고 있다는 것은 그만큼 욕망을 풀기가 쉽지 않았다는 것을 보여주는 것이다. 그들이 남녀노소를 가리지 않고 욕망을 추구함에도 불구하고 장사치를 향한 공격성이 그리 강하지 않은 것은 그들의 처지에 대해 민중들이 어느 정도는 수긍할 수 있었음을 보여주는 것이라 하겠다.

요컨대 장사꾼과 민중들의 대립을 보여주는 바보민담은 속고 속이는 장사꾼과 시골 사람들의 갈등을 통하여 하층민들의 삶의 모습을 그려내는 한편 그들의 삶에 대해서 긍정과 부정의 모습을 동시에 보여주는 민중적 웃음의 한 특성을 보여준다 하겠다.

---

346) <속병고치기. 6:474>

3) 스승과 제자

우리 민담에서 인물들 간에 서로 학문의 깊이나 재치 등을 겨루는 이야기가 많이 나타난다는 것은 학식을 인간이 갖추어야 할 매우 중요한 덕목으로 여겼던 전통적 유교관의 투영이라 할 수 있다. 조선시대와 같은 엄격한 신분사회에서 최고의 지배 신분이었던 양반이 갖추어야 할 가장 기본적 소양이 학문적 지식이었고, 또 문벌을 중시했던 당시 사회에서 입신의 길 또한 학문과 학연이 바탕이 되어야만 가능하였기에 이런 현상은 당연한 것으로 여겨진다. 특히 바보민담에서는 유식한 자와 무식한 자가 서로 대립하여 갈등을 보여주는 이야기가 많은데, 무엇보다 학문을 중시했던 당시 사회에서 학덕이 부족하거나 학문적 가능성이 없는 사람은 당연히 웃음거리가 되기 마련이었다.

사제 간의 대립을 보여주는 민담들은 현실 공간에서의 교육적인 문제를 제기하는 한편 학생들의 저능이나 스승으로서의 결함을 문제 삼는 이야기들로 나타난다. 이는 바보민담에 반영된 민중적 의식이 어느 한편의 입장만을 일방적으로 제기하지는 않는다는 것을 보여주는 것이다. 민담이란 오랜 세월 전승되어 오면서 다양한 계층과 집단의 목소리를 담게 된 것이고 그 목소리는 어떤 시각으로 보느냐에 따라 다르게 들릴 수 있다.

넨날에 한 사람이 있는데 아들이 혹게 미련했다. 그래두 이 아들을 글을 배와 주갔다구 글방에 대불구 가서 글 좀 갈처 주시오 하구 훈장과 말했다. 훈장은 그카라 하구서리 이 아에게 千字를 가르켰다. 하늘 틴 따아 디 하구 배와 주넌데 삼년을 배와 주어두 이 믹제기레 온 첫재인 하늘 틴 재두 배우디 못했다…… 선생은 증이 나서 "야

254

이건 송아지를 가르쳤으면 가르쳤지 너는 글 못 배와 주갔다"구 했다. 믹제기는 이 말을 듣구 집이 와서 아바지과 그 말을 했다. 아바지는 증이 나서 송아지를 한 마리 사개지구 선생한테 끌구 가서 이 송아지에 글을 배와 주어 보라구 말했다. 선생은 그카갔다구 하구서 송아지레 똥와하는 콩단을 개지구 하늘 턴 하멘 콩단을 하늘루 올리구 따 디 하멘 콩단을 따루 내리웠다…… 이와 같이 한 달을 넌습시키느꺼니 콩단이 없어두 송아지는 하늘 턴 하문 주둥이를 하늘루 올리구 따 디 하면 주둥이를 따루 네리웠다.[347]<이하 생략>

이 민담은 서당 훈장이 제자의 어리석음을 웃음의 대상으로 삼은 <미련한 아이>라는 이야기이다. 하지만 이 민담에서는 학문적 지능이 모자란 아이뿐 아니라 학문적 발전 가능성이 전혀 없는 아이를 억지로라도 가르치려는 부모의 잘못된 교육관 또한 웃음의 대상이 되고 있다. 이 민담은 자신의 재능이나 능력은 전혀 고려하지 않은 채 너도나도 학문을 배워 입신양명하려고 꿈꾸는 허황된 세태 풍조에 대해서 일침을 가하는 이야기라고도 할 수 있겠다.

넷날에 한 아레 글방에 다니멘 글을 배우더랬던데 믹제기레 돼놔서 공부를 하딜 못하느꺼지 선상님은 공부를 그만 두구 고기당시나 하라구 했다.[348]

예문은 <愚兒>라는 이야기로 선생은 학문적 재능이 없는 아이에게 고기장사나 하라고 충고하고 있다. 이 민담 역시 아이의 우둔함을 드러내는 데 이야기의 초점을 맞추고 있는데, 선생은 아이에게 고기를 팔 수 있는 방법을 알려 주지만, 아이는 엉뚱하게도 초상집에 가서 '고기 사시요'를 외치고 잔칫집에 가서 '슬프갔수다'를 되

---

347) 〈미련한 아이, 1:186〉
348) 〈愚兒, 1:189〉

뇌며, 불난 집에 가서는 '기쁘갔수다'를 외치고, 대장간의 불에 물을 퍼붓는 어리석음을 되풀이함으로써 웃음을 자아낸다. 바보사위담에서의 아내나 어머니와 마찬가지로 이 바보민담에서의 선생 역시 표면적으로는 바보인물을 돕는 협조자처럼 보이지만, 실제로는 바보인물의 바보짓을 목격하고 어리석다 여기는 웃는 자로서 아이와 대립적인 위치에 놓인 인물이다. 웃음을 기준으로 보자면 결국 아이는 공격받는 자이고 선생은 공격하는 자인 것이다.

그런데 바보 민담을 비롯한 대부분의 소화에서 웃음 유발자와 웃음의 대상이 상하 관계의 대립을 이루는 경우, 웃음 유발자는 거의 대부분 하층 인물로 나타나고 상층 인물은 웃음의 대상으로 설정되어 있는 것이 보통이다. 간혹 상층 인물이 공격자로 설정되어 있다고 하더라도 그 공격성은 극히 미약하게 나타나는데, 이는 우리의 전통적 웃음이 약자를 향한 가학적인 성격을 띠고 있지 않다는 것을 의미하다. 그럼에도 불구하고 위의 두 바보민담은 상층 인물로서의 스승이 공격자로 기능하고 있어 특히 주목되는 유형이다.

> 넷날에 글방에 다니는 한 아레 당개가게 되느꺼니 선생이 조용히 불러개지구 당개갈 적에는 당개가는 전날에 오마니과 콩을 많이 닦아달라구 해서 이걸 먹구 가문 돟다구 말했다. 이 아는 선생이 한 말이느꺼니 콩을 많이 닦아서 먹구 당개갔다. 그런데 큰 상을 받게 되느꺼니 배가 아프기 시작해서 몸을 움직일 수두 없게 되구 또 색시과 신방을 차리게 되넌데두 눌 수도 없어서 가만히 있었다.349)<이하 생략>

이 민담은 선생이 장가를 가는 제자에게 일부러 콩을 먹여 설사를 하게 함으로써 골탕을 먹인다는 <실없는 선생의 봉변> 이야기

---
349) 〈실없는 선생의 봉변, 2:182〉, 〈선생의 나쁜 장난에 앙갚음한 弟子, 8:284〉

이다. 민담의 제목이 보여주듯이 제자에게 콩을 먹인 선생은 결국 제자에게 봉변을 당하는 것으로 끝나는데, 민담의 변이형에 따라서는 선생이 아무런 공격도 당하지 않는 경우가 나타나기도 한다.[350) 이 민담에서 문제가 되는 것은 스승이 제자에게 그렇게 의도적인 공격성을 보이는 배경이 무엇인지 알 수 없다는 점이다. 앞에서 예로 본 경우처럼 아이가 특별히 지능이 모자라거나 하는 내용도 없고 다른 이야기들에서처럼 선생을 향해 먼저 공격성을 보이지도 않는다. 사제 간의 대립을 바탕으로 하는 바보민담들에서는 선생으로부터 공격을 받은 제자들은 대개 그 대가를 선생에게로 되돌려 준다. <실없는 선생의 봉변>에서도 결국 아이는 색시의 지시에 따라 똥을 담은 병을 선생에게 술이라고 속여 갖다 줌으로써 선생이 낭패를 겪게 만든다. 따라서 이 바보민담은 아이의 낭패보다는 선생의 낭패를 보여주는 데에 이야기의 초점이 놓여 있다고 볼 수 있다. 즉 이 민담의 전반부에서 보여주는 선생의 '아이 골탕 먹이기'는 후반부에서 아이의 '선생 골탕 먹이기'의 배경부의 기능을 하고 있음을 알 수 있다. 군사부일체(君師父一體)라는 엄격한 도덕률의 비난을 피하면서도 제자가 선생을 골탕 먹이는 민담이 존립하기 위해서는 그에 합당한 계기가 필요했던 것이다.[351)

제자에게 스승은 늘 권위의 대상이자 제자들을 통제하고 제어하는 자이다. 집단 내의 이런 권위적 대상을 웃음의 대상으로 삼아 격하시킴으로써 쾌락을 즐기는 것은 가장 보편적인 웃음 형성 방법 중 하나이다. 사위나 며느리가 처부모나 시부모를 웃음의 대상으로 삼는 것이나 하층민들이 상층민을 웃음의 대상으로 삼는 것

---

350) 〈실없는 선생, 2:183〉

351) 이는 바보형제담에서 형제를 바보로 만들기 위한 계기로 '어머니 죽이기' 같은 배경을 필요로 하는 것과 마찬가지다.

도 모두 이와 같은 웃음 형성의 한 방법인 것이다. 사위나 며느리가 처부모나 시부모를 웃음의 대상으로 삼는 데에는 처가나 시가의 관습이나 규범이 배경으로 작용했듯이 제자가 스승을 웃음의 대상으로 삼는 데에도 그와 같은 배경이 필요한 것이다. 사제 간의 대립에서 그 갈등의 빌미를 스승이 제공하는 것도 이와 같은 맥락에서 이해될 수 있는 것이다.

> 촌 훈당 하나이 당에 가서 알사탕을 많이 사다가 책상 빠람에 네 놔 두구 저 함자만 먹구 아덜과는 이건 아덜이 먹으문 죽는 약이라구 말했다.[352]

> 넷날에 어늬 글방에서 밤 글을 다 닑르구서 잠을 자넌데 한 아레 잠이 오딜 않아서 자딜 않구서 있넌데, 아루깐에 있넌 선생이 하깝서 떡을 꺼내 개지구 불에 구어 먹구 있었다.[353]

위 예문들은 아이들이 훈장을 웃음거리로 만들고 사탕과 떡을 빼앗아 먹는다는 <죽는 알사탕>류 이야기들의 배경부이다. 예문에서처럼 맛있는 것을 혼자만 먹으려는 훈장의 식탐은 결국 아이들이 훈장을 웃음거리로 만들게 되는 원인을 제공하고 있다. 민담에 제시된 먹을거리의 종류 또한 어른보다는 아이들이 좋아하는 사탕과 떡이라는 것도 아이들의 행동을 부추기는 요인으로 작용하고 있다. 함께 나누는 미덕을 가르쳐 아이들의 모범이 되어야 할 훈장이 알사탕을 책상 서랍에 감추고 혼자서만 먹는 것은 비교육적 행위로 이는 교육자의 결함으로 인식되어 웃음거리가 되고 있는 것이다.

· ·
352) 〈죽는 알사탕, 1:230〉, 〈죽는 알사탕, 8:302〉
353) 〈선생의 떡 뺏아먹는 아이들, 1:230〉, 〈선생의 떡을 훔쳤더니, 8:303〉

하지만 배경으로 제시된 선생의 결함은 실질적으로 제자들에게 큰 폐해를 끼치거나 사회적인 큰 문제를 야기하지도 않는 가볍고 사소한 것들이다. 따라서 민담에 나타나는 제자들의 반격 또한 그리 심한 정도는 아니고 실제 현실 공간에서 철없는 제자들이 스승을 골려먹음으로써 재미와 쾌감을 추구하는 정도로 그치고 마는 것이다. 이처럼 사제 간의 갈등을 내용으로 하는 바보민담들이 강한 공격성을 내포하고 있지는 않다는 것은 '자식을 보기엔 아비만 한 눈이 없고 제자를 보기엔 스승만 한 눈이 없다' 속담과 같이 실제 사제지간은 부모자식과도 같이 밀접하고 친숙한 관계이자 베풀고 받는 관계이기 때문일 것이다.

지금까지 인물들 간의 대립을 통해 살펴본 바보민담에 나타나는 웃음의 특성은 그 공격성의 방향이 하부에서 상부를 겨냥하는 웃음이라 할 수 있다. 그러기 위해서 상부의 인물을 직접적으로 바보로 형상화하여 공격하거나 아니면 하부의 인물 스스로 바보로 등장하여 상부의 인물을 공격하는 것을 볼 수 있다.

가족 구성원들 간에 대립이 형성되는 경우, 처부모와 사위의 대립에서는 사위가 처부모를 향한 공격이 우세하였고, 시부모와 며느리의 대립에서도 며느리가 시부모를 향한 공격성이 우세하게 드러나고 있었다. 이처럼 윗사람을 향한 공격성이 아랫사람을 향한 공격성보다 우세하게 나타나는 것은 바보라는 인물을 매개로 지배적 관습이나 규범의 부조리함을 문제 삼는 민담이 많기 때문이다. 어느 사회든지 집단적 관습이나 규범을 주도하는 사람은 아랫사람이 아니라 윗사람이기 때문에 그 주도자인 윗사람이 공격의 대상이 될 수밖에 없는 것이다. 사회 집단 간의 대립에서는 상층을 향한 공격성이 훨씬 더 강하고 두드러지게 나타났는데, 이는 바보민담이 주로 피지배 계층인 민중들의 의식을 반영한 결과물이기 때문으로 해석된다.

한편, 등장인물들이 이성 간의 대립으로 설정된 경우에는 남성보다 여성에게로 향한 공격성이 우세하게 나타나는 특성을 보였다.[354] 어찌 보면 가부장적 이데올로기의 억압으로부터 더 심한 통제를 받는 여성들이 남성들을 향한 공격성을 더 강하게 표출하였을 것으로 추측되지만 기실은 그와 반대의 결과를 보여주었다. 이는 바보민담 또한 다른 민담과 마찬가지로 민중 교육적 기능을 담당하기 때문인 것으로 보인다. 즉 바보민담은 가부장적 규범으로부터 일탈하려는 여성을 웃음의 대상으로 전락시킴으로써 가부장적 질서를 유지하고자 하는 남성적 의식을 더 강하게 반영하고 있다고 하겠다.

예외적으로 대립적 인물이 동일한 계층의 집단에 속한 경우에는 그 공격성이 쌍방향으로 거의 비슷하게 나타나는 것을 볼 수 있었다. 이 민담들은 서로 상대방을 공격하고 있지만 대립적 인물이 다 같이 민중 계층에 포함되기 때문에 그 바탕에는 상대방의 삶을 이해하려는 태도가 깔려 있다. 이러한 민담은 민중의 삶과 관련된 문제들을 웃음의 대상으로 삼아 쾌락과 즐거움을 공유하고자 했던 이야기들로 민중들의 의식과 생활상을 엿볼 수 있게 한다.

....
354) 물론 이는 바보민담에 등장하는 인물들이 이성 간의 대립을 이루는 경우에 한해서이다.

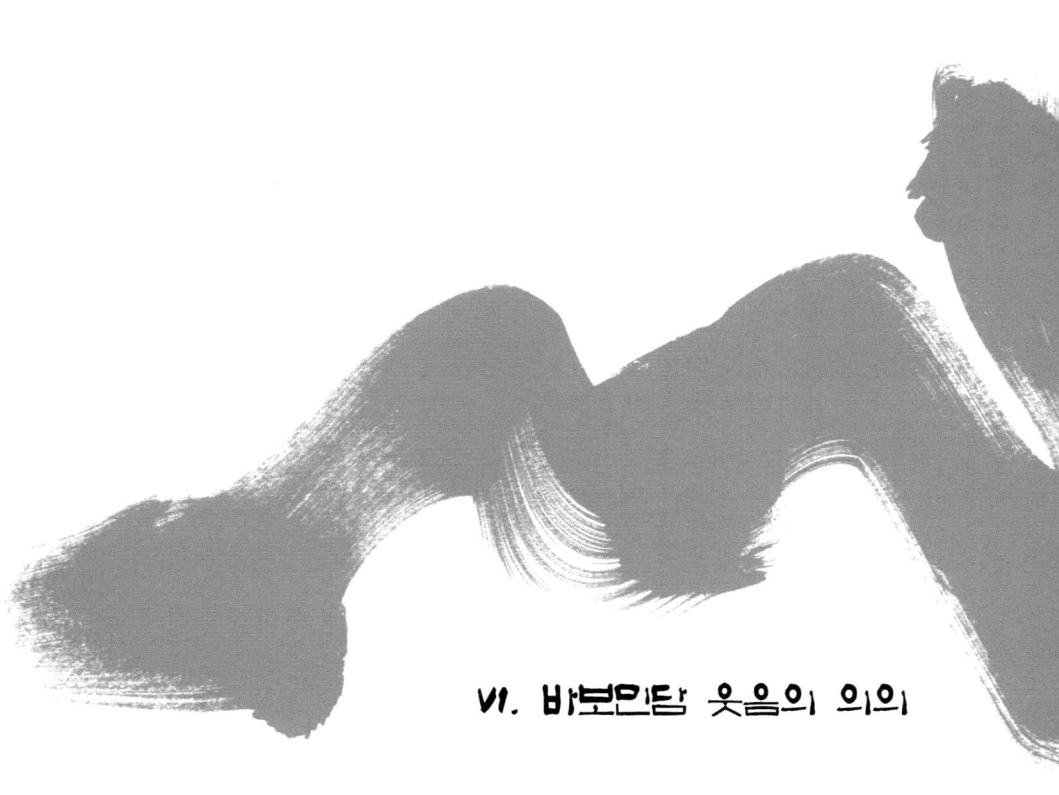

VI. 바보민담 웃음의 의의

바보민담의 웃음은 두 가지 측면에서 검토되어야 한다. 그 하나는 바보민담의 생산자가 민담을 통하여 가시화하고자 하는 웃음이고, 다른 하나는 민담의 텍스트에 가시화된 문제들에 대하여 반응하는 바보민담 수용자의 웃음이다. 바보민담의 생산자는 인간사회에 내재하는 다양한 결함들을 민담 속에 형상화하고, 그 결함들에 대한 자신의 판단 또한 민담에 담아서 수용자에게 전달한다. 생산자가 의도한 웃음과 수용자의 응답으로서의 웃음은 반드시 일치하지 않을 수도 있다. 하지만 민담의 생산자들은 민담 수용자의 공감을 획득하기 위해 대개는 수용자들의 의식에 부합하도록 민담을 꾸미려는 노력을 기울인다. 민담의 수용자가 웃음으로 반응한다는 것은 곧 생산자가 웃음의 형성에 성공했음을 뜻하는 것이고 수용자가 생산자의 의도에 공감한다는 표시라고 할 수 있다. 먼저 바보민담을 통하여 전달하고자 하는 생산자의 웃음을 고찰하고, 다음으로 바보민담의 수용자들이 웃는 웃음의 의미와 기능에 대해서 고찰하고자 한다.

1. 웃음의 의도

바보민담 텍스트 내에서 우선적으로 웃음의 대상이 되는 것은 바보로 형상화된 인물들의 바보짓이다. 바보민담에 등장하는 바보 인물들의 바보짓들은 인간들이 지닌 갖가지 결함들을 보여준다. 민담 속 바보인물들은 현실에서의 인간들이 지니고 있는 결함들이 무엇인지를 보여주도록 민담의 생산자에게 고용된 인물들이다. 실제로 대부분의 사람들은 이 결함들을 어느 정도 갖고 있지만 스스로 자신들의 결함을 잘 인식하지는 못한다. 바보민담의 바보인물들은 인간들이 스스로 인식하지 못하는 인간적 결함들을 과장해 보여줌으로써 그 결함들을 전경화하는 인물들이라 할 수 있다. 결과적으로 민담에 등장하는 수많은 바보인물들은 인간이나 인간 사회가 가지고 있는 결함들을 보여주기 위한 문학적 장치들인 셈이다.[355]

바보민담의 각 편에서는 단지 한 가지 결함만을 문제 삼지는 않는다. 경우에 따라 두세 가지 문제를 혼합하여 보여주기도 하고, 제기된 문제들은 한 편의 민담 내에서 서로 상충하기도 한다. 바보민담이 이처럼 여러 가지 문제들을 동시에 함축하는 이유는 민담이 오랜 세월 전승되어 오면서 다양한 민중의 의식과 입장을 반영한 결과물이기 때문이다.

바보민담에서 보여주는 문제들은 민중들이 삶 속에서 체득한 것들을 민중적 시각으로 보여주는 것들이다. 따라서 민중들의 삶과 밀접한 관련이 있는 것들, 즉 인간의 삶에서 기본이 되는 먹고, 배설하고, 생산하는 인간 욕망의 문제와, 민중의 삶에 영향을 끼치는 다양한 사회적 규범들, 그리고 집단구성원들과의 사이에서 벌어지

---

355) 이재선은 바보인물이 인간의 어리석음과 약점에 대한 해학적인 인식과 자기 반사의 아이러니 기능을 한다고 한다. 이재선, 앞의 책, p.356. 참조.
　　바흐친은 인습에 대항하여 인습을 폭로하는 힘으로서 기능하는 것이 바로 악한이 지닌 침착하고 쾌활하며 영리한 꾀와, 광대의 풍자적인 조롱 및 바보의 순진한 '몰이해 not understanding'라고 하였다. 그 중 바보의 순진한 '몰이해 not understanding'라는 장치는 잘못된 인습을 폭로해야 한다는 문제가 생길 때에는 항상 커다란 구성적 잠재력을 발휘하게 된다고 하며, 일상생활과 관습, 정치, 예술 등등에서 이런 식으로 폭로되는 인습은 대개 그 인습에 동조하지 않으며 또한 그것을 이해하지 못하는 사람의 관점에서 묘사된다고 하였다. 이러한 '몰이해'라는 장치는 18세기에 봉건적인 불합리성을 폭로하는 데 널리 이용되었다고 하였다. M. M. Bakhtin, *The dialogic imagination*, University of Texas Press, 1982, pp.162~164 참조.

는 갖가지 갈등들이다. 바보민담에서 제기하는 문제들은 인간 삶에서 아주 사소한 것들로 보일 수 있지만 사실 그것들은 사소한 문제가 아니라 민중들의 생존과 관련된 문제들이다. 또한 바보민담은 민중적인 공감을 토대로 웃음을 형성하는 것이기 때문에 특수하고 개별적인 것을 대상으로 삼기보다는 그 집단의 전체적이고 보편적인 것들을 대상으로 삼는다.356)

그런데 집단적 규범의 차원에서는 바보민담에서 제기하는 문제들이 교정되어야 마땅할 인간적 결함이라고 평가되더라도 민중의 차원에서는 그것이 결함이라고 인정되지 않을 수도 있다. 인간 행위의 결함들에 대한 평가나 판정은 그 결함을 지닌 자가 누구인가에 따라서 달라질 수 있는 것이고, 누가 판단하느냐에 따라서도 달라질 수 있는 것이다. 또한 상황이나 시대 또는 집단의 가치관이나 세계관에 따라 비록 동일한 행위라 하더라도 결함으로 인식될 수도 있고 그렇지 않을 수도 있다. 이러한 다성적 목소리는 바보민담에서도 그대로 나타나는데, 바보민담에서 제기된 문제들은 민담 향유자들의 의도와 그들이 속한 집단의 성격 등 여러 가지 요인들에 따라 그 의미를 다르게 형성하고 있는 것이다.

---

356) M. M. Bakhtin, 앞의 책, p.147. 참조.

1) 인간의 본성 옹호

인간으로서의 본능적 욕망은 어느 사회에서나 가장 보편적이고 대중적인 관심의 대상이다. 인간이 지닌 기본적 욕망들은 생존본능과 관련된 문제로 인간의 결함이라고까지는 할 수 없지만 사회적 규범으로서의 윤리나 도덕이라는 명목하에 과도한 욕구나 욕망의 추구를 강하게 억제하고 금지해 왔다. 하지만 민중들이 이 같은 사회적 규범을 모두 정당한 것으로 인정하고 동조하였던 것은 아니다. 인간의 본능적 욕망과 관련된 내용을 보여주는 바보민담에서는 이데올로기로서의 사회적 규범과 민담향유자들의 의식 사이에 괴리를 보이는 예가 흔하게 발견되고 있는 것이다.

인간의 본능적 욕망이나 욕구 중에서 바보민담이 주로 문제 삼고 있는 것은 식욕, 성욕, 배설욕과 관련된 내용들이다. 주지하는 바와 같이 성은 동서고금을 막론하고 가장 대표적인 웃음의 소재이다. 대부분의 집단에서 윤리·도덕적 규범들은 성의 영역과 관련된 언행에 대해서는 무엇보다도 강하게 터부시 하고 사위하여 억압을 행사해 왔기 때문에[357) 성과 관련된 욕망의 표출은 곧바로 사회적 일탈로 간주되기 십상이었다. 그러다 보니 성적 표현에 대한 욕구는 아주 은밀하게 이루어질 수밖에 없었고, 이처럼 은밀한 담론을 에둘러 표현하기에 웃음은 대단히 유용한 수단이 될 수 있었던 것이다. 바보민담 역시 성적 욕망의 문제를 웃음의 대상으로 삼고 있는데, 인물의 성격에 따라 그 내용은 크게 두 가지로 구분할 수 있다. 하나는 성지식에 대해 무지한 인물과 관련된 내용이고, 다른 하나는 성적 욕망을 과도하게 추구하는 인물에 관련된

357) 프로이트, 앞의 책, p.142.

내용이다.

성적 무지를 웃음의 대상으로 삼은 바보민담에 등장하는 인물들은 주로 초야를 치르는 어린 신랑이나 신부 또는 성적 경험이 없는 처녀 등으로 나타난다. 이 인물들은 하나같이 아직 나이가 어려 자신의 성역할을 제대로 인지하고 있지 못하거나, 성욕과 관련된 남녀 상호 간의 도덕적인 태도나 문화적 행위와 같은 성의 정체성에 대한 기본적 태도나 입장을 갖추지 못했다는 결함을 드러내 보이고 있다. 그러나 이런 부류의 바보민담들에서는 비록 성역할에 무지한 어리석은 인물들을 매개로 웃음을 유발하고는 있지만, 담론이 가지는 함축적 의도는 성에 대해 무지한 인물 자체를 비웃기보다는 성을 금기시하는 사회적 관습을 웃음의 대상으로 삼고 있는 경우가 대부분이다. 성적 역할은 인간이 지닌 본능적인 기본 욕구이자 가정과 사회 속에서 자아정체감(自我正體感, ego－identity)[358]을 구축하는 행위임에도 불구하고 이를 강하게 금기시하고 있는 사회적 규범에 대한 민중의 비판적 의식을 보여주는 것이기 때문이라 하겠다.

이러한 예를 보여주는 대표적인 민담으로는 <신방 엿보기 유래>, <신방홀기>, <구멍막자>, <시집맛>,[359] <소박맞은 세자매>, <처녀병 고치기>, <공자님에게 버선을>[360] 등을 들 수 있다. 이들 민담에서 성 정체성의 결여로 인해 특히 그 대가를 톡톡히 치르는 인물

---

358) 자아정체감은 자신에 관해서 통합된 관념을 가지고 있느냐에 대한 개념이다. 자아정체감이 형성되었다는 것은 자기의 성격, 취향, 가치관, 능력, 관심, 인간관, 세계관, 미래관 등에 대해 비교적 명료한 이해를 하고 있으며, 그런 이해가 지속성과 통합성을 가지고 있는 상태를 말한다. 이것은 개인의 이상과 행동 및 사회적 역할을 통합하는 자아의 기능에 의해서 이루어진 결과이다.

359) 〈시집맛, 5:364〉

360) 〈공자에게 버선을, 9:173〉, 〈공자님에게 버선을 12:178〉

로는 처녀가 가장 두드러지게 나타난다. 성역할의 사회화 과정은
태어나서 죽을 때까지 평생 동안 지속되는 과정으로서, 자아정체감
이나 사회에서의 위치 또는 타인과의 관계를 성에 따라 각기 다르
게 정해 주는 기능을 하게 된다. 이러한 성역할의 사회화 과정에
있어서 주변 환경이나 문화·제도적 요소들은 개인의 성 정체감을
형성하는 데 중요한 역할을 한다. 바보민담에서 어린 새신랑의 경
우에는 아내나 주변인의 도움으로 그동안 몰랐던 성을 깨달아 가
는 긍정적 시각에서의 사회화 과정을 보여주는 예가 많이 나타나
고 있다. 하지만 성적으로 무지한 새색시나 처녀의 경우에는 <공
자님에게 버선을> 정도를 제외한 대부분의 바보민담에서 성적 무
지의 대가로 인물 자신이 직접적 처벌을 받게 되어 새신랑의 경우
와는 많은 차이를 보이고 있는 것이 특징이다. 간단한 예로서 <소
박맞은 세 자매>의 경우만 하더라도 성적으로 무지한 세 자매가
모두 첫날밤에 소박을 맞고 있으며, 또 소금장수를 비롯한 장사치
나 동네 총각들에게 성에 무지한 처녀들이 성적 희롱을 당하는 모
습으로 형상화되고 있는 것이다.

　한편 바보민담에서 성적 욕망을 추구하다 웃음의 대상이 되는
인물들로는 남녀노소를 가리지 않고 나타나고 있지만 그 중에서도
특히 승려와 상인, 그리고 여성들이 두드러진다. 이들은 성적 접촉
을 금기시하는 계층의 인물이거나 성을 접할 기회를 자주 가질 수
없는 직업에 종사하는 인물들이다. 수도와 금욕이 생활의 전부라고
할 수 있는 승려의 경우는 성적 욕망을 억제하는 것이 당연시되던
인물들이다. 이들이 본분을 망각하고 욕망의 절제 없이 색정에 탐
닉한다는 것은 당연히 집단구성원들에게 웃음의 대상이 될 수밖에
없다. 여기저기 떠돌며 장사를 하던 상인들 역시 성적 억제가 강

했던 인물들이라 할 수 있다.

바보민담에서 성적 욕망을 추구하여 웃음의 대상이 되는 상인은 시장에서 점포를 운영하는 상인이 아니라 대부분 시골로 돌아다니며 물건을 팔던 봇짐장수들이다. 늘 떠돌아다니며 생활하던 상인들은 욕정을 해소할 수 있는 마땅한 대상이 없었기에 무지한 시골 여성들을 상대로 성적 욕망을 추구했을 것으로 보인다. 바보민담에서는 이들에게 속아 넘어가는 시골 여성들이 어수룩한 바보인물로 형상화되고 있지만, 순진한 시골 여성을 상대로 욕망을 추구하는 상인 역시 웃음의 대상이 되고 있다. 바보민담에서는 특히 이 두 부류 인물들의 성적 욕망이 아주 강하게 표출되고 있는데, 이는 일차적으로는 금기된 욕망을 추구하는 것에 대한 부정적 인식을 보여주는 것이라 하겠지만, 한편으로는 그들도 인간이기에 근본적으로 인간의 욕망으로부터 완전히 자유로울 수는 없다는 민중적 동정 의식을 엿볼 수 있는 부분이기도 하다.

바보민담에서 성적 욕망을 추구하다 웃음의 대상이 된 또 다른 인물은 여성들이 대부분이다.[361] 이는 남성에 비해 여성의 성적 담론에 대해서 특히 심한 금기를 보이던 가부장적 규범 때문이라 할 수 있다. 즉 민담에 나타나는 이러한 현상은 동일한 욕정의 표현에도 불구하고 남성은 규범에 위배되지 않지만 여성의 성적 욕망의 갈구와 표현은 규범에 위배되는 일탈행위로 간주된다는 것을 보여주는 것이라 하겠다. 이러한 사회적 통념 때문에 여성은 인간의 본능적 욕망인 성욕을 겉으로 함부로 표출하지 못하는 경우가 많았고, 역설적이게도 이와 같은 여성의 태도가 남성들에게는 위선

------

361) 여성의 성과 관련된 대다수의 민담은 여성을 노골적인 성적 유희의 대상으로 삼는다는 점에서 바보민담과는 구별되는 민담이 많다. 이 책에서 자료로 삼은 민담의 경우에는 성 자체보다 웃음에 초점이 있는 이야기들이다.

적이고 가식적인 태도로 비춰졌을 수 있었을 것이다. 남성들이 여성을 성과 관련된 바보민담의 주인공으로 자주 등장시키는 것은 바로 이러한 여성들의 성적 욕망에 대한 남성적 인식이 반영된 결과라고 할 수 있겠다.

바보민담에서는 인간의 본능적 욕망과 관련하여 성욕 외에도 식욕과 관련된 문제들을 제기한다. '바보'의 어원이 '밥＋보'에서 유래된[362] 때문인지 바보민담에는 음식과 관련된 이야기가 아주 많이 나타난다. 식욕은 인간이면 누구나 갖고 있는 생리적 본능이기에 웃음의 대상이 된 인물 역시 상객으로 간 사돈에서부터 시아버지, 사위, 신랑, 아내 등 다양한 인물들과 관련되어 나타난다. 이들은 식욕을 억제하여야 할 상황에서 욕구를 참지 못하고 식탐을 드러내는 어리석은 행동 때문에 웃음의 대상이 되고 있지만, 대개 성욕을 문제 삼고 있는 바보민담의 경우와 마찬가지로 식탐과 함께 사회적 관습의 문제가 동시에 제기된다. 식욕과 관계하여 문제가 되고 있는 사회적 관습은 주로 '체면 차리기'와 관련이 있는데, 과도하게 체면을 차리려다가 망신을 당하는 인물들은 주로 혼인과 관계된 인물인 사위, 시아버지, 사돈 등이다. 이 인물들은 사돈집이나 처갓집에 가서 처음에는 체면을 차리느라 먹고 싶은 음식을 제대로 먹지 않고 있다가 시간이 지나면서 참았던 식욕을 끝까지 견디지 못하고 결국은 몰래 음식을 먹으려다 들통이 남으로써 애써 지키려던 체면을 구기고 웃음거리가 된다.

....

362) '바보'는 '밥＋보'에서 'ㅂ'이 탈락된 형태로 '보'는 울보, 겁보, 느림보와 같이 체언이나 어간의 끝에 붙어 사람을 나타내는 말이다. 따라서 바보란 말의 원래 의미는 밥만 먹고 하릴없이 노는 사람을 가리키며 그런 사람을 경멸하며 현재와 같이 어리석은 사람이나 멍청이를 가리키게 되었다. 같은 이치로 '밥통'이라는 속된 표현을 쓰기도 한다. 박일환, 『우리말 유래 사전』, 우리교육, 1994. 참조.

넷날에 한 넝감이 딸네 집이 가느꺼니 사돈 집이서는 사돈넝감 왔다구 째한 니팝을 한상 차레 주었다. 이 넝감이 그거이 맛이 있으꺼니 밥 한 톨두 기트디 않구 다 먹었다. 그 후 딸이 와서 "아버지레 오서셔 밥을 한 톨두 기트디 않구 다 자세서 시집 사람 보기레 점적했요. 요담에 오시멘 밥 좀 조끔 자시라우요" 하구 말했다.

그 후에 이 넝감은 또 딸네 집이 갔넌데 이번에는 째한 니팝을 조금 먹구 많이 기텄다. 그런데 밤에 자다가 배레 고파서 참을 수가 없어서 몰래 니러나서 벽에 들어가서 실경에 얹어논 밥을 한우큼식 집어먹군 집어먹군 했다. 그때 사돈네 노친네가 잠을 깨서 벽에서 무슨 소리가 나느꺼니 나가 보느꺼니 사돈네 넝감이 밥을 채먹구 있어서 메눌아를 불러서 나가 보라구 했다.

넝감은 밥을 채먹다가 겡오가 달라진 걸 알구 벡에서 나올라구 하넌데 고만에 상투가 모다구에 걸레서 나갈 수가 없었다. 딸이 나와서 보구 상투를 모다구에서 빼서 갸우해서 벡에서 나왔넌데 너머너머 점적해서 벗어논 바디를 입는다는 거이 사둔네 노친네 소곳가랭이를 입구 나섰다. 사둔집 언나레 보구 우리 클마니 솟곳 입구 간다 했다.363)

위 민담에서는 딸네 집에 간 영감이 사돈집에서 차려준 밥을 남기지 않고 다 먹은 것 때문에 딸한테 원망을 듣는다. 현대사회에서는 남의 집에 손님으로 갔을 때 밥을 남기는 것이 오히려 실례가 될 수도 있지만 먹을 것이 귀하던 예전에는 손님이 음식을 적당히 남기는 것이 예의였다. 민담에서 보여주는 것처럼 집안에 손님이 오게 되면 평소와 다르게 이밥을 하거나 아니면 잡곡을 좀 덜 섞어 밥을 하고, 반찬도 신경을 쓰게 된다. 그러나 넉넉지 않은 살림살이에 온 가족이 다 그렇게 먹을 수는 없었기 때문에 특별히 손님에게만 융숭히 대접하는 경우가 많았다. 그러다 보니 집안의 아이들은 손님이 음식을 남겨주기를 기대하게 되는데, 만약 손님이

363) 〈경망한 사돈, 1:214〉

음식을 다 비워버리면 아이들은 크게 실망하게 마련이었다. 이러한 사정을 다 아는 손님들은 으레 음식을 남기기 마련이고 또 그것이 예의라고 생각하였는데 이 민담에서의 영감은 그러한 예의에 벗어나게 행동함으로써 딸에게 원망을 듣게 된 것이다. 그러자 다음에는 예의에 맞게 음식을 남기긴 했지만 배가 고파 참을 수 없게 되고 음식을 몰래 먹다 더 큰 망신을 당하게 된다. 결과적으로 이 영감은 처음엔 식탐을 부리다가 딸에게 망신을 당하고, 다음에는 풍습을 따라 체면을 차리다가 망신을 당한다.

인용한 이야기와 같이 식탐과 함께 사회적 관습의 문제가 동시에 제기되는 예들은 여러 바보민담들에서 발견되는데, 이러한 사실은 "더 먹구푼데 더 달랠 수두 없구 근냥 참았다"[364]든가, "테면차리느라구 밥을 조금 먹었다"[365]라든가, "떡이랑 고기랑 많이 있었넌데두 많이 먹으문 흉축할가 해서 조곰 먹었다"[366], "더 묵고짚은디 점잔을 빼이라고 그라지 몬하고 참고 있다가"[367] 등과 같이 대체로 이야기의 서두에 제시되고 있는 바보짓의 배경을 통해서 쉽게 확인할 수 있다.

이처럼 바보민담에서는 식욕과 체면이 동전의 양면처럼 동시에 나타나 인간 내부에서 늘 대립하고 충돌하는 모습을 보여준다. 그런데 인간의 식욕은 억제될 수 없는 생리적 현상이다. 억제될 수 없는 욕구를 강제로 금지한다면 그것은 불합리한 방법으로 충족시킬 수밖에 없게 된다. 그러므로 인간의 생리적 욕망에 대한 사회 규범이나 풍습의 지나친 억제와 통제는 겉과 속이 다른 이중적인

364) 〈망신당한 사돈, 1:213〉
365) 〈바보신랑, 1:203〉
366) 〈바보신랑, 1:197〉
367) 〈우랑, 10:288〉

인간을 만들어 내게 마련이다. 즉 인간의 기본적 욕망을 억압하는
것은 인간에게 또 다른 결함이 생길 수밖에 없음을 보여주는 것이
다. 이처럼 바보민담은 인간의 자유로운 본능을 억압했을 때 생기
는 불합리한 문제를 가시화하고 표면화함으로써 인간의 본성조차
부정하는 부조리한 관습적 이데올로기에 대한 비판적 의식을 보여
주고 있는 것이다.

  그런데 식욕을 추구하는 인물이 여성인 경우에는 앞의 경우와는
또 다른 양상을 보이고 있어 특히 주목된다. 여성이 음식을 탐하
다가 웃음거리가 된 <너도 서방한테 쫓겨오느냐>368)라는 민담에
서, 아내는 남편이 사다준 도미로 국을 끓여 몸통을 남편에게 주
고 자신은 대가리를 먹었다는 이유로 쫓겨난다. 이 민담에서 아내
가 단지 맛있는 도미대가리를 먹었다는 이유로 남편은 아내에게
욕설을 퍼붓고 때리려고 달려든다. 상식적인 판단으로는 도미대가
리 정도의 식욕도 허용치 않는 남편의 인색함을 비난하고 웃음거
리로 삼아야겠지만, 이 바보민담에서는 오히려 아내를 식탐을 부리
는 바보로 형상화함으로써 웃음의 대상으로 삼고 있는 것이다. 이
는 웃음이라고 하는 것이 근본적으로 비윤리적·비도덕적인 것을
대상으로 삼는 것이 아니라 비사회적인 것369)을 대상으로 삼는 속
성이 있다는 것을 여실히 보여준다. 즉 가부장적 잣대로 보면 남
편의 인색함과 부당한 폭력은 엄연히 비윤리적 행위임에도 불구하
고 웃음거리가 되지 않는 반면, 남편을 제쳐두고 자신이 맛있는
도미대가리를 먹었다는 여성의 식탐은 가부장적 질서를 무시하는
비사회적인 문제행위로 인식되어 웃음거리가 되고 있는 것이다.

....
368) 〈너도 서방한테 쫓겨오느냐, 8:357〉
369) 앙리 베르그송, 앞의 책, p.115.

여성들의 식욕에 대한 가부장적 인식을 단적으로 보여주는 또 다른 민담의 예로 <밥 안 먹는 마누라>[370]를 들 수 있다. 이 민담은 남편이 밥을 많이 먹는 아내를 아예 때려죽이고 밥을 전혀 안 먹는다는 여자를 새로운 아내로 맞아들이지만, 그녀는 한술 더 떠 아예 머리 위의 뚜껑을 열고 밥을 뭉쳐 집어넣는다는 이야기이다. 이 외에도 <밀가루 위의 자국>[371]에서 보면 아내가 주전부릴 하지 못하도록 외출하는 남편은 밀가루 독 위에 표시를 해 놓고 가는 등 유독 여성들의 식욕에 대해서는 부정적인 인식을 강하게 보여준다. 따라서 이러한 민담들은 남성들이 여성의 식탐에 대해 얼마나 부정적으로 평가하고 있었는지를 보여주는 동시에, 여성의 식욕에 대한 남성들의 그릇된 사고와 태도를 꼬집는 이야기라 하겠다.[372]

아내가 식욕을 추구하는 것에 대해 남성들이 부정적으로 인식했던 이유는 집안의 가사에만 전념했던 여성들을 생산적인 활동은 전혀 하지 않으면서 식탐만 추구하는 존재로 치부했기 때문으로 보인다. 집안 살림이나 하는 비생산적인 아내가 처자식을 먹여 살리느라 바깥에서 동분서주하는 남편을 제쳐놓고 혼자서 더 맛있는 것을 먹는다거나, 더 많이 먹는 것은 여필종부(女必從夫)의 사회적 이념하에서는 아녀자의 도리가 아니라는 인식이 강했던 것이라

---

370) 〈밥 안 먹는 마누라, 8:262〉, 〈밥 안 먹는 마누라, 8:263〉, 〈밥 안 먹는 마누라, 10:262〉

371) 〈밀가루 위의 자국, 8:360〉

372) 아내의 식욕에 대해 그릇된 인식을 보이는 남편에 대한 비판적 시각을 보여주는 민담의 예로는 〈남의 밥이 더 많아 보인다〉(최웅 외, 『강원의 설화 Ⅲ』, 강원도청, 2006, p.393)를 들 수 있다. 이 민담에서의 아내는 양푼에다 밥을 먹고 남편은 식기에다 밥을 주었다. 남편은 아내의 밥이 더 많아 보여 그릇을 바꿔 밥을 먹자고 제안했다가 실제로 양푼에다 밥을 먹어보았더니 양푼의 밥이 식기의 밥보다 양이 작다는 것을 알고 도로 바꾸자고 했다는 이야기이다.

할 수 있다. 바로 이러한 남성적 인식이 먹을 것도 없는 도미대가리 정도의 식욕 추구도 여성에게 허용치 않았고 웃음거리로 삼은 것이라 하겠다.[373]

다음으로 배설욕의 문제를 들 수 있다. 배설은 몸 안에 쌓인 노폐물을 몸 밖으로 내보냄으로써 인체의 항상성을 유지하는 생리작용으로서의 신진대사 활동이다. 하지만 이를 문화적 인식의 측면에서 보았을 때는, 배설물이 주는 이미지 때문에 추한 것으로 인식되기도 하지만 왕성한 배설은 곧 풍성함과 건강함의 의미로 인식되기도 하여 양면적 가치를 띠고 있다. 바보민담 속에 똥이나 방귀 등과 관련된 민담이 아주 많은데, 이들 민담에서 배설욕이 민중 의식 속에서 이중적 가치의 상징으로 존재했음을 보여준다. <꿀똥>이나 <단방귀>류의 민담들에서 배설물은 긍정적인 인물에게는 물질적 풍요를 가져다주는 긍정적 가치로 작용하지만, 부정적인 인물에게는 그의 탐욕을 징계하거나 인물 자체를 격하하는 요소로 작용하고 있는 것이다.

배설욕 자체를 웃음거리로 제시하는 민담으로는 <며느리 방귀>류의 민담을 들 수 있다. 민담의 향유자들에 따라 다른 시각과 관점이 나타나고는 있지만, 며느리 방귀 자체를 웃음의 대상으로 삼았다는 점에서는 여성의 배설 행위에 대한 부정적 인식을 바탕으로 하고 있음을 볼 수 있다. 특히 <방귀살, 2:202>, <복방귀, 5:319>, <새며느리의 방귀, 9:174> 등에서는 며느리의 방귀에 대한 부정적 인식을 직접적으로 표출하고 있는데, 이는 <방귀시합, 2:203> 같은 민담 속에서 남성들의 방귀가 주로 재주로 간주되어

---

373) 민담의 향유자들이 어두육미(魚頭肉尾)라는 말을 사실로 인식했다고 하더라도 민담 속 아내의 행위는 매를 맞거나 쫓겨날 정도의 식탐은 아니다.

자랑거리가 되는 것과는 상반된 인식을 보여준다.

이상에서 검토한 것처럼 사실은 인간의 결함이라 할 수 없는 생존 본능 욕구를 웃음의 대상으로 삼고 있다는 것은 바보민담이 인간 욕망에 대한 사회 규범적 인식과 민중의 의식 사이에 괴리가 있다는 것을 입증하는 것이라 할 수 있다. 하지만 여성의 본능적 욕망에 한해서는 규범적 인식과 민중적 인식이 일치되고 있음을 볼 수 있는데, 이는 가부장적 사회의 이데올로기가 여성들에게 요구하였던 '여성다움'의 정체가 무엇이었는지를 파악하게 한다. 이러한 바보민담은 남성 중심의 가부장 사회에서 며느리나 아내들이 지녀야 할 중요한 여성의 덕목이 본능적 욕망의 억제였었다는 사실과, 이처럼 암묵적으로 합의된 '사회적 여성성'으로부터의 일탈 행위가 어떤 대가를 치르게 되는지를 보여줌으로써 남성들의 권위에 도전하는 여성들을 경계하고자 한 이야기라 볼 수 있는 것이다.[374]

이처럼 인간의 본능적 욕망과 규범의 충돌을 보여주는 바보민담들의 성격은 요구 수준이 아주 높고 가차 없는 도덕뿐만 아니라 비록 사소한 인간의 욕구와 욕망에 대해서도 귀를 기울일 가치가 있다는[375] 민중들의 소리 낮은 성토이며, 또한 도덕과 윤리라는 명목으로 사회를 억압하고 통제하는 수단의 근간을 이루고 있는 이데올로기란, 기실 힘 있는 자들이 자기 명분을 위해 만든 규칙일 뿐이라고 주장하는 것이라 할 수 있겠다.

....

374) 여성해방론자들은 남성과 여성의 차이는 생물학적 요인뿐만 아니라, 문화적 · 사회적 요인이 보다 중요한 결정 요인으로 작용한다고 주장한다. 즉 여성이 의존적 · 종속적 위치에 처하게 되는 이유는 '여성은 여성으로서 태어나는 것이 아니라, 여성으로 만들어진다.'는 것이다.

375) 프로이트, 앞의 책, p.141.

2) 인간의 결함 부정

　바보 이야기는 어느 집단이 도덕적, 이성적 가치 기준을 마련하고 그 반대의 가치 기준인 비도덕적·비이성적 행위를 금기할 때 생긴다.[376) 바보가 지닌 인간적 약점들은 그 사회에서의 도덕적·이성적 가치 기준에서 벗어나는 것들이다. 사회는 사회적 질서유지에 해가 되는 인간의 속성들을 인간의 결함으로, 그리고 부정적인 것으로 규정하여 금기하고 억압하려고 한다. 그러므로 한 사회의 규범이 엄격하고 강할수록 인간의 부정적 결함으로 인식되는 것들도 많을 수밖에 없고, 사회적 구성원들이 그 규범으로부터 받는 억압도 강할 수밖에 없다. 바보민담에서는 사회적으로 인간의 결함으로 인식했던 것이 무엇이었는지를 보여주고 그 결함들에 대한 민중들의 의식 또한 보여준다. 사회적 규범과 민중적 의식은 때로는 일치하기도 하고 때로는 불일치하기도 한다. 사회적 규범과 민중의식이 일치할 때 민중은 규범에서 어긋나는 인간의 결함에 대해 비판적인 모습을, 불일치할 때는 사회적 규범에 대해 비판적인 모습을 보여줄 것이다.

　바보민담에서 사회적 규범과 민담 향유자들의 의식이 일치하는 문제들은 인간의 결함으로 인식되었던 속성들이라 할 수 있다. 이러한 인간의 부정적 속성에는 탐욕, 허영, 투기(妬忌), 무능력과 같은 것들이 포함된다. 또한 인간들 각자 자신의 지위에 필요한 능력이나 자질을 갖추지 못했을 때도 민담 향유자들은 부정적으로 인식하였음을 알 수 있다. 이들은 모두 사회적 규범이 인간이 지닌 부정적 속성들로 규정했던 것들이다.

---

376) 권석환, 앞의 논문, p.202.

인간의 부정적 속성 중에서도 민담향유자들이 아주 강하게 부정적으로 인식했던 것은 탐욕이라 하겠다. 바보민담에서 탐욕을 부리는 자는 남녀고하를 막론하고 모두 다 웃음의 대상으로 삼고 있다. 인간의 탐욕을 보여주는 민담은 <단똥>,[377] <꿀똥>, <꿀강아지 산 사람>, <속이는 사람과 속는 사람>, <시골 사람이 서울 사람 속이다>, <독장수 구구> 등 매우 여러 편이 전해진다. 이 민담들은 모두 헛된 욕심 때문에 낭패를 당하는 인물들의 모습을 아주 과장되게 보여줌으로써 인간의 부정적 속성을 가시화하고 경계하고자 하는 이야기들이다. 또한 형제간의 갈등을 보이는 민담들 대부분도 –인물의 탐욕이 표면화되지는 않은 경우도 있지만– 형이나 아우의 탐욕에 대한 비판을 보여준다. 그리고 탐욕을 보이는 민담들은 다른 민담들에 비해 강한 공격성을 수반한다. 이는 사회적 규범이 인간의 결함들 중에 특히 탐욕에 대해서 부정적으로 인식했음을 보여주는 것이고 민담 향유자들의 의식 또한 이에 동조하고 있다는 것을 알 수 있다.

다음으로 바보민담은 인간이 지닌 갖가지 허영심에 대한 비판적 인식을 보여준다. 허영은 하층민보다는 상층민에게서, 남성보다는 여성에게서 두드러지게 나타나는 것으로 보인다. 바보민담에서는 특히 여성들의 겉치레 의식을 웃음의 대상으로 삼고 비판하는 경향이 강하다. 바보민담에서 남편이 바보인물로 형상화된 경우 아내들은 '새시방이 믹재기가 아니란 걸 보이구파서',[378] 즉 신랑의 바보성을 숨기고 싶어서 갖은 노력을 한다. 그들은 특히 친정 식구들에게 남편의 바보스러움을 숨기기 위해 인사치레나 노래 등을

377) 〈단똥, 2:206, 2:207〉, 〈단방귀, 8:332〉
378) 〈바보신랑, 1:199〉

가르치려고 애쓴다. 하지만 문제는 그 근본적 의도가 남편을 위한 것이 아니라 자신의 위신이 손상되지 않으려는 데 있다는 것이다. 그리고 이 같은 아내들의 의도를 민담에 등장하는 신랑들은 정확히 간파한다. 따라서 일부러 바보짓을 하고 어깃장을 부림으로써 아내들의 허영심을 웃음거리로 삼는다.

이러한 허영심이 아내에만 한정되는 것만은 아니다. 장모들 또한 주변 사람들로부터 사위를 잘 얻었다는 평가를 받기 위해 사위의 똑똑함을 증명해 보이려고 애를 쓴다. 그것은 주로 새사위의 한시 짓기나 노래 부르기로 나타나는데, 이 민담들에서 장인보다 장모가 주로 사위의 대립적 인물로 나타나는 이유는 이 민담들이 여성의 겉치레 의식과 관련된 때문이라 할 수 있다. 하지만 바보민담에 등장하는 어떠한 사위도 한시를 제대로 짓거나 노래를 제대로 부르는 인물은 없고 오히려 장모를 바보로 만들거나 웃음거리로 만들어버림으로써 이 같은 허영심에 대해 비판적 시각을 보여준다.

이 외에도 <허세부린 문장>,[379] <자랑동의 봉변>,[380] <미련한 삼부자>,[381] <술 못먹는 사람이 술 먹었다고>[382] 등에서 보여주는 잘난 척하거나 모르면서도 아는 척하는 태도, 하지 않고도 했다고 하는 등의 행동도 모두 허영심의 일종으로 웃음의 대상들이다.

바보민담에서는 여성의 질투심도 인간의 결함으로 규정하고 웃음의 대상으로 삼았다. <愚妻>[383] <거울을 처음 본 사람들>[384]

---

379) 〈허세부린 문장, 8:280〉
380) 〈자랑동의 봉변, 1:193〉
381) 〈미련한 삼부자, 8:366, 3:197〉
382) 〈술 못먹는 사람이 술 먹었다고, 3:198〉

등에서 아내들의 무지함을 웃음의 대상으로 삼는 것처럼 보이지만 실제로 인간의 결함으로 가시화하고자 하는 문제는 여성의 질투심이다. 질투심은 사실상 인간의 본능에 속하는 것이지만 가부장적 규범은 아내의 투기를 심각한 여성의 결함으로 규정하고 경계하였다. 따라서 가부장적 규범으로 보면 아내의 투기는 웃음의 대상, 교정의 대상일 뿐이다. 결국 이 민담들은 아내의 '투기'가 얼마나 어리석고 잘못된 행위인지 보여줌으로써, 여성들의 투기를 금지하고 가부장적 질서를 유지하고자 한 이야기들이라 하겠다.

바보민담에서 흔히 발견되는 인간의 또 다른 결함으로 속임수를 들 수 있다. 속임수는 윤리적 시각으로 보면 정당하지 않은 인간의 결함이다. 바보민담에서 흔하게 발견되는 속임수는 주로 결함을 지닌 인물을 바보로 만들기 위한 한 방법이긴 하지만 그렇다고 해서 그 속임수 자체에 대해 긍정적인 시선을 보여주는 것은 아니다. 원님을 속이는 이방이나 주인을 속이는 하인, 그리고 순진한 시골 사람들을 속이는 상인 모두 긍정적 인물은 아님을 보여준다.

이 외에도 남을 따라하는 인간의 속성을 웃음거리로 삼은 민담들도 있다. <울다가 웃기>[385]나 <우는 모퉁이>[386]등은 이유도 모르고 남을 따라하다 웃음거리가 되는 이야기들이다. 실제로 남이 운다고 따라서 우는 사람은 없겠지만 이는 인간이 지닌 속성 중 하나인 '따라하기'를 희화적으로 보여준 것이라 하겠다. 비단 이 민담들뿐만 아니라 IV장에서 검토한 '따라하기'는 바보민담의 주

---

383) 〈愚妻, 8:359〉
384) 〈거울을 처음 본 사람, 2:190〉, 〈거울을 처음 본 사람, 5:330〉, 〈거울을 처음 본 사람, 5:331〉, 〈거울을 처음 본 사람, 8:293〉, 〈거울을 처음 본 사람, 8:294〉
385) 〈울다가 웃기, 1:228〉, 〈울다가 웃기, 3:199〉
386) 〈우는 모퉁이, 1:259〉

요한 웃음 유발 기법이며 요인이다.

인간이 지닌 속성은 아주 다양하고 이들 중 현실 사회에서 부정적으로 인식되었던 점들은 대개 민담 속에서도 인간의 결함으로 인식되어 부정적 시각을 보여준다. 특히 위에서 언급한 결함들 외에도 성급함이나 잊음[387] 등을 매우 과장되고 희화화하여 보여주는데, 이는 사실상 누구나 어느 정도는 지니고 있는 인간의 보편적인 속성들이기에 공격성은 그리 강하지 않다.

바보민담은 인간이 지닌 다양한 결함들을 가시화하고 그 결함들을 경계하고자 하는 이야기들이다. 따라서 사회적으로 아주 부정하게 인식되던 결점들에 대해서는 강한 공격성을 보이는 반면, 인간의 보편적인 결함에 대해서는 공격성이 비교적 약하게 나타남을 볼 수 있다. 하지만 이들 또한 인간의 약점을 바탕으로 하는 웃음이라는 점에서는 그 공격성이 전혀 없다고는 할 수 없을 것이다.

앞에서 제시한 문제들 이외에도 바보민담에서 웃음의 대상이 된 중요한 것으로 무능력을 들 수 있다. 특히 인물의 지위나 역할과 관련된 바보민담인 경우 그 무능력을 문제 삼는 이야기들이 대부분이다. 바보민담에 등장하는 신랑, 아내, 원님, 이방, 선생, 중 등은 그들의 역할에 대한 결함들을 보여준다. 신랑은 가장으로서의 경제적 능력을 갖추지 못하거나 남편으로서의 성적 능력을 갖추지 못하거나 했을 때 웃음거리가 된다. 성적 능력은 신랑이 아직 너무 어리거나 성을 금기시하는 유교적 규범 때문에 성에 대한 무지를 보이는 경우가 많아[388] 조혼, 성 금기와 같은 사회적 관습의 문

---

387) 〈잘 잊어버리는 사람. 2:163~164〉 5편, 〈잘 잊어버리는 사람. 8:38〉, 〈잊어버리기 잘 하는 사람. 3:312〉, 〈잊음이 심한 사람. 2:164, 8:339, 10:320, 10:321〉

388) 어린 신랑의 성적 무지를 보여주는 예는 〈팽착. 3;329〉, 〈구멍막자. 8:380〉 등이

제와도 관련된다.

　신랑이 경제적 능력을 갖추지 못한 경우에는 색시가 장사하는 방법을 가르치기도[389] 하지만 신랑은 장사에 실패함으로써 웃음거리가 된다. 또한 장인 장모는 사위의 경제적 능력을 시험하기 위해 각종 테스트를 한다. 가령 갓, 물동이, 송아지 등을 고를 수 있는 안목이 있는지 시험하기도 하고[390] 때로는 이것들을 직접 사오라고 시키기도 한다. 올바른 물건을 고르고 살 수 있는 안목은 곧 한 가정을 이끌어가기 위해 반드시 요구되는 생활 능력을 의미하는 것이다. 하지만 사위나 신랑들은 번번이 실패함으로써 웃음거리가 된다. 이들 민담은 혼인을 해서 가장이 된 자가 한 집안을 책임질 정도의 능력을 갖추지 못한 것은 가장으로서의 큰 결함이라는 것을 보여주는 것이라 할 수 있다. 따라서 신랑이 바보로 등장하는 다른 민담들에 비해 그 공격성이 좀 더 날카롭다. 대부분의 바보 신랑들은 그들의 바보짓으로 인해 웃음거리가 되는 것으로 그치는 데 비해 가장으로서의 경제적 무능력을 보이는 경우에는 장인, 장모로부터 매를 맞거나 아내에게 쫓겨나는 등 그 공격성을 가시화하는 경향이 있다. 이는 전통적으로 남성의 역할 중 가장으로서 경제적 능력을 아주 중하게 여겼음을 보여주는 것이라 하겠다.

　여성이 역할을 제대로 수행하지 못하는 것을 웃음의 대상으로 삼은 민담은 아내로서, 며느리로서의 역할이나 집안의 가사일과 관련되는 것들이다. 곶감으로 국을 끓인다거나[391] 옷고름을 제대로

있고, 유교적인 금기로 인해 성에 무지함을 보이는 예는 〈합궁홀기 6:187〉, 〈잠자리 홀기 8:37〉 등을 들 수 있다.

389) 〈너도 아내에게 쫓겨났느냐, 1:189〉
390) 〈바보신랑, 1:200~202〉
391) 〈곶감국, 8:356, 8:357〉, 〈곶감국을 끓였는데, 8:357〉

달지 못한다거나[392] 하는 등 여자들이 알아야 할 가사들을 제대로 처리하지 못하는 것이 웃음거리이다. 또 때로는 맏동서를 따라하다 낭패를 보기도 하고[393] 말귀를 잘못 알아들어 웃음거리가 되기도 한다.[394] 그리고 아내로서의 내조를 잘못해서 웃음의 대상이 되는 경우도 있다.[395] 이 유형에 속하는 민담들은 여성으로서 기본적으로 해야 할 일을 제대로 하지 못하는 것을 웃음의 대상으로 삼았다는 점에서 가장으로서의 무능력함을 보여주는 바보 신랑과 동일한 결함을 보여주는 이야기라 할 수 있다.

그런데 여성의 무능력을 문제 삼은 민담은 그 바보짓에 대한 직접적인 징치가 거의 드러나지 않아 남성이 가장으로서의 무능력함을 보이는 바보민담과 상반되는 성향을 보인다. 이 같은 사실은 민담의 향유자들이 근본적으로 여성과 남성이 갖추어야 할 자질들 중 중요하게 생각하는 것이 달랐음을 보여주는 것이다. 즉 남성에게 있어서는 가장으로서의 경제적, 사회적 능력을 가장 중요하게 생각하여 그러한 능력의 결핍을 가장 큰 결함으로 인식했던 반면, 여성에 있어서는 여성적 능력의 결핍보다는 앞서 살펴본 것처럼 본능이나 윤리적 결함을 보다 큰 결함으로 인식했음을 보여준다.

고을 원님의 역할은 그 고을 백성들의 어려움을 보살피고 도와주는 것이다. 그러므로 고을 원이 백성을 제대로 보살피지 못하는 것은 당연히 원님으로서의 결함이 된다. 바보민담에서 원님들은 이 같은 결함을 지닌 인물들로 가시화된다. 그들은 농민들에게 있어 농사의 중요한 수단이자 재산인 소가 죽어 원통함을 고하러 온 백

---

392) 〈바보각시, 1:213〉, 〈愚婦, 8:358〉
393) 〈바보각시, 1:191〉
394) 〈세서 때라니까, 5:312〉
395) 〈부채장수 마누라와 책력장수 마누라, 8:356〉

성[396]이나, 부당하게 재산을 상속받아 억울함을 하소연하러 온 백성[397]을 오히려 꾸짖어 쫓아버리는 인물이다. 또한 백성들의 삶의 근간인 농사를 짓는 기준이 되는 자연의 이치조차도 제대로 모르는 인물[398]이다. 한 고을을 다스리는 원님으로서 백성들의 어려움을 헤아리지 못한다는 것은 원님으로서의 심각한 무능력이고 결함이 될 수밖에 없다. 바보민담에서는 이처럼 지배계층의 무능력을 비판적으로 보여주지만 그 문제점들은 지배계층에 내재한 근본적인 문제들이 아니라 지배계층과 민중들이 직접적으로 부딪치는 문제들에 초점이 있다. 왜냐하면 민담은 주로 민중들이 직접적으로 체득한 문제들을 웃음거리로 삼기 때문이다. 따라서 바보원님 이야기를 매관매직이 성행하던 정치적 현실[399]이나 세도정치의 문제[400]로까지 확대하는 것은 실제 민담이 제시하는 문제와는 다소 거리가 있어 보인다. 민담은 민중들의 삶과 경험을 바탕으로 생성되기 때문에 그들의 눈으로 볼 수 있는 문제들에 한정하여 이야기하는 것이고 그 문제들에 대한 민중적인 소망이나 비판을 보여주는 것이다.

한편 지배계층의 결함을 드러내는 데 기여하는 인물인 이방을 포함한 지방 관속들도 결함을 드러내기는 마찬가지다. 그들은 고을원을 올바로 보필하여 그들의 부족한 능력을 보완하고 백성들을 보살펴야 하는 인물들임에도 불구하고 무지한 고을원들을 이용하

---

396) 〈미련한 원님, 1:223, 6:432〉
397) 〈미련한 원님, 1:222〉
398) 〈미련한 원님, 3:319, 5:348, 8:367, 12:152〉
399) 김석배, 앞의 논문, p.118.
400) 이강엽, 「바보 이야기의 유형과 그 의미」, 김태곤 외 21명, 『민속문학과 전통문화』, 박이정, 1997, p.613.

여 자신들의 잇속 채우기에 급급한 인물들이다. 그들의 잇속 채우기의 피해자는 결국 백성들이고 백성들의 입장에서 보면 이들 또한 자신의 본분을 다하지 못하는 결함자들로 비판의 대상이다.

이 외에도 윗사람으로서 지켜야 할 인간적 도리를 못해 웃음거리가 되는 인물들이 있는데 서당의 훈장과 승려들이다. 서당의 훈장들은 식자층 중에서 민중과 매우 밀접하게 관련 맺으며 살아가는 인물들이다. 따라서 만약 그들이 민중들에게 결함을 내보인다면 당연 민중의 웃음거리가 될 수밖에 없다. 그들은 식탐을 부려 웃음거리가 되기도 하고 자신에게 배우는 학동을 골탕 먹이려다 오히려 자신이 웃음거리가 되기도 한다. 이러한 측면을 보면 그들은 식자층이긴 하지만 민중과 같은 공간에서 살아가는 민중의 한 모습이다. 하지만 가르치는 자로서 지녀야 할 모범성이 부족할 때 그들은 웃음의 대상이 될 수 있음을 바보민담은 보여주는 것이다.

서당의 훈장과 동일한 이유로 웃음의 대상이 되는 인물은 승려들이다. 그들 또한 사회적 신분상으로 보면 일반 백성과 다를 바 없지만 정신적으로는 백성들의 지도자 역할을 했던 인물들이다. 게다가 승려들은 모든 세속적인 욕망을 금해야 되는 인물들이다. 그러한 인물들이 탐욕을 부릴 때 당연히 비판의 대상이 될 것이다. 이처럼 승려들은 사회적 규범과 억제를 심하게 받던 인물이기 때문에 그 규범과 억제를 위반했을 때에는 다른 인물들보다 훨씬 더 강도 높은 비난을 받을 수밖에 없다. 바로 이 같은 이유 때문에 바보민담에서 승려들은 특히 더 희화화되어 나타나는 것으로 보인다.

이상에서 살펴본 것처럼 바보민담에서 인간의 속성 중 부정적인 것으로 간주하고 비판적 시각을 보이는 문제는 상하층을 막론하고 가장 보편적으로 인간의 결함으로 인식하였던 점들이라 할 수 있겠다. 이 문제들은 사회적 규범을 주도하는 계층이나 민중들 모두 교정되어야 할 인간의 속성으로 공감하는 점들이다. 따라서 이러한 문제들을 제기하는 바보민담들은 특히 사회적 질서유지를 위해 인간의 결함을 가시화하고 그것들을 웃음거리로 삼아 교정하고자 하는 의도가 강한 민담들이라 하겠다.

3) 사회적 인습 부정

인간 사회의 집단에서는 공동체적 삶의 질서 유지를 위해 각종 법과 규칙을 만들어 구성원들로 하여금 마땅히 따르고 지키도록 강요한다. 만약 사회 구성원들이 이 법과 규칙을 지키지 않는다면 그에 따른 형벌을 가함으로써 항상 규칙으로부터의 일탈을 경계하고 단속하여 왔다. 하지만 사회적 질서 유지의 기능이 비교적 약한 전통적 풍습이나 관습들은 그 구속력이나 강제성 또한 약해서 비록 다소 위반 행위를 했다고 해도 형벌과 같은 심각한 응징의 대가를 요구하지는 않는다. 대신 집단 구성원들은 전통적 관습이나 풍습을 위반한 자에게 정신적 대가를 치르도록 하는 간접적 처벌 방식을 사용하는데, 이런 간접적인 징치의 방법 중 하나가 바로 웃음을 통한 조롱이다. 웃음은 상대로 하여금 모욕감을 갖도록 하여 그가 지닌 결함들을 교정하게 하는 기능을 하기 때문이다. 그러므로 대부분의 사람들은 주변사람의 웃음거리가 되지 않기 위해 전통적 관습과 규범의 테두리에서 벗어나지 않도록 행동하려고 노력한다. 하지만 바보들은 이러한 규칙의 억압으로부터 비교적 자유로운 인물들이라 할 수 있다. 바보들은 사회적 규범과 관습을 이해하지 못하는 지능적 한계와 판단력의 부재가 전제된 인물이기 때문에 그들이 일으키는 위반 행위에는 제도나 규범에 대한 도발적 의도가 없는 것으로 간주하여 웃음으로 용서받기 일쑤이다. 바보민담은 이와 같이 사회적 표층에서 가볍게 일어날 수 있는 비도발적 위반 행위들을 웃음으로 경계하고자 하는 이야기라 할 수 있다. 그렇다고 바보민담에 등장하는 바보인물들을 향한 웃음에 비난이나 공격적 징치의 기능이 전혀 없는 것은 아니다. 다만 바보민담의 웃음이 지니고 있는 담론적 의도가 특정 개인이나 집단을 향한 응보적·보안적 처벌의 목적보다는 민담 향유자 집단 내 구성원들에 대한 예고적·예방적 목적이 있기에 바보인물에 대한 징치 의도를 웃음으로 중화시키는 데 치중하고 있는 것이다.[401] 따라서 바보민담에서 벌어지는 인물들의 위반 행위는 규칙에서 벗어나는 것이기는 하지만 사회적 질서를 문란하게 할 정도로 큰 문제를 일으키는 심각한 행위들이라기보다 민담 향유자 집단 내의 구성원 누구라도 언제든지 쉽게 위반할 수 있는 문제들인 것이다.

하지만 웃음으로 포장된 부드러운 징치가 민담 향유자로서의 민중들에게 반드시 수용되고 받아들여지고 있었던 것만은 아니었다. 바보민담에 나타나는 웃음 속에는 바보인물의 어리석은 행위에 대한 포용적 징벌의 의도뿐만 아니라 사회적 규범과 관습을 주도하는 징벌의 주체에 대한 저항의 의도도 표출되고 있는 것이다.

바보인물의 위반 행위를 통하여 바보민담의 웃음이 다루고 있는

---

401) 형벌의 기능은 어떠한 범죄에 어떤 형벌이 가해질 것인가를 예고하는 '예고적 기능'과, 피해자의 보복 감정을 완화 또는 충족시키고 수형자 자신의 죄과를 보상하는 속죄의 역할을 하는 '응보적 기능', 수형자를 격리시켜 사회의 안전을 보장하는 '보안적 기능', 사회일반인을 위하함으로써 동일 범죄를 방지하는 '예방적 기능'으로 나누어진다.

가장 대표적인 문제로는 사회적 예의범절과 관련된 이야기들을 들 수 있다. 바보민담에 빈번하게 등장하는 '문상객의 실수'[402]는 바로 이같이 사소한 규범의 위반 행위를 보여주는 이야기다. 이 바보민담들에 등장하는 인물들은 문상하는 예법을 제대로 갖추지 못해 웃음거리가 되고 있다. 이러한 민담들이 근본적으로는 필요 이상으로 복잡한 예법에 대해 문제를 제기하는 것[403]이라는 논의도 있으나, 문상객의 실수를 다루고 있는 바보민담들 중에서 상가의 복잡한 예법 자체를 문제 삼는 이야기는 일부에 불과하다.[404] 사실 문상을 하는 것이 부담스러울 수는 있지만 그것은 까다로운 절차나 예법 때문에서라기보다는 일상적인 생활 속에서는 자주 접하지 않는 상갓집이 주는 경건하고 침울한 분위기 때문일 것이다. 엄숙하고 경건한 분위기 속에서는 사소한 실수도 두드러져 보이고 그 분위기를 깨트릴 수 있어 조문객의 입장에서는 매사를 조심하게 되고 언행 하나하나에 신중을 기하게 되는 것이다. 만약 복잡한 예법이 문제라면 문상객이 아니라 상주의 실수를 보여주는 것이 더 효과적일 것이다. 또한 민담에서 제기하는 문제가 "예법이 마음가짐을 어떻게 하고 상주를 어떻게 위로할 것인가와 같은 실질적인 내용이 아니라"[405]는 논자 자신의 견해도 이들 바보민담이 실

---

402) 〈우인문상, 3:315, 3:316, 3:317〉, 〈문상객의 실수, 12:160〉, 〈愚弟問祭, 12:178〉, 〈미련한 아우, 9:268〉

403) 이강엽, 「바보 이야기의 유형과 그 의미」, 김태곤 외 21명, 『민속문학과 전통문화』, 박이정, 1997. p.612.

404) 『한국구전설화』에 전하는 민담 중에 문상의 예법에 대한 어려움을 제기하는 경우는 〈우인문상, 3:315〉이 있다. 이 민담에서는 상제에게 조문하는 인사말을 기억하지 못해 부자간에 고민하는 모습을 보여준다. 하지만 나머지 문상과 관련된 민담들의 경우는 앞 사람을 따라하다 벌이는 실수들을 보여주는 이야기나 실질적인 문상과 상관없이 상가에서 벌이는 바보짓 등을 보여주는 데 이야기의 초점이 맞춰져 있다.

405) 이강엽, 「바보 이야기의 유형과 그 의미」, 김태곤 외 21명, 『민속문학과 전통문화』, 박이정, 1997. p.611.

질적으로 예법의 문제를 제기하는 데 그 목적을 두고 있지 않음을 반증하는 것이라 하겠다. 그리고 문상 이외의 다른 의식에서 지켜야 할 예절을 문제 삼고 있는 바보민담이 거의 발견되지 않는 것으로 보아도 이는 조문의 복잡한 형식적 절차의 문제는 아니라고 볼 수 있다.

실제로 바보민담에 등장하는 문상객들은 복잡한 예법을 몰라서 실수를 하는 것이 아니라 예법과는 전혀 상관없는 엉뚱한 일로 실수를 하는 것이 대부분이다. 바보민담은 바보인물이 상가의 예법을 깨트리는 행위를 저질러서가 아니라 상가의 경건하고 무거운 분위기를 깨트리는 행동을 하기 때문에 이를 웃음거리로 삼고 즐기는 것이다. 즉 바보민담에서 바보인물이 위반하는 것은 규범적 가치로서의 예법이 아니라 상가의 엄숙한 분위기인 것이다. 따라서 문상객의 실수를 보여주는 바보민담에서 바보인물의 위반 행위가 주는 민중적 웃음의 의도는 바로 이 무겁고 침울한 상가 분위기를 파괴하는 데에 있다고 보아야 하는 것이다.

이러한 민중적 의식은 비단 바보민담 속에서뿐만 아니라 실제 상가의 풍습에서도 흔히 찾아볼 수 있다. 아주 참혹한 죽음이 아니라면 상가에서 문상객이나 주변 사람들은 일부러 흥겹고 떠들썩한 분위기를 조성하는 것을 볼 수 있다. 이러한 문상객의 행위는 상주를 비롯한 유족들로 하여금 가족을 잃은 슬픔이나 고통을 조금이라도 완화시키도록 하려는 작은 정성과 배려가 담겨 있는 의도적 노력으로 보아야 하는 것이다.

고인에게 예를 표한 조문객은 상주에게 예를 표함과 동시에 상주를 위로한다. 이때에 가장 최선의 위로가 상주를 웃게 만드는 것이다. 이처럼 상주를 웃게 만드는 것이 본질적인 문상이다. 그러나 지금은 외형적 격식이 보편화함으로써 웃음을 통한 문상이 많이 사라 졌음은 물론, 상주를 웃기는 전통적인 풍속이 있었다는 것을 아는 사 람조차도 퍽 드물다. ……그러나 문상의 본질은 상주를 웃기는 데 있다는 점이 중요하다. 전통사회에서는 이 점이 특히 강조되었고, 문 상도 그럴 수 있는 사람들이 하는 일이었다.[406]

인용문에서 보여주는 것처럼 우리의 전통 관념에서 볼 때 바람직 한 문상객의 역할은 상주에게 슬픔을 더하는 것이 아니라 그 슬픔 을 덜어주는 것이라 할 수 있다. 즉 전통적인 문상의 본질은 바로 상주를 웃게 하는 데 있다는 것이다. 바보민담에서 문상객의 실수 에 상주가 웃음을 터뜨리는 것으로 보아도 이러한 민담의 의도 또 한 실제 상가에서의 문상객의 의도와 다르지 않은 것으로 보인다. 아래 예는 바보민담의 이와 같은 의도를 잘 보여준다.

상제가 보고 우사죽겠넌디 제우 참고 있넌디 하인년이 술상을 들 고 오다가 노인의 자지를 보고 웃었다. 그래노이 상제도 따라 웃었닝 기라.[407]

자고로 '죽음'은 생명을 가진 존재라면 누구에게나 닥쳐올 불가항 력적인 자연의 이치이다. 이처럼 거부할 수 없는 섭리인 죽음에 필요 이상으로 침잠하는 것을 민담 향유자들은 의식적으로 거부하였던 것 이다. 바보민담은 슬픔, 고통, 가난 같은 삶의 무게들을 웃음으로 극 복하려는 민중성을 보여준다.[408] 그러한 민중성은 웃음의 대상으로

----

406) 김대행, 『웃음으로 눈물닦기 – 한국 언어문화의 한 특질』, 서울대출판부, 2005, pp.37~38.
407) 〈문상객의 실수, 12:160〉
408) 이러한 웃음의 특성을 김대행은 '웃음으로 눈물닦기'라고 하였다. 그는 '웃음으로 눈 물닦기'는 '비애의 정서를 웃음으로 해소하는 의도적 행위'라고 정의하고, 웃음과 눈 물이 정반대의 상황이나 정서를 의미하는데, 그처럼 상반되는 두 상황을 의도적으로

삼을 수 없는 '죽음'까지도 희화화하여 죽음에 대한 공포에서 벗어나고자 하는 것이다.[409] 요컨대 민담 속에서 보여주는 문상객의 실수는 인간의 삶을 짓누르는 죽음에 대한 대응 방식이자 그 죽음을 경건하고 엄숙한 것으로 몰고 감으로써 죽음의 공포를 더해 가는 장례 관습에 대해 거부하는 민중 의식의 표현이라 하겠다.

예법 자체를 문제 삼는 바보민담의 예로는 식사예절과 관련된 이야기들이 대표적이다. 전통적으로 우리의 식사예법은 신분이나 계층에 따라 상차림이 달랐고 또한 매우 엄격했을 뿐 아니라, 곧 그 사람의 신분과 지위를 평가하는 기준이기도 했었다. 바보민담에 음식과 관련된 이야기가 많은 것은 식생활이 인간의 삶과 생존에 있어서 아주 중요한 수단이기 때문이겠지만, 식사 행위는 사회적 능력과 신분에 따라 그 내용이 결정되는 것이기에 민담의 향유자들 또한 이에 대한 예절을 매우 중요한 문제로 취급하였던 것이다. 특히 딸을 시집보내는 처가에서는 사위가 음식을 먹는 것을 보고 그 인물됨을 평가하기도 했는데, 이러한 관습이 바보민담에서 음식과 관련된 많은 바보 사위들을 만들어 낸 것으로 보인다.

바보민담 속에서는 처가에 가는 새신랑에게 그 부모들이 음식 먹는 방법을 미리 일러주는 이야기를 쉽게 찾을 수 있다. <바보신랑, 1:209>은 처갓집에 가는 아들이 혹 실수라도 할까 봐 이름을 아는 음식만 먹으라고 한다. 하지만 부모들의 이러한 예절 교육은

결합시킴으로써 적극적으로 비애의 상태를 해소한다는 뜻이 담겨 있다고 한다. 김대행, 앞의 책, p.3. 참조.

409) 테드코언은 자신들의 삶을 지배하는 것들을 우스갯거리로 삼는 것은 그들을 지배하려는 욕구의 표현이라고 한다. 그리고 우리 모두를 지배하는 죽음을 우스갯거리로 만드는 것은 본질적으로 길들일 수 없는 야수를 길들이는 것과 같으며, 우스개를 통해 죽음에 대응하는 것은 죽음이 인간 삶의 최후의 압제자이기 때문이라고 한다. 테드코언, 앞의 책, pp.106~107. 참조.

오히려 역효과를 불러와 처가에서 주는 맛난 음식의 이름들을 모르는 바보신랑은 아예 아무것도 먹지를 않고 쫄쫄 굶고 돌아온다는 이야기다. 또 <미련한 신랑, 3:320>에 등장하는 신랑의 부모 역시 처갓집에서는 음식을 소탈하게 먹어야지 깨지락거리면서 먹으면 안 된다고 아들에게 미리 식사예절에 대한 교육을 시켜서 보낸다. 미련한 신랑은 부모의 말에 따라 처갓집에서 식사를 하면서 깨지락거리지 않기 위해 조개껍데기나 콩깍지마저도 까지 않고 껍질 채 그대로 먹는다든가 하는 등 오히려 더 큰 실수를 함으로써 웃음을 유발한다. 하지만 바보신랑들의 이러한 실수가 유발하는 의도가 실질적으로 바보민담에 등장하는 바보인물을 조롱하기 위한 것으로 보기는 어렵다. 즉 이 바보민담들은 바보신랑이라는 어리석은 인물을 앞세워 인간 생활의 기본이 되는 식사까지도 까다로운 예법으로 옭아매는 사회적 규범에 대한 저항 심리가 내포된 다분히 의도적인 이야기인 것이다. 결과적으로 이는 인간의 자유로운 본성을 억압하는 기존의 관습에 대한 민중들의 어깃장이 담긴 의도된 담론이라고도 할 수 있겠다.

이 외에도 예법을 모르는 바보인물의 실수담으로는 인사말과 관련된 바보민담들이 있다. 바보민담에 등장하는 사위들은 장인에 대한 인사말이나 혼인하는 날 처가에서 차려주는 밥상을 받고 해야 하는 인사치레 등을 할 줄 몰라 웃음거리가 된다. 이러한 바보민담들 또한 그 담론의 궁극적인 목표는 아내들의 허위의식을 꼬집는 데 있으며, 바보사위들이 벌이는 바보짓은 단지 웃음을 유발하여 강한 공격성을 희석시키기 위한 의도적인 실패에 불과한 것이다. 따라서 이 바보민담들 역시 민담의 향유집단으로서의 민중 의식이 필요 이상으로 형식적인 예법과 절차를 겉치레 의식으로 간주하고 부정적으로 인식하고 있었음을 보여주는 것이라고 하겠다.

언어적 규범을 제대로 지키지 못해서 웃음거리가 되는 바보민담 속 인물로는 사위들 외에도 며느리들을 빼놓을 수 없다. <세 자부의 축하인사, 4:247>, <며느리의 문안인사, 6:168>, <세 며느리의 축수자, 8:273> 등과 같은 바보민담들은 시아버지에 대한 며느리의 인사말과 관련된 내용을, <신부1·2, 1:212>, <신부, 1:213>, <미련한 며느리, 8:358> 등의 바보민담은 바보며느리가 시댁에서 존댓말을 바르게 쓰지 못하는 내용을, <며느리의 말대꾸, 5:350>는 시부모에게 말대꾸를 하는 내용 등 모두 바보며느리가 보여주는 언어예절과 관련된 결함들에 대해 이야기하고 있다. 이 며느리들은 모두 시가에서 지켜야 할 언어적 규범을 따르지 않았기에 모두 웃음거리가 된 것이다. 가부장적 규범이 여성들의 언어 사용에 대해서 매우 엄격하게 통제했음은 칠거지악 중에 말이 많음이 포함되는 것을 보아도 충분히 짐작할 수 있다. 게다가 며느리가 말대꾸를 한다는 것은 시부모에게 순종하지 않음을 뜻하는 것인데 이 또한 칠거지악에 포함되는 여성의 결함에 해당된다. 하지만 바보민담에 등장하는 여성 인물들은 자신들에게 특히 엄격한 언어적 규범의 부조리함을 비판적으로 인식하고 이에 대한 저항의식을 표출하고 있음을 알 수 있다. 이 또한 바보사위들과 마찬가지로 여성들 스스로 바보로 가장하여 일부러 어깃장을 부림으로써 자신들에게 부조리한 사회적 관습과 규범을 제공한 가부장적 제도의 상징 인물인 시아버지를 웃음거리로 만들어 버림으로써 강한 저항 의지를 드러내는 이야기라 할 수 있는 것이다.

바보민담에서 부조리한 인습과 민중의식 간의 충돌은 사회적 관습이나 규범의 억제가 아주 심한 경우에 주로 발생한다. 이 같은 현상은 어느 집단에서든지 사회적 금기나 억압이 강하면 강할수록 그에 대한 저항이나 반작용도 강하게 나타나기 때문일 것이다. 따라서 동일한 사회 속에서도 금기나 규범에 대해 저항하는 집단은 그 사회적 금기나 규범으로부터 강한 억압을 받는 계층이라 할 수 있다. 바보민담에 등장하는 바보인물들의 어깃장 놓기 행위는 이처럼 지나친 윤리·도덕적 이데올로기에 억압되고 통제되고 있던 민중들의 부정적 인식을 보여주는 것이다.

4) 상층 문화 비판

바보민담에서는 주로 인간의 본성, 즉 길들여지거나 다듬어지지 않은 자연 그대로의 인간적 특성들을 긍정한다. 바보민담에 나타나는 민중 의식은 상층문화가 지닌 가식적인 것, 형식적인 것, 고상한 것에 대하여 부정적인 태도를 보이는 대신 먹고 마시고, 배설하고, 생산하는 인간의 기본적 욕망과 관련된 것이나, 지배계급의 절제된 문화와는 대립되는 세속적인 문화에 대하여 긍정적인 태도를 취한다. 오랫동안 유교적 이념을 고수해 온 사회·문화적 규범들은 인간의 본능적 욕망과 물질적 가치와 관계하는 현실성의 가치를 저열하고 부정적인 것으로 간주하였으며, 윤리·도덕적 순수 가치들만을 우월하고 고귀한 것으로 여겨 지나치게 관념적 풍습만을 중시해 왔다. 이러한 인식에 대해 바보민담은 이의를 제기하고 민중적인 것들을 귀족적인 것, 상층적인 것들의 우위에 놓는 가치관의 전도를 기대하고 소망하였음을 보여준다.

이러한 사실을 보여주는 대표적인 예들은 유식함과 무식함의 대립이 발생하는 바보민담에서 이야기의 결말이 늘 무식함의 우세를 보여주고 있다는 데에서도 확인할 수 있다. 바보민담에서 유독 유·무식의 대립이 두드러지는 것은 무식함이 유식함에 비해 늘 저열한 것으로 취급되었던 문벌 중심의 유교 사회적 인식 때문이라 하겠다. 배움의 기회조차 허락되지 않았던 하층민들은 근본적으로 무식할 수밖에 없었고 그 무식함 때문에 늘 천대받아야만 했던 계층이다. 하지만 무식한 민중들이 권력과 재력을 모두 소유한 유식한 자들보다 우위에 선다는 것은 현실적으로 실현 불가능한 일이었다. 따라서 민중들은 바보민담을 통해서 권력과 규범의 주체들을 바보인물로 만들고 웃음거리로 삼아 마음껏 조롱하거나 자신들 스스로 바보로 가장하여 능청스럽게 상대를 공격하는 등 현실 세계에서는 불가능했던 일들을 심리적으로나마 역전시켜 그들의 우위에 서보고자 하였던 것이다.

이러한 민담의 예로는 <무식쟁이 선생 2:199, 8:281, 5:325>, <무식쟁이선생과 유식쟁이 선생, 2:199>, <무식쟁이의 그림편지, 2:196>, <무식쟁이의 글, 2:197>, <무식쟁이의 승리, 1:225>, <무식쟁이의 편지, 2:195>, <버들버들 꼿꼿, 2:197> 등이나 '사위의 글짓기'와 관련된 대부분의 바보민담들을 들 수 있다.

넷날에 유식헌 사람 두 사람 허구 무식헌 사람 하나허구 서이서 같이 길을 가드랬넌데 배레 고파 와서 머레 먹을 거 없갔나 하구 먹을 걸 찾구 있넌데 마침 메추리 한 마리가 나타나거던. 그래 세 사람이 힘을 합테서 이놈을 잡았다. 잡아개지구 구어서 먹을라 하넌대 이 매추리레 쪼그맨해서 서이서 나눠먹어 봤댔자 배레 부를 것 같디 안해서 한 사람이라두 배불리 먹넌 거이 낫갔다 하구 누구던지 '구'자를 세 번 써서 말을 맺재 만든 사람이 함자서 다 먹기루 하자구 말이 나왔단 말이야. 그래 그거 좋다구 모두 찬성해서 구 자 세 번 써서 말을 만들기루 했단 말이야. 서이서 제각기 제레 맨재 말을 만들갔다구 흥얼흥얼 허넌데, 무식쟁이레 그 고기를 집어서 부쩍부쩍 깨미러먹으멘 "글이구 머이구 먹구 보자" 하드래.[410]

　이 민담은 배경부에서 무식쟁이와 유식쟁이가 대립하여 내기를 하는 상황을 제시한다. 일반적으로 유식한 사람과 무식한 사람이 말이나 글짓기 내기를 하는 경우 당연히 유식한 사람이 승리할 것이라 생각한다. 하지만 이 민담은 그 같은 예상을 뒤집음으로써 유식과 무식에 대한 보편적 기존 인식을 전도시켜버린다. 그것도 무식쟁이가 유식쟁이보다 더 유식하다는 것이 아니라 무식쟁이가 무식쟁이답게 아주 무식한 방법으로 유식쟁이를 이김으로써 통쾌한 웃음을 유발하고 있는 것이다. 이는 유식과 무식에 대한 인식 자체를 뒤집는 것으로 유식한 사람이 아무리 잘난 체해도 그 유식함이 먹고 사는 실생활에는 아무런 도움이 되지 못한다는 무식한 민중들이 지닌 현실성의 가치를 반영하고 있는 것이다. 바로 이러한 점에서 민중적 공감대가 형성되고 그들은 자신들을 지배하는 유식쟁이들을 바보로 만드는 것에서 웃음과 쾌감을 형성하게 되는 것이다. 하지만 실제 현실 공간에서 무식함이 유식함을 이기는 경우는 그리 흔치 않을 것이다. 다만 현실적 열등함을 의식하고 있는 무지한 민중들이 자신들을 지배하는 유식한 자들을 웃음의 대상으로 삼는 것은 그들보다 우위에 서고자 하는 일종의 정신적 보상 욕구의 표현이라 할 수 있다.

　또한 앞서 살펴본 바 있는 <우둔한 선비, 8:370>나 <무식한 사위와 유식한 사위, 5:327~329> 등에서는 학식이란 것이 실생활에는 아무런 도움이 되지 못한다는 상층 문화에 대한 비판적 인식을 보여준다. <문자 쓰기 좋아하는 사람>류의 민담에서도 동일한

---

410) 〈무식쟁이의 승리, 1:225〉

인식을 엿볼 수 있다.

　　옛적으 어떤 곳에 文字 씨기 좋와허넌 사램이 있었넌디 어느날 밤 호렝이가 와서 저그 젱인얼 잡어갔다. 그렇께 이 사람이 "遠山大虎가 入於人家하야 我之聘父럴 捉去之하니 有銃者넌 持銃來허고 有劍者넌 持劍來하라"고 외침서 동네 사람얼 불렀다. 그런디 동네 사람들언 그게 무신 소린지 알어듣지 못허고 '저놈이 밤중에 갑제기 미처서 저렇게 소리 지른다' 허고만 있었다. 그런디 이 사람언 저그 젱인이 虎食히 가넌디도 암도 나와서 구히 주지 않었다고 동네 사람얼 官家에다 소지럴 정혔다. 관가서넌 동네 사람들얼 불러다가 "사람이 虎食히 가넌디도 구허로 나오지 않은 그런 못씰 人心이 어디 있냐"고 호령혔다. 그렇께 동네 사람덜언 "저그넌 虎食히 간지 통 모르고 있었다"고 혔다. 이 사람언 "우리 젱인이 虎食히 간다고 큰 소리로 웨첬넌디 왜 몰랐어야" 항께 동네 사람덜언 "그건 당신이 글 읽넌 소리지 무신 虎食히 간다넌 소리냐"고 혔다. 관가서 양쪽 사정얼 들어봉께 이 사람이 잘못히서 그 사람보고 문자럴 썼기 때문에 그런 화가 생겼으니 이 뒤넌 다시넌 문자 씨지 말라고 혔다. 그렇께 이 사람언 "예에 此後에넌 更不用文字하리다" 허드라고.[411]

　봉건적 유교사회에서 상층문화를 민중문화로부터 차등화하는 핵심 기준은 학식이라고 할 수 있다. 특히 어려운 한문은 상층문화를 주도하던 지식층의 전유물이었으며 일반 민중들이 한문적 지식을 갖추기란 쉬운 일이 아니었다. 그럼에도 불구하고 민중들을 상대로 한문 지식을 과시하는 민담 속 사위와 같은 인물은 민중들에게 아니꼽게 여겨졌을 수밖에 없다. 또한 장인이 호랑이에게 잡혀가는 다급한 상황에서도 실용적인 우리말 대신에 가당치도 않은 현학적 한문자를 써 민중들이 알아듣기 어렵게 만드는 이 인물의

---

411) 〈문자쓰기 좋아하는 사람, 9:124〉 이와 유사한 내용의 민담으로 〈한문자 쓰기 좋아하는 사람, 3:321〉, 〈문자 쓰기 좋아하는 사람, 8:278〉, 〈문자 잘 쓰는 사람, 8:277〉 등이 전한다.

행위는 한자에 대한 맹목적인 사대주의적 태도를 보여주는 것이라 할 수 있겠다. 이와 같은 바보민담은 비실용적인 식자층의 문화와 사대주의적 태도에 대한 민중들의 비웃음과 비판적 시각을 보여주는 것이라 하겠다.

한편 바보민담에서는 방귀, 똥 등과 관련된 이야기가 아주 많이 나타나는데, <꿀똥, 2:204, 2:205>, <단똥, 2:206, 2:207>, <단방귀, 5:310, 8:332> 등과 같은 바보민담들에서는 방귀나 똥을 팔아 부자가 되기도 하고, 또 사람에게 먹이기도 한다. 하지만 배설물은 일반적 통념상 추악하고 더러운 것으로 취급되던 것으로 실제로 먹는다든가 팔아서 부자가 된다는 것은 있을 수 없는 일이다. 그럼에도 불구하고 바보민담에서 배설물을 이야깃거리로 삼는 이유는 이 배설물들이 생산과 관련된 상징성을 띠고 있기 때문이다. 농사를 짓기 위해 개똥을 줍던 민중들에게는 배설물이 생산의 밑거름이기에 풍요로움을 가져다줄 수 있는 수단이 될 수 있었던 것이다. 즉 민중은 배설물을 흉하거나 더러운 것이 아니라 삶의 풍요를 가져다줄 수 있는 밑거름으로 인식하였던 것이다. 바보민담 속에서 가난하던 사람이 원님이나 부자에게 방귀나 똥을 팔아 부자가 된다는 것은 배설물에 대한 민중들의 인식이 일반적 통념과는 달랐다는 것인데, 배설물의 부패는 곧 재생산을 가능하게 하는 풍요의 밑거름을 상징하는 상징물이자 이는 자연의 순환 섭리를 긍정하는 민중들의 체험적 삶의 자세를 엿볼 수 있는 기표로써 상층 문화의 관념적 세계 인식에 대항하는 민중 문화의 실용적 가치관으로의 전환이라 할 수 있다. 그리고 원님이나 부자, 그리고 나라님까지 스스로 배설물을 사먹게 하는 것은 자신들의 일부였던 배설물에 대해서 추악하게 여기며 고상한 척하는 상류층의 가식적 태도에 대한 자기부정을 이끌어내는 것이라 할 수 있겠다. 이처럼 바보민담에서 고상하고 아름다운 것이 아니라 추악하고 더럽다고 여기는 대상들에게까지 긍정적 태도를 보이는 것은 상층 문화에 대한 거부라기보다는 사회 공동체적 삶으로써의 상호 공존 또는 상호 존중의 촉구로 해석하여야 할 것이다.

바보민담에서는 이와 같은 민중들의 공동체적 세계 인식이 비단 배설물에만 한정되어 나타나는 것은 아니다. 성이나 식욕과 같은 인간 본능에 대한 바보민담 향유자들의 긍정적 태도에서도 엿볼 수 있고, 나박김치, 갓김치 등 토속적인 음식을 가장 맛있는 것으로 간주하는 모습 등에서도 쉽게 엿볼 수 있다.

옛날에 어떤 아이 하나가 서당에 다니면서 글 공부를 하는데 이 아는 글에서 배운 것을 그대로 하였십니다. 이 아는 男女七歲 不同席이란 글을 배워서 꼭 그대로 실행해서 다른 여자하고는 같이 있을라고 하지 안했습니다.

이 아가 장개를 갔어요. 첫날밤에 신부가 옷을 입고 쪽도리를 씨고 들어와서 옆에 앉이게 이 아는 여자하고 한 자리에 마주 앉어서 마주 얼굴을 쳐다보는 것은 男女七歲 不同席이란 말과는 어긋나는 것이라고 생각하고 자리를 비끼고 뒤돌아 앉어서 베룽박을 행해서 않았어요. 男女七歲 不同席인디 워떻게 여자하고 한 자리에 앉일 수 있고 말을 할꼬 하고 신부한티 말도 붙이지도 않고 손도 만져 보지도 않고 기양 그러고 앉어 있기만 했어요.

······＜중략＞······

아침밥을 먹고 신부 오래비는 신랑 신부를 안방으로 불러다 놓고 이제부터 다시 行禮를 해야 하겠으니, 내가 笏記를 부르는 대로 해야 한다고 일러 놓고 신랑 신부를 동서로 마주보게 세워 놓고 방 웃묵에 상에다 정화수 한 거럭을 떠놓고 아랫묵에는 이부자리를 페놓고 신랑 신부는 방 안에 두고 오래비만 밖으로 나와서 笏記를 읽는 거요.

"新郎 新婦 皆 脫衣" 이랬어요. 그러니께 방 안에 있는 신랑 신부는 옷을 홀닥 벗을 거 아니요. 그 다음에, "新婦就衾枕" 이러니께 新婦는 요 우에 가 누웠어요. "新郞, 新婦 兩脚之間에 跪坐" 이라 니, 신랑은 신부 양 다리 사이에 가서 꿇어 앉았어요.<이하 생 략>412)

　유교 이념을 철저히 신봉하였던 전통 사회에서의 상층 문화는 삼강오륜의 도덕적 규범을 가장 기본적 질서의 틀로 삼아 인간의 관념적 도리와 형식적 예의를 중시하여 왔다. 그러나 지나친 관념 과 형식적 절차만을 중히 여기는 삼강오륜의 도덕적 규범은 남녀 가 서로 유별(有別)해야 함만 강조하였지 남녀 교합(交合)의 자연 이치에 대해서는 가르치지 않았다. 위에 예로 든 바보민담에서의 신랑 역시 서당에서 배운 '男女七歲 不同席'을 절대적으로 지켜야 할 규율로 여겨 혼인 첫날밤 신부까지도 멀리하다가도 '홀기'라는 유교적 형식에는 적극적으로 임하는 것을 볼 수 있다. 이는 유교 적 관념에 따른 상층 문화가 얼마나 작위적이고 형식적인 삶을 강 요하는지를 보여주는 이야기라 할 수 있다. 바보민담에서는 이러한 상층문화의 유교적 이데올로기에 얽매인 겉치레 행위를 웃음거리 로 삼고 조롱하고 있는 것이다.

　상층문화에 대한 보다 신랄한 비판을 보여주는 바보민담으로 <핏줄>을 들 수 있다.

　　구 백정이라넌 백정이 있넌데 아덜얼 구형제나 두고 아조 집안이 번성했어요. 그런데 구 백정으 집으 옆에 정성이 하나 사넌데 이 정 성언 돈 있고 권세있고 하넌데 아덜이라고넌 하나도 없어요. 그래서 정성언 저 놈언 저렇게 아덜얼 구형제 두었넌데 나넌 아덜얼 못 나

412) 〈新房笏記, 6:186〉 이외에도 비슷한 민담으로 〈合宮笏記, 6:187〉, 〈잠자리 笏記, 8:370〉 등이 전한다.

노 하면서 자탄하고 있었넌데 게 하로넌 그 구 백정을 오라고 했어
요. 오라고 하니께 "아이 대감님, 어떻게 저이럴 불렀입니꺄? 저넌
죄도 없고 그런데 부르십니꺄?" "아 그래서 부른 게 아니고 내가 너
럴 오라고 한 거넌 다른게 아니고 너넌 아딜이 많고 나넌 아딜이 없
고 그러니께 너넌 아딜얼 잘 맨드니 오늘 저약(저녁)에 우리 마누라
한테 실적 들어가서나레 몰래 우리 마누라하고 좀 아딜을 하나 맨들
어다오. 만약에 이거이 누설이 됐다가넌 너넌 죽고 남지 못할 것이니
깐 주이하게 하라." ……〈중략〉…… 그 하나만 났어도 몰으겠넌데
욕심이 나서 저놈이 구형제럴 가졌시니 나도 저놈과 같이 구형제럴
가졌으면 하넌 그런 생각이 있어 또 한 번 또 한 번 해서 이놈이야
열 번이라도 하고 수무 번이라도 하지, 머 아니 하갔시오? 밑천 드넌
건가요? 게 아홉 번얼 들어가 자고 구형제럴 나서 지내넌데
　……〈중략〉……
　아 자꾸 캐묻넌데 어떻게 해요. 사실대로 다 말했시오. 그랬더니
아 그 구형제가 싹 다 죽었어요. 백정으 핏줄이란 말얼 듣고 멀 하갔
다고 살겠십니꺄. 다 죽어버렸죠. 그래 정성언 구 백정얼 빌어서 아
딜 구형제를 났다가 다 쥑이고 망신만 했지요. 망신할 일은 안 하야
겠죠.[413]

　　이 바보민담에서는 정승이 아들을 얻기 위한 욕심 때문에 양반
들이 가장 천하게 여기던 계층인 백정의 피를 받아 자신의 아들로
삼는 정승의 이중적인 모습을 보여준다. 이는 대를 잇기 위해서라
면 뒤로는 어떠한 행위도 서슴지 않는 상류층의 비윤리성과 그들
이 천하게 여기던 것에 대해 스스로 긍정하는 모순성에 대한 비판
을 동시에 보여준다.
　　위에서 제시한 바보민담들 외에도 바보원님이나 바보양반과 같이
상층 인물을 바보인물로 형상화한 대부분의 바보민담에서도 상층 문
화나 지배집단에 대한 부정적 인식을 드러낸다.

413) 〈핏줄, 3:317〉

<1> 옛날에 바보원이 있었는데 이웃에 사는 원이 놀러오라고 해서 이방을 데리고 갔다.

<2> 두 원이 얘기하던 중 노루가 알을 낳는지 새끼를 낳는지 서로 다투다가 이방에게 물었다.

<3> 이방은 어느 쪽이 옳다고 말할 수 없어 새끼도 낳고 알도 낳는다고 대답했다.

<4> 두 원이 어떻게 그럴 수 있느냐고 하자, 이방은 야산에 사는 노루는 새끼를 낳아서 사람 눈에 띄기 전에 얼른 데리고 가는 것이고, 장산에 사는 노루는 사람이 별로 없으니 알을 낳아서 깐다고 했다.

<5> 두 원은 피장파장이라고 좋아했다.

<7> 이방이 가만히 생각하니 하두 우스워서 다른 이방에게 그 얘기를 털어놓았는데, 그 얘기를 들은 원들이 양반을 비평했다고 그 이방을 잡아오라고 했다.

<8> 잡혀온 이방은 딸이 시집갔는데 엊저녁에 세배를 왔다고 하면서 웃었다.

<9> 한 원이 "허 그거 오월 단오 줄 아는 모양이구만." 하니 다른 원이 "그 팔월 추석인 줄은 알은 모양일세"라고 했다고 한다.[414]

이 바보민담은 앞서 살펴보았던 달을 사온 <미련한 원님>들과 마찬가지로 자연의 이치도 모르면서 한 고을을 다스리는 자의 무지함을 웃음거리로 삼은 이야기이다. 여기에 등장하는 원들은 노루가 새끼를 낳는지 알을 낳는지도 모를 뿐 아니라 세배를 언제 하는지 모르는 위인들이다. 이러한 고을 원의 모습은 실제 백성들의 삶과 관련된 것들에 대해서는 전혀 모르면서 탁상공론만 일삼는 지배층의 모습을 희화적으로 제시한 것이라 할 수 있겠다. 그러면서도 아래 계층에 속하는 이방이 양반을 비판하는 것만은 용납하지 않으려는 그들의 태도는 지배계층의 권위적인 모습을 여실히 보여준다. 그러므로

414) 〈바보 원님을 속인 이방. 대계. 1-1:166~168〉

이 바보민담은 고을 원을 비롯한 양반들의 무지와 위압적 태도에 대한 비판의식과 저항감을 보여주는 것이라 하겠다.

이처럼 바보민담에서는 기본적으로 상층 문화에 대해서는 비판적인 시각을 하층 문화에 대해서는 긍정적인 태도를 보여주고 있다. 특히 바보민담은 인간의 생존과 관계된 본질적인 문제의 것들에 대해서는 매우 긍정적인 자세를 취하고 있는데, 이는 상층 문화가 보여주는 이념적 인위의 가치 규범에 대비되는 자연적 순리 규범을 따르고자 하는 바보민담의 주요 향유층인 민중들 자신에 대한 긍정이라 할 수 있다.

바보민담은 민중들이 어떠한 이유로든 실생활에서 말하고 싶으나 말할 수 없는 것, 그리고 말해서는 안 되는 것으로 규정된 문제들을 사회의 표면으로 끄집어내고 있다는 데 큰 사회적 의미를 지니다.[415] 웃음을 기본 속성으로 하는 바보민담은 지배이데올로기의 강한 억압과 통제 속에서 민중들이 이처럼 금지된 문제들을 가시화하고 그들의 목소리를 전달할 수 있는 매우 유용한 수단이었을 것이다. 민중들은 바보민담을 통하여 그들의 삶 속에 스며 있는 고민이나 갈등이 무엇인지 토로하고, 민중들 내부의 이질적인 목소리들의 충돌이나 갈등을 보여주고, 삶과 인간에 대한 긍정적인 목소리를 전달하기도 한다. 비록 그 속에 담겨 있는 목소리가 식자층의 문장처럼 다듬어지거나 세련되지는 못하지만, 웃음이 있는 바보민담은 형식과 관념에 얽매인 식자층의 문장에서 발견하기는 어려운 인간이 무엇인지 보여주는 인간 본연의 목소리라 하겠다.

요컨대 바보민담은 삶의 공간에서 드러내어 놓고 말할 수 없었

....

415) 우스개가 주목할 만한 이유는 그것이 '말할 수 없는 것을 말할 만한' 힘과 자기 통제력을 회복하는 수단으로서 우스개를 활용하는 하나의 예증이라는 데 있다. 테드코언, 앞의 책, p.106. 참조.

던 것들을 바보와 웃음을 매개로 자연스럽게 풀어놓는 민중들의 삶의 소통 창구였으며 인간이기를 갈망하는 민중의 외침이라 하겠다. 그리고 그러한 민중들의 외침에 대해 판단하고 반응하는 것 또한 민중들 자신의 몫이었던 것이다.

2. 웃음의 기능

바보민담은 의미 있는 민중의 목소리들을 담고 있음에도 불구하고 이제껏 터무니없이 과장되고 희화화된 바보인물을 통하여 단지 가벼운 웃음을 자아내고 쾌락을 즐기는 오락물 정도로 인식되던 것이 일반적이었다. 하지만 바보민담에 내재된 의미는 그리 가볍지만은 않다. 그것은 인간 삶에서 가장 근본적인 문제들이고 철학적인 물음들이다.[416] 그러나 바보민담이 난해하고 의미심장한 이야기들이긴 하지만 웃음으로 포장되어 있을 때에는 그리 심각해 보이지가 않는다. 즉 바보민담의 웃음에 내재한 문제들은 진지하지만 그것들이 웃음을 통과하여 여과되어 나오게 되면 대수롭지 않은 문제로 보인다는 것이다. 왜냐하면 웃음은 우리가 어떤 문제에 진지하게 접근하는 통로를 차단하도록 기능하기 때문이다. 웃음을 문학적 장치로 삼은 바보민담의 생산자들은 웃음의 이러한 기능이 자신들의 메시지를 은밀하게 전달하는 데 얼마나 효과적인 것인가를 일찍부터 간파하였던 것이다. 그들은 웃음을 통하여 할 말은

---

416) 파스칼은 그의 유명한 〈명상록〉 가운데서 '참된 도덕은 도덕을 조소하는 것이다.'라고 말하고 '철학을 조소하는 것이 참되게 철학하는 것이다.'라고 했다. 김윤옥, 「웃음論」, 『연극학보』, 8, 동국대학교 연극영상학부, 1975, p.66. 참조.

하면서도 사회적 규범이나 관습으로부터의 비난이나 저항은 피해 갈 수 있었던 것이다.

그런데 익살의 성공이 익살을 하는 이의 혀에 달린 것이 아니라 익살을 듣는 이의 귀에 달린 것[417]처럼 바보민담의 성공 여부는 바보민담의 수용자들에게 달려 있다.[418] 즉 바보민담이 제기하는 문제와 웃음이 청중들에게 어떻게 작용할 것이고 또 청중들이 어떻게 반응할 것인지는 바보민담의 가치이며 기능인 동시에 우리가 해명해야 할 궁극적인 과제인 것이다.

1) 규범적 억압 탈피

바보민담의 수용자들은 바보들의 익살에 대해 웃음으로 반응한다. 어떠한 웃음이든 그 의미를 규명하기 위해서는 웃음이 발생하는 상황에 대한 검토가 우선적으로 이루어져야 한다. 바보민담은 대체로 소집단의 유희적 공간에서 놀이의 형식으로 연행되고 즐기던 이야기들이다. 그런데 놀이는 인간의 본능으로 이성이나 규범의식을 느슨하게 하고 사고를 자유롭게 활용해 쾌락을 이끌어 내기에 유리한[419] 자발적 인간 활동이다. 우리의 전통적 유교사회는 강력한 윤리·도덕적 규범으로 인간의 본성을 억압하고 통제하여 왔다. 이러한 유교적 도덕규범은 봉건적 질서 유지를 위한 방편이었으므로 지배계층보다는 피지배계층에게 더 강압적으로 행사되었다.

---

417) 프로이트, 앞의 책, p.184.
418) 이는 농담이나 우스개의 성공 여부가 청자에게 달린 것과 마찬가지라 하겠다.
419) 프로이트는 농담은 사고를 자유롭게 활용해 쾌락을 이끌어 내기 위해서 유희로 시작한다고 한다. 프로이트, 앞의 책, p.176. 참조.

바보민담의 향유자들 역시 오랜 세월 동안 유교적 도덕규범의 억압과 통제를 심하게 받으며 살아온 피지배 계층의 구성원들이다. 이들 역시 지배이데올로기적 사회 규범에 따라 행동하며 살아가도록 길들여진 인물들이기에 바보인물의 일탈 행위에 동조하기는 쉽지 않을 것이다. 그럼에도 불구하고 이들이 민담이라는 서사 공간 속에서 자신들의 사상, 행동, 생활 방법을 근본적으로 제약하고 규제하는 지배이데올로기 체제에 대항하는 놀이판에 동참하도록 이끈 것은 바로 바보민담이라는 담론 방식이 그들의 규범의식이나 이성을 약화시켜줄 수 있는 자발적 활동으로서의 유희 공간을 마련해 주었기 때문이다.

이 놀이를 주도하고 이끄는 자는 바로 바보민담에서 웃음을 창조해 내는 바보인물이다. 바보민담을 청중에게 직접 전달하는 자는 구연자이지만 구연자는 단순한 전달매체의 구실을 할 뿐이고, 실제로 청중에게 웃음으로 포장된 민중의 담론을 전달하는 자는 다름 아닌 바보민담에 등장하는 바보인물들인 것이다. 바보인물들은 인간의 어리석음을 보여주기도 하고, 사회적 관습과 규범의 틀을 파괴하기도 하고, 인간의 본능적 욕망에 따라 제멋대로 행동하는 모습을 보여주기도 한다. 그리고 이 바보인물들을 바라보는 청중들은 때로는 그들을 향하여 조롱하기도 하고 그들에게서 자신들의 모습을 발견하기도 하는 것이다. 사실 바보인물은 현실 사회에 실재하는, 민중들 자신의 모습을 닮은 너무나 익숙한 인간의 형상들이기 때문에 청중들은 더욱더 바보인물의 몸짓이나 언어가 만들어 내는 웃음에 공감하게 되는 것이다.

바보민담 속 바보인물들은 연희에 참가한 청중들의 웃음을 극대화하기 위하여 최대한 우스꽝스럽게 행동한다. 마치 희극에 등장하는 어릿광대처럼 익살스런 행동으로 상대방을 조롱하기도 하고 때로는 그 자신이 조롱의 대상이 되기도 한다. 따라서 바보민담 각 편들은 어릿광대인 바보인물이 주도하는 한 편의 희극이라 할 수 있겠다.

프로이트는 웃음이 쾌락의 신호라고 하였다. 이는 웃음이 반드시 쾌감을 수반한다는 것을 뜻한다. 그런데 웃음에 수반되는 쾌감은 그 웃음을 일으키는 원인과 밀접한 관련이 있을 뿐만 아니라 웃음의 본질적인 의미와도 관계가 있다. 바보민담이 청중으로 하여금 웃음을 일으키도록 만드는 원인은 바보인물의 어리석은 행위 때문이다. 바보민담이 연행되는 공간에서 바보인물은 웃음 유발자인 동시에 웃음의 대상이기도 하다. 바보민담이 연행되는 동안 청중은 바보인물에게 객관적 거리감을 형성하기도 하지만 동시에 심리적으로 일치감을 형성하기도 한다. 바보민담에서 바보인물과 청중 사이의 이와 같은 심리적 거리는 대체로 바보인물이 청중과 동일한 집단이나 계층에 속한 인물일 때 좁혀지게 되고, 이질적인 집단이나 계층에 속한 인물일 때 멀어지게 된다. 하지만 이런 현상이 반드시 고정적인 것만은 아니다. 왜냐하면 바보민담에서의 심리적 거리는 바보인물의 집단적 자질보다는 행위적 자질이 더 영향을 미치기 때문이다. 가령, 바보인물의 행위가 청중의 욕망과 일치할 때는 청중과 인물은 심리적인 일치를 보일 것이고 반면 인물의 행위가 청중의 욕망과 대립될 때는 심리적 거리가 멀어질 것이기 때문이다. 물론 집단적 자질과 행위적 자질이 동시에 일치한다면 심리적 거리는 더욱더 가깝게 형성될 것이고 이때 웃음의 쾌감은 더 증폭될 것이다. 바보민담에 등장하는 바보인물이 피지배 계층 인물이라 하더라도 청중과의 심리적 거리가 형성될 수 있다. 그러므로 청중은 규범에서 벗어난 바보인물의 행위에서 일탈을 발견하게 되고, 이때 청중은 바보인물의 어리석은 행위를 조롱하게 되는 공격적 웃음을 형성하게 될 것이다.

그런데 만약 바보인물의 행위가 청중들 내부의 억압된 욕망과 일치한다면 인물의 바보짓은 청중의 마음속에 억제되어 있는 욕망을 일깨우게 될 것이다. 인간의 욕망은 억제한다고 해서 사라지는 것이 아니라 인간의 내부에 잠재되어 있으면서 이성이 약해진 틈을 타서 늘 방출하려는 충동을 가지게 된다. 바보인물의 일탈 행위는 바로 청중들의 이 억제된 욕망을 자극하고 그들의 충동을 불러일으킨다. 하지만 그들의 내부에서 욕망을 억제하는 힘은 억제되는 힘보다 여전히 강하기 때문에 그들 스스로 그 욕망을 방출하지는 못한다. 대신 그들은 바보인물의 일탈 행위를 통해서 그들의 욕망을 대리만족하게 되는 것이다. 이때 청중들 내부에서 바보인물은 조롱의 대상에서 욕망의 대리자로 바뀌게 되고 청중은 오히려 바보인물의 행위에 지지를 보내게 되는 것이다. 그리고 바보인물이 자신들의 욕망을 시원스레 해소해 줄 때마다 청중들은 웃음과 쾌감을 형성하게 되는 것이다. 즉, 바보인물은 자신의 지지자가 되어준 청중에게 쾌락을 선사함으로써 그들을 확실하게 자신의 편으로 끌어들여 바보민담이라는 민중적 담론 놀이로서의 연행의 공간을 확장시켜 나가는 것이다.

이처럼 바보인물은 주로 현실 공간에서 억제된 청중의 욕망을 충족시킬 수 있는 방향으로 행동한다. 즉 현실 사회에서 사회적 금지 때문에 표출할 수 없었던 민담 향유자들의 갖가지 욕망은 바보민담이라는 놀이를 통하여 충족되는 것이라 할 수 있다.[420] 그 욕망의

---

420) 놀이는 직접적인 만족을 인정하지 않는 본능을 사람들에게 해를 주지 않는 방향으로

충족은 주로 현실 공간에서 공격하고 싶은 대상이지만 윤리·도덕적 규범으로 인해 공격할 수 없었던 인물을 공격하는 것으로 나타나기도 한다. 즉 자신을 억압하는 장인의 머리를 내려치기도 하고 자신을 우습게 아는 장모를 오히려 웃음거리로 만들기도 하고, 각종 억압을 행사하는 시댁 식구들을 공중으로 날려 보내기도 하며, 욕보이거나 지배하고 싶은 인물에게 똥을 먹이기도 한다.

바보인물에게 공격당하는 인물들은 대개 현실 공간에서 바보민담의 향유자들을 지배하거나 그들에게 억압을 행사했던 인물들이다. 바보인물은 그 권위적인 인물들을 공격하여 웃음거리로 만들고 그들의 권위를 추락시킨다. 청중은 자신이 공격하고 싶었던 그 권위의 대상이 바보인물로부터 격하되는 시점에서 쾌락이 발생하게 되고 웃음을 터뜨리게 된다.[421] 이처럼 바보인물의 행위가 청중의 욕망을 대신할 때 청중은 통쾌한 웃음과 심리적 쾌감을 형성하는 것이다. 그러므로 청중의 웃음은 바보인물의 바보짓에 대해 공격성을 띤 웃음이 아니라 그들의 바보짓에 동조하는 웃음이라 할 수 있다. 바보민담이 민담의 향유자들에게 웃음과 쾌감을 주는 가장 큰 이유는 바로 민중들의 욕망을 바보인물이 대신하기 때문이다.

<1> 바보가 장가를 가니 처가에서 음식을 많이 차려주었는데 그 중 나박김치가 맛있었다.
<2> 밤에 자다가 나박김치 생각이 나서 색시에게 물으니 부엌에 있다고 했다.

승화시키는 것이다. 로제 카이와, 『놀이와 인간』, 이상률 옮김, 문예출판사, 1994, p.257. 참조.

421) 프로이트는 '제삼자 역시 우리의 적에 대해 적대감을 느끼게끔 하는 것을 목표로 한다고 하였는데(프로이트 앞의 책, p.133. 참조), 바보민담은 청중이 이미 적대감을 느끼고 있는 인물을 공격의 대상으로 삼을 때 웃음과 쾌락이 발생하는 것이라 할 수 있다.

<3> 부엌으로 가서 두 손을 김치 항아리에 넣고 가득 움켜쥐었더
　　　니 손이 빠지지 않았다.
<4> 부엌(청)에서 잠자던 장인 머리(대머리)에 항아리를 내리쳤다.
<5> 장인이 도적이 들었다고 소리치자 바보는 감나무 위로 숨었다.
<6> 도적을 찾으려던 장모가 도둑이 보이지 않으니, 새 사위에게
　　　줄 감을 따겠다고 감나무 위에 숨어 있는 바보의 불알을 올가
　　　미로 잡아당겼다.
<7> 너무 아픈 바보가 똥오줌(물똥)을 쌌다.
<8> 장모(장인)는 감이 너무 익어 터진 줄 알고 받아먹었다.(받아먹
　　　고 감이 너무 곯았다고 했다)[422]

　　위 민담은 바보 사위의 바보짓을 웃음의 대상으로 삼는 것이지만
실제로 청중의 웃음이 발생하게 되는 곳은 이 민담의 펀치라인인
<4>와 <8>이다. 나머지 부분에서도 물론 희극적 감정이 형성되
긴 하지만 그 쾌감은 <4>나 <8>에서 최고조에 달하고 웃음도 그
시점에서 폭발하게 된다. 그리고 <1>~<3>은 <4>를 향해 초점이 집
중되고, <5>~<7>은 <8>을 위해 초점이 집중된다. 그런데 <4>와
<8>에서 청중의 쾌감이 발생하는 이유는 바보인물의 바보짓의 결
과가 엉뚱하게도 장인, 장모에게 미쳤기 때문이다. 결국 장인, 장모
는 새 사위에게 공격을 당한 셈이고 그 공격에 의해 웃음거리로 전
락하게 된 것이다. 만약 이때 청중이 현실적으로 장인, 장모로부터
의 억압이 심한 인물이라면 그 쾌감은 배가될 것이다. 하지만 그렇
지 않은 인물이라 하더라도 쾌락을 형성하고 웃을 수 있는데, 웃음
유발자인 바보는 쾌락을 미끼로 이미 청중을 자신의 편으로 만들어
두고 있기 때문이다.

　　<1> 어떤 사람이 아들 兄弟를 데불구 山所에 省墓하레 가드랬

---

422) 〈愚郞, 8:365~366, 11:48, 5:346〉

너너데 가다가 꿩에 꼬랭이를 하나 주었다. <2>이거이 아
롱아롱해서 보기가 둏거덩, 자근아덜이 "이거이 이렇게 둏
은 걸 보니 이거는 아매도 토까이 꼬랭이 같다." 하구 말했
다. <3>이 말을 들은 형이 "조그마한 토까이래 어드룧게
이런 긴 꼬랭이를 개지간네. 이건 기느꺼니 노루 꼬랭이다."
하구 말했다. <4>아바지레 아들 兄弟가 하는 말을 듣구
있다가 "너덜 내가 죽으문 아무것두 몰라서 놈한테 웃에 하
갔다. 이거 아룽아룽한 걸 보라. 범에 꼬랭이가 분명하다."
구 했다.[423](밑줄 필자)

　이 민담은 표면적으로 보기에는 단지 세 부자의 무지함을 웃음의
대상으로 삼아 즐기는 이야기처럼 보인다. 하지만 여기에도 격하의
원리는 숨어 있다. 이 민담에서 청중이 실제로 웃음을 터뜨리게 되
는 펀치라인은 <4>이다. 여기서 두 아들은 스스로 바보짓을 함으
로써 아버지의 바보짓을 유도한다고 볼 수 있으며, 아버지의 바보짓
을 발견하고 웃는 자 역시 두 아들이다. 그러므로 이 민담에서의 두
아들은 웃음 유발자이면서 동시에 웃는 자이고, 웃음의 대상은 아버
지이다. 가부장 사회에서 아버지의 권위는 절대적이었고 이 아버지
의 권위에 아들이 감히 도전한다는 것은 있을 수 없는 일이었다. 하
지만 억압이 심할수록 그 억압에 대한 저항감 또한 클 수밖에 없는
것이다. 민담 속의 아버지는 옳지 않으면서도 무조건 자신이 옳다고
자식들을 윽박지르는 가부장적 아버지의 모습이라 할 수 있다. 그리
고 두 아들은 그러한 가부장적 아버지의 억압에 저항하는 자식들로
볼 수 있다. 웃음 유발자인 두 아들은 먼저 자신들이 바보가 되어
청중이 희극적 쾌감을 형성하게 하고 그 쾌감을 미끼로 청중을 자
신들의 편으로 끌어들인다. 이미 두 아들의 편이 된 청중은 권위의

---

423) 〈미련한 삼부자, 3:197~198〉

대상인 아버지가 격하되는 데서 앞에서 보다 더 큰 쾌락을 즐기게 되는 것이다. 이때 청중들은 가부장 사회에서의 아버지들이 지닌 권위적인 행위에 대해 충분히 공감하기 때문에 그에 따른 쾌락도 더 크게 형성될 수 있는 것이다. 그리고 청중들은 이 격하를 통해서 그들 내부에 있던 억압을 극복하고 그 억압으로부터 해방되는 또 다른 쾌락을 즐기게 되는 것이다.

그런데 바보민담에서 인물의 바보짓이 반드시 상대 인물의 격하에만 초점이 있는 것은 아니며 때로는 지배 규범이나 관습을 격하의 대상으로 삼기도 한다. 바보인물의 위반 행위가 청중의 규범의식에 위배되더라도 청중의 욕망과 바보인물의 위반 행위가 일치한다면 청중은 바보인물의 행위에 동조하게 된다. 이때는 바보인물의 위반 행위가 주로 바보민담의 향유자들이 접하게 되는 부조리한 관습의 파괴에 초점이 놓인다. 즉, 청중들은 바보인물이 위반하는 관습에 대해 부조리함을 인식할 때 바보인물의 행위에 동조하고 웃음을 터뜨릴 수 있는 것이다. 이는 청중이 공격하고 싶었던 인물을 바보인물이 대신 공격해 주는 것과 마찬가지로 바보인물은 청중에게 욕망의 대리자 역할을 하게 된다. 따라서 청중은 바보인물의 위반 행위를 지지하게 되고 그 위반 행위를 통하여 웃음과 쾌락을 즐기는 것이다. 그런데 관습이나 규범 역시 청중들을 억압하던 권위적인 대상이므로 여기서 발생하는 쾌락 또한 그 권위적 대상으로서의 관습이나 규범을 격하시키는 웃음에서 생겨나게 되는 것이다.

봉건사회의 이데올로기는 지배질서를 유지하는 데 방해가 되는 모든 것들은 배제하였다. 그리고 민중적인 것, 하층적인 것을 천시하고 부정하였으며 귀족적인 것, 상층적인 것들을 우월한 것으로 긍정하였다. 이러한 지배이데올로기에 대해 이의를 제기하는 바보민담은 민중적인 것들을 지배계층의 것보다 우월한 위치에 재배치함으로써 세계 인식의 태도와 가치를 역전시켰다. 바보민담에서 바보인물들은 권위적이고 위엄 있는 것들을 조롱하여 그 권위와 위엄을 격하시키고 지배질서에 도전하고 있다. 만일 바보민담 향유자들의 이러한 도전적 담론이 해당 지배질서를 실질적으로 전복시킬 만한 힘 있는 자를 인물로 내세워 정면으로 이루어졌다면 그들은 지배체제로부터 강한 저항과 공격을 받게 되었겠지만, 바보인물에 의해 악의 없는 웃음의 담론방식 속에서 제시될 때는 쉽게 용인되는 것이다. 따라서 바보인물들은 지배체제의 저항과 공격을 손쉽게 피해 나가면서도 민중들을 지배하고 억압하던 대상들을 마음껏 격하시켜 민담의 향유자인 민중들에게 웃음과 쾌락을 선사하는 것이다.

그 격하의 대상은 가족이기도 하고 지배적 계층, 그리고 지배적 규범이나 문화이기도 하다. 이처럼 바보민담의 바탕에는 민담 향유자들을 억압하는 대상에 대한 격하를 함축하고 있다. 자신의 삶을 억압하는 억압 주체에 대한 격하는 청중들로 하여금 웃음이 주는 쾌락과 더불어 잠시나마 해방감을 맛볼 수 있도록 해 주는 것이다. 즉, 민담이 연행되는 유희적 공간에서 민담의 향유자들은 그들을 통제하던 규범과 인습으로부터 벗어나 짧은 휴식을 취하게 되는 것이다.[424] 휴가가 생활의 억압으로부터 잠시 벗어나 휴식을 취함으로써 미래의 삶을 지속하게 해 주는 재충전의 기회이듯이 바보민담 또한 민중들이 자신을 지배하는 억압과 통제로부터 잠시 벗어나 쾌락을 즐김으로써 일상을 유지할 수 있도록 휴식의 기회를

---

424) 절박한 인간에게 고달픈 현장을 금방 대피소로 바꾸어 줄 수 있는 피난처 구실을 해 주는 것이 바로 웃음이다. 김영수, 『한국문학 그 웃음의 미학』, 국학자료원, 2000, p.398. 참조.

제공하는 것이다. 따라서 바보민담이라는 공간 속에서는 일상적 행동의 규범을 어기는 제 요소들이 허용되는 것이고, 민담의 향유자들은 이 유희에 기꺼이 동참하게 되는 것이다.

2) 사회적 질서 수용

바보민담은 사회적 질서를 유지하려는 축과 질서를 파괴하려는 축의 대립으로 이루어지는데, 질서를 유지하려는 축의 전방에 서서 그 질서의 파괴를 이끄는 자가 바보인물이다. 이는 바보인물이 각종 사회적 금기로부터 자유로운 인물이기 때문에 가능한데, 금기로부터 자유롭지 못한 정상인들은 그 사회적 금기나 질서가 때로는 부조리하다고 인식되더라도 그것에 직접적으로 맞서거나 대응하지 못한다. 따라서 정상인들은 바보보다 오히려 금기나 규범에 대한 심리적 억압을 훨씬 강하게 받게 되고 그 억압에서 벗어나고자 하는 욕망 또한 더 강할 수밖에 없다. 이런 민중적 욕망을 민담 속 바보가 대신한다는 점에서 바보는 욕망의 대리자이고, 민담의 향유자는 바보를 통하여 욕망을 해소하고 쾌락을 즐김으로써 바보의 후원자가 되어 바보민담을 지속적으로 재생산해 나가게 되는 것이다.

하지만 바보민담은 청중의 이 같은 사회적 규범에 대한 공격적 유희를 계속하도록 내버려 두지는 않는다. 농담을 비롯한 대부분의 웃음 담화들에서는 웃음 유발자인 화자가 권위의 대상을 격하하는 것으로 청자의 웃음을 유발하지만 일단 청자의 웃음이 터지게 되면 그 담화는 마무리된다. 그러므로 농담과 같은 우스개 담화에서는 청자의 쾌락을 방해하는 요인이 없고 담화가 끝나도 그 쾌감은 어느 정도 지속될 수 있다. 그런데 바보민담에서는 바보인물이 상대를 격하시키면서 청중의 쾌락을 이끌긴 하지만 그 바보짓에 대한 대가를 바보인물이 치러야 하는 경우가 많다. 바보민담에서는 금기에 대항하는 바보인물을 웃음의 대상으로 삼는 것 이외에도 바보인물들에게 혹독한 대가를 요구하기도 하기 때문이다. 바보민담에서는 바보짓을 한 대가로 바보인물이 매를 맞기도 하고, 집에서 쫓겨나기도 하고, 심하게는 목숨까지도 빼앗기는 경우를 찾아볼 수 있다. 욕망의 대리자였던 바보인물이 사회적 금기를 위반한 대가로 이처럼 강력한 처벌을 받게 된다면, 웃음이 주는 쾌락에 빠져 있던 청중들은 갑자기 이성을 되찾게 될 것이다. 즉 바보인물의 저항에 힘입어 잠시 쾌락을 즐겼던 청중들에게 바보민담은 사회적 질서에 도전한 바보인물이 어떠한 대가를 치르는지 보여줌으로써 민담 향유자들을 다시 현실사회로 불러들이게 되는 것이다. 이때 청중들은 바보인물의 지지자에서 오히려 공격자로 돌변하게 되고 그의 웃음 또한 바보인물의 위반 행위에 대한 긍정적 의미에서 부정적 의미로 방향을 전환하게 된다. 뿐만 아니라 민담향유자들은 지배적 질서의 권위에 대항할 용기를 완전히 상실하게 되고, 바보인물이 당한 처벌과 징계를 교훈으로 삼아 자신에 대한 경계를 강화하게 되는 것이다. 결국 청중들의 자신에 대한 경계는 곧 집단적 규범에 대한 인식을 강화하고 지배질서를 유지하는 데 동참하는 것이 된다.

바보민담에서 인물의 바보짓에 대한 분명한 결과를 보여주지 않는다 하더라도 바보민담은 청중들에게 지배질서를 재확인하는 계기가 되기도 한다. 예를 들어 시댁 식구 모두에게 존댓말을 써야 하는 며느리가 시아버지나 윗사람에게 의도적으로 존댓말을 엉터리로 씀으로써 윗사람을 격하시킨다면 민담의 향유자들, 특히 며느리들은 그 격하를 통해서 쾌감을 갖게 되고 웃음을 터뜨리게 될 것이다. 그리고 며느리들은 그 쾌감으로 인해 잠시 억압에서 해방될 수 있을 것이다. 하지만 한편으로는 바보민담 속 며느리처럼 웃음거리가 되지 않기 위해 내면으로는 스스로 자신을 단속하고 존댓말을 바르게 쓰려는 규범의식을 강화하게 될 것이다.

베르그송에 의하면 희극적 인물은 대개의 경우 우리가 우선은 공감을 느끼게 되는 인물이라 한다. 때문에 우리는 아주 잠깐 동안이라도 그의 위치에 서서 그의 몸짓과 말, 행위들을 취해 보기도 하고, 그의 면모에 우리가 보고 재미있어 하는 우스꽝스러운 점이 있을 때는 그도 우리와 함께 즐기기를 생각으로나마 권하며 우선은 그를 친구로 맞이한다는 것이다. 그리고 우리는 한순간이나마 유희에 가담하여 삶의 피곤함으로부터 잠깐 벗어날 수 있다는 것이다. 하지만 그것은 잠깐 동안에 그치고 유희에 초대받아 순간적으로 유희에 가담했던 독자는 곧장 현실 공간으로 되돌아오게 된다고 한다. 희극적인 것을 느끼는 데 끼어들 수 있는 공감이란 금방 사라지는 것이기 때문에, 마치 엄격한 아버지가 깜빡하는 사이에 아이의 장난에 어울렸다가 곧 그만두고는 그 놀이를 꾸중하게 되는 것과 마찬가지기 때문이라는 것이다.[425]

이와 마찬가지로 바보민담의 청중들은 바보인물의 결점과 어리석은 짓을 지켜보고 잠시 동안 유희에 빠져들어 쾌락을 즐기지만 곧바로 정신을 차리고 자신들은 그 같은 바보짓으로 웃음거리가 되지 않기 위해 스스로를 경계하고 규범의식을 강화하게 되는 것이다. 베르그송의 견해처럼 웃음은 우리가 최대한 행복해지기 위하여 우리의 결점들이 겉으로 드러나는 것을 억누름으로써 그 결점

425) 앙리 베르그송, 앞의 책, pp.156~158.

자체들을 교정하고, 우리가 우리 자신을 개선해 나가도록 이끄는 것이기[426] 때문이다.

농담과 같은 우스개와 바보민담에는 또 다른 차이가 존재한다. 농담은 특정한 상황에서 개인에 의해 생산되는 것이고 그와 동일한 농담이 반복적으로 이루어지는 경우는 흔치 않을 것으로 보인다. 농담은 특정한 인물의 의도에 따라 규범이나 관습을 아주 강도 높게 파괴할 수 있고, 농담의 의도에 청자가 공감하기만 한다면 충분히 농담으로서 성공할 수 있다. 하지만 바보민담은 이와는 다르다. 바보민담은 일개인의 창작이 아니라 오랜 세월 동안 전승되어 오면서 민중 공동체적 의식이 반영된 이야기다. 바보민담은 집단적 의식을 토대로 형성되는 것이기에 규범이나 관습의 파괴는 집단 구성원들이 공감하고 수용할 수 있는 범주 안에서만 이루어진다. 만약 인물의 일탈 행위가 민담 향유자들이 수용할 수 있는 범위에서 벗어난다면 민담의 향유자들은 그를 향해 웃는 대신 비난을 퍼붓게 될 것이기 때문이다.[427] 따라서 바보인물은 적당한 한도 내에서만 관습이나 규범을 공격함으로써 민담의 향유자들이 유희를 즐길 수 있도록 하는 것이다.

> 옛날에 어떤 여자가 시집을 갔는디 얼굴이 노래져서 시아부지가 이상히서 "아가 너는 어째서 얼굴이 놀래가냐"고 물었습니다. 메누리는 "아부님, 다름이 아니라 방구를 못 뀌어서 그럽니다." "야야 얼굴이 놀래지도록 방구를 참어서야 쓰겠냐. 어서 맘놓고 뀌어라."

---

426) 위의 책, p.158.

427) 아리스토텔레스가 희극적인 것은 '남에게 상처나 고통을 주지는 않는 것'으로 한정한 것도 상대에 대한 지나친 공격이나 파괴는 웃음을 형성할 수 없다는 것을 의미한다. 이 책에서 앞서 검토한 바 있는 바보형제담에서 바보인물의 행위가 웃음을 유발하지 못하는 것은 인물의 행위가 민담의 향유자들이 수용할 수 있는 범위를 넘어섰기 때문이라 할 수 있다.

"나는 방구를 꾸어도 보통으로 꾸는 것이 아니고 좀 요란헙니다."

"어떻게 뀌는 방구기에 요란하다카냐, 염려 말고 한 번 꾸어 보아라."

하루는 메느리가 시아버지, 시어머니, 서방님을 다 불러 놓고, "시아부님은 큰문 잡으시오, 서방님은 저 문 잡고, 시어머니는 저짝 잡고 계십시오" 하고는 치매를 벗고 속곳만 입고 춤을 추고 돌아댕김서 팡! 하고 한 방 꾸었다. 문짝을 잡고 있던 시아버지, 시어머니, 서방이 들어갔다 나갔다 들어갔다 나왔다 하드래요. 또 한방 팡! 하고 꿩게 시아버지도 시어머니도 서방도 어디로 날러갔는지 아무도 없어요. 메누리는 이리저리 돌아댕기다 정지를 봉게 서방이 고래구먹에 대가리를 쑤욱 내놓고 있어서 것다 대고 한 방 팡하고 꾸었십니다. 그렇게 서방은 저쪽 굴뚝으로 나가더니 어디로 날러가고 말었십니다. 그리서 이 메누리는 과부가 돼서 혼자 살었대요.[428]

이 민담에서의 며느리는 다른 며느리 방귀담에서와는 달리 며느리의 생리적 욕망을 옥죄는 규범을 파괴하고자 하는 강한 의지를 보여주고 있다. 다른 민담의 경우에도 온 집안 식구를 날려 보낼 정도로 강하게 방귀를 뀌기는 하지만 며느리가 의도적으로 식구들을 날려 보내는 것은 아니다. 하지만 이 민담에서의 며느리는 치마를 벗고 춤까지 추고 돌아다니면서 식구들을 의도적으로 날려 보낸다. 게다가 숨어 있는 신랑까지 찾아내서 고의적으로 날려 보내는 것을 볼 수 있다. 이는 며느리가 그동안 자신을 억압했던 시집 식구에 대한 강한 적대감을 드러낸 것이고 자신을 억압하는 규범에 정면으로 도전하는 것이다. 며느리의 규범에 대한 강한 저항은 일시적으로는 청중들의 흥미를 끌게 되고 그 흥미에 이끌려 청중들 또한 이 유희에 가담하게 될 것이다. 하지만 며느리들의 시집 식구에 대한 노골적인 적대감이나 저항은 곧 청중들 내부의 규

---

428) 〈며느리의 방귀, 8:334〉

범의식이나 이성으로부터의 저항에 부딪치게 될 것이다.

프로이트는 농담의 과정에서 이성, 비판적 판단, 그리고 억제는 농담이 차례로 맞서 싸우게 되는 힘들이라고 하였는데,[429] 만일 이들의 힘이 농담이 주는 쾌락의 힘보다 강하다면 그때 농담은 성공할 수 없을 것이다. 바보민담도 이와 마찬가지라고 할 수 있다. 바보민담의 청중들이 바보인물의 저항에 힘입어 쾌락[430]을 형성하고 그 쾌락을 통하여 억압을 극복하려면 그들 내부에 있는 이성, 비판적 판단, 억제와 싸워서 이겨야 한다.

하지만 위의 민담에서처럼 바보인물의 일탈 행위가 청중이 받아들일 수 있는 한도를 넘어섰을 경우에는 청중이 바보인물에 이끌려 형성한 쾌락의 힘보다 청중 내부의 억제하는 힘이 강하기 때문에 그 금기를 극복할 수 없는 것이다. 그리고 두 힘의 대결 결과는 민담의 결과가 증명해 준다 하겠다. 웃음이라는 형식 속에서는 규범이나 관습에서 벗어난 일탈 행위가 용납되긴 하지만 그것은 정도에 따라 다르다. 이 민담의 결과에서 며느리를 과부로 만드는 것은 그 일탈 행위를 용납하지 않겠다는 것이고 민담 향유자들 내부의 억제의 힘이 쾌락의 힘보다 강했음을 의미하는 것이다. 이는 결과적으로 민담 향유자들의 집단적 의식이 이 정도로 강한 일탈 행위는 용납하지 않겠다는 의식의 표현이고 청중의 의식 또한 이를 뛰어넘지는 못하는 것이다.

이처럼 바보민담에서는 직접적이거나 강력한 저항은 용인하지 않는다. 다만 웃음의 형식으로 제한된 쾌락과 제한된 해방감을 제

---

429) 프로이트, 앞의 책. p.177.

430) 프로이트는 농담의 언어적 표현으로 발생하는 이 쾌락을 '사전 쾌락'이라고 한다. 그리고 이 사전쾌락인 농담의 쾌락을 매개로 억제와 억압을 극복하는 새로운 쾌락을 만들어 낼 때 농담은 성공할 수 있는 것이다. 위의 책, pp.153~178. 참조.

공할 뿐이다. 그리고 그 웃음은 궁극적으로는 사회 보존적 기능을 한다고 할 수 있다. 바보가 기존의 질서를 조롱하는 면에서는 체제에 도전하는 파괴자의 입장처럼 보이지만 - 실질적인 파괴는 하지 않으면서 - 오히려 반대 세력인 민중들의 억압된 감정을 분출시켜 해방시킴으로써 체제유지에 더 도움이 될 수 있기 때문이다. 중세 서양의 축제인 '바보제'를 옹호한 자들이 '바보제'의 기능을 '궁극적으로는 신에 대한 근행(勤行)으로 되돌아오게 하는 것'431)으로 본 것처럼 바보민담의 궁극적인 기능 또한 사회적 질서유지를 위한 통풍구의 역할을 하였다고 할 수 있겠다.432)

그렇다고 해서 바보민담이 지닌 쾌락적 효과를 부정하는 것은 아니다. 다만 그 쾌락적 효과에 힘입어 바보민담의 웃음은 또 다른 효과를 이끌어낸다는 것이다. 바보민담은 쾌락을 통하여 청중들이 내적 억압을 극복하도록 하는데 이는 바보민담의 웃음이 청중에게 미치는 심리적 기능이라 하겠고, 그 심리적 효과를 통하여 사회적 질서를 유지하는 것은 바보민담 웃음의 사회적 기능이라 할 수 있겠다. 이처럼 바보민담이 동시에 두 가지 기능을 하는 것은 민담이란 원칙적으로 오락성과 교훈성을 겸비하는 것이고 바보민담의 경

431) 우리의 제2의 본성이자, 인간의 생득적인 조건인 어리석음(익살스러움)이 일 년에 한 번쯤이라도 자유롭게 자신을 소진할 수 있도록 해 줄 필요가 있는 것이다. 때때로 구멍을 열고 바람을 쐬주지 않으면, 포도주 통은 터져버리고 만다. 가령 신에 대한 외경과 공포라는 끊임없는 발효 상태에 처한 포도주가 있다면, 우리 인간들 모두는 이 지혜의 포도주 때문에 터져버리게 될, 잘못 틀어막은 포도주 통일 수도 있다. 포도주가 상하지 않도록, 바람을 쐬줄 필요가 있는 것이다. 그러므로 우리들도 어떤 특정한 날만큼은 자신에게 우스꽝스러움을 허락하는 것이다. 다음에는 아주 열심히 신에 대한 근행(勤行)으로 되돌아올 수 있도록 말이다. 미하일 바흐친, 앞의 책, p.128. 참조.

432) 이와 같은 기능은 남편이나 시집 식구에게 불만족스런 여성들이 다른 여성들과 어울려 남편과 시집 식구들에 대한 험담을 하지만 그 험담으로 인해 쌓였던 스트레스를 해소하고 다시금 남편이나 시집 식구들과 잘 지낼 수 있게 되는 것과 동일하다 있겠다.

우 다른 민담들에 비해 그 오락성이 강화되긴 했지만 민담으로서의 교훈적 기능을 완전히 상실한 것은 아니기 때문이다.

또한 때로 민담의 향유자들은 사회적 규범과 완전히 일치하는 웃음을 형성하기도 한다.[433] 그것은 바로 민담 향유자들의 의식과 사회적 규범이 일치할 때이다. 민담 향유자들이 무조건적으로 모든 사회적 규범에 대해 저항감을 형성하지는 않기 때문에 그들의 의식에 합치되는 규범의 일탈 행위에 대해서는 규범과 동일한 인식을 가지게 될 것이다. 그 경우엔 일탈 행위를 하는 바보인물에 대해 청중은 배척하고 조롱하는 웃음을 형성하게 될 것이다.[434]

요컨대 바보민담은 민담 향유자들에게 인간과 사회를 확인하게 하는 계기가 된다 할 수 있겠다. 바보민담의 웃음은 민담 향유자들에게 통쾌감이나 즐거움을 줌으로써 삶에서 오는 긴장감을 이완시키고 심리적 불안이나 압박감을 해소할 수 있는 기회를 제공함으로써 민담의 향유자들이 현실의 고단한 삶을 지속할 수 있게 해줄 수 있었을 것으로 보인다. 또한 향유자들은 바보민담 속 바보인물처럼 집단 내에서 웃음거리가 되지 않기 위해 느슨해졌던 자신의 규범의식을 스스로 강화하고 자신을 단속하는 계기가 되었을 것이다.

---

433) 사회학자 뒤프렐은 웃음의 기쁨은 기본적으로 사회적 감정과 일치하는 감정이며, 이는 결속의 충족이며 한 집단에 있어서 감정의 일치라고 한다. 류종영, 앞의 책, p.29. 참조.
434) 이 웃음은 베르그송이 주장하는, 사회적 일탈행위에 대해 교정하는 기능을 한다고 할 수 있겠다.

3) 계층 간의 소통

바보민담은 누구나 즐기고 웃을 수 있는 이야기이다. 민담 속에서 웃음 유발자로 등장하는 인물과 동일한 계층이나 집단에 속하는 청중뿐 아니라 웃음의 대상이 된 인물과 동일한 계층이나 집단에 속하는 청중도 더불어 웃을 수 있는 이야기다. 하지만 그 웃음의 의미나 성격은 청중에 따라 달라질 수 있는 것이다. 같은 인물의 우행이나 결함에 대해서 청중들은 서로 다른 시각을 가질 수 있고 서로 다른 빛깔의 웃음을 웃을 수 있다.

바보인물이 보여주는 결함들은 청중 자신의 결함일 수도 있지만, 비록 그렇다고 할지라도 불쾌감을 형성하지는 않는다.[435] 왜냐하면 웃음은 현실과 거리감을 두면서 그 거리감을 해소하는 이중적 의미를 지닌 것[436]이기에, 바보민담에서 전혀 현실감이 없도록 희화화된 '바보'는 청중들이 바보로부터 멀찍이 떨어져 있도록 충분한 객관적 거리감을 확보해 주기 때문이다. 아리스토텔레스가 웃음은 남에게 고통이나 상처를 주지 않는 것이라고 한 것처럼 바보민담은 상대에게 상처나 고통을 주지 않으면서도 상대의 결함을 꼬집고 상대로 하여금 자신의 결함을 인정하고 개선할 수 있도록 이끄는 것이다.[437]

청중과 다른 계층이나 집단의 인물이 웃음의 대상이 된 경우 그

---

435) 사실 인간은 때때로 자신의 결함을 웃음거리로 삼기도 한다. 자신의 결함이나 실수를 웃음거리로 삼는 것은 이미 내적으로 그 결함을 극복했다는 표현이며 과거의 자신에 대한 우월감의 표현이기도 하다.

436) 피종호, 「후기구조주의 웃음미학」, 『독일어문학』, 제18집, 독일어문학회, 2002, p.252.

437) 골계의 방식은 노여움을 사지 않으면서도 유쾌하게 자신의 결함을 인정하도록 만든다는 데서 교정과 반성의 효과를 노리고 있다. 최혜진, 「판소리계 소설의 골계적 기반과 서사적 전개 양상」, 숙명여자대학 박사논문, 1999, pp.23~24. 참조.

웃음에는 조롱이나 공격의 의미를 띤다고 볼 수 있다. 하지만 웃음은 상대를 이해할 수는 없다고 하더라도 그 자체로 수용하고 받아들이도록 기능하기도 한다. 또 웃음은 쾌락을 미끼로 상대를 자신의 편으로 끌어들이기도 한다. 바보인물이 유발하는 웃음으로 인해 청중들은 바보인물의 편이 될 수 있고, 바보인물의 입장에서 그들의 우행을 보게 될 것이다. 그리고 결국은 바보인물들이 보여주는 우행의 발생 동기에 대해 긍정할 수도 있고, 그동안 미처 깨닫지 못했던 사회적 결함들을 발견하여 공감하게 될 수도 있을 것이다. 이러한 과정을 통하여 청중은 규범이라는 틀 속에서 그들이 미처 깨닫지 못했던 사회적 문제나 인간 본연의 모습을 발견하게 되는 것이다.

바보민담에서 웃음의 대상으로 삼는 것은 특정한 개인의 문제라기보다는 각 계층이나 집단이 안고 있는 가장 핵심적이면서도 보편적인 문제들이다. 보편적인 문제들은 나만의 결함이 아니기 때문에 그 계층이나 집단에 소속된 사람도 불쾌해하지 않고 웃을 수 있으며, 미처 자각하지 못했던 문제들을 깨닫고 긍정하는 웃음을 웃을 수도 있다. 또한 집단이나 계층의 보편적인 문제들은 청중으로 하여금 결국 자신들이 소속된 세계 자체에 대한 근본적인 고민을 하게 만들 수 있고 이러한 고민은 민담의 향유자들이 인간이나 사회에 대해 새롭게 인식하는 계기가 될 수 있을 것이다.[438] 가령 여성이나 승려의 본능은 억압되는 것이 당연하다 생각했던 청중들은 그들의 일탈 행위에 대해서 한편으로는 부정적 웃음을 형성하기도 하겠지만 다른 한편으로는 그들도 인간으로서의 욕망을 가지

---

438) 골계는 인간이 어떻게 살아가야 할 것인가에 대한 심각한 문제를 즐거운 감정으로 들여다보게 해 주는 것이다. 위의 논문, p.22. 참조.

고 있는 동일한 인간임을 인식하게 되는 것이다. 그리고 청중은 인간이 지닌 본성들이 어찌하여 가혹한 비판의 대상이 되어야 하는가에 대한 바보들의 항변을 긍정하게 될 수도 있을 것이다.[439]

바흐친에 의하면 중세 민중적 웃음은 물질적·육체적 원리의 그 참다운 의의를 밝히고 반봉건적인 민중의 진리를 말하게 했을 뿐만 아니라, 그 진리는 몇 천 년에 걸쳐 웃음의 품 안에서, 민중적인 웃음의 형식 안에서 형성되고 수호되어 왔다고 한다.[440] 바보민담의 웃음 기능도 이것과 다르지 않다. 바보민담의 웃음은 유교적 이데올로기의 틀 속에 갇혀 있던 인간의 본성들을 끄집어내어 그것들의 의미와 가치를 보여주었던 것이다.

> 희극에 있어서 우리는 인간을 보고 또 사랑하는 법을 배운다. ……희극은 생의 흙탕물 속에서 뛰고 논다. 희극에는 허식이나 허세가 없다. 희극은 우리들을 천사가 되려고 하는 유혹으로부터 건져준다. 그리고 희극의 덕분으로 우리는 거침없이 "나는 사람에 불과하오."라고 말할 수가 있다.[441]

어릿광대가 이끄는 희극에서처럼 바보민담에서의 인물들은 대개 허식이나 허세가 없을 뿐 아니라 인간자체, 본연의 모습을 그대로 드러낸다. 그리고 웃음이라는 보호막을 통하여 그것들을 계속해서 전승시키면서 민중들로 하여금 인간 본성의 중요성을 지각하도록 하였다. 즉, 세상의 어떠한 이념적 가치도 인간 자신보다 우위에 설 수는 없다는 것을 바보민담은 분명하게 보여준다.

---

439) 웃음은 대상을 새로운 관점에서 보게 하고 이를 통해 대상이 지닌 모순을 드러내는 비판적 기능을 수행한다고 할 수 있다. 오정분, 「축제와 문학—바흐친의 문학 이론」, 경희대 석사논문, 2001. p.38. 참조.
440) 미하일 바흐친, 앞의 책, p.155.
441) 하아비 콕스, 앞의 책, p.238.

또한 바보민담의 바보들은 피지배층도 지배층과 마찬가지로 동일한 인간임을 항변한다. 그러므로 바보민담에서는 현자(賢者)가 바보가 되고 바보가 현자(賢者)가 되기도 한다. 이러한 역전의 구조를 통하여 지배 계층이 향유하는 상층 문화와 피지배 계층이 향유하는 민중 문화 사이의 갈등을 수용한다.[442] 바보민담에서는 지배적인 것, 상층적인 것이 부정되고 하층적인 것, 민중적인 것이 긍정된다. 바보민담은 현실 공간에서 지배적 규범들이 우월성을 독차지하는 것이 긍정되고 그 밖의 다른 가치들은 모두 멸시를 받고 부정되는 현실에 대해 민담의 향유자들이 자각하는 계기가 되기도 할 것이다. 그리고 지배층이 결코 피지배층인 자신들보다 우월한 것만은 아니라는 자긍심을 가지게 될 것이다. 바보민담의 세계는 자유와 평등이 지배하고 일상생활에서라면 엄격히 적용되는 계급 질서나 불평등의 벽이 모두 허물어지는 곳이다.[443] 이 세계는 민중의 공간이며, 여기서 민중은 웃음을 무기로 지배계층의 권위와 전통을 파괴하려고 시도한다. 바보민담은 분리된 두 계층의 벽이 붕괴되어 섞이는 장소로, 웃음으로 갈등을 발산시키고 웃음을 통하여 갈등의 붕괴를 이끌어내기에 그 갈등과 충돌로 인해 야기될 수 있는 문제를 차단한다.

바보인물은 권위와 기존 질서의 파괴를 이끄는 자이기도 하고, 대립되는 두 세계 사이에서 융합을 유도해 내는 중간자이기도 하

---

442) 서혜석은 현자가 바보가 되고 바보가 현자가 되는 역전의 구조는 카니발과 전통적 축제극에서 유래한 것으로 보고, 카니발은 지배 계층이 향유하는 공식적 문화와 피지배 계층이 향유하는 비공식적 문화 사이의 갈등을 수용하는 장소라고 하였는데, 바보를 주인공으로 하는 바보민담 또한 이와 멀지 않아 보인다. 서혜석, 「셰익스피어의 현명한 바보들: 극적 기능과 인식의 발전을 중심으로」, 전남대 박사논문, 2001. p.6. 참조.

443) 위의 논문. p.23.

다. 바보민담에 등장하는 바보인물은 권위자를 그 권좌로부터 끌어내림으로써 민중과 가까워지도록 하기도 하고 바보인물 스스로 권위를 버리고 민중과 친밀해지기도 하여 두 계층이 서로 어울릴 수 있도록 화해를 이끈다.[444] 바보민담의 웃음은 공격과 비판을 약화시키지만 상대방을 끌어안음으로써 상대방을 파괴하지 않고도 변화하도록 만든다. 그러므로 바보민담이 사회에 끼치는 영향이 파괴적이라기보다는 보호적이라고 할 수 있다. 바보민담은 단지 사회가 잘못에서 벗어나 좀 더 발전적이고 이상적인 사회로 변화하도록 돕는 것이다. 웃음은 집단구성원들의 사회적 일탈 행위뿐만 아니라 그 집단의 사회적 부조리함도 대상으로 하기 때문에 그 대상의 개선을 통해서 집단이 보다 나은 사회로 나아가는 것을 목적으로 한다.

바보민담의 웃음은 상대의 문제를 꼬집으면서도 상대를 수용하는 웃음이다. 이는 그 상대가 사회적으로 힘이나 권위 있는 자라고 해도 마찬가지라 할 수 있다. 이때 보여주는 웃음은 무지나 무능력으로 인한 무조건적 순응[445]이 아니라 상대에 대한 관용이고 이해이다. 이와 같은 웃음의 성격은 테드코언의 다음 말이 아주 적절하게 설명해 준다.

> 많은 우스개들은 어이없음 혹은 부조리를 무기로 성공한다. 여기에는 인간은 어이없는 것에 대해 웃음으로 반응한다는 교훈이 담겨 있다. 진정 어이없는 것을 보고 웃는 웃음은 '그것을 이해할 수 없는데

---

444) 웃음은 대상을 친숙하게 만들고 대상을 친밀한 접촉의 지대로 끌어들이는 놀라운 힘을 가지고 있다. ……웃음은 대상과 세계 앞에서 그것을 친숙한 접촉의 대상으로 만듦으로써, 그리고 이를 통해 전적으로 자유로운 관찰을 위한 토대를 마련함으로써 대상에 대한 두려움과 위엄을 무너뜨린다. M. M. Bakhtin, *The dialogic imagination*, University of Texas Press, 1982, p.23. 참조.

445) 한만수는 바보민담이 봉건적 지배이데올로기에 순응하는 결과를 가져왔다고 바보민담의 문제를 지적하고 있다. 한만수, 앞의 논문. p.34. 참조.

도 받아들이고 있는' 우리 자신에 대한 고백에 다름 아니다. 그러므로 웃음은 우리 인간성의 표현이자 우리의 유한한 능력, 다시 말해 이해하거나 장악할 수 없는 것을 받아들이며 살아갈 수 있는 능력의 표현인 것이다.[446]

테드코언의 견해처럼 우리가 어이없고 부조리한 것을 받아들이는 것은 인간의 능력이지 무능력이 아니기 때문에 무엇을 웃음의 대상으로 삼는다는 것은 그것을 수용하겠다는 의미라고 하겠다.

바보민담의 웃음은 상대방의 결점을 넌지시 알려주고 또 나의 결점을 인식하는, 어느 한쪽의 일방적인 전달이나 공격으로서의 웃음이 아니라 서로 주고받는 소통으로서의 웃음이다. 그러므로 바보민담은 향유자들이 자신의 가치관이나 이데올로기를 전달할 수도 있고 그에 대해 웃음으로 수긍하거나 비판할 수 있는 소통 공간이다.[447]

> 민중적 웃음의 본성은 첫째, 전 민중적이며, 모든 사람이 웃는, <세계에 대한> 웃음이다. 그래서 이는 집단적인 웃음이다. 둘째로, 가장 보편적 웃음으로서 모든 사물과 모든 사람들을 향한 것인데 세계 전체는 익살스럽게 제시되며, 자신의 우스꽝스러운 모습 속에서, 자신의 유쾌한 상대성 속에서 이해되기도 한다. 마지막 세 번째로, 이러한 웃음은 양면적 가치를 지닌다. 유쾌하기도 하고 환호작약하기도 하며 동시에 조소적이기도 하고 비웃기도 하는데, 부정(否定)하기도 하고 동시에 긍정하기도 하며, 매장되기도 하며 부활하기도 한다.

---

446) 테드코언, 앞의 책, p.98.

447) 이야기판은 의사소통의 현장이며, 서로의 생각을 피력하고 주고받는 과정에서 집단적으로 합의된 공감대가 형성되는 공간이기도 하다. ……효와 열이라는 윤리덕목은 삼강행실도 등을 통해 설화 형태로 유포되면서 상층을 대상으로 한 교화적 목적을 가졌지만, 차츰 전 계층에 영향을 미친 지배가치체계로서 자리하게 됨과 동시에 이데올로기의 폐해를 반박하는 반론형성의 장으로도 작용했음을 보여주고 있다. 강진옥, 「이야기판과 이야기, 그리고 민중」, 『서대석 외 한국인의 삶과 구비문학』, 집문당, 2007, pp.47~48. 참조.

그러한 것들이 바로 민중적인 웃음인 것이다.[448]

    바흐친이 주장하는 것처럼 민중적 웃음은 누구나 웃을 수 있는 집단적이고 보편적인 웃음이고 부정적이나 긍정적인 원칙에서 벗어나지 않는 웃음이다.[449] 따라서 민중들은 지배적인 문화나 질서를 웃음거리로 삼으면서 한편으로는 이들을 수용하는 것이다. 그리고 지배계층 또한 바보민담을 통하여 민중들의 문화와 그 속에 내재한 생명성이나 명랑성뿐 아니라 세속성까지도 수용하게 되는 계기가 될 것이다. 이 점이 바로 바보민담이 구현하는 웃음의 궁극적 가치이자 기능이라 하겠다. 이러한 웃음의 효능은 직접적인 공격이나 비판의 효과보다 훨씬 오래가고 그 전파력 또한 강하다. 웃음을 지향하는 바보민담은 목적지에 에둘러 가기 때문에 그 효과가 당장 눈에 보이지는 않지만 그것은 점진적으로 아주 넓게 확산되어 갈 것이다. 그리고 이 웃음의 효능은 현대까지도 변함없이 전승되고 있는 바보민담들이 입증해 보이는 것이라 하겠다.

---

448) 미하일 바흐친. 앞의 책. pp.35~36.

449) 그로테스크한 리얼리즘으로 웃음의 창조성을 찾으면서도 세계의 전복을 기도하는 바흐친의 카니발적 웃음은 주체문화보다는 타자문화를 긍정적으로 인식하고 삶과 죽음의 경계를 뛰어넘는 가능성을 제시한다. 피종호, 앞의 논문, p.252. 참조.

VII. 바보민담의 문학사적 의의

민담을 포함한 설화가 문학뿐 아니라 다양한 문화 창조의 바탕이 되어 왔다는 것은 주지의 사실이며, 바보민담 또한 이러한 기능을 했을 것임은 자명하다. 다른 민담이나 설화와 바보민담이 차별화되는 요인은 바로 웃음이라 할 수 있다. 이 책에서 역시 바보민담의 웃음에 주목하여 고찰하였기에 바보민담의 문학사적 의의 또한 웃음과 관련해서 고찰하여야 마땅할 것이다. 바보민담의 웃음이 우리 문학사, 특히 웃음 문학사에서 어떠한 의미와 가치를 지니는지 규명하는 것은 바보민담뿐 아니라 본 연구의 의의를 찾는 일이기도 하다.

중세 서양의 축제나 카니발에서 웃음이 역사적인 문화현상이었던 것처럼 조선 후기에 있어 웃음은 문학을 포함하여 각종 예술 장르에서 많이 나타나는 하나의 문화 현상이었다고 할 수 있다.[450] 이 문화 현상의 기저에 그 이전부터 전승되어 오던 바보민담이 있었다고 할 수 있겠다. 최혜진은 판소리계 소설의 골계적 기반을 『삼국유사』에서 조선시대까지의 골계담[451]에서 찾고 있는데, 이는 판소리계 소설의 웃음 형성에 소화가 바탕이 되었음을 보여주는 견해라 하겠다. 판소리계 소설뿐만 아니라 웃음을 지향하는 서사문학 나아가 조선 후기 사설시조나 가사, 그리고 극문학에까지 바보민담을 포함한 소화가 직·간접적인 영향을 끼쳤다고 할 수 있다. 웃음은 진지함을 문학의 기치로 내세우는 지배계층의 문학에서보다는 민중 문학에서

....

450) 물론 그 이전에도 웃음을 지향하는 문학이 없었던 것은 아니지만 조선 후기만큼 풍부했던 적은 없었다.

451) 최혜진은 '골계담'은 골계적인 방식을 통해 골계미를 형상화한 이야기를 뜻한다고 한다. 그는 '소화' 또는 '소담'이 독서의 결과로 단순히 우스움만을 의식한 용어라고 한다면 골계담은 웃음 또는 즐거움을 위한 이야기의 틀을 일정한 서사 방식을 통하여 제시하고 있는 개념 용어라고 하였는데, 이는 사실상 소화를 지칭하는 용어라 할 수 있겠다. 최혜진, 앞의 논문, p.27. 참조.

쉽게 발견되는데, 그것은 예술에서 '자리'를 차지하고 있었음에도 불구하고 중심적 위치에 있는 '진지함'과 대립적 위치에 있었기 때문이라 하겠다.[452] 특히 바보민담을 포함하여 민중성, 놀이성을 지닌 판소리, 판소리계 소설, 가면극, 사설시조 등에서 웃음은 풍부하게 산출된다.

바보민담의 웃음을 형성하는 데 중심이 되는 것은 바보인물이므로 바보민담의 웃음은 바보라는 인물과 불가분의 관계에 있다고 하겠다. 바보민담에서 바보인물은 단지 웃음만 형성하는 것이 아니라 웃음을 통하여 문학적 의미를 형성한다. 즉, 바보인물은 사회 속에 내재한 각종 부조리한 관습이나 관념의 문제를 제기하고 민중들의 저항의식을 표출하기에 아주 적합한 인물로 기능한다. 이러한 바보인물을 우리는 민담 속에서만 발견할 수 있는 것이 아니다. 한만수는 판소리계 소설 10개 작품 중에서 비장을 주조로 하는 <숙영낭자전>을 제외한 나머지 아홉 작품에 모두 바보인물이 나타난다고 한다. 그는 판소리계 소설에 등장하는 대부분의 주요 인물들을 바보인물로 보고 있다. 춘향가의 이도령과 변학도, 심청가의 심봉사, 토별가의 토끼, 용왕, 그리고 박타령의 흥부, 놀부, 변강쇠가의 변강쇠, 초라니, 중, 풍각쟁이, 각설이, 적벽가의 조조, 배비장전의 정비장, 배비장, 장끼타령의 장끼, 옹고집타령의 옹고집 등이 모두 바보인물이라 할 수 있다는 것이다.[453]

대부분의 판소리계 소설들뿐 아니라 많은 고전소설들이 전승되던 설화를 바탕으로 형성되었음은 이미 학계에서 보편적으로 인정되고 있는 것처럼 등장인물 또한 설화적 인물에서 그 원형을 찾는 것은

---

452) 피종호, 앞의 논문, p.250.
453) 한만수, 앞의 논문, p.38.

무리가 아니다. 예를 들면 흥부나 놀부는 그 근원을 신라시대의 방이설화에서 찾기도 하지만 바보형제담에서 등장하는 어리석고 욕심 많은 형이나 착한 아우는 놀부나 흥부와 동일한 성격을 지니는 인물들이다. 이도령이나 변학도, 배비장 등은 바보민담에 등장하는 바보원님이나 바보양반들과 동일한 성격의 인물들이다. 방자에게 놀림을 당하는 이도령이나 구대정남을 자처하며 위선적 모습을 보여주는 배비장, 고을 백성을 돌보기보다는 탐욕만 일삼는 변학도 등은 앞서 검토한 바보원님들과 동일한 인물들이다.

또 바보라고 할 수는 없지만 판소리계 소설에 등장하는 이방이나 지방 관속 또한 민담에서와 동일하게 상전을 일부러 골탕 먹이거나 웃음거리로 만드는 모습을 보여준다. 바보민담에서와 같이 소설 속의 이방이나 관속들은 정상적인 원님이나 주인을 웃음거리로 만들지는 않는다. 이방이나 하인들이 웃음거리로 만드는 대상은 모두 자신들의 위치에 걸맞지 않게 행동하거나 치자로서 갖추어야 할 능력을 구비하지 못하는 등 인간적인 결함을 보이는 지배층 인물들이다. 또한 판소리에 등장하는 애랑이나 매화는 양반의 허위의식을 신랄하게 폭로·풍자하는 역할을 담당하고, 옹고집 처, 옹녀, 까투리 등은 부정적인 가장에 맞서 이들을 풍자·권면하는 역할을 담당하고 있다.[454] 이처럼 국문학사에서 대표적인 웃음 문학이라 할 수 있는 판소리나 판소리계 소설에 등장하는 인물이나 그들이 유발하는 웃음이 바보민담의 인물 형상이나 웃음과 무관하지 않음을 알 수 있다. 이러한 인물은 판소리계 소설뿐 아니라 한문 단편, 그리고 가면극이나 꼭두각시놀음 등의 극예술에서까지 공통적으로

----

454) 정출헌, 「판소리에 나타난 하층여성의 삶과 그 문학적 형상」, 한국구비문학회편, 『구비문학과 여성』, 박이정, 2000, p.176.

찾아볼 수 있다.

바보민담에서의 바보인물들은 늘 사회적 행위규범에 어긋나게 행동함으로써 웃음을 유발한다. 조선 후기 가사 중 웃음을 추구하는 작품으로 널리 알려진 <우부가>, <용부가>, <노처녀가 2> 등은 어리석은 인물을 내세워 희화화함으로써 웃음을 유발한다는 점에서 바보민담과 동일하다. <우부가>는 양반층에 속하는 어리석은 세 남성을 희화화하여 독자의 우월감을 형성하여 비판적 웃음을 불러 일으킨다.[455] <용부가>의 부인은 가부장적 규범에 맞서 그 틀을 과감히 파괴하는 모습을 보여주는 인물로 규범에 대한 저항의식을 보여준다는 점에서 바보민담의 여성 바보와 흡사하다. 게다가 <노처녀가2>에서는 온갖 결함을 지닌 노처녀가 자신의 결함에 대해 전혀 부정적으로 인식하지 않고 혼인에 대한 꿈을 잃지 않는 자세를 보여주어 독자로 하여금 웃음을 터뜨리게 하는데, 이는 바보민담에서 자신을 긍정적으로 인식하는 민중들의 모습을 발견하게 한다.[456] 이러한 사실로 보아 바보민담의 바보인물들은 국문학사에 등장하는 무수한 바보인물들의 근간이 되었다고 할 수 있을 것이다.

---

455) 우부가의 표현 방식은 등장인물의 행위를 부정적으로 형상화하여 훈계와 권면의 내용 전달에 있어 규범적 경직성에서 벗어나게 하고, 작자와 독자로 하여금 대상인물과 거리를 두게 함으로써 대상을 희화화하고, 대상을 비소화함으로써 독자로 하여금 우월감을 향유할 수 있게 하고, 비소한 대상인물에게서 웃음(실소)을 유발하는 기능도 한다. 따라서 〈우부가〉는 윤리적 규범을 어긴 우행에 비난과 경계를 표현하되 간접적으로 어리석은 행위를 형상화함으로써 경계하고 있다. 김광조, 「〈愚夫歌〉 화자의 대상인물에 대한 태도와 그 표현 방식」, 『고전시가작품론』, 2, 집문당, 1995, p.761. 참조.

456) 문학이 추구하는 희화적 담론은 삶의 진정성을 확보하기 위한 고도의 책략일 수 있다. 〈노처녀가〉(2)가 지향하는 노처녀담론, 즉 '웃음 속의 슬픔'은 골계가 추구하는 '고차적 인간 이해방식'이며, 동시에 '건강성이 담보된 미학'인 까닭이다. 〈노처녀가〉(1/2)의 표현들, 특히 〈노처녀가〉(2)의 표현들은 문화적으로 용인된 당대 시정의 공동담론(탈계층성 대중담론)이지, 개인 작가나 특정 계층의 주제의식에서 나온 표현이 아니라는 사실을 인식할 필요가 있다. 성무경, 『조선 후기 시가문학의 문화담론 탐색』, 보고사, 2004, p.207. 참조.

바보민담은 인간의 자유로운 본성을 옹호하고 인간의 본능적 욕망을 억압하는 유교적 지배이데올로기에 대한 저항의식을 보여준다. 그 대표적 예로 성적 모티프를 가진 민담들을 들 수 있다. 사설시조에는 성적 모티프를 가진 작품들이 대다수 존재한다. 그런데 이들 작품에 등장하여 독자의 웃음을 이끄는 인물은 대부분 여성들이다. 성과 관련된 바보민담에서 대부분 여성이 바보인물로 등장하고, 그 여성인물들이 성적 욕망을 적극적으로 추구하는 모습을 보였다. 그 여성인물은 노소를 가리지 않는데[457] 사설시조의 여성들은 이들과 너무도 닮아 있다. 또한 사설시조에서 여성의 성적 상대로 특히 파계승이 많이 등장하는데 이는 바보민담에서도 마찬가지다. 이처럼 성적으로 소외받는 계층을 내세워 웃음을 형성하고 인간의 본성을 긍정하는 것은 바보민담 웃음의 바탕이자 조선 후기 민중 문학에 나타나는 보편적인 웃음의 양상이라 할 수 있다.

바보민담이 구현하는 웃음은 상향적 공격성을 띤 웃음이라 할 수 있다. 근대 이전 비공식문화의 장에서 공식 문화를 해체하고 전복하는 통로를 열어 주었던 웃음의 의의는 대체로 대항문화의 성격을 지니고 있는 것으로 여겨진다. 그것은 늘 당대 지배이데올로기와 대립되는 특성을 지닌다. 그래서 웃음은 지배문화에 대한 저항성을 내포하고 있을 뿐 아니라 한 시대를 살아가는 개인과 집단의 모습을 반영하고 있는 것이다.[458] 웃음은 이데올로기의 해체와 사회기호의 해체를 시도하는데,[459] 웃음을 지향하는 바보민담

---

457) 〈그것 없이는 못살어요, 5:352〉, 〈그것을 잡히고 술 마시다. 6:180〉, 〈나 병 다 나았다, 9:175〉 등에서는 여성이 성적 욕망을 과감하게 드러낼 뿐만 아니라 그 여성이 늙은이라는 점이 주목된다.

458) 이순욱, 『한국 현대시와 웃음 시학』, 청동거울, 2004, p.176.

459) 피종호, 앞의 논문, p.251.

또한 지배문화나 이데올로기에 대한 저항 인식을 바탕으로 한다. 판소리나 고전극에서 보여주는 웃음 역시 상향적 공격성을 지닌 웃음으로 계층 간의 갈등을 보여준다. 희극은 인물이나 사회, 시대상의 모순과 결함으로 드러나는 갈등을 대응과 저항, 비판의 형식으로 간접적인 공격을 하여 웃음을 자아내게 한다. 꼭두각시놀음이 바로 그 시대의 양반계급 횡포의 사회 구조적 모순과 파계승에 대한 풍자로 종교적인 문제, 일부다처제에 의한 가정적 갈등 등의 부조리하고 모순된 유교적 가치관을 서민의 시각에서 야유와 조소, 비판, 풍자 등으로 꼬집어 민중 자신들의 가치관으로 동화시키는 방법으로 희극의 성격을 띠고 있다.[460] 희극은 약자가 강자를, 하부구조가 상부구조를 풍자하는 데서 출발하고 희극의 형식은 간접적인 공격을 통해 웃음을 유발시키는 것이다. 그래서 희극은 결국 교정과 개선을 목표로 삼는 것이다.[461]

바보민담의 웃음은 한편으로는 상대방에 대한 비판과 풍자를 통하여 교정과 개선을 목표로 하는 웃음이기도 하지만 다른 한편으로는 상대방에 대한 이해와 수용을 보여주는, 부정적이나 긍정적인 원칙에서 벗어나지 않는 웃음이다. 이러한 웃음은 바보민담뿐 아니라 고전소설[462]을 비롯한 조선 후기 문화에서 풍부하게 나타나는

---

460) 송효숙, 「꼭두각시놀음의 희극성 고찰」, 『연극학보』, 25호 1호, 동국대연극영상학부, 1997. pp.171~196.

461) 한옥근, 『한국고전극 연구』, 국학자료원, 1996. p.120. 참조.

462) 배비장의 경직성을 이완시켜 사회성을 획득케 하는 이 풍자 이상의 웃음은 곧 사회의 전환기에 결부되면서 더 나은 새로운 세계를 지향하는 것이기 때문이다. 전환기에 직면하여 새로운 사회를 지향하는 민중들이 배비장을 새로운 질서에 편입시키는 데 그 사회성이 있는 것이며 바로 이 점에서 그 웃음은 단순한 풍자에 머무는 것이 아니라 화해까지 포괄하는 웃음인 것이다. 김종철, 『판소리의 정서와 미학』, 역사비평사, 1996. p.148. 참조.
    판소리는 부정과 긍정의 양 측면을 가지면서 복잡다단한 역사현실을 반영하고 있다. 권순긍, 「판소리 문학의 민중의식과 미학적 특징」, 『고전소설의 풍자와 미학』, 박

웃음의 특성이라 할 수 있다.

　이처럼 바보민담이 보여주는 웃음과 기능들은 웃음이 풍부했던 조선 후기 민중문학에서 보여주는 웃음들과 맥을 같이한다. 바보민담은 우리 문학에 등장하는 다양한 희극적 인물들뿐 아니라 그들이 유발하는 웃음과도 밀접한 관련이 있음을 알 수 있다. 바보민담은 기록문학과는 달리 장구한 세월 전 민중과 함께하면서 다양한 민중 의식을 바탕으로 민중들 스스로 형성한 대표적 민중문학이다. 무엇보다도 주목할 만한 점은 자신들의 바람과 요구를 담아낼 수단이 없었던 문맹인 피지배계층들에게까지도 바보민담은 그들의 의사전달 통로가 될 수 있었다는 사실이다. 이처럼 바보민담은 민중들의 다양한 염원과 목소리를 담아서 형성되었기 때문에 가장 민중적이고 가장 보편적인 웃음을 보여준다. 그러므로 바보민담처럼 민중의식을 바탕으로 형성된 판소리, 가면극, 사설시조 등을 포함한 각종 웃음문화 속에서 바보민담의 웃음과 동질성을 발견하는 것은 당연한 것이라 하겠다. 즉 바보민담의 웃음은 민중의식과 민중의 요구를 대변하는 민중적 웃음의 전형으로서 조선 후기 풍부한 웃음문화 창조의 바탕이 됨으로써 유교적 봉건질서의 붕괴를 이끄는 데 일조할 수 있었다 하겠다.[463] 그리고 이러한 바보민담의 웃음은 현대에도 변함없이 보다 나은 사회를 갈망하는 민중들의 소망을 담아 새로운 웃음 문화 창조에 밑거름이 될 수 있을 것으로 보인다.

　이정, 2005, p.202. 참조.
　　이러한 사실은 배비장전뿐 아니라 탐욕스런 놀부를 결과적으로 용서하고 수용함을 보여주는 흥부전을 비롯해서 대부분의 판소리계 소설에서 나타나는 특성이다.
463) 신분적 지배질서와 가부장적 가족제도, 곧 남성들이 주도하던 중세 봉건사회의 기반을 무너뜨려 나갔다는 문예사적 의의를 판소리에 부여할 수 있다. 정출헌, 앞의 논문, p.176. 참조.

VIII. 나가며

이 연구는 바보민담이 구현하는 웃음의 성격과 의미를 파악해 보려는 목적으로 출발하였다. 이를 위해 바보민담에서 웃음 형성의 근간이 되는 바보와 인물의 상관성에 대한 고찰을 시작으로 바보민담의 서사 유형, 웃음 유발 기법을 고찰하고 각각의 바보민담에 구현된 웃음의 양상과 의도, 그리고 웃음의 기능을 추출해 보았다.

'바보'는 웃음과 밀접한 관련이 있는 인물로 바보민담 향유자 집단의 공동체적 의식을 바탕으로 웃음을 유발하는 인물들이다. 바보가 지닌 인간적 결점은 다른 사람들로 하여금 우월감을 갖게 함으로써 웃음을 유발한다. 바보는 규범에 대한 지식이나 심리적 억압이 없는 것처럼 보여 사회적 반격을 효과적으로 피하면서도 사회적 규범을 파괴할 수 있는 인물들이다. 이러한 바보인물은 청중들을 바보민담이라는 유희에 적극적으로 동참하게 하면서도 청중이 바보로부터 충분한 객관적 거리감을 확보할 수 있도록 기능한다.

바보민담은 일반적으로 '바보행위의 배경 – 바보행위의 과정 – 바보행위의 결과'라는 세 가지 요소로 구성되고 이 세 요소의 내용에 따라 바보민담의 성격과 의미는 다르게 형성된다. 바보행위의 배경은 사건을 제시하기 이전에 인물의 성격이나 인물이 처한 상황을 미리 설명하는 내용으로 민담을 이해하는 데 필요한 배경지식이라 할 수 있다. 바보행위의 과정은 바보인물이 벌이는 사건의 전개 과정을 구체적으로 보여주는 부분으로 청중의 웃음을 유발하는 데 핵심이 되는 부분이다. 바보민담은 집단의 행위 규범과 바보인물의 행위가 늘 대립적인 관계에 놓이게 하는, 규칙과 규칙 위반 사이의 갈등을 바탕으로 웃음을 형성하기 때문에 바보행위의 결과는 바보인물이 벌인 사건의 결과이면서 바보인물과 집단적 규범이 대립한 결과이기도 하다. 이 결과는 민담 향유자들의 인식이 집단적 규범과 바보인물 중 누구의 편에 있는가에 따라 다르게 나타난다. 따라서 이 부분은 민담 구연자의 의도를 파악하고 청중들이 민담의 의미를 형성하는 데 결정적으로 작용한다.

바보민담은 이 세 기본 요소에 따라 그 서사 유형을 기본형, 가장형, 오인형, 상황형이라는 네 가지로 구분할 수 있다. 그 중 기본형 바보담은 바보가 바보짓을 해서 웃음거리가 되었다는 이야기로, 대개 단순한 우스개로 취급될 수 있는 민담의 유형이다. 하지만 이 유형의 민담은 웃음을 내세워 은밀하게 인간이나 집단이 지닌 결함을 전달하려는 이야기들이다. 가장형 바보담은 바보라고 인식되는 인물이 바보짓을 벌인다는 점에서는 기본형 바보담과 동일하나 그 바보행위의 결과가 바보인물이 아니라 대립적 인물에게 미친다는 점에서 변별적 특징을 지닌다. 가장형 바보담은 주로 능청스런 바보인물을 통하여 부조리한 관습이나 규범에 대해 저항하려는 민중적 의도가 반영된 민담이라 할 수 있다. 다음으로 오인형 바보담은 사회적으로 바보로 인식되던 인물이 오히려 정상적이거나 보통 이상의 행동을 보여줌으로써 그러한 인물을 바보라고 인식하는 사회적 통념이 잘못되었음을 보여주는 이야기이다. 이러한 민담들은 대개 인간이 지닌 속성 중에서 인간적 결함으로 인식되던 성향이 실질적으로 인간적 결함이 아니라는 민중 의식을 보여주는 것으로, 상층민들의 의식에 반발하는 일반 민중들의 의식이 반영된 것으로 볼 수 있다. 상황형 바보담은 오인형 바보담과 상반되는 구조를 보이는 민담으로, 사회적으로 정상인으로 인식되던 인물이 특정 상황에서 바보짓을 일으킴으로써 오히려 바보로 전락한다는 이야기이다.

네 가지 유형 중 기본형 바보담과 가장형 바보담은 그 의미가 고도로 은유적으로 표현되는 경우가 많아 겉으로 쉽사리 드러나지 않는다. 민담의 의미가 잘 드러나지 않는 것은 그 공격성을 노골적으로 표출하기 곤란한 경우로, 이는 주로 가정 내에서의 갈등을 토대로 형성된 민담에서 많이 나타난다. 그리고 오인형 바보담과 상황형 바보담은 앞의 경우에 비해 민담의 의미뿐 아니라 그 공격성 또한 민담의 표면에 노골적으로 표출된다. 이는 민담의 향유자들이 그 공격성을 가시화하고자 하는 의도를 지닌 것으로 앞의 경우와 상반되게 주로 사회적 집단들 간의 갈등을 토대로 형성된 민담에서 많이 나타남을 볼 수 있다.

바보민담에서의 웃음 유발은 기본적으로 청중의 예상을 뒤엎는 반전을 바탕으로 이루어진다. 그 구체적인 기법은 수사적 측면과, 서술적 측면으로 나누어 고찰하였다. 수사적 기법으로는 비유, 중의, 과장, 반복 등이 주로 나타났는데 이들은 바보의 어리석음을 가시화화여 웃음을 극대화하고자 하는 기법들임을 확인할 수 있었다. 서술기법은 따라하기, 속이기, 드러내기, 어깃장 놓기 등으로 주로 바보인물의 행위를 중심으로 웃음을 유발하려는 기법들이라 할 수 있다. 이러한 기법들은 웃음을 유발하는 기법으로 작용하기도 하지만 그 행위 자체로도 인간의 결함이 되어 웃음을 유발하는데 이중적으로 기능하기도 한다.

바보민담에 나타난 웃음의 양상은 등장인물들 간의 갈등 관계에 따라 가족들 사이에서 형성되는 대립과 사회 집단들 사이에서 형성되는 대립으로 나눌 수 있다. 가족들 사이에는 주로 처부모와 사위, 시부모와 며느리, 그리고 부부, 형제 사이에서 발생하는 갈등을 토대로 웃음이 형성되고, 사회 집단 간에는 지배자와 피지배자, 상인과 시골 사람, 그리고 사제 간에 발생하는 갈등을 바탕으로 웃음이 형성된다. 이러한 갈등관계를 통하여 바보민담의 웃음을 고찰한 결과, 그 공격성은 주로 하층에서 상층을 향한 공격성이 지배적이고 그리고 남성보다는 여성을 향한 공격성이 두드러진다는 점을 알 수 있었다. 그리고 때로는 민중들 간에 대등한 갈등이 형성되기도 하여 서로 부대끼며 살아가는 민중들의 모습을 사실적으로 보여주기도 한다. 이는 현실 사회에서의 지배적 이데올로기를 바탕으로 형성되는 사회구성원들 사이의 갈등 양상을 그대로 표면화시켜 보여준다는 점에서 바보민담의 의미를 파악하는 데 도움이 된다 하겠다.

바보민담에서 가시화된 문제들을 토대로 바보민담의 담론적 의도는 크게 네 가지로 구분할 수 있었다. 첫째, 억제될 수 없는 인간의 본성을 유교적 규범이나 금기로 억압하는 부조리함을 고발하고 인간의 자유로운 본성을 옹호하고자 하는 의도를 보여주는 민담, 둘째, 사회구성원들의 공동체적 삶에 방해가 될 수 있는 인간의 부정적 속성을 비판하는 의도를 보여주는 민담, 셋째, 불합리한 사회적 관습에 대한 부정을 보여주는 민담, 그리고 마지막으로 민중문화와 대립적인 상층 문화에 대한 비판적 의도를 드러내는 민담으로 정리해 볼 수 있다.

바보민담에서 청중의 웃음은 민중에게 억압을 가하는 대상을 격하하는 것에서 발생하여 청중의 쾌락을 형성한다. 바보민담의 청중들은 이 쾌락에 힘입어 각종 억압으로부터 해방된다고 하겠다. 하지만 이 해방은 진정한 해방이 아니라 일시적으로 해방감을 형성하게 하여 민중들이 금기와 억압으로부터 받는 스트레스를 해소하고 다시금 현실 생활로 복귀하게 한다는 점에서 지배질서를 유지하고 강화하는 기능을 동시에 하는 것으로 볼 수 있다. 따라서 바보민담의 웃음은 청중들로 하여금 인간과 사회현실에 대해 모두 수용하도록 기능한다. 바보민담의 웃음은 집단적이고 보편적인 웃음이고, 부정적이나 긍정적인 원칙에서 벗어나지 않는 웃음으로 궁극적으로는 민중들이 자신들이 살고 있는 세계에 대해 수용하고 보다 발전된 사회를 꿈꾸는 민중의식을 보여주는 웃음이라 할 수 있겠다.

이러한 바보민담의 웃음은 우리 민족의 가장 보편적이고 민중적인 웃음의 전형으로서 조선 후기 풍부한 웃음문화의 근간이 되었을 뿐 아니라 앞으로의 새로운 웃음문화 창조에 있어서도 전범이 될 수 있을 것으로 보인다.

이상에서 살펴본 바와 같이 바보민담에 등장하는 바보들은 단순히 무지하고 우둔한 인물들이 아니다. 그들은 스스로 우스꽝스런 인물로 가장하여 현실 사회에 내재한 갖가지 부조리함을 보여주고, 그 부조리함 때문에 고통받는 민중들의 모습을 보여준다. 바보민담에서 가시화하고자 하는 것들은 사회적으로 드러내놓고 말하는 것을 금기시하던 것이나 상대에게 직접적으로 말하기는 곤란한 점들을 웃음으로 표출하는 것이다. 인간의 표현욕 또한 본능적 욕망 중 하나이기에 금지한다고 억제되는 것은 아니다. 끝내 '임금님 귀는 당나귀 귀'라고 외칠 수밖에 없었던 한 두건장이의 예가 보여주는 것처럼 강제적으로 억압한다고 하더라도 욕망은 어떠한 방식으로든 표출될 수밖에 없는 것이다. 따라서 바보민담은 주로 실생활에서 말하기 어려운 것들을 웃음이라는 에움길을 통해서라도 말했다는 데 일차적인 의미가 있다 하겠다.

따라서 바보민담은 힘없고 무지한 민중들이 현실에서 추구하는 것이 억제되었던 욕망들을 표출하고 충족하는 한 방식이었던 것이다. 이러한 방식을 통하여 민중들은 현실 공간에서 채울 수 없었던 욕망들, 즉 시아버지나 장인, 장모뿐 아니라 형제나 원님, 스승까지 격하시키고 싶은 욕망, 그리고 표현욕을 비롯한 인간의 갖가지 본능적 욕망들을 유희적 형식으로 충족했던 것이라 하겠다. 그리고 그들은 유희적 공간에서나마 자신들을 지배하는 자나 힘 있는 자들보다 우위에 서보기도 하고 사회적 규범으로 인한 갖가지 금기로부터 해방되는 쾌감을 맛볼 수도 있었을 것이다. 비록 이러한 해방이 일시적이고 그 규범적 금기나 억제를 근본적으로 깨뜨리지는 못할지라도 이는 민중들이 고달픈 삶을 계속 유지할 수 있도록 해 주는 탈출구이자 원동력이 될 수 있었을 것이다.

바보민담의 웃음은 상대의 문제를 꼬집으면서도 상대와 더불어 웃을 수 있는 웃음이다. 이는 무지나 무능력으로 인한 무조건적 순응[464]이 아니라 상대에 대한 관용이고 이해하는 능력이다. 더불어 웃음으로써 상대방의 결점을 넌지시 알려주고 또 나의 결점을 인식하는 것으로 보다 바람직한 사회를 형성하고자 하는 것이 바로 바보민담이 구현하는 웃음의 궁극적 의미이자 가치라 하겠다.

그럼에도 불구하고 바보민담이 사회적 부조리나 지배질서를 향해 직접적인 비판이나 공격성을 드러내지 않는다고 해서 피지배계층의 세계관적, 장르적 한계[465]로 폄하하는 것은 바보민담을 올바로 보지 못한 때문이라 하겠다. 바보민담에서 보여주는 민중적 웃음과 저항이 보기에 따라 사회생활의 표층에서 드러나는 가벼운

---

464) 한만수는 바보민담이 봉건적 지배이데올로기에 순응하는 결과를 가져왔다고 바보민담의 문제를 지적하고 있다. 한만수, 앞의 논문, p.34. 참조.

465) 바보민담 중에서 가장 사회성이 강한 문제적 바보민담조차도 지배계층의 한 개인에 대한 공격일 수는 있지만 사회구조적 모순에 대한 제대로 된 비판이라고는 보기 힘들다……. 비판이라기보다는 단순히 속물적 공격에 그친 점은 바보민담의 한계로 지적해야 할 것이다……. 피지배계층의 세계관적 한계를 반영하는 동시에, 구연되는 짤막한 얘기라는 장르 자체의 한계이기도 하다. 위의 논문, p.35. 참조.

반항들로 금방 스러질 물거품처럼[466] 보일 수도 있겠지만 그 물거품은 사회를 전복시킬 수도 있는 거대한 물결 표면에 일고 있는 잔물결일 수도 있음을 간과해서는 안 된다.

그리고 이러한 웃음의 효능과 가치는 현대까지도 변함없이 전승되고 있는 바보민담들과 웃음 문화에 나타나는 다양한 바보인물, 그리고 그들이 형성하는 웃음이 입증해 보이는 것이라 하겠다.

---

466) 파도들은 서로 부딪치고 서로 어긋나면서 그들의 균형을 찾아 나간다. 하얗고 가벼운, 그리고 명랑해 보이는 물거품이 그 파도들의 갖가지로 변하는 곡선들을 따라 다닌다. 간혹은 금방 사라져 가는 파도가 모래사장에 약간의 거품을 남겨 놓기도 한다. ……그 몇 방울의 물은 그것을 몰고 왔던 파도보다도 훨씬 더 짜고 씁쓸한 물이다. 웃음은 마치 이 물거품과 같이 생긴다. 앙리 베르그송 앞의 책, p.160. 참조.

1. 자료

박경순 역주, 태평한화골계전 1, 2, 국학자료원, 1998.

이가원, 골계잡록, 일신사, 1982.

임동권, 한국의 민담, 서문당, 1996.

임석재, 韓國口傳說話1 - 12, 평민사, 1983~1993.

정신문화연구원 편, 韓國口碑文學大系, 한국정신문화연구원, 1980~1989.

차상보, 고금소총1 - 4, 나남출판사, 1992.

최웅 외, 강원의 설화 Ⅰ·Ⅱ·Ⅲ, 강원도청, 2006.

최웅·김용구·함복희, 강원설화총람Ⅰ - Ⅵ, 북스힐, 2005.

2. 저서

국사편찬위원회, 『한국사 25 - 조선 초기의 사회와 신분구조』, 탐구당,
　　　　　1994.

　　　　　　　　, 『한국사 34 - 조선 후기의 사회』, 탐구당, 1994.

기코시타에이조, 『웃음의 과학』, 설영환 옮김, 하남출판사, 1989.

김대행, 『웃음으로 눈물닦기 - 한국 언어문화의 한 특질』, 서울대출판부,
　　　　　2005.

김봉정, 『버나드 쇼의 웃음』, 브레인하우스, 2003.

김열규 외 7인, 『우리 민속문학의 이해』, 개문사, 1993.

김영수, 『한국문학 그 웃음의 미학』, 국학자료원, 2000.

김용구, 『한국소설의 유형학적 연구』, 국학자료원, 1955.

김종철, 『판소리의 정서와 미학』, 역사비평사, 1996.

김현주, 『구술성과 한국서사전통』, 도서출판 월인, 2003.

나병철, 『소설과 서사문학』, 소명출판, 2006.

다께우찌 도시오, 『미학・예술학 사전』, 안영길 외 역, 미진사, 1990.

란다 사브리, 『담화의 놀이들』, 이충민 옮김, 새물결, 2003.

로제 카이와, 『놀이와 인간』, 이상률 옮김, 문예출판사, 1994.

류종영, 『웃음의 미학』, 유로서적, 2005.

르네 웰렉・오스틴 워렌, 『문학의 이론』, 이경수 역, 문예출판사, 1990.

미하일 바흐친, 『프랑수아 라블레의 작품과 중세 및 르네상스의 민중문
    화』, 대우학술총서 507, 아카넷, 2001.

블라디미르 프롭, 『민담형태론』, 황인덕 옮김, 예림기획, 1998.

서대석, 『한・중소화의 비교』, 서울대학교 출판부, 2007.

_____, 『한국구비문학에 수용된 재담연구』, 서울대학교 출판부, 2004.

서대석・손태도・정충권, 『전통 구비문학과 근대 공연예술 I』, 서울대
    학교출판부, 2006.

서대석 외 17인, 『한국인의 삶과 구비문학』, 집문당, 2007.

성무경, 『조선 후기, 시가문학의 문화담론 탐색』, 보고사, 2004.

소재영 외 5인, 『한국의 민속문학과 예술』, 집문당, 1998.

소재영, 『한국설화문학연구, 숭실대학교 출판부』, 1984.

송효섭, 『설화의 기호학』, 민음사, 1999.

앙리 베르그송, 『웃음 - 희극성의 의미에 관한 시론』, 정연복 옮김, 세
    계사, 1992.

이강엽, 『바보 이야기 그 웃음의 참뜻』, 평민사, 1998.

이병도 역주, 『삼국사기 하』, 을유문화사, 1983.

이상근, 『해학 형성의 이론』, 경인문화사, 2002,

이순욱, 『한국 현대시와 웃음 시학』, 청동거울, 2004.

이재선, 『한국문학주제론』, 서강대출판부, 1989.

임재해, 『한국민속과 전통의 세계』, 지식산업사, 1991.

장덕순 외 3인, 『구비문학개설』, 일조각, 1971.

장덕순, 『한국설화문학연구, 성산 장덕순 선생 저작집 3』, 박이정,
    1995.

정병헌, 『판소리와 한국문화』, 역락, 2002.

주종연,『한독민담비교연구』, 집문당, 1999.

최인학,『구전설화연구』, 새문사, 1994.

테드코언,『농담 따먹기에 대한 철학적 고찰』, 강현석 역, 이소출판사, 2001.

프로이트,『농담과 무의식의 관계』, 임인주 옮김, 프로이드 전집 6, 열린 책들, 1997.

하르트만,『미학』, 전원배 역, 을유문화사, 1983.

하이비 콕스, 바보제, 김천배 역,『현대사상총서 16』, 현대사상사, 1977.

한국구비문학회편,『구비문학의 연행자와 연행양상』, 박이정, 1999.

한옥근,『한국고전극 연구』, 국학자료원, 1996.

허원기,『판소리의 신명풀이 미학』, 박이정, 2001.

J. 호이징하,『호모루덴스 - 놀이와 문화에 관한 한 연구』, 김윤수 역, 도서출판 까치, 1993.

W. J. 퍼피셀로, T. A. 그린,『수수께끼의 언어』, 남기탁 · 김문태 역주, 강원대학교출판부, 1993.

3. 논문

강성숙,「15세기 문헌 소화 연구」, 이화여대 박사논문, 2004.

_____,「바보사위설화연구」,『한국고전여성문학연구』, 13, 한국고전여성문학회, 2006.

강은해,「구비문학과 대중매체 문화」,『구비문학연구』, 13집, 한국구비문학회, 2001. 12.

강진옥,「이야기판과 이야기, 그리고 민중」서대석 외 17인,『한국인의 삶과 구비문학』, 집문당, 2007.

권석환,「중국인의 바보 관념과 중국산문에 나타난 우인형상」,『중국문학연구』, 제21집, 한국중문학회, 2000.

권순긍,「판소리 문학의 민중의식과 미학적 특징」,『고전소설의 풍자와 미학』, 박이정, 2005.

김광조,「<愚夫歌> 화자의 대상인물에 대한 태도와 그 표현 방식」,『고전시가작품론2』, 집문당, 1995.

김교봉, 「바보 사위 설화의 희극미와 그 의미」, 『한민 최정여 박사 송수기념 민속어문논총』, 1983.

김대행, 「웃음으로 눈물닦기와 국문학」, 『어문론총』, 제39호, 한국언어문학회, 2003. 12.

김복순, 「웃음을 통해 본 바보사위담의 의미」, 『강원인문논총』, 제17집, 강원대학교 인문과학연구소, 2007.

김사엽, 「웃음과 해학의 본질」, 『어문학』, 2, 한국어문학회, 1958.

김석배, 「바보 망신담의 골계미와 의미」, 『국어교육연구』, 16, 국어교육학회, 1984.

김세일, 「희극과 웃음에 대한 소론」, 『외국학연구』, 3, 중앙대학교 외국학연구소, 1999.

김열규, 「한국문학과 놀이판의 해학」, 『해학과 우리 - 한국해학의 현대적 변용』, 시공사, 1998.

김영수, 「시대상황과 성희적 골계 연구」, 『인문과학논집』, 13, 청주대 인문과학 연구소, 1994.

김영준, 「笑話의 개념 재고 및 유형분류 시론」, 『논문집』, 13권, 기전여자대학, 1993.

김윤옥, 「웃음論」, 『연극학보』, 8, 동국대학교 연극영상학부, 1975.

김종엽, 「웃음의 해석학, 화용론적 수사학, 행복의 정치학」, 『사회과학정책연구』, 13권 1호, 서울대학교 사회과학연구소, 1991.

김형민, 「김유정소설의 서술상황론적 연구」, 홍익대 박사논문, 1992.

김홍자, 「웃음불변화사와 텍스트성」, 『언어과학연구』, 제25집, 언어과학회, 2003.

서라사, 「문학에 있어서의 웃음의 개념」, 『국어국문학』, 51호, 국어국문학회, 1971.

류정월, 「문헌소화의 구성과 의미작용에 대한 기호학적 연구 - 명엽지해를 중심으로」, 서강대 박사논문, 2004.

_____, 「트릭스터담의 문화기호학적 연구」, 서강대 석사논문, 1998.

서혜석, 「세익스피어의 현명한 바보들」, 전남대 박사, 2001.

손문숙, 「한국 며느리 설화 연구」, 동아대 박사논문, 2003.

송효숙, 「꼭두각시놀음의 희극성 고찰」, 『연극학보』, 25호 1호, 동국대

연극영상학부, 1997.

신익철, 「어우야담의 창작 정신과 서사 방식」, 『고전문학연구』, 12집,
　　　한국고전문학회, 1997.

오정분, 「축제와 문학－바흐친의 문학 이론」, 경희대 석사논문, 2001.

신련우, 「'바보형제' 이야기의 신화적 해명」, 『고전문학연구』, 12권, 한
　　　국고전문학회, 1997.

원명수, 「골계의 개념과 체계에 대한 고찰－희곡을 중심으로」, 『한국학
　　　논집』, 제25집.

이노형, 「민요의 골계 표현의 형식」, 『울산어문논집』, 13·14 합집, 울
　　　산대학교 국문과, 1999.

이강엽, 「바보 이야기의 유형과 그 의미」, 김태곤 외 21명, 『민속문학
　　　과 전통문화』, 박이정, 1997.

＿＿＿, 「바보설화의 전통과 현대적 변모양상」, 『열상고전연구』, 15집,
　　　열상고전연구회, 2002.

＿＿＿, 「바보양반담의 풍자양상과 그 의미」, 『연민학지』, 제7집, 1999.

＿＿＿, 「바보음담의 사회문화적 해석」, 『한국민속학』, 33, 민속학회,
　　　2001.

이어령, 「해학의 미적 범주」, 『사상계』, 6권 11호, 1958.

이준서, 「문학 텍스트 속의 웃음」, 『독일학 연구』, 10권 1호, 서울대학
　　　교 독일학연구소, 2001.

임재해, 「구비문학에 나타난 여성주의다운 상상력 읽기와 민중의 여성
　　　인식」, 『구비문학연구』, 12집, 한국구비문학회, 2001. 6.

장영우, 「바보인물의 성격 유형화 시론」, 『동악어문연구』, 제28집,
　　　1993.

정출헌, 「판소리에 나타난 하층여성의 삶과 그 문학적 형상」, 한국구비
　　　문학회편, 『구비문학과 여성』, 박이정, 2000.

정희자, 「16, 17세기 문헌설화에 나타난 사회 비판적 성격 고찰」, 『인문
　　　학 연구』, 28집, 조선대학교 인문학연구소, 2002.

정희정, 「소화의 되받아치기와 뒤틀기를 통한 웃음의 원리」, 『우리말글』,
　　　21, 우리말글학회, 2001.

정희정, 「태평한화골계전의 이야기 방식과 웃음의 원리」, 한남대 박사

논문, 2001.

조동일, 「웃음이론의 유산 상속」, 『웃음문화』, 1권, 웃음문학회, 2006.

조동일, 「한국문학에 있어서의 골계」, 『국어국문학』, 제51집, 국어국문학회, 1971.

조희웅, 「민담」, 『우리 민속문학의 이해』, 개문사, 1993.

최혜진, 「판소리계 소설의 골계적 기반과 서사적 전개 양상」, 숙명여자대학 박사논문, 1999.

한만수, 「한국서사문학의 바보인물 연구」, 동국대 박사논문, 1991.

피종호, 「후기구조주의 웃음미학」, 『독일어문학』, 제18집, 독일어문학회, 2002.

현혜경, 「<於于野譚> 所載 滑稽譚의 웃음 創出 技法과 의미」, 『고전문학연구』, 17권, 한국고전문학회, 2000.

4. 외국 논저

A. J. Greimas, Structural Semantics: An Attempt at a Method, trans. Daniele Mcdowell, Ronald Schleifer, and Alan Velie, University of Nbraska Press. 1983.

Axel Olrik. "Epic Laws of Folk Narrative" The Study of Folklore, Alan Dundes ed. University of California at Berkeley, 1965.

Culler & Jonathan, Structuralist Poetics: structuralism, linguistics, and the study of literature, Ithaca, N. Y.: Cornell University Press, 1976.

Gary Saul Morson & Caryl Emerson, Mikhail Bakhtin Creation of a Prosaics, Califonia, StanFord University Press. 1990.

M. M. Bakhtin, The dialogic imagination, University of Texas Press. 1982.

M. Maren - Griesebach, Methoden der Literatur Wissenschaft, Franke Verlag, München, 1970.

Patrick O'Neill, Fictions of Discourse: Reading Narrative Theory, University of Toronto Press. 1994.

Perry, Menakhem, "Literary dynamics: How the order of a text creats its meaning", Poetics Today, Vol.1. No.1, 1979.

Robert Scholes, Structuralism in Literature, Yale University Press. 1974.
Susan Sniader Lanser, The Narrative Act: Point of View in Prose Fiction,
    Princeton University Press. 1981.

김복순 ———————————————————————————

▌약 력

강원도 정선 출생
강원대학교 국어국문학과 및 동 대학원 졸업(문학박사)

▌주요논문 및 저서

「한국바보민담 연구」, 「여성 바보담의 웃음과 의미 고찰」,
「웃음을 통해 본 바보사위담의 의미」, 「웃음을 통해 본 사설시조의 의미 고찰」
외 다수

바보이야기와 웃음
– 바보민담의 웃음 시학 –

초판인쇄 | 2009년 7월 15일
초판발행 | 2009년 7월 15일

지은이 | 김복순
펴낸이 | 채종준
펴낸곳 | 한국학술정보㈜
주　소 | 경기도 파주시 교하읍 문발리 파주출판문화정보산업단지 513-5
전　화 | 031) 908-3181(대표)
팩　스 | 031) 908-3189
홈페이지 | http://www.kstudy.com
E-mail | 출판사업부　publish@kstudy.com

등　록 | 제일산-115호(2000. 6. 19)
가　격 | 33,000원

ISBN　　978-89-268-0157-4 93810 (Paper Book)
　　　　978-89-268-0158-1 98810 (e-Book)